國語國文學叢書 022

靑丘永言

학자원

국어국문학총서 22

青丘永言 異本 三種

2017년 8월 25일 초판 1쇄 발행

저　자 : 金天澤
펴낸이 : 김병환
펴낸곳 : 학자원
주　소 : 134-814 서울시 강동구 천호대로 1121
전　화 : 02) 6403-1000
팩　스 : 02) 6338-1001
E-mail : hakjaone@daum.net
등　록 : 2011년 3월 24일 제324-2011-14호

HAKJAONE Publishing Co.
1121 Cheonho-Daero Kangdong-Gu Seoul

ISBN : 979-11-87806-50-9　93810

값 50,000원

青丘永言

解題

青丘永言

黃淳九

目次

一、序論

「時調는 朝鮮文學의 精華며 朝鮮詩歌의 本流」1) 임은 否定할 수 없다.

「時調는 지극히 素樸한 채 끝없이 洗鍊되고 또 整調된 詩形」2) 이란 점도 그렇거니와 傳來되는 作品만도 다른 文學장르의 追從을 불허할 만큼 무려 四千餘首나 된다는 것이 이를 말해 주고 있다.3)

그렇건만 時調는 學問的인 見地에서 볼 때 未開拓의 餘地가 많다。 作品研究 및 書誌的 研究에 있어서도 마찬가지다。

二、編者

青丘永言의 編者가 南坡 金天澤이란 것은 吳氏本 青丘永言 序(黑窩序)에

『南坡 金君伯涵以善歌鳴一國 精於聲律而兼攻文藝 旣自製新翻 界里巷人習之 因又蒐取我東方名公碩士之所作 及閭井歌謠之自中 音律者數百 餘闋正其訛謬裒成一卷 求余文 爲序云云』

라 했으며, 또 同書 南坡老圃의 作品 跋(黑窩書)에 『自麗季至國朝以來名公碩士及 閭井閨秀之作——蒐輯 正訛繕寫釐爲一卷名之日青丘永言 云云』 라 했고 六堂本 青丘永言 序·跋에는 같은 內容인 것으로 미루어 疑心을 不許한다。 또한 吳氏本 青丘永言 序(黑窩序)에 『南坡 金君伯涵。以善歌鳴一國』이라 했고, 同書 南坡의 作品 跋(黑窩書)에 『金君履叔 以善者 名國中』 이라 했으며, 六堂本 青丘永言 序(玄窩 鄭潤卿序)에 『南坡 金君履叔 以善歌鳴一國』 이라 했으며,

金之澤—日持青丘永言—編以來际 云云한 것은 『金之澤』

은 다름 아닌 『金天澤』일 것이니 다른 靑丘永言을(吳氏本은 勿論) 其他 海東歌謠 등에도 〈金天澤〉이건 또 天字의 草書를 갈지(之)와 混用한 것이다.

金天澤의 字는 伯涵 또는 履叔이라 하고4) 號는 南坡라 했다.

乙丑年(英祖 二一年、一七四五A·D) 仲春에 花史子가 쓴 朴氏本 海東歌謠序에 「金天澤……自幼能誦詩三百 年六十 無少忘 非有聰明絶人 安能若是哉 云云」한 것으로 보아 南坡는 肅宗 一一年(一六八六A·D) 무렵에 나서 英祖 二一年(一七四五A·D) 무렵까지 生存했다는 것은 알 수 있으나 그 以後는 알 길이 없다. 다만 年齒順으로 排列된 海東歌謠 附錄(古今唱歌 諸氏)에 그는 老歌齋 金壽長보다 앞에 놓여 있는 것으로 보아 老歌齋보다 年長者인 것은 확실하고 또 金壽長은 肅宗 一六年 (一六九〇A·D)에 나서 英祖 四五年(一七六九A·D) 무렵까지는 生存했음을 알 수 있다.5) 따라서 南坡는 老歌齋보다 四、五歲 年長인 듯하다.

그는 六〇歲 以前까지는 일찌기 肅宗朝무렵에 捕校를 지낸 일이 있었고6) 金壽長과 더불어 〈相對敬亭山〉으로7) 〈相看不厭〉의 親近한 사이였고、兩人은 英祖때에 있어서 中樞的 名歌였던 것이다. 昌寧 鄭來僑潤卿 著 浣巖集 卷之四 金生天澤歌譜序에

『金君伯涵 以善唱 名國中 能自爲新聲 劉亮可聽 又製新曲數十闋 以傳於世 余觀其詞 皆淸麗有理致 音調節腔 皆中律 可與松江新翻 後先方駕矣 伯涵非特能於歌 亦見其能於文也 且足歌也 多引江湖山林 放浪隱遯之語 反覆嗟歎而不已 云云』

라 했는데 이 機會에 밝혀 두어야 할 것은 金天澤 歌譜 序와 吳氏本 靑丘永言 所載의 南坡 作品跋、六堂本 海東歌謠 所載의 金天澤 作品 跋과의 異同과 黑窩、玄窩 鄭潤卿과 浣巖 鄭來僑에 對해서다.

吳氏本 靑丘永言 所載의 南坡 作品 跋에 依하면、

金君履叔 以善唱名國中 一洗下里之陋 而能自爲新聲 劉亮可聽 又製新曲數十闋 以傳於世 少年習而唱之 余觀其詞 皆艶麗有埋致 音調節腔 淸濁高下 自叶於律 可與松江公新翻 後先方駕矣 履叔 非特能於歌 亦見其能於文也 嗚呼 使今之世 有善觀風者 必采是詞 而列於樂官 用之鄕人 用之邦國 不但爲里巷歌謠而止爾 奈何徒使履叔 爲燕趙悲慨之音 以鳴其不平也 且是歌也 多引江湖山林 放浪隱遯之語 反覆嗟歎而不已 其亦衰世之意歟 歲戊申暮春 黑窩書

로 되어 있고、六堂本 海東歌謠 所載 金天澤 作品 跋에 依하면、

金君伯涵 以善唱 鳴國中 一洗下里之陋 而能自爲新聲 劉亮可聽 又製新曲數十闋 以傳於世 少年習而唱之 余觀其詞 皆艶麗致 音調節腔 淸濁高下 自什於律 可與松江之新翻 後先方駕矣伯涵 非特能於歌 亦見其聽於文也 嗚呼 使今之世 有善觀風

者 必平是詞 而列樂官 用之鄕人 用之邦國 不但里巷 歌謠而止耳 奈何徒使伯涵 爲燕趙之音 以鳴其不平也 且是歌也 多引江湖山林 放浪隱遯之語 反覆嗟歎而不已 其亦衰世之意歟 玄窩鄭潤卿書丁丙寅花柳之節

그런데 浣巖集 卷之四 昌寧 鄭來僑 潤卿書 金生天澤 歌序에 依하면、

金君伯涵 以善唱 鳴國中 能自爲新聲 劉亮可聽 又製新曲數十闋 以傳於世 余觀其詞 皆清麗有理致 音調節腔 皆中律 可與松江新翻 後先方駕矣 伯涵 非特能於歌 亦見其能於文也 嗚呼使今之世 有善觀風者 必平是詞 而列於樂官 不但爲里巷歌謠而止爾 奈何徒使伯涵 爲燕趙悲慨之音 以鳴其不平也 且是歌也多引江湖山林 放浪隱遯之語 反覆嗟歎而不已 其亦衰世意之歟라 했다。

이것을 표로써 比較해 보면 다음과 같다。

吳氏本 青丘永言 所載	六堂本 海東歌謠 所載	浣巖集 卷四 所載
南坡作品跋	金天澤 作品跋	金生天澤 歌譜序
金君履叔	金君伯涵	金君伯涵
名國中	鳴國中	名國中
一洗下里之陋	一洗下里之陋	
劉喨可聽	劉亮可聽	劉亮可聽
少年習而唱之	少年習而唱之	
皆艶麗有理致	皆艶麗致	皆清麗有理致
清濁高下	清濁高下	
自什於律	自什於律	皆中律
履　叔	伯　涵	伯　涵
亦見其能於文也	亦見其聽於文也	亦見其能於文也
嗚　呼	嗚　呼	嗚　呼
必平是詞	必乎是詞	必采是詞
不但爲里巷歌謠而止翁	不但里巷歌謠而止耳	不但爲里巷歌謠
爲燕趙悲慨之音	爲燕趙之音	止翁而止爾
反覆嗟歎而不已	反覆嗟歎之不已	爲燕趙悲慨之音
歲申暮春黑窩書	玄窩鄭潤卿書丁丙寅花柳之節	反覆嗟歎而不已

吳氏本 青丘永言의 跋(南坡 老圃識)과 海東歌謠序(老歌齊金壽長書)의 內容이 大同小異한 點이다。

◆ 吳氏本 青丘永言

夫文章詩律 刊行于世 傳之永久 歷千載而猶有所未泯者 至若永言則 一時諷詠於口頭 自然沈晦 未免湮沒于後 豈不慨惜哉自麗季 至國朝以來 名公碩士名公碩士及 閭井閨秀之作——蒐輯 正訛繕寫釐爲一卷 名之曰青丘永言 便凡當世之好事者 口誦心惟手彼目覽 以 廣傳焉 歲戊申夏五月旣望 南坡老圃識

◆ 海東歌謠 序

夫文章詩律 刊行于世 傳之永久 歷千載而猶有所未泯者 至若歌謠 則如花草榮華之 飄風鳥獸 好音之過耳也 一時諷詠於口 而自然沈晦 未免湮沒于後 豈不惜哉 自麗季 至國朝以來 列聖御製及 名公碩士 歌者漁者吏胥 閭巷豪遊 名妓與興名氏之作 及自製長短歌 一百四十九章……蒐輯正訛寫釐爲一ロ卷名之曰海東歌謠 使凡當世之好事者 口誦心惟 手彼目覽 以圖廣傳焉歲癸未春正月上澣 完山後人 七四翁老歌齊金壽長書

吳氏本 青丘永言 序의 筆者는 『黑窩』로 되어 있고、六堂本 青丘永言 序의 筆者는 『玄窩 鄭潤卿』으로 되어 있고、浣巖集所載의 金生天澤歌譜序의 筆者는 昌寧 鄭來僑 潤卿著로 되어 있다。朝鮮人名解書에 依하면 『鄭來僑는 字는 潤卿、號는 浣巖이라 했다。河東人으로서 爲人이 淸脩하여 여원 鶴과 같았고 詩를 잘 짓고、또 거문고도 解得했으며 즐겨 長歌를 지었는데 모두 그 妙를 極했다 云云』 했고、〈潤卿〉은 浣巖集의 著者 鄭來僑(一六八一~一七五七A·D)의 字임을[8] 알 수 있고、〈黑窩〉 또는 〈玄窩〉도 그의 字이고 南坡보다 四、五歲의 年長者로서 詩도 잘 짓고 거문고도 解得하고 長歌도 잘 지었음을 알 수 있다。또한、南坡에 關한 記錄을 더듬어 보면 다음과 같다。

黑窩 鄭來僑의 金天澤 歌譜序는 위에 들었음으로 省略하고 磨嶽老樵는 青丘永言 後跋에 『澤 爲人精明有識 解能誦詩三百 蓋非徒歌者 』라 했고 社谷居士 鄭福紹는 六堂本 海東歌謠 序에서 『金君壽長 與南坡金天澤相對敬亭山 兩翁卽 當世洞歌者也 云云』 했고、老歌齊 金壽長은 金天澤 歌譜跋에서

『伯涵所製歌曲 其數最多 而或有所貴者 或有所賤者 吾旣修正作譜 以傳於後 則示去滓極眞 必使識者開限 終至道直然後乃可以立其名 語之眞實淳厚淸廉忠者 採之 輕忍不重脈 絡絕問者 去之 云云』 했고、

花史子는 朴氏本 海東歌謠 序에

『天澤 以歌 有名當世 爲甚不俗 其貌白晳(當作白晳—筆者註) 其髯若載 自幼能誦詩 三百年六十無少忘 非有聰明絕人 安能若是哉……今天澤 旣能誦詩 而不能詩 而能聖於歌—世之聞其名 云云』 했다。

以上에 依하면 南坡 金天澤은 善歌로써 이름이 높았을 뿐만 아니라 聲律에도 精通했고 兼하여 文藝도 修學했다。그래서 그는 노래에도 能했으며 文에도 能했다。

그의 作品은 〈그 詞가 艷麗하고 音節이 節腔하며 淸濁高

下가 스스로 律에 맞아 可히 松江과 比肩할만 하다。〉고 黑窩는 그 作品을 評했다。또 그는 〈그 노래는 江湖山林放浪隱遯之語를 많이 引用하여 反覆하여 嗟歎하기를 말지 않았다〉고 했다。

南坡는 老歌齊와 더불어 唱歌의 雙壁인 同時에 時調 作家로서도 松江과 어깨를 겨룬다고 할 만큼 磊磊한 存在는 아니었다。그러나 그는 作家로서는 年下인 老歌齊보다는 多少 損色이 없지 않은 듯하다。그것은 金壽長이 〈金天澤의 作品跋〉에서

『伯涵이 지은 歌曲이 그 數는 가장 많으나、或 貴한 것도 있고 或 賤한 것도 있어 내가 이미 修正 作譜하여 後世에 傳하려고 하는데、찌꺼기는 除去하되 眞을 極하여 반드시 識者로 하여금 눈을 뜨게 하여 끝끝내 道가 곧음에 이른 然後에야 可히 그 이름을 세울것이니 말의 眞實、淳厚、清廉、孝忠은 이를 採用하고 輕忽 不重한 것과 脈絡絶間한 것은 除去했다』고 했는데 이것은 老歌齊의 一端을 밝힌 것인 同時에 南坡의 作品을 修正하고 取捨選擇할 만큼 그의 作家로서의 位置가 南坡보다 높은 것을 意味한 것이라고 볼 수 있을 것이다。

따라서、南坡는 朱義植、金聖器 등이 作品을 評할 程度로 評論으로서도 어떤 眼目을 가졌음을 알 수 있다。

또한 花史子의 朴氏本 海東歌謠 序에

『散人 金天澤 以(五字缺、想必〈來附余曰海〉) 東歌謠錄一編乃其年少時 所自裒集者也 云云』하여 六堂本 海東歌謠 등에 金壽長이 編者로 되어 있는데 反하여、이에서는 金天澤이 年少한 때에 裒集한 것으로 되어 있다。이것을 어떻게 보아야 할 것인가 함이다。

南坡의 吳氏本 靑丘永言의 跋과 金壽長의 海東歌謠 序가 그 內容이 大同小異한 點과 南坡와 老歌齊가 〈相看不相厭〉의 사이였다는 點과、吳氏本 靑丘永言과 海東歌謠가 그 編纂方式 곧 時調를 主로 作家에 依하여 編纂한 點 등을 감안할 때 或은 金天澤이 金壽長의 助力을 얻어서 엮은 吳氏本 靑丘永言을 後에 金壽長이 追補라든가 加筆하여 海東歌謠가 만들어진 때문이 아닐까 하는 追測을 하는 것이다。

三、異 本

『靑丘永言』또는 『靑邱永言』이라 이름하는 時調集은 한 둘이 아니다。곧

(一) 吳氏本 靑丘永言(靑丘永言 中에서 가장 古하고 原稿本인 듯한 筆寫本) 이것이 所藏者가 吳璋煥이었으므로 便宜上 이것을 臺本으로 하여 一九四八年 五月 三〇日에 朝鮮珍書刊行會에서 活字化하여 刊行한 것으로서 이것을 或은 珍本 靑丘永言、또는 珍書刊行會本 靑丘永言이라고도 한다。

(二) 六堂本 靑丘永言 : 이것의 筆寫本은 本來 周時經이 所

藏(現在는 通文館 所藏) 했던 것을 後에 이것을 六堂이 所藏하게 되었으므로 이것을 六堂本이라고도 하는데 이것을 臺本으로 삼아 一九三〇年에 京城大學에서 刊行된 바 있다。 그래서 이것을 京城大學本이라고도 한다。 六堂本의 原本은 유감스럽게도 六·二五 때에 烏有로 돌아가고 말았다。

(三) 京山本 靑丘永言 : 原稿本을 臺本으로 하여 一九六一年 三月 三一日 李漢鎭編으로 韓國語文學會에서 語文學資料叢刊 第二輯으로 影印 出版된 바 있다。

(四) 文庫本 靑丘永言(이것은 延專謄寫本을 印刷臺本—이것은 아마 六堂本과는 다른 靑丘永言인 듯하다) 이것은 京城大學本을 校正原本으로 삼아 活字化하여 一九三九年 三月 三一日 學藝社에 『朝鮮文庫』로 刊行한 것으로서 이것을 朝鮮文庫本 또는 文庫本이라고 이름한다。

이를 具體的으로 살펴보면 다음과 같다。

(一) 吳氏本 靑丘永言

吳氏本 靑丘永言은 一簑가 指摘한 바와 같이 序와 跋과 其他의 記錄에 있어서 그 年代가 分明히 記錄된 點。

靑丘永言 序……戊申 暮春 上浣 黑窩 序
朱義植 作品 跋……戊申夏 五月 上澣 南坡老圃 書
金聖器 作品 跋 ……戊申 暮春 旣望 南坡老圃 書
金裕器 作品 跋 ……戊申 暮春 旣望 南坡老圃 書
南坡 作品 跋 ……戊申 暮春 黑窩 書
靑丘永言 跋……戊申 五月 旣望 南坡老圃 識
靑丘永言 後跋 ……丁未 季夏 下澣 磨嶽老樵 題

以上에 依하여 靑丘永言이 戊申年(英祖 四年) 西紀 一七二八年에 完成되었음을 알 수 있다。 다음으로 序·跋등의 順序가 整然한 點。

靑丘永言 序 第一張
첫머리 (六首) 第二張
麗末(三人、六首) 第三張
本朝(朝鮮王朝) (四一名、二〇三首)
列聖御製(太宗、孝宗、肅宗 五首) 第二十八張
閭巷 六人(六五首) 第二十八張
閨秀 三人(五首) 第三五張
年代欠考(三人、三首) 第三六張
無名氏(一〇四首) 第三六張
三數大葉(五五首) 第四六張
樂時調(一〇首) 第五十一張
將進酒辭(一首)
孟嘗君歌(一首) 第五十二張
蔓橫清類(一一六首) 第五十三張
靑丘永言 跋(南坡老圃 識) 第七十張
靑丘永言 後跋(磨嶽老圃 題)

收錄 時調數 五〇八首가 時代順으로 排列되었고 有名氏 다음에 無名氏 作品順으로 排列되어 있는 點 등이 그것이다。노래의 排列을 作者와 時代順으로 排列한 點도 그 特性이 아닐수 없다。따라서 이 時調集은 青丘永言 異本中에서 初稿本이라고 할 수 있을 것이다。

둘째、六堂本 青丘永言은 吳氏本 青丘永言과 比較하면 序跋과 노래의 排列 등에 있어서 整然하지 못하고、또 吳氏本과는 달리 曲調에 依하여 分類되어 있고 作品數에 있어서 時調가 九九九首 歌詞가 一六篇이고、또

百濟의 成忠의 作品 一首
高句麗 處士 乙巴素의 作品 一首
高麗 忠烈王 때 禹倬의 作品 二首
高麗 崔冲의 作品 一首
高麗 李兆年의 作品 一首
高麗 李存吾의 作品 一首
高麗 元天錫의 作品 一首
高麗 吉再의 作品 一首
高麗 郭興의 作品 一首

등이 더 收錄되어 있다。

세째、文庫本 青丘永言은 延專謄寫本을 印刷臺本으로 하고 六堂本을 校正 原本으로 삼은 만큼 六堂本 異本이라 할수 있는 것이다。그러나 노래 排列은 曲調에 依한 點은 같으나 二順序는 六堂本과는 꼭 같지 않고 界羽樂詩調、言樂詩調、編樂詩調등 『詩』字를 잘못 썼고 노랫數에 있어서는 時調 一〇〇〇首 歌詞 一六篇으로 一首는 六堂本 青丘永言에는 실려 있지 않은 것이다。

大略 以上과 같거니와 筆者가 蛇足을 더 붙인다면

一、無名氏 作品을 戀君、譴謫、報效、江湖、山林、閑適 등 四十一種이나 內容에 依하여 分類해 놓은 點(古今歌曲、時調類聚 등 內容에 依하여 分類한 時調集이 없는 것은 아니나)은 확실히 그 特色의 하나가 되지 않을 수 없는 것이며、

二、失名氏(無名氏)의 作品(三數大葉、樂時調 등을 包含하여——의 作品中에는 다른 時調에는 知名人의 作品인 것이 적지 않은 點이 눈에 띄우니、이것은 이 時調의 〈玉의 티〉라고 아니할 수 없다。例컨대

二九五 가마귀 눈비 마자……………………朴 彭年
二九六 갈 밤의 우던 여흘 ……………………元 天錫
二九八 님이 혜오시매 ………………………宋 時烈
三〇三 江湖에 봄이 드니……………………黃 喜
三〇四 冊 덮고 窓을 여니 ……………………鄭 蘊
三〇五 池塘에 비 뿌리고……………………趙 憲
三〇八 秋江에 밤이 드니……………………月山大君
三一一 말 업슨 青山이오……………………成 渾

三一二　淸凉山 六六峰을…………………………李 滉
三一三　時節이 太平토다…………………………成 渾
三一九　집方席 내지 마라…………………………韓 濩
三二四　대쵸볼 붉근 골에…………………………黃 喜
三四〇　취춘쇼르기들아……………………………具 志 禎
三四一　내히죠타ᄒᆞ고………………………………卞 季 良
三四二　놈이 害ᄒᆞᆯ지라도…………………………李 廷 藎
三四七　곳이 진다ᄒᆞ고……………………………宋 純
三四八　구룸이 無心탄 말이………………………李 存 吾
三五一　半 나마 늘거시니…………………………李 明 漢
三五八　노프나 노픈남게……………………………李 陽 元
三五九　간밤의 부던 ᄇᆞ람에………………………兪 應 孚
三六三　興亡이 有數ᄒᆞ니…………………………元 天 錫
三六四　五百年 都邑地를…………………………吉 再
三六五　梨花에 月白ᄒᆞ고…………………………李 兆 年
三六六　金爐에 香盡ᄒᆞ고…………………………金 尙 容
三六七　梨花雨 훗ᄲᅮ릴제…………………………桂 娘
三六九　ᄉᆞ랑 거즛말이……………………………金 尙 容
三七四　泰山이 놉다 ᄒᆞ되…………………………楊 士 彦
三八〇　가마귀 싸호는 골에………………………圃 隱 母
三八六　蒼梧山 聖帝魂이…………………………李 後 白
三八八　楚江 漁夫들이……………………………李 明 漢

三九〇　ᄇᆞ람에 휘엿노라…………………………麟平大君
三九三　이러도 太平聖代…………………………成 守 琛
四〇二　草堂에 일이 업서…………………………柳 誠 源
四〇三　靑(當作春)山에 눈 노긴ᄇᆞ람……………禹 倬
四一六　잘새는 ᄂᆞ라들고…………………………宋 純
四一七　風霜이 섯거친 날에………………………宋 純
四一九　煤山閣 寂寞ᄒᆞᆫ듸…………………………李 稷
四二五　南八兒男兒…………………………………金 尙 憲
四二六　豪華코富貴지야……………………………奇 大 升
四三二　言忠信 行篤敬ᄒᆞ고………………………金 光 煜
四四四　窓밧긔셧는(當作窓안의 혓는)……………李 塏
四四六　갑장새 쟉다 ᄒᆞ고…………………………李 澤
四四七　越相國 范小伯이…………………………乙 巴 素
四五一　治天下 五十年에…………………………卞 秀 良
四六二　靑山도 절로절로…………………………金 麟 厚

또한 吳氏本 靑丘永言과 六堂本 靑丘永言은 南坡金天澤의 編한 것임은 틀림 없으며, 吳氏本 靑丘永言은 英祖 四年(一七二四)에 편찬 완료한 것은 의심할 여지가 없으나, 六堂本 靑丘永言은 그 以後일 것이다.

또 吳氏本은 主로 時調를 時代順으로 排列되어 있는데, 六堂本 靑丘永言은 曲調에 依하여 時調가 排列되어 있어서, 이두 책과 海東歌謠를 비교하여 보면、吳氏本은 海東歌謠와 大同小異하다 하겠다。

그렇다고 하여 六堂本 青丘永言과 吳氏本 青丘永言이 아무런 관련이 없는 것은 아니다。이를 알기 위하여 이 세 歌集을 曲調排列과 서로 類似性이 적지 않은 列聖御製、名妓의 作品、閭巷人의 作品들은 六堂本 青丘永言末尾에서 分類表 참조。

(二) 六堂本 青丘永言

이 六堂本의 青丘永言의 編者는、吳氏本 青丘永言의 編者와 한 가지로 南坡 金天澤인 것은、戊申春 玄窩 鄭潤卿의 青丘永言 序와 丁相 季夏 下浣 磨嶽老樵題의 青丘永言 後跋에 依하여 그것을 알 수 있다。

그러나 그 編纂年代에 對해서는 疑問이 없지 않다。

前記 序에는 戊申年으로 되어있고、

後跋은 丁未年으로 되어 있어、丁未年은 英祖 三年일 것이고、戊申年은 마땅히 英祖 四年일 것이나、題青丘永言後는 玄默困敦 孟春 廣湖漁父로 되어、결국 壬子年、이 壬子年이란 英祖 八年이 아닐 수 없다、이 歌集 편찬연대를 英祖 八年 곧 西紀 一七三二年으로 보지 않을 수 없다。

또 하나 問題되는 것은、이 歌集에 金祖淳의 作品이 收集되어 있는 點이다。곧

梅之月은 寒而明ㅎ고、松之風은 暑而淸이라。淸明在躬 心和平ㅎ니 調絲韻桐寄聞情이로다。南郭隱几聞地籟ㅎ니 解取無聲勝有聲인가 ㅎ노라。

가 그것이다。그런데、그 作者인 金祖淳은、英祖 四一年(一七六五)에 나서 純祖 三一年(一八三一A・D)에 卒했기 때문이다。이것을 어떻게 보아야 할 것인가?

疑問이 없지 않으나、後人의 加筆한 것으로 하고、後考할 宿題로 一旦 남겨 두기로 한다。

다음으로 이 歌集의 構成과 內容을 살펴 보건대、

△ 青丘永言 序……歲戊申春玄窩鄭潤卿序

이 序文의 內容은 吳氏本 序의 內容과 거의 같다。특히 다른건、吳氏本엔「南坡 金君 伯涵」으로 되어 있는데、이 六堂本엔「南坡 金君 履叔」으로 되어 있는 點이라 하겠다。그러나 이건、그 字를 伯涵」이라 하던 것을 後에 「履叔」으로 고친 것으로 보아 無妨할 것이다。

「歌舞의 始原과 善歌者에 關한 記事」。

「我東人所作歌曲……手無足蹈則其歸一也。」

「夫 文章詩律刊行于世……圖廣傳焉。南坡居士識」

△ 青丘永言 後跋

「金之(當作天)澤 持青丘永言一編……盖非徒歌者也」丁未季夏一浣 磨嶽老樵題

△ 青丘永言後

「……」玄默困敦 孟春 廣湖漁父 壬子

△ 青丘永言 目錄

△ 歌之風度 形容十六條目

<本 文>

△ 羽調 初中大葉、二中大葉、三中大葉、晋化葉、界面調 初中大葉、二中大葉、三中大葉、北殿、羽調 初數大葉까지는 一六首를 時代順과는 관계 없이 排列하고、

△ 二數大葉부터는 太宗大王을 비롯하여 御製 一四首와 成忠(百濟)、乙巴素(高句麗)의 作이라 하는 (實을 僞作——筆者記) 時調 二首、그리고는 麗末(一〇首) 부터 本朝(朝鮮朝)의 有名氏 作品 二四三首를 排列했고、但 肅宗御製中 一首는 歌番 二八一에 수록되어 있다。

△ 三數大葉에서 끝까지(五七〇~九九九)에는 無名氏 作이 支配的이고、

三數大葉 五七〇~五九〇 二一首

蔓橫 五九一~六〇〇 一〇首

言弄 六〇一~六二〇 二〇首 長形時調

弄 六二一~七四七 一二七首 長形時調

界面樂時調 七四八~八〇四 五七首

言樂 八〇五~八四六 四二首 長形時調

編樂 八四七~八五三 七首

編數大葉 八五四~八九〇 三七首 長形時調

羽調 二數大葉 八九一~九一四 二四首

栗糖數葉 九一五 一首

界面 二數大葉 九一六~九六一 四六首

弄 九六二~九六九 八首、長形時調

羽樂時調 九七〇~九八一、一二首、長形時調

界樂時調 九八二~九八九、八首 長形時調

編數大葉 九九〇~九九九、一〇首 長形時調

以上에 依하여 言弄、弄、言樂、編數大葉、弄、羽樂、界樂、編大葉 등에 長形時調 三〇九首가 編入되어 있음을 알 수 있다。

六堂本 青丘永言의 性格과 吳氏本 青丘永言과 六堂本 海東歌謠와의 曲調와 三歌集이 서로 類似한 點이 적지 않은 曲調와 列聖御製、名妓의 作品、閭巷 六人의 作品 등을 表를 만들어 비교하여 보면 다음과 같다。

六堂本 青丘永言・吳氏本 青丘永言과 六堂本 海東歌謠比較

	六堂本 青丘永言	吳氏本 青丘永言	六堂本 海東歌謠
羽調	初中大葉 二中大葉 三中大葉 晋化葉	初中大葉 二中大葉 三中大葉 北殿 二北殿	初中大葉 二中大葉 三中大葉 北殿 二北殿
界面	初中大葉 二中大葉		

區分	太宗 六堂本 青丘永言	太宗 吳氏本 青丘永言	太宗 六堂本 海東歌謠
羽調	三中大葉		
	北殿		
	初數大葉	初數大葉	初數大葉
	二數大葉(當作)	二數大葉	二數大葉
	三數大葉	三數大葉	
	騷聳耳		
	栗糖數葉		
界面調	初數大葉		
	二數大葉		
	三數大葉		
	蔓橫		
	言弄		
	弄		
界面	樂時調	樂時調	
羽	樂時調		
	言樂		
	縮樂		
	縮數大葉		
羽調	二數大葉		
	栗糖數大葉		
界面	二數大葉		
	弄		
羽	樂時調		
界	樂時調		
	編數大葉		

區分	太宗 六堂本 青丘永言	太宗 吳氏本 青丘永言	太宗 六堂本 海東歌謠
列聖御製	이런들엇더ᄒᆞ며	이런들엇더ᄒᆞ며	이런들엇더ᄒᆞ며
	成宗	成宗	成宗
	이시렴브듸갈싸		이시렴브듸갈싸
	孝宗	孝宗	孝宗
	淸江에비듯는소릐		淸江에비듯는소릐
	青石嶺지나거냐	青石嶺지거냐	青石嶺지나거냐
	朝天路보의닷말가	朝天路보의닷말가	朝天路보의닷말가
	너도兄弟로고		너도兄弟로고
	앗가야사ᄅᆞᆷ되랴	앗가야사ᄅᆞᆷ되랴	앗가야사ᄅᆞᆷ되랴
	肅宗	肅宗	肅宗
	秋水는天一色이오	秋水는天一色이오	秋水는天一色이오
	眞伊	眞伊	眞伊
名妓九人의作品		青山裏碧溪水야	青山裏碧溪水야
	多至ᄯᆞᆯ기나긴밤을	多至ᄃᆞᆯ기나긴밤을	多至ᄯᆞᆯ기나긴밤을
	내언제信이업셔	내언제無信ᄒᆞ여	내언제無信ᄒᆞ야
	山은녯山이로되		山은녯山이로되
	어제너일이여		
	紅粧	紅粧	紅粧
			寒松亭ᄃᆞᆯ붉은밤의
	笑春風	笑春風	笑春風
			唐虞를어제본듯
			前言은戱之耳라
	齊도大國이오		齊도大國이오
	小栢舟	小栢舟	小栢舟
	相公을뵈온後에	相公을뵈온後에	相公을뵈온後에
	寒雨	寒雨	寒雨
	어이얼려잔고		어이얼어잘이
	求之	求之	求之

長松으로비를무어
松伊
솔이솔이라ᄒᆞ니
梅花
梅花녯둥걸에
多福
明玉
千錦
山村에밤이르니
張炫
鴨綠江히진後에
朱義植
하늘이놉다ᄒᆞ고
窓밧게童子와셔
말ᄒᆞ면雜類라ᄒᆞ고
仁心은터히되고
오날을每樣두어
天心에도든달라
荊山에漢玉을어더
忠臣속마음을
쥬려죽으려고
無道ᄒᆞ기로
唐虞도됴커니와

松伊
梅花
梅花녯둥걸에
多福
明玉
千錦
張炫
鴨綠江히진後에
朱義植
하늘이놉다ᄒᆞ고
窓밧게아히와서
荊山에白玉을어더
忠臣속마음을
쥬려주그려고
唐虞도됴커니와
말ᄒᆞ면雜類라ᄒᆞ고
늙고病든몸이
人生을혜어ᄒᆞ

長松으로비를무어
松伊
솔이솔이라ᄒᆞ니
梅花
梅花녯둥걸에
多福
北斗星기울어지고
明玉
꿈에뵈는님이
千錦
張炫
鴨綠江히진後에
朱義植
하늘이놉다ᄒᆞ고
窓밧게童子
말ᄒᆞ면雜類라ᄒᆞ고
仁心은터이되고
오날을每樣두어
天心에돗은둘라
荊山에漢玉을어더
忠臣의속ᄆᆞ음을
쥴여죽으려고
無道ᄒᆞ기로
唐虞도됴컨이와
늙고病든몸이
人生을혜아리리니

金三賢
늙기셜운줄을
松壇에션좀셰야
功名을즐겨마라
ᄂᆡ精靈술에섯겨
金聖器
蓼花에좀든白鷗
紅塵을다썰치고
玉盆에심은梅花
구레버슨千里馬를
金裕器
ᄂᆡ몸에病이만하
春風桃李花들아
泰山에올나안져
丈夫로숨겨나셔
唐虞는언제時節
景星出卿雲興ᄒᆞ니
오날은川獵ᄒᆞ고
蘭干에지혀안자

屈原忠魂비에너허
金三賢
늙기셜운줄을
松壇에션좀셰야
功名을즐겨마라
내精靈술에섯겨
綠楊春三月을
크나큰바회우희
漁隱(金聖器)
蓼花에좀든白鷗
塵埃에뭇친分뎌
紅塵을다썰치고
玉盆에심은梅花
구레버슨千里馬를
江湖에ᄇᆞ린몸이
겨월이다지나고
이몸이일이업서
金裕器
내몸에病이만하
春風桃李花들아
泰山에올라안자
丈夫로삼겨나셔
唐虞는언제時節
景星出慶雲興ᄒᆞ니
오ᄂᆞᆯ은川獵ᄒᆞ고
百歲를다못사라
不忠不孝ᄒᆞ고

屈原忠魂비에너허
金三賢
늙기셜운줄을
松壇에션좀셰야
ᄂᆡ精靈술에섯거
綠楊春三月을
크나큰바회우희
金聖器
蓼花에잠든白鷗
塵埃에뭇친分ᄂᆡ
紅塵을다썰치고
玉盆에심은梅花
구레버슨千里馬를
金裕器
내몸에病이만하
春風桃李花들아
泰山올라안즈
丈夫로상겨나셔
唐虞는언제時節
景星出卿雲興ᄒᆞ니
오날은川獵ᄒᆞ고
不忠不孝ᄒᆞ고

	金天洋 없음	南坡(金天洋) (二九首) 榮辱이並行ᄒᆞ니 白鷗ㅣ야말무려보 자 蘆花기픈곳에 南山ᄂᆞ린골에 知足이면不辱 이요 綠駬霜蹄櫪上 에늙고 내부어勸ᄒᆞᄂᆞᆫ盞을 人生을헤아리니 尾山에降彩ᄒᆞ샤 過人欲存天理ᄂᆞᆫ 杜拾遺의忠君 愛國이 岳鵬擧의一生肝膽 北扉下져믄날	金天洋 (四四首) 樂當作樂辱이並行 ᄒᆞ니 白鷗야말무려보자 蘆花깁흔곳에 南山나린골에 知足이면不辱이오 綠駬霜蹄櫪上 에늙고 너워勸ᄒᆞ는盞을 人生을혜여ᄒᆞ니 尾山에降彩ᄒᆞ사 過人欲存天理는 杜拾遺의忠君 愛國이 岳鵬擧의一生肝膽 北扉ᄒᆞ졈은날에에

以上만 보더라도 吳氏本 青丘永言과 六堂本 海東歌謠와는 가장 가까운 距離에 있고、 六堂本 青丘永言과 吳氏本 青丘永言과도 그리 먼 거리에 있지 않음을 알 수 있을 것이다。

△歌　詞　一六篇

끝으로 六堂本 青丘永言을 結論지어 말한다면、

(一) 時調 九九九首(吳氏本 青丘永言은 五七九首)이고、 吳氏本에는 없는、 歌詞 一六篇이 卷末에 收錄되어 있고、

(二) 跋文이 卷頭(吳氏本은 卷末)에 있으며、

(三) 曲調(吳氏本은 內容)에 依하여 분류 편찬되어 있고、 그 曲調가 무릇 一六종이나 되어있고、

(四) 長形時調가、 무릇 三〇九首(吳氏本은 一一六首)나 되며、

(五) 吳氏本 青丘永言에는 無名氏作(一六九首)으로 되어있는 것이、 六堂本에는 有名氏로된 것이 적지않고

(六) 歌詞는 吳氏本에는 全혀 收錄되어 있지 않는데、 六堂本에는 一六編이나 收錄되어 있는 것이다。

三、京山本 青丘永言

이 京山本 青丘永言은 京山 李漢鎭(英祖 八年 一七三二 A・D~純祖 一五年、 一八一五、 A・D 무렵)이 一八一五年、 八三세 무렵에 엮어、 親히 筆寫한、 自筆本歌集이다。 初中大葉、 二中大藏 등의 曲調도 表示되어 있지 않고、 序・跋

도 없으며 時調 二五七首와 續漁父詞와 그 序、 그리고 卷末에 中國 劉禹錫의 陋室銘이 收錄되어 있는 原稿本의 조그만 歌集이다。

이 歌集이 다른 歌集、 특히 「青丘永言」이란 名稱이 붙어 있는 歌集과 다른 點을 더듬어 보면 다음과 같다。

一、 青丘永言이란 題名이 붙어 있으나 編者는 다른 사람인 點。

一、 다른 青丘永言과 같이、 曲調에 依하여 分類되어 있지도 않고、 曲調도 表示되어 있지 않은 點。

一、 六堂本 青丘永言의 抄略本이라 할 만큼、 특히 上半部의 作品(時調)은、 띄엄띄엄 뛰어넘기는 하나、 그 排列의 順序가 거의 같은 點。

一、 그러나 다른 時調集(六堂本 青丘永言 등을 包含하여——에 없는 作品(時調)이 무려 一二首나 收錄되어 있는 點。 곧

歌番 (八七) 十二朔 大小炬을 방퓌연의 細書 成文ᄒᆞ온 후 외올 白絲 ᄒᆞᆫ 얼네를 ᄉᆞᆺ거지 푸러 ᄯᅴ여두니 둥게둥게 동동 ᄯᅧ셔 白龍의 구뷔처로 놉고 놉히 소ᄉᆞ 올나 ᄯᅳᆯ거고나。 구름 속의 東海바다 것너가셔 외로운 남게 걸니엿다가 風蕭蕭 雨雨落落ᄒᆞᆯ제 自然 清滅ᄒᆞ리라。

歌番 (二二五) 내 눈의 고은 님이 멀이 아니 잇거마는 노래라 불녀오며 해금이라 해낼소냐。 이 몸이 ᄉᆞᆼ골미 도여 ᄌᆞ고 올가 ᄒᆞ노라。

歌番 (二三四) 王子求仙 月滿臺ᄒᆞ니 玉簫清轉 鶴 徘徊라。 曲調 ᄆᆞᆺ촌 후의 간 곳을 不知ᄒᆞ니、 山下의 碧桃만이、 ᄉᆞ喜自開를 ᄒᆞ더라。

右嘐齋先生所製

歌番 (二三五) 아츰의 밧츨 갈고 져녁의 글 니르니 問來成市의 하옴업시 늙은 일이 至今에 아무리 뉘우츤들 밋츨 줄이 이시랴。

歌番 (二三六) 쇼친 더운 房의 春睡를 느지 ᄭᆡ에 一竿竹 두러메고 압내로 ᄂᆞ려가니 아마도 世外 閒情은 나뿐인가 ᄒᆞ노라。

歌番 (二三七) 白雲은 簷下의 자고 倦鳥는 林中의 잔다。 數村 鷄犬이 野人家의 風味로다。 人間世를 다 니ᄌᆞ시니 어늬 벗이 ᄎᆞᄌᆞ오리。

歌番 (二三八) 王簫를 손의 들고 金水亭 올나가니 銀鉤鐵索이 石面의 ᄇᆞᆰ아또다。 至今에 楊蓬萊 업ᄉᆞ니 놀니 업ᄉᆞᄒᆞ노라。

歌番 (二三九) 蒼王屛 깁흔 골의 宙門이 嚴肅ᄒᆞ니 三賢同德이 萬古이 빗나도다。 夕陽의 晩學 後生이 不勝景仰ᄒᆞ여라。

歌番 (二四〇) 벼ᄉᆞ를 ᄇᆞ리거라。 젓나귀로 도라오니、 새

가을 金水亭의 여윈 고기 술지도라。아희야 그물 더져라。날 보내려 ᄒᆞ노라。

歌番 (二四二) 南宮에 술을 두고 三傑을 의논ᄒᆞ니 運籌帷幄之中ᄒᆞ여 決勝千里之外와 鎭國家 撫百姓ᄒᆞ여 給饋餉不絶糧道와 連百萬之 衆ᄒᆞ여 戰必勝攻必取ᄂᆞᆫ 三傑이라니를연이와 아마도 陳孺子의 六出奇計를 혜면 나ᄂᆞᆫ 반드시 마론 四傑이라 ᄒᆞ노라。

歌書 (二四四) 春水ᄋᆡ 비를 ᄯᅴ여 가ᄂᆞᆫ ᄃᆡ로 노ᄒᆞ시니 물알ᄋᆡ 한늘이오 한늘 우희 물이로다。此中의 老眼의 뵈ᄂᆞᆫ 곳든 霧中인가 ᄒᆞ노라。

歌番 (二四五) 먼듸 ᄃᆞᆰ 오러ᄂᆞ냐。품의 든 님 가랴 ᄒᆞ너。이제 보내고도 반밤이나 남아시니 ᄎᆞ라리 보내지 말고 남은 졍을 펴리라。

右 二章 金弘道製 등이 그것이다。

一、어떤 作品의 첫 머리에 作者의 이름이 表示되어 있는 點。(그 中에는 作者의 이름이 틀린 것도 적지 않다。)

一、作品 中에는 誤字·脫字·틀린 綴字、特異한 記寫 등 적지 않게 눈에 띄는 點。

그 實例를 몇만 들어보면 이렇다。

◆ 誤字의 例:

× 珍伊 / ○ 眞伊
× 萬傾波 / ○ 萬頃波
× 司鍾 / ○ 嗣宗
× 庭柯 / ○ 眄庭柯
× 頤顔 / ○ 怡顔
○ 帷幄
× 一生의 願怨ᄒᆞ기를 / ○ 一生 怨恨ᄒᆞ기를 (歌番三八)
× 一片春心 / ○ 一枝春心

◆ 誤綴의 例:

× 대빌셔라 / ○ 대빌셰라
× 혀랴리면 / ○ 혜아리면
× 나분인가ᄒᆞ노라 / ○ 나쁜인가ᄒᆞᄂᆞ라
× 곳들사와 / ○ 고즐새와
× 온 지 / ○ 온ᄯᅳ지
× 鴻鵠의 막이니 / ○ 鴻鵠의 무리니
× 물알이 한늘이오。 / ○ 물아릐 하늘이오。
× 뵈ᄂᆞᆫ 곳든 / ○ 뵈ᄂᆞᆫ 곳은
× 압못싀 / ○ 압못에
× 그립고 아소은 마음의 향해던가ᄒᆞ노라 / ○ 그립고 아쉬운 마음에 행혀던가ᄒᆞ노고

◆ 脫字의 例:

× 그를 슬ᄒᆞ노라。 / ○ 그를 슬허ᄒᆞ노라。
× 爲國忠誠 못내스러홈이라。 / ○ 爲國忠誠을 못내스러홈이라。
× 綠陰芳草 勝花라 ᄒᆞᄂᆞ뇨。 / ○ 綠陰芳草를 勝花時라 ᄒᆞᄂᆞ뇨。

× 소겻관
○ 소겻관디
× 물알미 하늘이오。 × 뵈는곳든
○ 물아릐 하늘이오。 ○ 뵈는곳은

以上을 통틀어 結論지어 말하면 이 京山本 靑丘永言은 純祖一五年(一八一五) 무렵에 京山 李漢鎭(一七三二~一八一五 A・D무렵)의、二五七首의 時調를 收錄한 조그만 歌集이다

本歌集은、다른 歌集처럼 曲調나 作家에 依하여 分類・編纂하지도 않았고、

作品의 作者도 많이 表示하지도 않았으며、表示된 作品名도 틀린 것이 가끔있고、誤字、脫字、誤綴도 적잖게 눈에 띄고、같은 作品을 달리 記寫한 것도 없지 않아、短點 많은 歌集이라 할 밖에 없으나。다른 歌集에 없는 作品이 一二首나 收錄되어 있음은 그 長點이라 하겠다。

아무렇든 이 歌集은 六堂本 靑丘永言의 抄略本이라 할 歌集으로서、本靑丘永言의 異本이라 할 수 있다。

다만、다른 靑丘永言 異本에는 다 있는 序、後跋、題靑丘永言、靑丘永言、目錄은 缺如되어 있다。

四、朝鮮文庫本 靑丘永言과 延專 靑丘永言、六堂本 靑丘永言과의 관계

이 朝鮮文庫本 靑丘永言이란 天台山人이 延專本 靑丘永言을 印刷臺本으로 하고、大學本(이에서는 六堂本이라 하는 ——) 校正原本으로 삼아 一九三九年에 學藝社에서 朝鮮文庫의 第一部 第二冊으로 發行한 活字本을 가리키는 것이다。

그런데 朝鮮文庫本이란 大學本(六堂本) 대로라면

「六二四 밋남진 慶州 싸리뷔장ᄉᆞ……」가

「六五七 天君이 赫怒ᄒᆞ샤……」와

六五八 自古男兒의 豪心樂事를……」과의 사이에 들어가야 하고 ——

大學本의

「六三一 南無阿彌陀佛南無阿彌陀佛ᄒᆞᆫ들……」

「六三二 天君衙門에 所志 알외ᄂᆞ니……」

「六三三 달바즈는 쎵쎵 울고……」

「六三四 江原道 雪花紙를……」

「六三五 漢高祖의 文武之功을……」

「六三六 ᄉᆞ랑ᄉᆞ랑 고고이 미친 ᄉᆞ랑……」

이 朝鮮文庫本 註에 들어가 있고、(—— 編者의 失手로

延專本에 있는

「六三一 功名이 그지 이시랴……」(—三 가더들어가고、

大學本의

「六八五 즁놈도 ᄉᆞ롬인양ᄒᆞ야……」

「六八六 님 다리고 山에 가도 못살 거시……」

「六八七 三春色 쟈랑 마라……」

「六八八　너本是山界人으로……」

「六八九　어제런지 그제런지……」

「六九〇　듯텁이 면파리 문고……」

를 註에 더넣은 것 (一四이 朝鮮文庫本인 것이다。 따라서 朝鮮文庫本에 收錄된 時調는 六堂本보다 한 首가 더 收錄되어 있는 셈이다。 그러나、延專本에는 大學本(六堂本)에 들어있는 時調 二首가 없으나、延專本에만 있다는 六三三功名이 그지이시랴……」는 大學本에도 있다。곧 六〇 功名이 그지 이시랴……」가 그것이다。이런 點으로 보아 延專本은 六堂本을 轉寫한 것으로서、그 轉寫過程에서 轉寫者의 失手로 時調二一首를 빼먹고、「六二四 밋남진 慶州싸리뷔장스……」를 다른 데다가 넣은 것이라고 보는 것이 타당할 것이다。

그렇다면 延專本이나 朝鮮文庫本은 六堂本의 한 異本에 지나지 않는 것임을 알 수 있을 것이다。

따라서、延專本이나 朝鮮文庫本은、六堂本의 序와 歌詞 等도 다름을 볼 수 없다(약간의 誤字나 脫字를 除外하고는—)

四、結　論

이를 要約하면

金天澤(一六八六～一七四五(?)은 字는 伯涵 또는 履叔이고 그 號는 南坡였다。일찌기 肅宗 때 捕校를 지낸 일이 있었으나 善家로써 이름이 높아 老歌齊 金壽長(一六九〇～一七六九A・D(?))과 더불어 英祖 때 歌曲界에서 雙璧을 이루고 있었고、두 사람은 〈相看不厭〉의 切親한 사이였다。

그는 聲律에도 精通하고 文章도 잘 지었고 時調作家로서도 頭角을 나타내고 있었다。그의 作品은 吳氏本 靑丘永言、六堂本 海東歌謠、朴氏本 海東歌謠 등에 傳來되는 것만도 七九首나 되어 時調作家中에서 作品의 數量에 있어서도 A級의 地位를 차지하고 있음을 말해주고 있다。

또한 黑窩 鄭來僑(一六八一～一七五七A・D)의 評을 빌어 말하면、그의 作品은『그 詞가 艶麗하고 理致가 있으며 音調節腔과 淸濁 高下가 스스로 律에 合致되어 松江의 作品과 어깨를 겨룰 만하다。……또 그 노래는 大部分이 江湖 山林 放浪 隱遯之語를 引用하여 反覆嗟歎하여 마지 않았다。』고 했는데 老歌齊의 孤山의 漁父歌에 對한 評(六堂本 海東歌謠 三八～三九丁 所載)中에『위의 漁父歌 五二章은 山林에 隱遯하여

江湖에 藏踪하고 功名을 弊履에 돌리고 富貴를 浮雲에 버려……」라 한 것은 이 南披의 作品에 對한 評으로도 該當될 것이다. 곧 그 作品의 內容을 分析하여 보면 閑適 三五首、醉樂 七首、遊樂 二首、모두 合하면 全 作品의 半以上을 차지하고 있음이 그것을 말해 주는 것이라 하겠다。 그러나 筆者의 보는 바로는 松江이나 老歌齋보다는 多少 損色이 없지 않은 듯하다。 그러나 그가 英祖 四年(一七二八A·D)에 〈麗季에서 朝鮮王朝에 이르기까지의 名公碩士와 閭井·閨秀의 作品을——히 蒐輯하여 이것을 正訛·繕寫하여 한 卷의 青丘永言〉을 만든 일은 무엇보다도 높이 評價해야 할 것이다。

그 편자는 둘 다 南披金天澤이다。

그런데 吳氏本에는 時調 五八〇首를 大體로 作家에 依하여 時代順으로 분류편찬된데 反하여 六堂本 青丘永言은 時調 九九九首를 曲調에 依하여 分類편찬되어 있고、 그 다음에 歌詞 一六篇이 더 收錄되어 있다。 그렇다고 하여 그 둘이 大相不同한 것은 아니다。 列聖御製、 名妓의 作品、 閭人의 作品 등 類似性도 적지 않은 것이다。

京山本 青丘永言은 그 편자도 南披가 아닌、 京山 李漢鎭이고、 曲名 表示도 없고、 六堂本 青丘永言을、 그 作品만 띠엄띠엄 一二五七首를 抄略하고、 續漁父詞(다른 歌集에 없는) 한 篇과、 다른 歌集에 없는 作品 또는 作家와 작품 一二首가 더 배열 원칙없이 수록되어 있을 뿐이다。 이런 점으로 보아 이 歌集은 六堂本의 異本이라 할 정도이고、 一二首의 時調와 續漁父詞가 있는 것이、 한 異色的이라고나 하겠다。

그리고、 朝鮮文庫本 青丘永言(活字本)과 延專本青丘永言(油印本)은、 六堂本 青丘永言의 한 異本에 지나지 않는、 남다른 특색 없는 歌集으로서、 延專本은 時調 九八八首(이 中에 「功名이 그 지이시라 青天는 天定이라。 ……」)는 중복되어 있다。)와 歌詞 一六篇이 수록되어 있을 따름이다。

---

1) 崔南善 : 時調類聚 序(時調類聚 一九二八、四、三〇)

2) 上揭 序

3) 歷代 時調集을 通하여、 그것에 收錄된 時調의 數量을 들면 다음과 같다。

青丘永言(吳氏本) 五八〇首
青丘永言(六堂本) 九九九首
海東歌謠(無名氏 作 三一五首 包含) 八八三首
歌曲源流(國樂院本) 六六五首、 女唱 一九二首
瓶窩歌曲集 一 〇六九首
時調類聚 一 四〇五首
校注歌曲集(前間恭作 編著) 一 七八九首(歌詞包含)
增補 歌曲源流(咸和鎭 編) 一 四二四首
時調全集(朝鮮文學全集 第一卷) 一 六四八首
韓國時調集 二 〇一五首
時調文學事典(鄭炳堂 編著) 二 三七六首
歷代時調全書(沈載完 編著) 三 三三五首 等

4) 吳氏本 青丘永言에 실려 있는 黑窩의 青丘永言 序에

「南坡 金君伯涵 以善歌 鳴一國 云云』이라 했고、同書 黑窩의
南坡作品跋에
「金君履叔 以善唱 名國中 云云」
六堂本 青丘永言에 실려 있는 玄窩 鄭潤卿의 지은 青丘永言序
에
「南坡 金君履叔 以善歌 鳴一國 云云」했고、六堂本 海東歌謠에
실려있는 玄窩 鄭潤卿의 金天澤 作品跋에
『金君伯涵 以善唱 國中 云云』했다。
以上에 依하여 金天澤의 字는 伯涵 또는 履叔임이 確實하다。

5) 六堂本 海東歌謠 所載 ○〈名歌體容異別不同之格〉 맨 끝에
〈丁亥 春 正月 老歌齋七八翁金壽長書〈라 했고 多田正知 『에
丘永言과 歌曲源流』(日文) 五五六面 八行에 〈歌譜改正書 己
丑……八○翁〉이란 것이 있다。
이에서 己丑年은 翁祖 四五年(一七○九A.D)에 該當한다。

6) 前揭 朴氏本 海東歌謠 序에
『散人 金天澤……』이라 했고、六堂本 海東歌謠 ○
〈作家 諸氏〉에
『金天澤…字伯涵、號南坡、肅宗朝 捕校』라 했다는 것으로
이를 알 수 있다。

7) 金天澤은 朝鮮詩歌史綱(三七六面 二行)에서
『金天澤과……金壽長과는 敬亭山에서 後輩의 指導에 바댔다
云云』 했는데、敬亭山은 中國 安徽省 宣城縣의 北쪽에 있
는 山이름으로서 李白의 獨坐敬亭山이라 題한 詩에
衆鳥高飛盡
孤雲獨居閒
相着兩不厭
兄有敬亭山
이란 것이 있어(相着兩不厭)의 뜻을 表示한 것이다。

吳氏本 青丘永言書 所載 東溟 歌譜跋에도
『余 髮未燥已嗜詩 猥爲鄭東溟斗卿所奬愛 當呼余爲敬亭山 蓋
相着不厭之意也』라 한 것도 있다。

8) 前揭 青丘永言과 海東歌謠(五四六面 一三行) 參照

靑丘永言

靑丘永言序

古之歌者必用詩歌而文之者爲詩々而被之管絃者爲歌々與詩固一道也自三百篇變而爲古詩古詩變而爲近體歌與詩分而爲二漢魏以下詩之中律者號爲樂府然未必用之鄕人邦國陳隋以後又有歌詞別體而其傳於世不若詩家之盛蓋歌詞之作非有文章而精聲律則不能故能詩者未必有歌爲歌者未必有詩至若 國朝代不乏人而歌詞之作絶無而僅有々亦不能久傳豈以 國家專尙文學而簡於音樂故然耶南坡金君履叔以善歌鳴一國精於聲律而兼攻文藝旣自製新翻畀里巷人習之因又蒐取我東方名公碩士之所作及閭井歌謠之自中音律者數百餘闋正其訛謬裒成一卷求余文爲序思有以廣其傳其志勤矣余取以覽焉其詞固皆艶麗可玩而其旨有和平惟愉者有哀怨悽苦者微婉則含蓄激仰則動人有足以懲一代之衰盛驗風俗之美惡可與詩家表裡並行而不相無矣嗚呼凡爲是詞者非惟述其思宣其鬱而止爾所以使人觀感而興起者亦寓於其中則登諸樂府用之鄕人亦是爲風化之一助矣其詞雖未必盡如詩家之巧其有益世道反有多焉則世之君子置而不採何也豈亦賞音者寡而莫之省歟履叔乃能識此於數百載之下得之於黜昧湮沒之餘欲以表章而傳之使作者有知於泉壤其必以履叔爲朝

暮之子雲矣履叔既善歌能自爲新聲又與善琴者金聖器托爲峨洋之契金師操琴履叔和而歌其聲瀏々然有可以動鬼神發陽和二君之技可謂妙絶一世矣余嘗幽憂有疾無可娛懷者履叔其必與金樂師來取此詞歌之使我一聽而得洩其湮欝也歲戊申春玄窩鄭潤卿序

昔陰康氏之時民得重膇之疾學歌舞以解之歌舞之出自此始焉

古之秦青韓娥善歌者秦聲振林木響遏行雲韓餘音繞梁欐三日不絶魯人虞舆聲發盡動梁上塵

我東人所作歌曲專用方言間雜文字率以諺書傳行於世蓋方言之用在其國俗不得不然也其歌曲雖不能與中國樂譜比並亦有可觀而可聽者中國之所謂歌即古樂府暨新聲被之管絃者俱是也我國則發之藩音協以文語此雖與中國異而若其情境咸載宮商諧和使人詠歎滛泆手舞足蹈則其歸一也

夫文章詩律刋行于世傳之永久歷千載而猶有所未泯者至若永言有似花草榮華之飄風鳥獸好音之過耳也一時諷詠於口頭自然沈晦未免湮沒于後不慨惜哉自麗季至國朝以來名公碩士及閭井閨秀無名氏之作一々蒐輯正訛善寫讎爲一卷名之曰青丘永

言使凡當世之好事者口誦心惟手披目覽以圖廣傳焉南坡居士識

青丘永言後跋

「之」當作天
「脈」當作眎

金之澤一日持青丘永言一編以來脈余曰是編也固多國朝先輩名公鉅人之作而以其收也委巷市井淫哇之談俚褻之說亦往々而在歌固小藝也而又以是累之君子覽之得無病諸天子以爲奚如余曰無傷也孔子刪詩不遺鄭衛所以備善惡而存勸戒詩何必周南關雎歌何必虞廷賡載惟不離乎性情則幾矣詩自風雅以降日與古背驁而漢魏以後學詩者徒馳騁事辭以爲博藻績景物以爲工甚至於較聲病鍊字句之法出而情性隱矣下逮吾東其弊滋甚獨有歌謠一路差近風人之遺旨率情而發緣以俚語吟諷之間油然感人至於里巷謳歈之音腔調雖不雅馴凡其愉佚怨歎猖狂粗莽之情狀態色各出於自然之眞機使古觀民風者采之吾知不于詩而于歌々其可少乎哉曰然則願徼惠夫子一言以賁斯卷余曰諾余平生好聽歌尤好聽汝之歌而汝以歌爲請吾安得無言遂書其問答而歸之澤爲人精明有識解能誦詩三百蓋非徒歌者也丁未季夏下浣磨嶽老樵題

題青丘永言後

已矣周王三百詩吾生々後太平時憂深末路無懲勸里巷謌謳採者誰
秋國風謠賴爾聞二南王化望吾君新翻休唱何清調此老元固鳥獸羣

秦靑即是爾前身世愛其聲我愛人紅蓼白鷗漁父曲爲余吟弄廣湖春

玄默困敦孟春廣湖漁父　壬子歲

靑邱永言目錄

歌永言語短聲長平聲哀而安上聲厲而擧去聲淸而遠入聲直而促依其言詠以歌

中大葉徘徊有一唱三歎之味

後庭花低昂回互有變風之態

數大葉宛轉流鶯有軒擧之意

羽　調　舜御南薰殿上以五絃琴彈解民慍之曲聲律正大和平淸壯疎暢玉斗撞破碎屑鏘鳴

界面調　昭君辭漢往胡時白雪紛々馬上彈琵琶聲律嗚咽凄愴哀怨激烈忠魂沈江餘恨滿楚

平　調　雄深和平黃鍾一動萬物皆春

洛陽三月邵子乘車百花叢裡按轡徐行

詩曰　月到天心處　風來水面時　一般淸意味　料得少人知

羽　調　項羽躍馬雄劒腰鳴大江以西攻無堅城

詩曰　雪淨胡天牧馬還　月明羌笛戍樓間　借問梅花何處落　風吹一夜滿關山

界面調　令威去國千載始歸纍々塚前物是人非

詩曰　洞庭西望楚江分　水盡南天不見雲　日落長沙秋色遠　不知何處吊湘君

初中大葉　南薰五絃行雲流水

二中大葉　海濶孤帆平川挾灘

三中大葉　項羽躍馬高山放石

初後庭花　鴈叫霜天草裡驚蛇

二後庭花　空閨少婦哀怨凄愴

初數大葉　長袖善舞細柳春風

二數大葉　杏壇說法雨順風調

三數大葉　轅門出將舞刀提戟

騷　　聳　波濤洶湧舟楫出沒

編騷聳耳　猛將交戰用戟如神

栗糖數葉　暴風驟雨燕子橫飛

蔓　　横　舌戰羣儒變態風雲

羽界樂時調　堯風湯日花爛春城

言樂時調　花含朝露變態無窮
編樂時調　春秋風雨楚漢乾坤
編數大葉　大軍驅來鼓角齊鳴

靑丘永言

羽調

初中大葉

1 ◡空山이寂寞ᄒᆞᆫ듸슬피우ᄂᆞᆫ저杜鵑아蜀國興亡이어제오날아니여든至今에피나게
울어남의애를긋ᄂᆞ니

二中大葉

2 ○이바楚ㅅᄉᆞᄅᆞᆷ드라네님君이어듸가니六里靑山이뉘ᄯᅡ히되단말고아마도武關다든
後ㅣ니消息몰나ᄒᆞ노라

三中大葉

3 ◡三冬에뵈옷닙고巖穴에눈비마ᄌᆞ구름센볏뉘도쬔적이업건마ᄂᆞᆫ西山에희지다ᄒᆞ
니눈물계워ᄒᆞ노라 曺植

4 ○부헙고섭거올슨아마도西楚霸王溝東天下야어드나못어드나千里馬絶代佳人을
누를쥬고니거니

晋化葉

5○松林에눈이오니柯枝마다곳지로다ᄒᆞᆫ柯枝것거ᄂᆡ여님계신ᄃᆡ드리고져님계셔보
오신後에녹아진들어이리

界面初中大葉

6○잘ᄉᆡ는나라들고ᄉᆡ달이도다온다외나무다리로호올노가는저禪師야네절이엇ᄆᆡ
나ᄒᆞᆫ관ᄃᆡ遠鍾聲이들니ᄂᆞ니

二中大葉

7○碧海渴流後에모ᄅᆡ뫼여셤이되여無情芳草는ᄒᆡ마다푸르로되엇더타우리의王孫
은歸不歸ᄅᆞᆯᄒᆞᄂᆞ니

三中大葉

8○清凉山六々峯을아느니나와白鷗白鷗야헌ᄉᆞᄒᆞ랴못미들슨桃花ㅣ로다桃花야떠
지지마라漁子ㅣ알가ᄒᆞ노라

北殿

9○누은들잠이오며기다린들님이오려이제누어신들어늬잠이하마오리차라로안즌
곳듸셔긴밤이나ᄉᆡ오쟈

10 ○秦淮에ᄇᆡᄅᆞᆯᄆᆡ고酒家ᄅᆞᆯ차저가니隔江商女ᄂᆞᆫ亡國恨을모로고셔烟籠水月籠沙ᄒᆞᆯ제後庭花만부르더라 高敬命 號霽峯字而順明廟朝參判

羽調初數大葉

11 ○天皇氏지으신집을堯舜에와灑掃ㅣ러니漢唐宋風雨에기우런지오ᄅᆡ도다우리도聖主뫼옵고重修ᄒᆞᆯ가ᄒᆞ노라

12 ○金烏와玉兎드라뉘너ᄅᆞᆯ좃니관ᄃᆡ九萬里長空에허위허위단이ᄂᆞ니이後ᄂᆞᆫ十里에ᄒᆞᆫ番식쉬여쉬여단여라

13 ○南薰殿달발근밤에八元八凱다리시고五絃琴一聲에解吾民之慍兮로다우리도聖主뫼옵고同樂太平ᄒᆞ리라

14 ○南八아男兒ㅣ死이언정不可以不義屈矣여다웃고對答ᄒᆞ되公이有言敢不死아千古에눈물딘英雄이몃々친줄알니오 金尙憲

15 ○冬至ᄯᆞᆯ기나긴밤을ᄒᆞᆫ허리ᄅᆞᆯ둘헤ᄂᆡ여春風니불아ᄅᆡ서리서리너헛다가어룬님오신날밤이여드란구뷔구뷔펴리라 眞伊

16 ○어제ᄂᆡ일이아그릴줄을모로던가이시라ᄒᆞ더면가랴마ᄂᆞᆫ제구ᄐᆡ여보ᄂᆡ고그리ᄂᆞᆫ情은나도몰ᄂᆞᄒᆞ노라

二 數 大 葉

太宗大王　御製

17 ○이런들엇더ᄒᆞ리저러ᄒᆞᆫ들엇더ᄒᆞ리萬壽山드렁츩이얽어진들긔엇더ᄒᆞ리우리도
이ᄀᆞ치얽어져셔百年가지ᄒᆞ리라

成宗大王

18 ○이시렴부ᄃᆡ갈다아니가든못ᄒᆞᆯ소냐無端이네슬터냐남의말올드럿ᄂᆞ냐그려도하
의답고야가ᄂᆞᆫ뜻을닐너라

孝宗大王

19 ○靑江에비듯ᄂᆞᆫ소ᄅᆡ긔무어시우읍관ᄃᆡ滿山紅綠이휘드러웃ᄂᆞᆫ고나두어라春風이
몃날이리우을셕로우어라

20 ○靑石嶺지나거다草河口ㅣ어ᄃᆡ메오胡風도참도찰샤구즌비ᄂᆞᆫ무ᄉᆞᆷ일고뉘라서닉
行色그려다가님계신ᄃᆡ드릴고

21 ○朝天路ㅣ브의단말가玉河關이뷔단말가大明崇禎이어ᄃᆡ러로가단말가三百年事
誠大信을못닉슬허ᄒᆞ노라

22 ○앗가야사람되야왼몸에깃시돗쳐九萬里長天에ᄑᆞ드득소샤올나가셔님계신九重

宮闕을굽어볼가ᄒᆞ노라

肅宗大王

23○秋水ᄂᆞᆫ天一色이오龍舸ᄂᆞᆫ泛中流ㅣ라簫鼓一聲에解萬古之愁兮로다우리도萬民다리고同樂太平ᄒᆞ리라

翼宗大王 甲午追崇

24○四旬稱慶ᄒᆞ오실제ᄯᅵ마ᄌᆞᆫ豊作이라兩麥이大登ᄒᆞ고百穀이푸르럿다上天이雨順風調ᄒᆞ샤우리慶事ᄅᆞᆯ도으시다

25○春塘臺바라보니四時에ᄒᆞᆫ빗치라玉燭이照光ᄒᆞ야壽域에올나ᄂᆞᆫ듯萬民이이ᄯᅵᄅᆞᆯ만나ᄂᆞᆰ글뉘ᄅᆞᆯ모로더라

26○御極三十年에堯天인가舜日인가巍々蕩々ᄒᆞ오심을뉘能히일흠ᄒᆞᆯ고아마도四時로비기시면봄이신가ᄒᆞ노이다

27○祖宗큰基業을一人元良ᄒᆞ오시니九重에深處ᄒᆞ야孝養을바드시니어즈버周文武憂ᄅᆞᆯ다시본듯ᄒᆞ여이다

28○和氣ᄂᆞᆫ滿乾坤이요文名은極一代라도모지혜아리면우리聖主敎化ㅣ로다아마도聖壽無疆ᄒᆞ오시미我東方福이신가ᄒᆞ노이다

29○孔夫子ㅣ尼丘山에나리시니庚戌年을東方에우리聖上또庚戌年에誕降이라아마
도天地間大聖人은이두분이신가ᄒᆞ노이다

30○金樽에가득ᄒᆞᆫ술을玉盞에밧들고셔心中에願ᄒᆞ기를萬壽無疆ᄒᆞ오소서南山이이
ᄯᅳᆺ을알아四時常靑ᄒᆞ시다

成　忠 百濟諫官不食死

31○뭇노라汨羅水야屈原이어이죽다터니讒訴에더러인몸죽어뭇칠ᄯᅡ히업셔滄波에
骨肉을ᄲᅢ셔魚腹裏에葬ᄒᆞ니라

乙　巴　素 高句麗處士隱居鴨綠山中東部劉晏薦之爲相明政敎信賞罰治國安民

32○越相國范小伯이名遂功成못ᄒᆞᆫ前에五湖烟月이됴흔줄알건마는西施를싯노라ᄒᆞ
여느져도라가니라

禹　倬 高麗忠烈王時監察

33○春山에눈녹인바람건듯불고간듸업다져근듯비러다가마리우희불니고져귀밋틔
희묵은서리를녹여볼가ᄒᆞ노라

34○ᄒᆞᆫ손에막듸잡고또ᄒᆞᆫ손에가싀쥐고늙는길가싀로막고오는白髮막듸로치려터니
白髮이졔몬져알고즈럼길노오더라

崔 冲 仕 高麗歷仕四朝出入將相老退居鄕里廣聚後學敎誨不倦東方學校之興蓋由冲始

35 ○白日은西山에지고黃河는東海로든다古來英雄은北邙으로드단말가두어라物有盛衰니恨홀줄이이시랴

李 兆 年 高麗忠惠王時爲政堂文學每入見王聞履聲曰兆年來矣整容以俟王縱飮諫官莫敢言獨公指斥不諱致仕還鄕

36 ○梨花에月白ᄒᆞ고銀漢이三更인제一枝春心을子規야알아마는多情도病인양ᄒᆞ야잠못드러ᄒᆞ노라

李 存 吾 號孤山高麗恭愍王時右正言極言辛旽之罪王大怒召存吾責之時旽與王並據胡床公目旽叱之惶駭不覺下床王愈怒貶茂長監務

37 ○구름이無心탄말이아마도虛浪ᄒᆞ다中天에ᄯᅥ이셔任意로단이면셔굿타여光明ᄒᆞᆫ날빗출덥퍼무ᄉᆞᆷᄒᆞ리요

元 天 錫 號耘谷高麗進士隱居雉岳山下躬親 太宗大王微時嘗受學及登極後召之不赴 上親幸其家亦不得見招其爨婢給食物而還

38 ○興亡이有數ᄒᆞ니滿月臺도秋草ㅣ로다五百年王業이牧笛에붓처시니夕陽에지나는客이눈물계워ᄒᆞ노라

李 穡 號牧隱字穎叔韓山人高麗門下侍中元朝翰林 本朝封韓山伯右相謚文靖穀子

39 ○白雪이ᄌᆞ々진골에구름이머흐레라반가온梅花는어ᄂᆡ곳듸픠엿는고夕陽에홀노서々갈곳몰나ᄒᆞ노라

鄭夢周 號圃隱字達可延日人高麗侍中 本朝贈領議政諡文忠

40 ○이몸이죽어죽어 一百番곳쳐죽어白骨이塵土되여넉시라도잇고업고님向ᄒᆞᆫ一片丹心이야가실줄이이시랴

麗史 太宗大王設宴邀致鄭夢周至酒闌 太宗大王把盃作觀歌以觀鄭夢周之意公作觀歌以和知其終不變之意也

吉再 號冶隱字再之善山人高麗注書

41 ○五百年都邑地ᄅᆞᆯ匹馬로도라드니山川은依舊ᄒᆞ되人傑은간ᄃᆡ업ᄂᆡ어즈버太平烟月이ᄭᅮᆷ이런가ᄒᆞ노라

郭輿 高麗人棄官隱居至 睿宗朝召致之以烏巾鶴氅常侍左右時人謂之金門羽客

42 ○五丈原秋夜月에어엿불ᄉᆞᆫ諸葛武侯竭忠報國다가將星이ᄯᅥ러지니至今에兩表忠言을못ᄂᆡ슬허ᄒᆞ노라

本朝

李之蘭 初名佟豆蘭女眞人也嘗從我 太祖大王征伐屢立功賜姓李氏封海陽伯

43 ○楚山에우ᄂᆞᆫ범과沛澤에潛긴龍이吐雲生風ᄒᆞ니氣勢도壯ᄒᆞᆯ시고秦나라외로온사ᄉᆞᆷ은갈곳몰나ᄒᆞ더라

孟思誠 號東浦字日明新昌人前朝文壯入我朝官至左相諡文貞

44 ○江湖에봄이드니밋친興이절노난다濁醪溪邊에錦鱗魚安酒삼고이몸이閒暇ᄒᆞ옴
도亦君恩이ᄉᆞᆺ다

45 ○江湖에여름이드니草堂에일이업다有信ᄒᆞᆫ江波ᄂᆞᆫ보ᄂᆡᄂᆞ니바람이라이몸이서ᄂᆞᆯ
ᄒᆞ옴도亦君恩이ᄉᆞᆺ다

46 ○江湖에가을이드니고기마다살지거다小艇에그믈싣고흘니ᄯᅴ여더져두고이몸이
消日ᄒᆞ옴도亦君恩이ᄉᆞᆺ다

47 ○江湖에겨울이드니눈깁피ᄌᆞ히남다샷갓빗기쓰고누역으로옷슬삼아이몸이칩지
아님도亦君恩이ᄉᆞᆺ다

卞　季　良　號春亭 世宗朝大提學諡文肅

48 ○治天下五十年에不知왜라天下事를億兆蒼生이戴己를願ᄒᆞᄂᆞ냐康衢에聞童謠ᄒᆞ
니太平인가ᄒᆞ노라

49 ○ᄂᆡ히죠타ᄒᆞ고남슬흔일ᄒᆞ지말고남이ᄒᆞᆫ다ᄒᆞ고義아녀든좃지말아우리ᄂᆞᆫ天性을
직희여삼긴ᄃᆡ로ᄒᆞ리라

金　宗　瑞　號節齋順天人官至左相

50 ○朔風은나모ᄭᅳᆺ틔불고明月은눈속에찬듸萬里邊域에一仗劍집고서々긴바람큰ᄒᆞᆫ

소ᄅᆡ에것칠거시업셰라

51 ○長白山에旗를옷고豆滿江에물씻기니셕근져션븨야우리아니사나희야엇더타凌烟閣上에뉘얼골을그릴고

成 三 問 (號梅竹軒字謹甫昌寧人 端宗朝參判謚文忠六臣)

52 ○首陽山바라보며夷齊를恨ᄒᆞ노라주려죽을진졍採薇도ᄒᆞᄂᆞᆫ것가아무리푸싀엿거신들긔뉘ᄯᅡ희낫더니

53 ○이몸이죽어가셔무엇시될고ᄒᆞ니蓬萊山第一峯에落々長松되얏다가白雪이滿乾坤ᄒᆞᆯ제獨也青々ᄒᆞ리라

朴 彭 年 (號醉錦堂字仁叟平陽人 端宗朝官至工參六臣)

54 ○가마귀눈비마자희ᄂᆞᆫ듯검노ᄆᆡ라夜光明月이야밤인들어두으랴님向ᄒᆞᆫ一片丹心이야變ᄒᆞᆯ줄이이시랴

李 塏 (端宗朝六臣)

55 ○窓안에혓ᄂᆞᆫ燭불눌과離別ᄒᆞ엿관듸것흐로눈물디고속타ᄂᆞᆫ줄모로ᄂᆞᆫ고져燭불날과갓ᄒᆞ여속타ᄂᆞᆫ줄모로더라

俞 應 孚 (端宗朝六臣)

56 ○간밤에부던바람눈서리치단말가落々長松이다기우러지단말가허믈며못다핀곳
지야닐너무슴ᄒᆞ리오

王邦衍 開城人蔭官金吾郎

57 ○千萬里머나먼길에고온님여희오고ᄂᆡ마음둘듸업서시ᄂᆡ가에안ᄌᆞ시니져물도ᄂᆡ
안갓ᄒᆞ여우러밤길녜ᄂᆞᆫ다

李賢輔 號聾巖字棐仲永川人官至崇政諡孝節

58 ○歸去來歸去來ᄒᆞ되말ᄲᅮᆫ이오가니업ᄉᆡ田園이將蕪ᄒᆞ니아니가고엇지ᄒᆞᆯ고草堂에
淸風明月은나며들며기다린다

嘉靖壬寅秋公始解組歸飲餞于漢北江醉臥舟中月上東山微風乍起詠陶彭澤舟搖々而輕颺之句歸興益濃乃作此歌歌本淵明歸去來辭而作故稱效嚬

59 ○聾巖에올나보니老眼이猶明이로다人事ㅣ變ᄒᆞᆫ들山川인들가실쇼냐巖前에某山
某邱ᄂᆞᆫ어제본듯ᄒᆞ여라

60 ○功名이그지이시랴壽夭도天定이라金犀ᄯᅴ굽은허리에八十逢春긔몃ᄒᆡ오年々에
오날이야亦君恩이샷다

漁父歌五章

61 ○이中에시름업시니漁父의生涯로다一葉扁舟를萬頃滄波에ᄯᅴ여두고人世를다이

졋거니날가는줄아니오

62 ○굽어보니千尋綠水도라보니萬疊靑山十丈紅塵이언마나가렷는고江湖에月白ᄒᆞ
거든더옥無心ᄒᆞ여라

63 ○靑荷에밥을ᄡᆞ고綠柳에고기ᄭᅦ여蘆荻花叢에ᄇᆡ미여두엇시니두어라一般淸意味
를어ᄂᆡ분이아로실고

64 ○山頭閑雲起ᄒᆞ고水中白鷗飛라無心코多情ᄒᆞ기이두거시로다一生에시름을잇고
너를좃ᄎᆞ놀니라

65 ○長安을도라보니北闕이千里로다漁舟에누엇신들이즐젹이슬쇼냐두어라ᄂᆡ시름
아니라濟世賢人이업스랴

李彦迪 號晦齋字復古驪州人 中宗朝科官贊成諡文元年六十三從祀文廟

66 ○天覆地載ᄒᆞ니萬物의父母ㅣ로다父生母育ᄒᆞ니이ᄂᆡ의天地로다이天地저天地즈
음에늙글뉘를모로리라

李珥 號栗谷字叔獻德水人監察元秀子 明宗朝官至贊成諡文成年四十九從祀文廟

67 ○高山九曲潭을사름이모로더니誅茅卜居ᄒᆞ니벗님네다오신다어즈버武夷를想像
ᄒᆞ고學朱子를ᄒᆞ리라

68 ○一曲은어듸메오冠巖에ᄒᆡ비췬다平蕪에ᄂᆡ거드니遠山이그림이라松間에綠樽을
노코벗오는양보노라

69 ○二曲은어듸메오花巖에春晩커다碧波에쏫출ᄯᅴ워野外로보내노라사ᄅᆞᆷ이勝地를
모로니알게ᄒᆞᆫ들엇더ᄒᆞ리

70 ○三曲은어듸메오翠屛에닙퍼져다綠樹에春鳥는下上其音ᄒᆞ는듸盤松이ᄇᆞᄅᆞᆷ을바
드니여름景이업세라

71 ○四曲은어듸메오松崖에ᄒᆡ넘는다潭心巖影은온갓빗치잠겨셰라林泉이깁도록됴
흐니興을겨워ᄒᆞ노라

72 ○五曲은어듸메오隱屛이보기됴희水邊精舍는瀟灑홈도가이업다이中에講學도ᄒᆞ
려니와詠月吟風ᄒᆞ오리라

73 ○六曲은어듸메오釣溪에물이넙다나와고기와뉘야더옥즐기는고黃昏에낙ᄃᆡ를메
고帶月歸를ᄒᆞ노라

74 ○七曲은어듸메오楓巖에秋色됴타淸霜이녑게치니絶壁이錦繡ㅣ로다寒巖에ᄒᆞᆫ자
안자집을잇고잇노라

75 ○八曲은어듸메오琴灘에달이밝다玉軫金徽로數三曲을노리ᄒᆞ니古調를알니업스

니혼ᄌᆞ즐겨ᄒᆞ노라

76
○九曲은어듸메오文山에歲暮커다奇巖怪石이눈속에뭇쳐셰라遊人은오지아니ᄒᆞ
고볼것업다ᄒᆞ더라

李　滉　號退溪字景浩眞寶人生員埴子 仁宗朝 官至贊成文衡諡文純年七十從祀文廟

77
○이런들엇더ᄒᆞ며저런들엇더ᄒᆞ료草野愚生이이러타엇더ᄒᆞ료ᄒᆞ믈며泉石膏肓을
곳쳐무슴ᄒᆞ리

78
○烟霞로집을슴고風月노벗을슴아太平聖代에病으로늙갓니이中에바라는일은허
믈이나업고쟈

79
○淳風이쥬다ᄒᆞ니眞實노거즛말이人性이어지다ᄒᆞ니眞實노올흔말이天下에許多
英才를쇽여말슴ᄒᆞ리오

80
○幽蘭이在谷ᄒᆞ니自然이듯기됴희白雲이在山ᄒᆞ니自然이보기됴희이中에彼美一
人을더옥잇지못ᄒᆞ여라

81
○山前에有臺하고臺下에有水ㅣ로다ᄯᅦ만흔갈멱이는오며가며ᄒᆞ거니엇더타皎々
白鷗는멀니마음ᄒᆞᄂᆞ니

82
○春風에花滿山이요秋夜에月滿臺라四時佳興이사ᄅᆞᆷ과ᄒᆞᆫ가지라허믈며魚躍鳶飛

雲影天光이야어늬그지이시랴

83 ○天雲臺도라드니玩樂齋瀟灑흔듸萬卷生涯로樂事ㅣ無窮ᄒᆞ여라이中에往來風流를일너무슴ᄒᆞ리오

84 ○雷霆이破山ᄒᆞ여도聾者는못듯ᄂᆞ니白日이中天ᄒᆞ여도瞽者는못보ᄂᆞ니우리는耳目聰明男子로聾瞽ᄀᆞᆺ치ᄒᆞ리라

85 ○當時에녜든길을몃ᄒᆡ를바려두고어듸가단이다가이제야도라온고이제야도라오나더듼마음말ᄒᆞ리

86 ○靑山은엇제ᄒᆞ여萬古애프로르며流水는엇제ᄒᆞ여晝夜에긋지아닛는고우리도긋지々말고萬古常靑ᄒᆞ리라

87 ○愚夫도알며ᄒᆞ거니긔아니쉬온가聖人도못다ᄒᆞ거니긔아니쉬온가쉽거나어렵거나늙는줄을모로리라

徐 敬 德 號花潭字可久唐城人 明宗朝授職處士年五十八諡文康

88 ○마음이어린後ㅣ니ᄒᆞ는일이다어리다萬重雲山에어늬님오리마는지는닙부는바람에힝혀귄가ᄒᆞ노라

曺 植 號南溟字健仲 明宗朝逸制官年七十二諡文貞昌寧人

89 ○頭里山兩湍水를네듯고이제보니桃花ᄯᅳᆫᄆᆞᆰ근물에山影조ᄎᆞ잠겨셰라아희야武陵
이어듸뇨나온녠가ᄒᆞ노라
成 守琛 號聽松字仲玉靜菴門人 明宗朝處士年七十二

90 ○이려도太平聖代저리ᄒᆞ여도聖代로다堯之日月이요舜之乾坤이라우리도太平聖
代에놀고놀가ᄒᆞ노라
成 渾 號牛溪字浩原守琛子 宣祖朝 叅贊諡文簡年六十四從祀文廟

91 ○時節太平토다이몸이閑暇커니竹林深處에午鷄聲아니런들깁피든華胥夢을뉘라
셔새오리오

92 ○말업ᄉᆞᆫ青山이오態업ᄉᆞᆫ流水ㅣ로다갑업ᄉᆞᆫ清風이오임자업ᄉᆞᆫ明月이라이中에病
업ᄉᆞᆫ이몸이分別업시늙으리라
宋 純 號仰亭字守初永平人 中宗朝判樞諡靖肅

93 ○風霜이셧거친날에갓픠온黃菊花를金盆에가득담아玉堂에봄이오니桃李야꼿인
쳬마라님의뜻을알쾌라
宋 寅 號頤菴字明中礪山人 中宗朝駙馬

94 ○드른말卽時닛고본일못본드시ᄂᆡ人事ㅣ이러ᄒᆞᄆᆡ남의是非모로노라다만只손이

셩ᄒᆞ니盞잡기만ᄒᆞ리라

成　運 號大谷字健叔 明宗朝司宰監正年八十三

95 ○堯舜ᄀᆞᄐᆞᆫ님군을뫼와聖代를다시보니太古乾坤에日月이光華ㅣ로다우리도壽域春臺에늙글줄을모로리라

奇大升 號高峯字明彦 明宗朝副學謚文忠

96 ○豪華코富貴키야信陵君만ᄒᆞᆯ가마ᄂᆞᆫ百年이못ᄒᆞ여무덤우희밧츨가니허믈며여나믄丈夫야닐너무슴ᄒᆞ리오

鄭斗卿 號東溟字君平溫陽人 仁宗朝官叅判文衡

97 ○金樽에가득ᄒᆞᆫ술을슬커시거우로고醉ᄒᆞᆫ後긴소릐에즐거오미그지업다아희야夕陽이진타마라달이도다오노ᄆᆡ라

白光薰 號玉峯

98 ○五世讐갑흔後에金기의業을닐워三萬戶辭讓ᄒᆞ고赤松子좃ᄎᆞ가니아마도見機高蹈ᄂᆞᆫ子房인가ᄒᆞ노라

洪　暹 號忍齋字退之南陽人 宣祖朝領相謚景憲年八十二

99 ○玉을돌이라ᄒᆞ니그려도이ᄃᆞᆲ괴야博物君子ᄂᆞᆫ아ᄂᆞᆫ法이잇건마ᄂᆞᆫ알고도모로ᄂᆞᆫ톄

ᄒᆞ니그ᄅᆞᆯ슬허ᄒᆞ노라

鄭 澈 號松江字季涵迎日人 宣祖朝左相諡文靖

100 ○어버이사라신제셤기々란다ᄒᆞ여라지나간後면ᄋᆡ닯다어이ᄒᆞ리平生에곳쳐못ᄒᆞᆯ 일은이ᄲᅮᆫ인가하노라

101 ○이보오져늙근이짐버셔날을주오나ᄂᆞᆫ져멋거니돌인들무거올가늙기도셜웨라커 든짐을조ᄎᆞ지실가

102 ○蓬萊山님계신듸五更친나모소릐城넘어구름지나客窓에들니리라江南에나려곳 가면그립거든엇지리

103 ○一定百年산들긔아니草々ᄒᆞᆫ가草々ᄒᆞᆫ浮生이무ᄉᆞᆷ일ᄒᆞ려ᄒᆞ여ᄂᆡ잡아勸ᄒᆞᄂᆞᆫ盞을 덜먹으려ᄒᆞᄂᆞ니

104 ○에셔나릐ᄅᆞᆯ드러두세番만부치면蓬萊山第一峯에고은님보련마ᄂᆞᆫᄒᆞ다가못ᄒᆞᄂᆞᆫ 일은닐너무ᄉᆞᆷᄒᆞ리

105 ○이몸허러ᄂᆡ여ᄂᆡᆺ물에씌오고져이물이우러네여漢江여ᄒᆞᆯ되다ᄒᆞ면그져야님그린 ᄂᆡ病이혈ᄒᆞᆯ法도잇ᄂᆞ니

106 ○ᄂᆡ마음허러ᄂᆡ여져달을민들고져九萬里長天에번드시걸녀이셔고은님계신곳에

비최여나볼가ᄒᆞ노라

107 ○南極老人星이息影亭에비최여셔滄海桑田이슬ᄏᆞ장뒤눕도록가지록ᄉᆡ빗츨ᄂᆡ여
그믈뉘롤모로리라

108 ○青天구름밧긔놉피ᄯᅥ는鶴이러니人間이됴트냐무ᄉᆞ일나려온다長지치다ᄯᅥ러지
도록나라갈줄모로ᄂᆞᆫ다

109 ○長지치다지게야날지롤곳쳐드러青天구름속에쇼々ᄯᅥ오른말이시훤코훤츨ᄒᆞᆫ世
界롤다시보고말왜라

110 ○新院々主되여되롱이삿갓메고細雨斜風에一竿竹빗기드러紅蓼花白蘋洲渚에오
며가며ᄒᆞ리라

111 ○ᄂᆡ樣姿남만못ᄒᆞᆯ줄나도잠간알것마ᄂᆞᆫ臙脂도바려잇고粉ᄯᅴ도아니미ᄂᆡ이리코괴
살가온ᄯᅳᆺ은全혀아니먹노라

112 ○지넘어成勸農집에술닉단말반겨듯고누은소블노박ᄎᆞ언치노화지즐타고아희야
네勸農계시냐鄭座首왓다ᄒᆞ여라

113 ○風波에일니든ᄇᆡ어드러로가단말고구름이머흘거든쳐음에날줄어이이허술ᄒᆞᆫᄇᆡ
두신분ᄂᆡ모다됴심ᄒᆞ소셔

李陽元 號鷺渚字伯春完山人 宣祖朝官領相文衡

114 ○놉프나 놉픈 남게 날勸ᄒᆞ여 올녀두고 이보오 벗님네야 흔드지마로소셔 나려져 죽기는 셟지아니나 님못볼가ᄒᆞ노라

李元翼 號梧里字公勵 宣祖朝領相謚文忠年八十三

115 ○綠楊이 千萬絲ㅣᆫ들 가는春風 ᄆᆡ여두며 探花蜂蝶인들 지는곳 어이ᄒᆞ리 아모리 사랑이 重ᄒᆞᆫ들 가는님을 어이ᄒᆞ리

李恒福 號白沙字子常慶州人判書夢亮子 宣祖朝領相文衡謚文忠

116 ○長沙王賈太傅야 눈물도 여릴시고 漢武帝昇平時에 痛哭은 무ᄉᆞᆷ일고 우리도 그런ᄯᆡ 만나시니 어이울고ᄒᆞ노라

117 ○鐵嶺 놉흔峯에 쉬여넘는 져구름아 孤臣寃淚를 비삼아 ᄯᅴ여다가 님계신 九重深處에 ᄲᅮ려볼가ᄒᆞ노라

李德馨 號漢陰字明甫廣州人 宣祖朝領相文衡年四十三謚文翼

118 ○큰盞에 가득부어 醉토록 먹으면서 萬古英雄을 손곱아 혜여보니 아마도 劉伶李白이 ᄂᆡ벗인가ᄒᆞ노라

119 ○달이 두렷ᄒᆞ여 碧空에 걸녀시니 萬古風霜에 ᄯᅥ러점즉ᄒᆞ다마는 至今에 醉客을 爲ᄒᆞ

여長照金樽ᄒᆞ노라

金 玄 成 號南窓字餘慶金海人官嘉善同敎寧有文名詩筆

120 ○나온者오날이야즐거온者今日이야즐거온오날이힝혀아니져물셰라每日에오날
갓트면무슴시름이시리

徐 益 號萬竹軒字君受恩津人官至義州府尹

121 ○이뫼흘허러니여져바다흘메오면은蓬萊山고은님을거러가도보련마는이몸이精
衛鳥갓타여바잔일만ᄒᆞ노라

洪 廸 號花衣子字太古官至舍人

122 ○어제오던눈이沙堤에도오돗던가눈이모릐곳고모릐도눈이로다아마도世上일이
다이러ᄒᆞᆫ가ᄒᆞ노라

林 悌 號白湖字子順羅州人官禮曹正郎有詩名

123 ○靑草욱어진곳에자ᄂᆞᆫ다누엇ᄂᆞᆫ다紅顔을어듸두고白骨만뭇쳐ᄂᆞᆫ다盞잡고勸ᄒᆞ리
업스니그를슬허ᄒᆞ노라

124 ○北天이맑다커ᄂᆞᆯ雨裝업시길흘나니山에ᄂᆞᆫ눈이오고들에ᄂᆞᆫᄎᆞᆫ비온다오날은챤비
마즈니어리쟐가ᄒᆞ노라

趙　憲 號重峯字汝式 宣祖朝提督官

125 ○滄浪에낙시너코扁舟에실녀시니落照淸江에비소릐더옥됴타柳枝에玉鱗을쎄여
들고杏花村을차즈리라

126 ○池塘에비ᄲᅮ리고楊柳에ᄂᆡ세인졔沙工은어ᄃᆡ가고뷘ᄇᆡ만ᄆᆡ엿ᄂᆞᆫ고夕陽에無心ᄒᆞᆫ
갈먹이ᄂᆞᆫ오락가락ᄒᆞ더라

李　舜　臣 字汝諧德水人武科官正憲統制使倭亂節死諡忠武

127 ○閑山셤ᄃᆞᆯᄇᆞᆰ은밤에戍樓에혼자안자큰칼녑희ᄎᆞ고긴ᄑᆞᆯ을든ᄂᆞᆫᄎᆡ에어ᄃᆡ서一聲
胡笳ᄂᆞᆫ斷我腸을ᄒᆞᄂᆞᆫ고

李　濟　臣 號淸江字夢應全義人武科官至嘉善北兵使

128 ○天地도唐虞적天地日月도唐虞적日月天地日月은古今에唐虞ㅣ로다엇더타世上
人事ᄂᆞᆫ나날달나가ᄂᆞ니

柳　自　新 文化人官判尹

129 ○秋山이夕陽을ᄯᅴ고江心에잠겨ᄂᆞᆫᄃᆡ一竿竹빗기들고小艇에안자시니天公이閑暇
ᄒᆡ너겨달을좃ᄎᆞ보ᄂᆡ더라

金　長　生 號沙溪字希元黃岡子栗谷門人宣祖朝參判諡文元年八十四從祀文廟

130 ○ᄃᆡ심거울을삼고솔심거亭子ㅣ로다白雲덥힌곳ᄃᆡ날잇는줄제뉘알니庭畔에鶴徘徊ᄒᆞ니긔벗인가ᄒᆞ노라

鄭 逑 號寒岡字道可南溟門人光海朝大司憲年七十八

131 ○江湖에期約을두고十年을奔走ᄒᆞ니그모른白鷗는더듸온다ᄒᆞ것마는聖恩이至重ᄒᆞ시니갑고가려ᄒᆞ노라

權 韠 號石洲字汝章安東人進士倜儻不仕光海朝寃死

132 ○이몸이되올진ᄃᆡ무어시될고ᄒᆞ니崑崙山上々頭에落々長松되엿다가群山에雪滿ᄒᆞ거든혼ᄌᆞ웃뚝ᄒᆞ리라

金 光 煜 號竹所字晦而安東人光海朝官判書

133 ○功名도이젓노라富貴도잇젓노라世上煩憂ᄒᆞᆫ일을오로다이젓노라ᄂᆡ몸을ᄂᆡ마ᄌᆞ이ᄌᆞ니남이아니이ᄌᆞ랴

134 ○陶淵明죽은後에또淵明이나단말이밤마을녯일홈이마쵸와ᄀᆞᆺ틀시고도라와守拙田園이야긔오ᄂᆡ오다로랴

135 ○江山閑雅ᄒᆞᆫ風景다쥬어맛ᄐᆞ잇셔ᄂᆡᄒᆞᆫᄌᆞ님ᄌᆞㅣ라뉘라셔닷틀소냐남이야숨ᄭᅮ지너긴들난화볼줄이시랴

136○히틀고싀ᄉᆞᆫ文書다쥬어후리치고匹馬秋風에ᄎᆡ를쳐도라오니아모리ᄆᆡ인ᄉᆡ노히
다이ᄃᆡ도록시원ᄒᆞ랴

137○ᄃᆡ막ᄃᆡ너를보니有信코반가왜라나니兒戲적에너를타고단이더니이後란窓뒤희
서잇다가날뒤셰워단여라

138○秋江밝근달에一葉舟혼ᄌᆞ저어낙ᄃᆡ를ᄯᅥᆯ쳐드니잠든白鷗ㅣ다놀난다어ᄃᆡ서一聲
漁笛은ᄌᆞᆺ초興을돕ᄂᆞ니

139○細비듣柯枝것거낙근고기ᄢᅦ여들고酒家를ᄎᆞᄌᆞ리라斷橋로건너가니그곳에杏花
ㅣ져날니니갈길몰나ᄒᆞ노라

140○崔行首쑥ᄃᆞ림ᄒᆞ셰趙同甲꼿ᄃᆞ림ᄒᆞᄉᆡ닭찜ᄀᆡ찜오려點心날시기소每日에이렁셩
굴면벼슬부럴줄이이시랴

141○東風이건듯부러積雪을다녹이니四面靑山이녯얼골나노ᄆᆡ라귀밋ᄐᆡ희묵은서리
ᄂᆞᆫ녹을줄모른다

142○言忠信行篤敬ᄒᆞ고酒色을삼가ᄒᆞ면ᄂᆡ몸에病이업고남아니우이ᄂᆞ니行ᄒᆞ고餘力
이잇거든學文조ᄎᆞᄒᆞ리라

143○黃河水ᄆᆞᆰ다더니聖人이나시도다草野群賢이다이러나단말가어즈버江山風月을

ᄂᆞᆷ을주고이거니

李 廷 龜 號月沙字聖徵延安人 仁祖朝左相文衡諡文忠年

144 ○님을미들것가못미들손님이시라미더온時節도못미들줄아라스라밋기야어려오라마는아니밋고어이리

申 欽 號象村字敬叔平山人 仁祖朝領相文衡諡文貞年六十三

145 ○樽中에술이잇고座上에손이가득大兒孔文擧를곳처어더보거이고어즈버世間餘子를일너무슴ᄒᆞ리

146 ○아ᄎᆞᆷ비오더니느즌後는바ᄅᆞᆷ이라千里萬里길에風雨는무슴일고두어라黃昏이머럿거니쉬여간들엇더ᄒᆞ리

147 ○蒼梧山히진後에二妃는어듸간고ᄒᆞᆷᄭᅴ못죽은들셔름이엇더튼고千古에이ᄯᅳᆺ알기는듸숨힌가ᄒᆞ노라

148 ○寒食비온밤에봄빗치다퍼졋다無情ᄒᆞᆫ花柳도ᄯᅢ를아라픠엿거든엇더타우리님은가고아니오시는고

149 ○功名이긔무엇고헌신ᄶᅩᆨ버슨이라田園에도라오니麋鹿이벗지로다百年을이리지님도亦君恩인가ᄒᆞ노라

150 ○혓가ᄅᆡ기나져르나기동이기우나지트나數間茅屋을작은줄웃지마라어즈버滿山
蘿月이다ᄂᆡ벗인가ᄒᆞ노라

151 ○내가에히오라비무ᄉᆞᆷ일셔잇ᄂᆞᆫ다無心ᄒᆞᆫ져고기ᄅᆞᆯ여어무ᄉᆞᆷᄒᆞ려ᄂᆞᆫ다아마도ᄒᆞᆫ믈
에잇거니이젓ᄉᆞᆫ들엇더ᄒᆞ리

152 ○어일샤져鵬鳥야우노라져鵬鳥야九萬里長天에무ᄉᆞ일을ᄂᆞ간다구렁에볍ᄉᆡᄎᆞᆷᄉᆡ
ᄂᆞᆫ못ᄂᆡ즐겨ᄒᆞ더라

153 ○山村에눈이오니돌길이뭇쳣셰라柴扉ᄅᆞᆯ여지마라날차ᄌᆞ리뉘잇스리밤中만一片
明月이긔벗인가ᄒᆞ노라

154 ○南山깁흔골에두어니랑이러두고三神山不死藥을다키여심근말이어즈버滄海桑
田을ᄒᆞᆫᄌᆞ볼가ᄒᆞ노라

155 ○술먹고노ᄂᆞᆫ일을나도왼줄알건마ᄂᆞᆫ信陵君무덤우희밧가ᄂᆞᆫ줄못보신가百年이草
草ᄒᆞ니아니놀고어이리

156 ○술이몃가지오淸酒와濁酒ㅣ로다먹고醉할션졍淸濁이關係ᄒᆞ랴달ᄇᆞᆰ고風淸ᄒᆞᆫ밤
이어니아니ᄭᆡᆫ들엇더ᄒᆞ리

157 ○是非업ᄉᆞᆫ後ㅣ니榮辱이不關ᄒᆞ다琴書ᄅᆞᆯ헛튼後에이몸이閒暇커니白鷗야機事ᄅᆞᆯ

이즘은너와닙가ᄒᆞ노라

158 ○四皓ㅣ진줏것가留侯의奇計로다眞實노四皓ㅣ면는 一定아니나오려니그려도아니
양ᄒᆞ야呂氏客이되도다

金 應 鼎 號松川字公燮 宣祖朝官湖堂大成

159 ○太平天地間에簞瓢를두러메고두ᄉᆞ미느리치고우즑우즑ᄒᆞ는뜻은人世에걸닌일
업스믜그룰됴화ᄒᆞ노라

韓 濩 號石峯 善筆

160 ○집方席니지마라落葉엔들못안즈랴솔불혀지마라어제진달도다온다아희야薄酒
山菜ㄹ만정업다말고니여라

朴 仁 老 萬戶 漢陰見盤中早紅使之作歌蓋事親至[illegible]

161 ○盤中早紅감을고아도보니업다柚子ㅣ아니라도픔엄즉ᄒᆞ다마는픔어가반기리업
스니그룰슬허ᄒᆞ노라

162 ○萬鈞을느려니여길게길게노흘ᄭᅩ아九萬里長天에가는히롤잡아미여北堂에鶴髮
雙親을더듸늙게ᄒᆞ리라

163 ○群鳳모드신듸외가마귀드러오니白玉ᄡᅡ흰듸돌ᄒᆞ나ᄀᆞᆺ다마는鳳凰도飛鳥의類ㅣ

라놀고갈가ᄒᆞ노라

趙纘韓 號玄州字善述漢陽人官承旨

164○天地몃番지며英雄은누고누고萬古興亡이수우ᄌᆞᆷ에ᄭᅮᆷ이여늘어듸서망녕의거슨노지말나ᄒᆞᄂᆞ니

李安訥 號東岳字士敏德水人容齋曾孫 仁祖朝文衡領相諡文惠

165○天地로帳幕삼고日月노燈燭삼고北海水휘여다가酒樽에다혀두고南極에老人星對ᄒᆞ여늙글뉘를모로리라

金瑬 號北渚字冠玉順天人汝岉子 仁祖朝文衡領相諡文忠反正功臣

166○瀟湘江긴ᄃᆡ버혀하늘비게뷔를ᄆᆡ여蔽日浮雲을다쓰러바리고져時節이하殊常ᄒᆞ니ᄲᅳᆯ동말동ᄒᆞ여라

洪瑞鳳 號鶴谷字輝世南陽人 仁祖朝文衡領相諡文靖

167○離別ᄒᆞ든날에피눈물난지만지鴨綠江나린물이푸른빗全혀업다비우희白髮沙工이쳐음본다ᄒᆞ더라

金尚容 號仙源字叔度安東人 仁祖朝領敦寧丙子胡亂江都將陷登南城自焚死

168○사랑이거즛말이님날ᄉᆞ랑거즛말이ᄭᅮᆷ에와뵈단말이긔더옥거즛말이날갓치ᄌᆞᆷ아

니오면어늬꿈에뵈오리

金 尙 憲 號淸陰字叔度尙容弟 仁祖朝左相文衡丁丑赴瀋九年而東還謚文忠

169 ○가노라三角山아다시보쟈漢江水야古國山川을떠나고쟈ᄒᆞ랴마ᄂᆞᆫ時節이하殊常ᄒᆞ니올동말동ᄒᆞ여라

具 仁 垕 字仲載綾城人武科 仁祖朝官至領相

170 ○御前에失言ᄒᆞ고特命으로ᄂᆡ치오ᄆᆡ이몸이갈듸업셔西湖를차ᄌᆞ가니밤中만닷ᄃᆞᆺᄂᆞᆫ소릐에戀君誠이ᄉᆡ로왜라

鄭 太 和 號陽坡字囿春東萊人 仁祖朝領相謚翼憲

171 ○술을醉케먹고두렷시안ᄌᆞ시니億萬시름이가노라下直ᄒᆞᆫ다아희야盞가득부어라시름餞送ᄒᆞ리라

李 後 白 號靑蓮字季眞 明宗朝吏判

172 ○蒼梧山聖帝魂이구름조ᄎᆞ瀟湘에나려夜半에흘너드러竹間雨되온ᄯᅳᆺ은二妃의千載淚痕을못ᄂᆡ씨셔홈이라

趙 存 性 號龍湖字守初漢陽人 仁祖朝知敦寧謚昭敏

173 ○아희야되롱삿갓출하ᄉᆞ라東澗에비지나거다기나긴낙ᄃᆡ에비늘업슨낙시ᄆᆡ여져

고기놀나지마라ᄂᆡ興겨워ᄒᆞ노라

174 ○아희야구럭망태메여라西山에날ᄂᆞ젓다밤디닌고사리하마아니자라ᄉᆞ랴이몸이이푸ᄉᆡ아니면朝夕어이지ᄂᆡ리

175 ○아희야粥早飯다고南畝에일만ᄒᆡ라셔투른ᄯᅡ뷔롤눌마조ᄌᆞ보려뇨두어라聖世耕田도亦君恩이샷다

176 ○아희야소먹여ᄂᆡ여라北郭에셔술먹ᄌᆞ大醉ᄒᆞᆫ얼골을달빗희실녀오니어ᄌᆞ버羲皇上人을오날다시보왜라

張 晚 號洛西字納古玉城人 仁祖朝官贊成兼兵判都元帥勳封玉城府院君謚忠定

177 ○風波에놀난沙工ᄇᆡ파라ᄆᆞᆯ을사니九折羊腸이믈도곤어려웨라이後란ᄇᆡ도ᄆᆞᆯ도말고밧갈기만ᄒᆞ리라

尹 善 道 號漁樵隱字約而海南人 仁祖朝官叅議謚忠憲

178 ○松間石室에가셔曉月을보려ᄒᆞ니空山落葉에길찻기어렵다어듸셔白雲이좃ᄎᆞ오니女蘿衣가무거웨라

曹 漢 英 號晦谷字守而昌寧人 仁祖朝官叅判謚文忠

179 ○玉蘭꼿치픠니十年이어ᄂᆡ덧고中夜悲歌에눈물계워안ᄌᆞ이셔살ᄯᅳ리셜운ᄆᆞ음은

나혼ᄌᆞㅣㄴ가ᄒᆞ노라

180 ○冊덥고窓을여니江湖에비ᄯᅥ잇다往來白鷗는무음ᄯᅳᆺ머음은지이後란功名을셜치고너를좃ᄎᆞ놀니라

鄭　蘊 號桐溪丙子胡亂隨駕入南漢及和議成刺刃幾死乃曰吾不死於南漢何面目見君妻子入山作此歌

181 ○首陽山나린물이夷齊의寃淚ㅣ되야晝夜不息ᄒᆞ고여흘여흘우는ᄯᅳᆺ은至今에爲國忠誠을못ᄂᆡ슬허ᄒᆞ노라

洪　翼　漢 丙子胡亂與吳達濟尹集斥和而三人並被執于淸遂遇害　孝廟朝追贈三學士

182 ○力拔山氣蓋世는楚覇王의버금이오秋霜節烈日忠은伍子胥의우희로다千古에凜々ᄒᆞᆫ大丈夫는漢壽亭侯ㅣㄴ가ᄒᆞ노라

林　慶　業 武兵使丙子講和後不屈於淸

183 ○半남아늙거시니다시졈든못ᄒᆞ여도이後ㅣ나늙지말고每樣이만ᄒᆞ엿고져白髮이네짐쟈ᄒᆞ여더듸늙게ᄒᆞ여라

李　明　漢 號白洲字　月沙子文衡吏判丙子亂爲姦人所執囚瀋獄經年乃釋還

184 ○綠水靑山깁흔곳듸靑藜緩步드러가니千峯은白雪이오萬壑에烟霧ㅣ로다이곳이景槪됴흐니네와놀녀ᄒᆞ노라

185 ○楚江漁夫들아고기낙가삼지마라屈三閭忠魂이魚腹裏에드럿ᄂᆞ니아모리鼎鑊이
살문들녀을줄이이시랴

186 ○십별지쟈죵다리셋다호위메고사립나니긴숩풀챤이슬에뵈좀방이다젓거다아희
야時節이됴흘셰면옷시젓다關係ᄒᆞ랴

187 ○ᄒᆞ여좁은소미셜치고가지마쇼草原長堤에히다져저믈엇다客窓에殘燈을도도고
안ᄌᆞ보면알니라

188 ○ᄭᅮᆷ에단이는길이자최곳날쟈시면님의집窓밧기石路ㅣ라도달흘노다ᄭᅮᆷ길이ᄌᆞ최
업스미그를슬허ᄒᆞ노라

金 堉 號潛谷字伯厚淸風人 孝宗朝領相諡文貞

189 ○자ᄂᆡ집에술닉거든부듸날을請ᄒᆞ시소草堂에곳지픠거드란나도자네를請ᄒᆞ옴세
百年間시름업ᄉᆞᆯ일을議論코져ᄒᆞ노라

李 浣 字澄之慶州人武科 孝宗朝官至右相

190 ○群山을削平턴들洞庭湖ㅣ널너지며桂樹를버히던들달이더욱밝을거슬뜻두고일
우지못ᄒᆞ니늙기셜워ᄒᆞ노라

姜 栢 年 號雪峯字叔久晉陽人 官崇祿判樞諡文貞

191 ○青春곱던樣姿님을ᄂᆡ여다늙거다이졔님이보면날인줄알오실가님게서날인줄알
쟈시면고ᄃᆡ죽다셜우랴

許 珽 號松湖字仲玉楊州人官承旨

192 ○日中三足烏ㅣ야가지말고ᄂᆡ말드러녀희ᄂᆞᆫ反哺烏ㅣ라烏中之曾子ㅣ니우리의鶴
髮雙親을더듸늙게ᄒᆞ여라

朗 原 君 侃號最樂堂

193 ○이술이天香酒ㅣ라모다ᄃᆡ되슬타마소今辰에醉ᄒᆞᆫ後에解酊盃다시ᄒᆞ셔허믈며聖
代를만나시니아니醉코어이리

194 ○日月도예와갓고山川도依舊하되大明文物은ᄉᆞᆨ졀업시간ᄃᆡ업다天運이循環ᄒᆞ니
다시볼가하노라

195 ○달은언제나며술은뉘삼긴고劉伶이업ᄉᆞᆫ後에太白도간ᄃᆡ업다아마도무를ᄃᆡ업스
니홀노醉코놀니라

宋 時 烈 號尤菴字英甫恩津人甲祚子孝宗朝逸左相諡文正

196 ○님이혜오시믜나ᄂᆞᆫ全혀밋어더니날사랑ᄒᆞ든情을뉘손에옴기신고처음에뮈시던
거시면이ᄃᆡ도록셜우랴

197 ○東窓이ᄇᆞᆰ가ᄂᆞᆫ냐노고지리우지진다소치ᄂᆞᆫ아희들은샹긔아니이러ᄂᆞ냐ᄌᆡ넘어ᄉᆞ
리긴밧출언제갈녀ᄒᆞᄂᆞ니

南九萬 號藥泉字雲路宜寧人 肅宗朝文衡領相諡文忠

198 ○닷ᄂᆞᆫ물셔々늙고드ᄂᆞᆫ칼보믜거다無情歲月은白髮을ᄌᆡ촉ᄒᆞ니아마도聖主鴻恩을
못갑흘가ᄒᆞ노라

柳赫然 文化人武科 肅宗朝大將至崇政判書

199 ○壁上에도든柯枝孤竹君의二子ㅣ로다首陽山어듸두고半壁에와걸녓ᄂᆞᆫ고이제ᄂᆞᆫ
周武王업스니하마난들엇더ᄒᆞ리

李華鎭 號默拙齋字子西驪州人 肅宗朝監司右副承旨

200 ○草堂에깁피든잠을ᄉᆡ소릐에놀나ᄭᆡ니梅花雨ᄀᆡᆫ柯枝에夕陽이거의로다아희야나
ᄃᆡᄂᆡ여라고기잡기져무럿다

朴泰輔 號定齋字士元潘南人 肅宗朝副應教諡文烈

201 ○胸中에불이나니五臟이다타간다神農氏ᄎᆞᆷ에보와불ᄭᅳᆯ藥무러보니忠節과慷慨로
나니ᄭᅳᆯ藥업다ᄒᆞ더라

李澤 完山人 武兵使

202○감쟝ᄉᆡ쟉다ᄒᆞ고大鵬아웃지마라九萬里長天에너도날고저도난다두어라一般飛
鳥ㅣ니제오네오다르랴

具 志 禎 綾城人 官牧使

203○쥐ᄎᆞᆫ소로기들아ᄇᆡ부로라ᄌᆞ랑마라清江에여윈鶴이주리다부럴소냐ᄂᆡ몸이일업
ᄉᆞᆯ션졍살못씨다엇지리

金 盛 最 號杏谷字最良 安東人蔭牧使

204○술ᄭᆡ여이러안ᄌᆞ거문고ᄅᆞᆯ戲弄ᄒᆞ니窓밧게셧ᄂᆞᆫ鶴우즑우즑ᄒᆞᄂᆞᆫ고나아희야남은
술곳쳐부엇스라興이다시오노메라

儒 川 君 濯

205○어제도爛醉ᄒᆞ고오날도술이로다그제ᄉᆡ엿든지굿그제도ᄂᆡ몰ᄂᆡ라來日은西湖에
벗오마니셜동말동ᄒᆞ여라

積 城 君 年代未詳

206○ᄉᆡ벽비일긘날에일거스라아희들아뒷뫼고ᄉᆞ리하마아니자라스랴오날은얼것거
오너라ᄉᆡ술安酒ᄒᆞ리라

金 昌 業 號老稼齋字大有 肅宗朝進士不仕

207 ◯ 거문고줄ᄭᅩᄌᆞ노코ᄒᆞᆺ져이낫잠든제柴扉犬吠聲에반가온벗오ᄂᆞᆫ고야아ᄒᆡ야點心도ᄒᆞ려니와外上濁酒ᄂᆡ여라

208 ◯ 자남은보라ᄆᆡ롤엇그제갓손ᄲᅦ여ᄲᅥᆨ깃셰방울다라夕陽에밧고나니大丈夫의平生得意ᄂᆞᆫ이ᄲᅮᆫ인가ᄒᆞ노라

209 ◯ 벼슬을져마다ᄒᆞ면農夫되리뉘잇스며醫員이病곳치면北邙山이져러ᄒᆞ랴아ᄒᆡ야盞만부어라ᄂᆡ뜻ᄃᆡ로ᄒᆞ리라

兪　崇 字元之杞溪人肅宗朝叅判

210 ◯ 淸溪邊白沙上에ᄒᆞᆫᄌᆞ셧ᄂᆞᆫ져白鷺야나의먹은뜻을넨들아니알아시랴風塵을슬희여ᄒᆞᆷ이야네오ᄂᆡ오다르랴

211 ◯ 간밤오던비가압ᄂᆡ에돌지거다등검고살진고기버들녀셰올나ᄂᆞ냐아ᄒᆡ야그믈ᄂᆡ여오너라고기잡기ᄒᆞ리라

申　靖　夏

212 ◯ 벼슬이貴타ᄒᆞᆫ들이ᄂᆡ몸에비길쇼냐蹇驢를밧비모라故山으로도라오니어ᄃᆡ셔急ᄒᆞᆫ비ᄒᆞᆫ줄기에出塵行裝을씻거괴야

張　鵬　翼 武科肅宗朝大將至判書

213 ○나라히太平이라武臣을바리시니날ᄀᆞᆺ튼英雄은北塞에다늙거다아마도爲國丹忠
은나ᄲᅮᆫ인가ᄒᆞ노라

李 渘 號小岳樓完山人蔭縣監

214 ○子規ㅣ야우지마라우러도속졀업다울면너만우지잠든날을셰오ᄂᆞᆫ다아마도네소
릐들닐제면가슴아ᄑᆞᄒᆞ노라

尹 斗 緖 肅宗朝進士

215 ○玉에흙이무더길가에바려시니오느니가느니다흙만너겨도다두어라흙이라ᄒᆞᆫ들
흙일줄이이시랴

尹 淳 號白下 英宗朝判書

216 ○ᄂᆡ집이白下山中날차ᄌᆞ리뉘이스리入我室者ㅣ清風이오對我飮者ㅣ明月이라庭
畔에鶴徘徊ᄒᆞ니긔벗인가ᄒᆞ노라

李 鼎 輔 英宗朝判書

217 ○菊花ㅣ야너ᄂᆞᆫ어이三月春風다지ᄂᆡ고落木寒天에네홀노픠엿ᄂᆞ니아마도傲霜孤
節은너ᄲᅮᆫ인가ᄒᆞ노라

張 炫 此以下年代字號並未詳

218○鴨綠江히진後에어엿븐우리님이燕雲萬里를어듸라고가시는고봄풀이푸르거든
即時도라오소서

朱義植 武

219○하늘이놉다ᄒᆞ고발져겨서지말며ᄯᅡ히둣텁다ᄒᆞ고ᄆᆡ이밟지말올거시하ᄂᆞᆯᄯᅡ둣텁
고놉다ᄒᆞ되ᄂᆡ됴심ᄒᆞ리라

220○窓밧게童子ㅣ와셔오날이ᄉᆡᄒᆡ옵거ᄂᆞᆯ東窓을열쳐보니녜돗던ᄒᆡ도다온다아희야
萬古ᄒᆞᆫᄒᆡ니後天에와닐너라

221○仁心은터히되고孝悌忠信기동되여禮義廉恥로가즉이녜여시니아모리風雨를맛
난들기울줄이이시랴

222○오날을每樣두어졈그도ᄉᆡ도마라萬古할니々日々新을어이ᄒᆞ리百刻에ᄒᆞᆫ番씩이
셔몸을됴케ᄒᆞ리라

223○天心에도든달과水面에부는바롬上下聲色이이中에갈녓ᄂᆞ니이中을타나시니어
질기는ᄒᆞᆫ가지라

224○荊山에璞玉을어더世上사름뵈려오니것치돌이여니속알니뉘이시리두어라알니
알지니돌인드시잇거라

225 ○忠臣속마음을그님이모로기로九原千載에다슬허ᄒᆞ려니와比干이마음을뵈엿시니무슴恨이이시랴

226 ○쥬려죽으려고首陽山드럿거니혈마고ᄉᆞ리를먹으려ᄏᆡ여시랴物性이굽으믈이달나펴보려ᄏᆡ미라

227 ○無道ᄒᆞ기로陰陵에길홀일코드듸여갈듸업서하ᄂᆞᆯ보기붓그려워烏江을건너지아녀어이슬허ᄒᆞ리

228 ○唐虞도됴커니와夏商周더옥됴타이제를혜여ᄒᆞ니어ᄂᆡ적만ᄒᆞ거이고堯天에舜日이ᄇᆞᆰ가시니아모젠줄몰ᄂᆡ라

金 三 賢

229 ○늙기셜운줄을모로고나늙거ᄂᆞᆫ가三光이덧업셔白髮이절노난다그러ᄂᆞ耆年적마음은滅ᄒᆞᆫ일이업셰라

230 ○松壇에션ᄌᆞᆷ셔야醉眼을드러보니夕陽浦口에나드ᄂᆞ니白鷗ㅣ로다아마도이江山님ᄌᆞᄂᆞᆫ나ᄲᅮᆫ인가ᄒᆞ노라

231 ○功名을즐겨마라榮辱이半이로다富貴를貪치마라危機를밟ᄂᆞ니라우리ᄂᆞᆫ一身이閑暇ᄒᆞ니두릴일이업셰라

金聖器

232 ○蓼花에ᄌᆞᆷ든白鷗선ᄌᆞᆷ셔여나지마라나도일업서江湖客이되엿노라이後는ᄎᆞᄌᆞ리
업스니널노좃ᄎᆞ놀니라

233 ○紅塵을다ᄯᅥᆯ치고竹杖芒鞋집고신고瑤琴을빗기안고西湖로드러가니蘆花에ᄠᅦ만
흔갈먹이는녜벗인가ᄒᆞ더라

234 ○玉盆에심근梅花ᄒᆞᆫ柯枝것거ᄂᆡ니곳도됴커니와暗香이더옥됴타두어라것근곳지
니ᄇᆞ릴줄이이시랴

235 ○구레버ᄉᆞᆫ千里馬를뉘라셔잡아다가조粥ᄉᆞᆯ문콩을살지게먹게둔들本性이誤枉ᄒᆞ
거니이ᄉᆞᆯ줄이이시랴

金裕器

236 ○ᄂᆡ몸에病이만하世上에바려시니是非榮辱을오로다이젓건만다만지豪快ᄒᆞᆫ一癖
이ᄆᆡ부로기됴해라

237 ○春風桃李花들아고은樣姿ᄌᆞ랑마라長松綠竹을歲寒에보려모나亭々코落々ᄒᆞᆫ節
을곳칠줄이이시랴

238 ○泰山에올나안져四海를굽어보니天地四方이훤츨도ᄒᆞᆫ져이고丈夫에浩然之氣를

오날이야알괘라

239 ○丈夫로ᄉᆞᆷ겨나셔立身揚名못ᄒᆞᆯ셰면차라로다셜치고일업시늙그리라이밧게碌々ᄒᆞᆫ營徒에걸닐줄이이시랴

240 ○唐虞ᄂᆞᆫ언제時節孔孟은뉘시런고淳風禮樂이戰國이되엿시니이몸이셕은션븨로擊節悲歌ᄒᆞ노라

241 ○景星出卿雲興ᄒᆞ니日月이光華ㅣ로다三皇적禮樂이오五帝의文物이라四海太平酒비져萬姓同醉ᄒᆞ리라

242 ○오날은川獵ᄒᆞ고來日은山行가ᄉᆡᄭᅩᆺᄯᆞ림모릐ᄒᆞ고講信으란글픠가쟈그글픠邊射會ᄒᆞᆯ제各持酒壺ᄒᆞ시소

林 晉

243 ○활지여ᄑᆞᆯ에걸고칼가라녑희ᄎᆞ고鐵甕城邊에筒箇베고ᄌᆞᆷ을드니보완다보왜라소릐에가슴금즉ᄒᆞ여라

李 仲 樂

244 ○뉘라셔날늙다던고늙근이도이러ᄒᆞᆫ가ᄭᅩᆺ보면반갑고盞잡으면우음난다春風에ᄒᆞᆺ나ᄂᆞᆫ白髮이야닌들어이ᄒᆞ리

朴 明 賢

245 ○달붉은五里城에혀남은벗지안즈思鄕感을뉘아니디리마는아마도爲國丹忱은나뿐인가ᄒᆞ노라

許 橿

246 ○父母ㅣ生之ᄒᆞ시니續莫大焉ᄒᆞ옵거니撻之流血ᄒᆞᆫ들疾怨을ᄎᆞᆷ아ᄒᆞᆯ가生我코鞠我ᄒᆞ신德을못갑ᄒᆞᆯ가ᄒᆞ노라

金 相 玉 武兵使

247 ○青山아말무러보자古今일을네알니라萬古英雄이몃々치나지ᄂᆡ엿노이後에뭇ᄂᆞ니잇거든나도ᄒᆞᆷ긔닐너라

金 熯 相玉子

248 ○一瞬千里ᄒᆞᆫ다白松鶻아자랑마라두텁도江南가고말가는ᄃᆡ소가너니두어라止於至處ㅣ니네오ᄂᆡ오다르라

249 ○少年十五二十時을미양만녀겨더니三四五六十이語言間의지나거다남은ᄒᆡ七八九十으란秉燭夜遊ᄒᆞ오리라

250 ○뷘비의셧는白鷺碧波의씨셔흰가네몸이져리흰들마음조차흴소랴만일의마음이

몸갓ᄒᆞ면너를좃차놀니라

李 勉 昇 判書

251○清流碧四月天에綠陰芳草勝花時라扁舟에술을싯고碧波로나려가니아마도世上榮辱이꿈이런가ᄒᆞ노라

鄭 知 常 詩

252○雨歇長堤草色多ᄒᆞ니送君南浦動悲歌을大同江水何時盡고別淚年々添綠波ㅣ라勝地에斷腸佳人이몃々친줄몰닉라

金 敏 淳 號梅月松風字愼汝漸陰七代孫安東人官縣監

253○南陽에누은龍이滿腹經綸荊益圖ㅣ라三顧恩魚水契로竭力克復ᄒᆞ려더니秋風의五丈星隕을못닉슬허ᄒᆞ노라

254○淸梅酒비져노코英雄을議論ᄒᆞᆯ제迅雷一聲의잡은져을노탄말가奸雄도使君急智의아득히도속거다

255○南園의곳을심어百年春色보려터니一朝風霜의퓌는듯이울거다어즙어探花蜂蝶은갈곳몰나ᄒᆞ노라

256○功名은狠을세고富者은衆之怨을簞食瓢飲을陋巷에安分커니世上에雌黃奔競을

나은몰나ᄒᆞ노라

257 ○시소리지저괴니날밝근줄알고니러 一壺酒겻히노코三尺玄琴戲弄ᄒᆞ니이윽고閑暇ᄒᆞᆫ벗님ᄂᆡ온날을차ᄌᆞ오더라

258 ○ᄂᆡ게ᄂᆞᆫ病이업서좀못드러病이로다殘燈이다盡ᄒᆞ고ᄃᆞᆰ이우러ᄉᆡ오도록寤寐에님ᄉᆡᆼ각노라좀든적이업세라

259 ○네얼골그려ᄂᆡ여月中桂樹에거럿시면東嶺의도다올제두려시보련마ᄂᆞᆫ그려셔걸니업스니그를슬허ᄒᆞ노라

260 ○隋城에明玉出이오東京에彩鳳來라紅蓮花月色裏에瀛洲仙이도라든다아희야竹葉酒부어라醉코놀가ᄒᆞ노라

趙 明 履

261 ○雪岳山가ᄂᆞᆫ길에皆骨山즁을만나즁다려무론말이楓葉이엇더터니이ᄉᆞ이連ᄒᆞ여서리치니ᄯᅢ마ᄌᆞᆺ다ᄒᆞ더라

金 時 慶

262 ○白雲깁흔골에靑山綠水둘너ᄂᆞᆫᄃᆡ神龜로卜築ᄒᆞ니松竹間에집이로다每日에靈菌을맛드리며鶴鹿ᄒᆞᆷᄭᅴ놀니라

李 廷 鎭

263 ○北斗星도라지되달은밋처아니졋네가는ᄇᆡ엇마예리밤이님의깁허셰라風便數聲砧들니니다왓는가ᄒᆞ노라

鄭 壽 慶 字穉應

264 ○사립쓴져漁翁아네身勢閑暇ᄒᆞ다白鷗로벗을삼고고기잡기일삼으니엇지타風塵騎馬客을부럴줄이이시랴

265 ○牛羊은도라들고뫼희ᄃᆞᆯ이도다온다조흔벗모혀오니밤ᄉᆡ도록놀니로다아희야비ᄌᆞᆫ술걸너스라無窮無盡醉ᄒᆞ리라

中 喜 文 字明裕

266 ○雌黃奔競ᄒᆞ미썰치고故園의오니濁酒半壺의淸琴橫床ᄲᅮᆫ이로다다만지生計은잇고업고시름업셔ᄒᆞ노라

267 ○塵世ᄅᆞᆯ다썰치고竹杖을훗텨집고琵琶을두러메고西湖로드러가니水中에ᄯᅥ잇는白鷗는ᄂᆡ벗진가ᄒᆞ노라

268 ○白髮이公道ㅣ업셔넷사람의恨ᄒᆞᆫᄇᆡ라秦皇은採藥ᄒᆞ고漢帝은求仙ᄒᆞ엿나니人生이自有天定ᄒᆞ니恨ᄒᆞᆯ줄리이시랴

269 ○두고가는離別보ᄂᆡ는ᄂᆡ안도잇네알뜨리그리올제九回肝腸셕을노다져님아혜여
보소라아니가든못ᄒᆞᆯ소랴

270 ○青春에離別ᄒᆞᆫ님이몃歲月을지ᄂᆡ엿노流光이덧업셔곱던樣姿늙거고야져님아白
髮을恨치말아離別뉘을슬혜라

眞　伊 娼

271 ○ᄂᆡ언제信이업셔님을언제속엿관ᄃᆡ月沈三更에온뜻지全혀업ᄂᆡ秋風에지는닙소
릐야닌들어이ᄒᆞ리

272 ○山은녯山이로되물은녯물아니로다晝夜로흐르니녯물이잇슬소냐人傑도물과갓
도다가고아니오더라

小柏舟 平壤娼

273 ○相公을뵈온後에事々을밋ᄌᆞ오니掘直ᄒᆞᆫ마음에病들가念慮ㅣ러니이님아져리ᄎᆞ
ᄒᆞ시니百年同抱ᄒᆞ리라

梅　花 娼

274 ○梅花녯등걸에봄節이도라오니녯픠던柯枝에픠염즉ᄒᆞ다마는春雪이亂紛々ᄒᆞ니
픨동말동ᄒᆞ여라

笑春風 娼

275○齊도大國이오楚도大國이라조고만滕國이間於齊楚ᄒᆞ엿시니두어라何事非君가
事齊事楚ᄒᆞ리라

寒雨

276○어이어러ᄌᆞᆫ고무슴일어러ᄌᆞᆫ고鴛鴦枕翡翠衾을어듸두고어러잔고오날은ᄎᆞᆫ비마
ᄌᆞ니더옥덥게ᄌᆞ리라

求之 娼

277○長松으로ᄇᆡ을무어大同江에흘니ᄯᅴ워柳一枝휘여다가구지구지ᄆᆡ엿시니어듸셔
망녕엣거슨손에들가ᄒᆞ노라

松伊 娼

278○솔이솔이라ᄒᆞ니무슨솔만너겻ᄂᆞᆫ다千尋絶壁에落々長松니긔로다길아릐樵童의
졉낫시야거러볼줄이이시랴

明玉 華城娼

279○ᄭᅮᆷ에뵈ᄂᆞᆫ님이信義업다ᄒᆞ것마ᄂᆞᆫ貪々이그리올제ᄭᅮᆷ아니면어이보리져님아ᄭᅮᆷ이
라말고ᄌᆞ로々々뵈시쇼

280 ○白髮을흣날니고青藜杖을잇글면서滿面紅潮로綠陰中에누엇써니偶然이黑甛鄕
丹夢을黃鳥聲의셔거다　金敏淳

御　製　肅宗大王

281 ○夏禹氏濟江ᄒᆞᆯ제負舟ᄒᆞ던져黃龍아滄海을어듸두고半壁의와걸엿ᄂᆞ니아모리興
雲作雨ᄒᆞᆫ들蝘蜓갓치보리라

282 ○門닷고글닐원지몃歲月이되엿관듸庭畔에심문솔이老龍鱗을일러고나東園의픠
여진桃李야몃번인줄알니오　李廷鎭

283 ○술을닉아더야狂藥인줄알것마는盞잡아우음나니一杯一杯復一杯라劉伶이이러
험으로長醉不醒ᄒᆞ니라　申喜文

284 ○青春에不習詩書ᄒᆞ고활쏘와인일업ᄂᆞ니人事이러ᄒᆞ니世事을어이알니찰하로江
山에물너와셔以終天年ᄒᆞ리라　上同

285 ○人生天地百年間에富貴功名如浮雲을世事를후리치고山堂으로도라오니青山이
날다려니르기를더듸왓다ᄒᆞ더라　上同

286 ○蓮심어실을쌔바긴노부여거럿다가思郞이긋쳐갈제찬々감아미오리라우리는바
음으로미ᄌᆞ시니긋칠쥴이이시랴　金鋏

287 ○그리든님맛난날밤은져닭아부듸우지마라네소릭업도소니날실줄뉘모로리밤즁
만네우름소릭가슴답々ᄒᆞ여라

288 ○마음이咫尺이면千里라도咫尺이오마음이千里오면咫尺도千里로다우리는各在
千里오나咫尺인가ᄒᆞ노라

289 ○蘇仙七月이달이오赤壁江月이달이라이달은그달이나그ᄉᆞ람어듸간고두어라이
달두고가문날위ᄒᆞᆫ가ᄒᆞ노라 金鍈

三數大葉

290 ○桃花梨花杏花芳草들아一年春光恨치마라너희는그리ᄒᆞ여도與天地無窮이라우
리는百歲뿐이ᄆᆡ그를슬허ᄒᆞ노라

291 ○屈原忠魂비헤너흔고기彩石江에긴고릭되여李謫仙등에언고하늘우희올나가니
이졔는ᄉᆡ로난고기니낙가삼다關係ᄒᆞ랴

292 ○秋江에月白커늘一葉舟를흘니져어낙듸를썰쳐드니ᄌᆞ든白鷗ㅣ다놀나난다져희
도사름의興을아라오락가락ᄒᆞ더라

293 ○어우와날속여다秋月春風이날속여다節々도라오ᄆᆡ有信이너겨더니白髮을날다
맛지고少年좃녀가거니

294 ○어듸ᄌᆞ고여긔를온다平壤ᄌᆞ고여긔왓네臨津大同江을뉘뉘ᄇᆡ로건너왓노船價는
만터라마는女妓ᄇᆡ타고건너왓ᄂᆡ

295 ○바람부러ᄡᅳ러진뫼보며눈비마ᄌᆞ셕은돌본다눈情에거론님을슬커늘보왓ᄂᆞᆫ다돌
셕고뫼ᄲᅡᆯ니거든離別인가ᄒᆞ노라

296 ○ᄂᆡ가슴ᄡᅳ러만져보니살ᄒᆞᆫ點이업네그려굶든아니ᄒᆞ되自然이그려ᄒᆞ에져님아녈
노든病이니네곳칠가ᄒᆞ노라

297 ○가로지나셰지나中에죽은後ㅣ면뉘아더냐나죽은무덤우희밧츨가나논을미나酒
不到劉伶墳上土ㅣ니아니놀고어이ᄒᆞ리

298 ○月正明月正明ᄒᆞ니ᄇᆡ을타고秋江에ᄂᆡ려하늘아릐물이오물우희달이로다沙工아
져달건져라翫月長醉ᄒᆞ리라

騷 聳 耳

299 ○이몸이싀여ᄅᆞᆯ져셔三水甲山뎨비나되여님의집窓밧쳐음春곱삿부터지을자로자
로種々다라딋고잇다감제집에드ᄂᆞᆫ체ᄒᆞ고님의房에들니라

300 ○져건너거머ᄀᆞ두룸ᄒᆞᆫ바희釘ᄃᆡ혀셔두드려ᄂᆡ여털도치고ᄲᅮᆯ을박아경셩드뭇거리
가게민들니라감은암소千里에님離別ᄒᆞᆯ제것구루ᄐᆡ와보ᄂᆡ리라

301 ○아마도太平할손우리君親이時節이여聖主ㅣ有德ᄒᆞ샤國有風雲慶이오雙親이有福ᄒᆞ샤家無桂玉愁ㅣ라億兆蒼生들이年豐에興을계워白酒黃鷄로熙皞同樂ᄒᆞ리라

302 ○어흠아긔뉘오신고건넌佛堂에동녕僧이외러니홀거ᄉᆞ의홀노자시ᄂᆞᆫ房안에무스것ᄒᆞ려와계오신고홀거ᄉᆞ님의노감탁이버셔거ᄂᆞᆫ말겻테ᄂᆡ곳갈버셔걸나왓숩네

303 ○어제밤도혼ᄌᆞ곱송그려ᄉᆡ오잠ᄌᆞ고지난밤도혼ᄌᆞ곱송그려ᄉᆡ오잠잣네어인놈의八字ㅣ가晝夜長常에곱송그려ᄉᆡ오잠만ᄌᆞ노오늘은그리던님만나발을펴바리고챨々휘감아잘가ᄒᆞ노라

304 ○ᄂᆡ소시랑을인허바련지가오늘조ᄎᆞ찬三年이외러니轉々굿ᄃᆡ聞傳言하니閣氏네房안에셔잇더라ᄒᆞ데柯枝란다몰속뷔쳐ᄲᅡᆯ지라도자로드릴구멍이나남기옵소

305 ○ᄀᆡ고리腹疾ᄒᆞ여죽든날밤에金두텁화랑이ᄌᆞ노고ᄉᆡ남갈제靑뫼ᄯᅡᆨ계ᄃᆡ杖鼓던더럭ᄶᅥᆼ치ᄂᆞᆫᄃᆡ黑뫼ᄯᅡᆨ典樂은져힐ᄂᆞ리분다어ᄃᆡ셔山진거복돌진가지ᄂᆞᆫ巫鼓를둥々치ᄂᆞ니

306 ○불아니ᄯᅵ힐지라도절노ᄂᆡᄂᆞᆫ숫과염무죽아니먹여도크고살져혼것ᄂᆞᆫ물과길삼잘ᄒᆞᄂᆞᆫ女妓妾과술싈ᄂᆞᆫ酒煎子와胖부로낫ᄂᆞᆫ가문암소平生에이다셧가지두엇시면

부러ᄒᆞᆯ거시이시리

307 ○바ᄅᆞᆷ도쉬여넘ᄂᆞᆫ고ᄀᆡ구름이라도쉬여넘ᄂᆞᆫ고ᄀᆡ山眞이水眞이海東靑보라ᄆᆡ라도
다쉬여넘ᄂᆞᆫ高峯長城嶺고ᄀᆡ그넘어님이왓다ᄒᆞ면나ᄂᆞᆫ아니ᄒᆞᆫ番도쉬여넘으리라

308 ○大棗볼불근柯枝에휘의여훑터ᄯᅡ담고올밤닉어벙그러진柯枝휘두드려밭나주어
담고벗모화草堂으로드러가니술이榼에풍충청이셰라

栗糖數葉

309 ○이러타져러탄말이아마도두리숭々빗거나사거나깁픈盞에가득부어平生에但願
長醉코不願醒을ᄒᆞ노라

310 ○남ᄒᆞ여片紙傳치말고當身이제오되여남이남의일을못일과져ᄒᆞ랴마ᄂᆞᆫ남ᄒᆞ여傳
ᄒᆞᆫ片紙니일동말동ᄒᆞ여라

311 ○三月三日李白桃紅九月九日黃菊丹楓靑帘에술이닉고洞庭에秋月인제白玉盃竹
葉酒가지고翫月長醉ᄒᆞ리라

312 ○ᄒᆞ리나몸그나中에이濁酒됴코ᄃᆡ테메온질瓶드리더보기됴희어룬ᄌᆞ박국기ᄅᆞᆯᄡᅳ
렝둥당지동ᄯᅴ워두고아희야져리김칠만경업다말고닉여라

313 ○자다가ᄭᅵ여보니님의계셔片紙왓네보고ᄯᅩ보고가슴우희언저두니하그리무겁ᄂᆞᆫ

아니ᄒᆞ되가슴이답々ᄒᆞ여라

界面調

初數大葉

314 ○압못싀든고기들아뉘라셔너를모라다가너커늘든다北海淸沼를어듸두고이못셰
와든다들고도못나ᄂᆞᆫ情은네오닉오다르랴

315 ○窓밧긔菊花를심으고菊花밋틔술을비져두니술닉쟈菊花픠쟈벗님오쟈달이도다
온다아희야거문고淸쳐라밤식도록놀니라

二數大葉

316 ○가마귀ᄡᅡ호ᄂᆞᆫ골에白鷺ㅣ야가지마라셩닌가마귀흰빗츨싀오ᄂᆞ니滄波에됴히ᄡᅵ
슨몸을더러일가ᄒᆞ노라

317 ○가마귀너를보니이닯고이돌왜라너무슴藥먹고마리조ᄎᆞ거머ᄂᆞ니아마도白髮검
길藥을못어들가ᄒᆞ노라

318 ○絶頂에오르다ᄒᆞ고나즌듸를웃지마라雷霆된바람에失足키怪異ᄒᆞᆫ가우리ᄂᆞᆫ平地
에안져시니그를됴하ᄒᆞ노라

319 ○白鷗ㅣ야놀나지마라너잡을닉아니라聖上이바리시니갈듸업서예왓노라이後ᄂᆞᆫ

ᄎᆞ즈리업스니너를좃ᄎᆞ놀니라

320 ○仁風이부ᄂᆞᆫ날에鳳凰이來儀로다滿城桃李ᄂᆞᆫ지ᄂᆞ니곳지로다山林에굽젼솔이야
곳지이셔져보랴

321 ○마음아너ᄂᆞᆫ어이每樣에져머ᄂᆞ니ᄂᆡ늙글제면넨들아니늙글소냐아마도너좃녀단
이다가남우일가ᄒᆞ노라

322 ○늙거다물너가쟈마음과議論ᄒᆞ니이님을바리고어드러로가잔말고마음아너란잇
거라몸만몬져가리라

323 ○ᄂᆡ本是남만못ᄒᆞ여헤온일이업네그려활쏘와헌일업고글닐너닌일업네차라로江
山에도라와셔밧갈니나ᄒᆞ리라

324 ○벼뷔여쇠게싯고고기건져아희쥬며이소를모라다가술을몬져길러쓰라우리ᄂᆞᆫ아
ᄌᆞᆨ醉ᄒᆞᆫ김에興치다가가리라

325 ○말ᄒᆞ기됴타ᄒᆞ고남의말을마롤거시남의말ᄂᆡᄒᆞ면남도ᄂᆡ말ᄒᆞᄂᆞᆫ거시말노써말이
만흐니말마롤가ᄒᆞ노라

326 ○泰山이놉다ᄒᆞ되하늘아릐뫼히로다오르고또오르면못오르리업건마ᄂᆞᆫ사ᄅᆞᆷ이졔
아니오르고뫼를놉다ᄒᆞ더라

327 ○눈마ᄌᆞ휘여진ᄃᆡᄅᆞᆯ뉘라셔굽다던고굽을節이면눈속에푸르르랴아마도歲寒孤節
은너ᄲᅮᆫ인가ᄒᆞ노라

328 ○가마귀漆ᄒᆞ여거무며海오리늙거희랴天生黑白은녜부터잇건마ᄂᆞᆫ엇더타날본님
은검다희다ᄒᆞᄂᆞ니

329 ○一生에恨ᄒᆞ기를羲皇時節못난줄이草衣ᄅᆞᆯ무릅고木實을먹을만졍人心이淳厚ᄒᆞ
던줄을못ᄂᆡ보려ᄒᆞ노라

330 ○간밤에부든바람江湖에도부돗던지滿江船子들이어이구러지ᄂᆡ엿노山林에드런
지오리니消息몰나ᄒᆞ노라

331 ○梧桐에雨滴ᄒᆞ니舜琴을이ᄋᆡᄂᆞᆫ듯竹葉에風動ᄒᆞ니楚漢이셧도ᄂᆞᆫ듯金樽에月光明
ᄒᆞ니李白본듯ᄒᆞ여라

332 ○白雪이滿乾坤ᄒᆞ니千山이玉이로다梅花ᄂᆞᆫ半開ᄒᆞ고竹葉이푸르럿다아희야盞가
득부어라春興계워ᄒᆞ노라

333 ○世上이말ᄒᆞ거ᄂᆞᆯ셜치고도라오니一頃荒田에八百桑林ᄲᅮᆫ이로다生涯ᄂᆞᆫ澹泊다마
ᄂᆞᆫ시름업셔ᄒᆞ노라

334 ○天地大日月明ᄒᆞ신우리의堯舜聖主普土生靈을壽域에거ᄂᆞ리셔雨露에霈然洪恩

이及禽獸룰ᄒᆞᆺ다

335 ○ᄯᅴ업슨손이오나늘갓버슨主人이마져여나무亭子아릐박쟝긔버려두고아희야덜괸술막거르고외ᄶᅡ노하ᄂᆡ여라

336 ○田園에봄이드니나ᄒᆞᆯ일이全혀만희곳남근뉘옴기며藥밧츤언제갈니아희야ᄃᆡ뷔여오너라사립몬져거르리라

337 ○乾坤이有意ᄒᆞ여丈夫룰ᄂᆡ엿시되歲月은無情ᄒᆞ여白髮을ᄌᆡ촉ᄒᆞ니아마도聖主鴻恩을못갑흘가ᄒᆞ노라

338 ○白鷗ㅣ야말무러보쟈놀나지마러ᄉᆞ라名區勝地룰어듸어듸보왓ᄂᆞ니날더려仔細히닐너든너와게가놀니라

339 ○俄者ᄂᆡ少年이야어드러로간거이고酒色에潛겨신졔白髮과밧고이도다이後야아모만ᄎᆞᄌᆞᆫ들다시보기쉬오랴

340 ○가더니니즌양ᄒᆞ여ᄭᅮᆷ에도아니뵌다ᄂᆡ아니니젓거든졔들혀마니즐소냐인미나긘쟝ᄒᆞᆯ님이완ᄃᆡ살든이룰굿ᄂᆞ니

341 ○달ᄇᆞᆰ고서리친밤에울고가는외기러기瀟湘으로가느냐洞庭으로向ᄒᆞ느냐져근듯ᄂᆡ말暫間드러다가님계신듸드려라

342 ○술을大醉ᄒᆞ고오다가空山에지니뉘날을ᄭᆡ오리天地即衾枕이로다狂風이細雨를
모라다가ᄌᆞᆷ든날을ᄭᆡ오나니

343 ○술먹지마쟈터니술이라셔제ᄯᅡ론다먹ᄂᆞᆫᄂᆡ왼지날ᄯᆞ르ᄂᆞᆫ술이왼지盞잡고ᄃᆞᆯ더려
뭇ᄂᆞ니뉘야왼고ᄒᆞ노라

344 ○山上에밧가ᄂᆞᆫ百姓아네身世閑暇ᄒᆞ다鑿飮耕食이帝力인줄모로ᄂᆞ냐허믈며肉食
者도모로거든무러무슴ᄒᆞ리오

345 ○ᄒᆡ다져져문날에지져괴ᄂᆞᆫ참ᄉᆡ들아조고마ᄒᆞᆫ몸이半柯枝도足ᄒᆞ거든구ᄐᆞ나크나
큰뎜불을ᄉᆡ와무슴ᄒᆞ리요

346 ○萬頃滄波欲暮天에穿魚換酒柳橋邊을客來問我興亡事여ᄂᆞᆯ笑指蘆花月一船이로
다술醉코江湖에져시니節가ᄂᆞᆫ줄몰ᄂᆡ라

347 ○太公의고기낙던낙ᄃᆡ빌줄ᄆᆡ여압ᄂᆡ에나려銀鱗玉尺을버들움에ᄭᅢ여들고오니杏
花村酒家에모든벗님네ᄂᆞᆫ더듸온다ᄒᆞ더라

348 ○뎐나귀모노라니西山에日暮ㅣ로다山路ㅣ險ᄒᆞ거든澗水ㅣ나潺々커나風便에聞
犬吠ᄒᆞ니다왓ᄂᆞᆫ가ᄒᆞ노라

349 ○岳陽樓에올너안져洞庭湖七百里를둘너보니落霞與孤鶩齊飛ᄒᆞ고秋水ㅣ共長天

一色이로다어즈버滿江秋興이數聲漁笛뿐이러라

350 ○三萬六千日을每樣만너기지마소夢裡靑春이어슨듯지ᄂᆡᄂᆞ니이됴ᄒᆞᆫ太平烟月인제아니놀고어이리

351 ○碧梧桐심은뜻은鳳凰을보려터니ᄂᆡ심은탓신지기다려도아니오고無心ᄒᆞᆫ一片明月이빈柯枝에걸엿더라

352 ○烏江에月黑ᄒᆞ니騅馬도아니간다虞兮虞兮여ᄂᆡ녀를어이ᄒᆞ리平生에萬人敵빈회ᄂᆡ여납우임만ᄒᆞ여라

353 ○長生術거즛말이不死藥을졔뉘본고秦皇塚漢武陵도暮烟秋草뿐이로다人生이一場春夢이니아니놀고어이리

354 ○洞庭밝은달이楚懷王의넉시되여七百里平湖에두렷시비췬뜻은屈三閭魚腹忠魂을못ᄂᆡ붉혀ᄒᆞᆷ이라

355 ○하나둘셰기러기西南北난호여셔晝夜로우러예니무리일흔소릐로다언제나上林秋風에一行歸를ᄒᆞ리오

356 ○비마즌고양남게셔은쥐찬져소로기가막가치는씔시가올귀니와雲間에놉히뜬鳳鳥ㅣ야눈흘길줄이시랴

357○張翰이江東去ᄒᆞ니ᄯᆡ마ᄌᆞᆫ秋風이라白日저문ᄃᆡ限업ᄉᆞᆫ滄波ㅣ로다어ᄃᆡ셔외로온
기러기ᄂᆞᆫᄒᆞᆷ긔녜쟈ᄒᆞᄂᆞ니

358○南樓에북이울고雪月이三更인제白馬金鞍에少年心도됴키니와紗窓에기다릴님
업스니그ᄅᆞᆯ슬허ᄒᆞ노라

359○雪月이滿窓ᄒᆞᆫᄃᆡ바ᄅᆞᆷ아부지마라曳履聲아닌줄은判然이알건마ᄂᆞᆫ그립고아쉬온
마음에힝혀긘가ᄒᆞ노라

360○明燭達夜ᄒᆞ니千秋에高節이오獨行千里ᄒᆞ니萬古에大義로다아마도節義兼全은
漢壽亭侯ㅣㄴ가ᄒᆞ노라

361○騎司馬呂馬童아項籍인줄모로더냐八年干戈에날對敵ᄒᆞ리뉘잇더니至今에이리
되기ᄂᆞᆫ하ᄂᆞᆯ인가ᄒᆞ노라

362○東窓이既明커ᄂᆞᆯ님을셔여보ᄂᆡ올제非東方則明이라月出之光이로다脫鴦衾推鴛
枕ᄒᆞ고轉輾反側ᄒᆞ여라

363○江湖에秋節이드니여원고기살지거다小艇에그물싯고碧波로도라들제白鷗ㅣ야
날본체마라世上알가ᄒᆞ노라

364○ᄂᆡ집이길찬양ᄒᆞ여杜鵑이낫제운다萬壑千峯에외사립다닷ᄂᆞᆫᄃᆡᄀᆡ조ᄎᆞ즈즐일업

셔곳지ᄂᆞᆫᄃᆡ조으더라

365 ○峨眉山月半輪秋와赤壁江山無限景을李謫仙蘇子瞻이놀고남겨두온ᄯᅳᆺ은後世에
英雄豪傑노이어놀게ᄒᆞᆷ이라

366 ○雪月은前朝色이오寒鍾은故國聲을南樓에호을노셔々녯님군ᄉᆡᆼ각ᄒᆞᆯᄎᆞ殘廓에暮
烟生ᄒᆞ니그ᄅᆞᆯᄉᆞᆯ허ᄒᆞ노라

367 ○靑山이寂寥ᄒᆞᆫᄃᆡ麋鹿이벗지로다藥草에맛드리니世味ᄅᆞᆯ니즐노다夕陽에낙ᄃᆡᄅᆞᆯ
메고나니漁興겨워ᄒᆞ노라

368 ○곳아色을밋고오ᄂᆞᆫ나뷔禁치마라春光이덧업슨줄넨들아니짐쟉ᄒᆞ랴綠葉이成陰
子滿枝면어늬나뷔도라오리

369 ○雲淡風輕近午天에小車에술을싯고訪花隨柳ᄒᆞ여前川을지나가니어ᄃᆡ셔모로ᄂᆞᆫ
벗님네ᄂᆞᆫ學少年을ᄒᆞᆫ다노

370 ○田園에남은興을뎐나귀에모도싯고溪山닉은길노興치며도라와셔아희야琴書ᄅᆞᆯ
다스려라남은ᄒᆡᄅᆞᆯ보ᄂᆡ리라

371 ○琵琶ᄅᆞᆯ두러메고玉欄干에지어시니東風細雨에듯々ᄂᆞ니桃花ㅣ로다春鳥도送春
을ᄉᆞᆯ허百般啼ᄅᆞᆯᄒᆞ더라

372 ○곳지쟈속닙퓌니綠陰이다퍼진다솔柯枝것거늬여柳絮를쓰르치고醉ᄒᆞ여계오든
잠을喚友鶯에써오거다

373 ○百川이東到海ᄒᆞ니何時에復西歸오古往今來에逆流水ㅣ업건마는엇더타肝腸셕
은물은눈으로셔솟ᄂᆞ니

374 ○花山에春日暖이오綠柳에鶯亂啼라多情好音을못닉드러ᄒᆞ든ᄎᆞ에夕陽에繫柳靑
驄은欲去長嘶ᄒᆞ더라

375 ○물이놉나거놀혀좁고굽어보니錦繡靑山이물속에ᄌᆞᆷ겨셰라져물아놉나지마라그
를보려ᄒᆞ노라

376 ○渭城아츰비에柳色이시로왜라그ᄃᆡ를勸ᄒᆞᄂᆞ니一盃酒나오노라西흐로陽關에나
가면故人업셔ᄒᆞ노라

377 ○우는거시벅국이냐푸른거시버들숩가漁村두셰집이暮烟에ᄌᆞᆷ겨셰라아희야시고
기오른다헌그믈닉여라

378 ○히져黃昏이되면닉못가도졔오더니졔몸에病이든지닉손에잡히엿는지落月이西
樓로나리면의굿는듯ᄒᆞ여라

379 ○項羽ㅣ無道ᄒᆞ나范增이有識던들鴻門에칼춤업고義帝를아니죽일노다不成功疽

發背死ᄒᆞᆫ들뉘탓시라ᄒᆞ리오

380 ○겨울날다사ᄒᆞᆫ볏ᄎᆞᆯ님의게비최고져봄미나리살진맛슬님의게드리고져님게서무
엇시업스랴마ᄂᆞᆫᄂᆡ못잇져ᄒᆞ노라

381 ○梧桐에듯ᄂᆞᆫ비ᄉᆡᆯ無心이듯건마ᄂᆞᆫᄂᆡ시름ᄒᆞ니닙々피愁聲이로다이後ㅣ야닙너른
남기야심어무슴ᄒᆞ리오

382 ○小園百花叢에나니ᄂᆞᆫ나뷔들아香ᄂᆡ를됴히너겨柯枝마다안지마라夕陽에숨ᄭᅮ든
거뮈ᄂᆞᆫ그믈ᄆᆡᆽ고녓ᄂᆞᆫ다

383 ○綠楊芳草岸에소먹이ᄂᆞᆫ아ᄒᆡ들아비마즌行客이뭇ᄂᆞ니술파ᄂᆞᆫ집져건너杏花村이
니게가무러보시소

384 ○中天에ᄯᅥᄂᆞᆫᄆᆡ가우리님의ᄆᆡ도갓틔단장고ᄉᆡᆨ깃체방울소릐더옥갓틔우리님酒色
에潛기여ᄆᆡᄯᅴᄂᆞᆫ줄모로더라

385 ○青草욱어진골에시ᄂᆡᄂᆞᆫ울어녠다歌臺舞殿이어듸어듸어듸메오夕陽에물ᄎᆞᄂᆞᆫ제
븨야네가알가ᄒᆞ노라

386 ○青山아웃지마라白雲아戲弄마라白髮紅塵을ᄂᆡ됴하단이ᄂᆞ냐聖恩이至重ᄒᆞ시니
갑고갈가ᄒᆞ노라

387○못노라져禪師야關東風景엇더터니明沙十里에海棠花불거잇고遠浦에兩々白鷗
는飛踈雨를ᄒᆞ더라

388○이려도聖德이오져려도聖德이라먹고노는거시오로다聖德이라우리도太平聖代
에놀고놀녀ᄒᆞ노라

389○북소릐들니는졀이머다ᄒᆞᆫ들언마멀니靑山之上이오白雲之下연마는그곳데안ᄀᆡ
자ᄌᆞ니아모된줄몰ᄂᆡ라

390○柴扉에ᄀᆡᄌᆞ져도石逕에오리업다듯ᄂᆞ니물소릐오보ᄂᆞ니麋鹿이로다人世를언믜
나지난지나는몰나ᄒᆞ노라

391○닷ᄯᅳ쟈ᄇᆡᄯᅥ나가니이졔가면언제오리萬頃滄波에가는듯단녀옴셰밤小만地菊叢
소릐에애긋는듯ᄒᆞ여라

392○비즌술다먹으니먼듸셔손이왓네술집은졔엿마는헌옷셰언믜나ᄒᆞ리아ᄒᆡ야셕이
지말고주는ᄃᆡ로바더라

393○睢陽城月暈中에누고누고男兒ㅣ런고秋霜은萬春이오烈日은霽雲이라아마도萬
古精忠은이둘인가ᄒᆞ노라

394○伊川에ᄇᆡ를ᄯᅴ여濂溪로나려갈졔明道ᄭᅴ길을무러가는ᄃᆡ로가쟈ᄒᆞ니셰라가다가져무

러지거드란晦菴에가자고가리라

395 ○져ㅅ소릐반겨듯고竹窓을밧비여니細雨長堤에쇠등에아희로다아희야 그물너여
라고기잡이느졋다

396 ○靑蛇劒두러메고白鹿을지즐타고扶桑지ᄂᆞᆫ히에洞天으로도라드니禪宮에鍾磬맑
근소릐구름밧게들니더라

397 ○어와보완제고그리던님을보완제고七年之旱에열구름에비샐본듯이後에또다시
만나면九年之水에볏뉘본듯ᄒᆞ여라

398 ○늙지말련이고다시져머보려터니靑春이날속이니白髮이절노난다잇다감곳밧출
지날제면罪지은듯ᄒᆞ여라

399 ○곳지진다ᄒᆞ고싀들아슬허마라바람에흣날니니곳듸탓아니로다가노라희짓ᄂᆞᆫ봄
을싀와무슴ᄒᆞ리오

400 ○남이害ᄒᆞᆯ지라도나ᄂᆞᆫ아니겨로리니참으면德이오겨로면갓트리라굽으미제게잇
거니겨롤줄이이시랴

401 ○삿갓세되롱이닙고細雨中에호믜메고山田을흣미다가綠陰에누어시니牧童이사
羊을모라다가잠든날을셰온다

402 ○細雨ᄲᅳ리ᄂᆞᆫ날에紫的장옷뷔혀잡고梨花픤골노단동한동가ᄂᆞᆫ閣氏어듸가뉘거즛
말듯고옷젓ᄂᆞᆫ줄모로ᄂᆞ니

403 ○山外에有山ᄒᆞ니넘도록山이로다路中多岐ᄒᆞ니녜도록길이로다山不盡路無窮ᄒᆞ
니그를슬허ᄒᆞ노라

404 ○ᄆᆡ아미맵다ᄒᆞ고ᄡᅳ르람이ᄡᅳ다ᄒᆞ네山菜를맵다더냐薄酒를ᄡᅳ다더냐우리ᄂᆞᆫ草野
에뭇쳐시니맵고쓴줄몰ᄂᆡ라 李廷鎭

405 ○宦海에놀난물결林泉에밋출소냐갑업ᄉᆞᆫ江山에일업시누어시니白鷗도ᄂᆡ뜻을아
던지오락가락ᄒᆞ더라

406 ○희여거물지라도희ᄂᆞᆫ거시셜우려든희여못검ᄂᆞᆫ듸남에몬져힐줄어이희여셔못검
ᄂᆞᆫ人生이니그를슬허ᄒᆞ노라

407 ○오려고ᄀᆡ숙고녈무우살젓ᄂᆞᆫ듸낙시에고기물고게ᄂᆞᆫ어이나리ᄂᆞᆫ고아마도農家興
味ᄂᆞᆫ이ᄲᅮᆫ인가ᄒᆞ노라

408 ○靑春少年들아白髮老人웃지마라공번된하ᄂᆞᆯ아리넨들언마져머시리우리도少年
行樂이어제런듯ᄒᆞ여라

409 ○天下匕首劒을ᄒᆞᆫ듸모화뷔를ᄆᆡ혀南蠻北狄을다ᄡᅳ러바린後에그쇠로호믜를밍그

러江上田을ᄆᆡ리라

410
○시ᄂᆡ흐르ᄂᆞᆫ골에바회지여草堂딧고달아레밧ᄎᆞᆯ갈고구름속에누어시니乾坤이날
더려니르기ᄅᆞᆯᄒᆞᆷᄭᅴ늙쟈ᄒᆞ더라

411
○기러기풀々다나라드니消息인들뉘傳ᄒᆞ리愁心이疊々ᄒᆞ니잠이와야샤ᄭᅮᆷ인들ᄭᅮ
랴ᄎᆞ라로저달이되여비쵸여나볼가ᄒᆞ노라

412
○白沙汀紅蓼邊에굽어기ᄂᆞᆫ白鷺들아口腹을못메워저다지굽니ᄂᆞ냐 一身이閑暇ᄒᆞᆯ
션졍살져무슴ᄒᆞ리오

413
○田園에봄이드니이몸이일이하다나ᄂᆞᆫ그믈깁고아ᄒᆡᄂᆞᆫ밧ᄎᆞᆯ가니뒷뫼헤엄기ᄂᆞᆫ藥
을언제ᄏᆡ려ᄒᆞᄂᆞ니

414
○百草ᄅᆞᆯ다심어도ᄃᆡᄂᆞᆫ아니심으리라저ㅅᄃᆡᄂᆞᆫ울고살ᄃᆡᄂᆞᆫ가고그리ᄂᆞ니붓ᄃᆡ로다
구트나울고가고그리ᄂᆞᆫᄃᆡᄅᆞᆯ심어무슴ᄒᆞ리오

415
○桃花ᄂᆞᆫ무스일노紅粧을지여셔々東風細雨에눈물을먹음엇노三春이쉬우냥ᄒᆞ여
그ᄅᆞᆯ슬허ᄒᆞ노라

416
○十年을經營ᄒᆞ여草廬ᄒᆞᆫ間지어ᄂᆡ니半間은淸風이오半間은明月이라江山은드릴
ᄃᆡ업스니둘너두고보리라

417
○積雪이다녹아도봄消息을모로더니歸鴻得意天空闊이오臥柳生心水動搖ㅣ라아
ᄒᆡ야ᄉᆡ술걸너라ᄉᆡ보막이ᄒᆞ리라

418
○山村에밤이드니먼듸ᄀᆡ즈져온다柴扉를열고보니하ᄂᆞᆯ이ᄎᆞ고달이로다져ᄀᆡ야空
山잠든달을즈져무슴ᄒᆞ리오

千錦

419
○나뷔야靑山에가쟈범나뷔너도가쟈가다가저무러든곳듸드러자고가쟈곳에셔푸
對接ᄒᆞ거든닙헤셔나ᄌᆞ고가쟈

420
○먼듸ᄀᆡ急피즈져몃사ᄅᆞᆷ이나지ᄂᆡ엿노오지못ᄒᆞᆯ셰면오만말이나말오되야ᄀᆞᆺ득에
다셕은肝腸이봄눈스듯ᄒᆞ여라

421
○곳은밤비에픠고비즌술이다ᄂᆡᆨ거다거문고가진벗지달흠괴오마더니아ᄒᆡ야茅簷
에달오른다벗오시나보아라

422
○易水寒波져문날에荊卿의擧動보소一劒行裝이긔아니齟齬ᄒᆞᆫ가至今에未講劒術
을못ᄂᆡ슬허ᄒᆞ노라

423
○ᄒᆡ도낫이졔면山河로도라지고ᄃᆞᆯ도보름後면가부터이즈ᄂᆞ니世上에富貴功名이
이런가ᄒᆞ노라

424
○ᄃᆞᆰ아우지마라일우노라쟈랑마라半夜秦關에孟嘗君아니로다오ᄂᆞᆯ은님오신날이

니아니우다엇더리

425
○비오는날들에가랴사립닷고소먹여라마이每樣이랴쟝기연장다스려라쉬다가개
는날보와ᄉᆞ리긴밧갈니라

426
○묵블근山上雉와홰에안즌松骨미와집압논무살미에고기엿는白鷺ㅣ로다草堂에
너희곳업스면날보ᄂᆡ기어려웨라

427
○네집이어듸메오이뫼넘어긴江우희竹林푸른곳에외사립다든집이그압희白鷗ㅣ
ᄯᅥ시니게가무러보아라

428
○말버셔松枝에걸고九節竹杖巖上에두고潁水川邊에귀씻고누어시니乾坤이날더
려니ᄅᆞ기를ᄒᆞᆷ긔늙쟈ᄒᆞ더라

429
○어인벌니완ᄃᆡ落々長松울다먹는고부리긴져고리는어ᄂᆡ골에가잇는고空山에伐
木聲들닐제면이긋는듯ᄒᆞ여라

430
○洛陽十里밧게울퉁불퉁저무덤아萬古英雄이몃々치뭇쳣ᄂᆞ니우리도저리될人生
이니아니놀고어이리

431
○꿈에項羽를만나勝敗를議論ᄒᆞ니重瞳에눈물디고큰칼샛혀니른말이至今에不渡
烏江을못ᄂᆡ슬허ᄒᆞ노라

432 ○죽어이져야ᄒᆞ랴사라셔그려야ᄒᆞ랴죽어잇기도어렵고사라그리기도어려웨라져
님아ᄒᆞᆫ말ᄉᆞᆷ만ᄒᆞ소라보쟈死生決斷ᄒᆞ리라

433 ○落葉聲찬바룸에기러기슯피울제夕陽江頭에고온님보ᄂᆡᄂᆞ니釋迦와老聃이當ᄒᆞᆫ
들아니울고어이리 金時慶

434 ○白雲이이러나니나무끗치흔덕인다밀물에東湖가고혈물에ᄂᆞᆫ西湖가쟈아희야년
그믈거더셔리담고닷츨들고돗츨놉피다라라

435 ○春城無處不飛花ㅣ오寒食東風御柳斜ㅣ라日暮漢宮傳蠟燭ᄒᆞ니青烟이散入五侯
家ㅣ로다우리ᄂᆞᆫ逸民이되여醉코놀녀ᄒᆞ노라

436 ○오려논물시러두고綿花밧ᄆᆡ오리라울밋틔의ᄅᆞᆯᄯᅡ고보리능거點心ᄒᆞ소뒷집에술
이ᄂᆡᆨ거든외ᄌᆞᄉᆞᆯ만졍ᄂᆡ여라

437 ○보거든슬뮙거나못보거든잇치거나네나지말거나ᄂᆡ너ᄅᆞᆯ모로거나ᄎᆞ라로ᄂᆡ몬져
최여셔네그립게ᄒᆞ리라

438 ○太白이仙興을계워采石江에달좃드니이졔니르기ᄅᆞᆯ술의탓시라ᄒᆞ려니와屈原이
自投汨羅ᄒᆞᆯ제무슴술을먹은고

439 ○綠楊春三月을잡아ᄆᆡ혀두량이면센머리ᄲᅩᆸ바ᄂᆡ여챤々동혀두련마ᄂᆞᆫᄒᆡ마다ᄆᆡ든

못ᄒᆞ고늙기슬허ᄒᆞ노라

440
○님그려겨오든잠에꿈자리도두리숭々그리던님暫間만나얼픗보고어드러로간거이고잡을거슬잠셰여겻테업스니아조간가ᄒᆞ노라

441
○平沙에落鴈ᄒᆞ고江村에日暮ㅣ로다漁艇은도라들고白鷗ᄂᆞᆫ잠든적에어듸셔一聲長笛이나의興을돕ᄂᆞ니

442
○淸風北窓下에葛巾을졋게쓰고羲皇벼기우희醉ᄒᆞ여누어시니夕陽에短髮樵童이弄笛還을ᄒᆞ더라

443
○古人無復洛城東이오今人還對落花風을年々歲々花相似여ᄂᆞᆯ歲々年々人不同이라人不同花相似ᄒᆞ니그ᄅᆞᆯ슬허ᄒᆞ노라

444
○秋霜에놀난기러기셤거온소릐마라ᄀᆞᆺ득에님여희고허믈며客裏로다밤中만네우름소리에잠못드러ᄒᆞ노라

445
○길아레두돌부텨벗고굼고마조셔々바ᄅᆞᆷ비눈서리ᄅᆞᆯ마즐만졍平生에離別陋ㅣ업스니그ᄅᆞᆯ됴하ᄒᆞ노라

446
○꿈이날爲ᄒᆞ여먼듸님더려오ᄂᆞᆯ貪々이반기녀겨잠을셰여니러보니그님이셩ᄂᆡ여간지긔도망도업세라　李廷藎

447 ○龍ᄀᆞᆺ치ᄒᆞᆫ것ᄂᆞᆫᄆᆞᆯ게자남은보라ᄆᆡ밧고夕陽山路로개부로며드러가니아마도丈夫
의노리ᄂᆞᆫ이됴흔가ᄒᆞ노라

448 ○곳퓌쟈술이닉고달ᄇᆞᆰ쟈벗이왓ᄂᆡ이ᄀᆞᆺ치됴흔ᄯᆡ를어이그저보낼소니허물며四美
具ᄒᆞ니長夜醉를ᄒᆞ리라

449 ○ᄆᆞᆯ타고곳밧틔드니ᄆᆞᆯ굽아릐香ᄂᆡ난다酒泉堂도라드니아니먹은술ᄂᆡ난다엇지타
눈情에거론님은말이몬져나ᄂᆞ니

450 ○梧桐에月上ᄒᆞ고楊柳에風來ᄒᆞᆯ졔水面天心에邵堯夫를마조본듯이中에一般淸意
味야어ᄂᆡ그지이시랴

451 ○갓버셔石壁에걸고羽扇을흣부치며綠樹陰中에醉ᄒᆞ여누어시니松風이짐즛부러
灑露頂을ᄒᆞᄂᆞᆺ다

452 ○生前에富貴ᄒᆞᆷ은一盃酒만ᄒᆞᆫ것업고死後風流ᄂᆞᆫ陌上花ᄲᅮᆫ이로다아마도먹고노ᄂᆞᆫ
거시긔올흔가ᄒᆞ노라

453 ○듯ᄂᆞᆫ말보ᄂᆞᆫ일을事理에비겨보아올흐면ᄒᆞᆯ지라도그르면마롤거시平生에말ᄉᆞᆷ을
갈회면是非될줄이시랴

454 ○世事ᄂᆞᆫ샹거울이라헛틀고ᄆᆡᆺ쳐셰라거귀여드리치고ᄂᆡ몸ᄂᆡ가ᄒᆞ고지고아희야덩

뎌궁북쳐라이야지야ᄒᆞ리라

455 ○그러ᄒᆞ거니어이아니그러ᄒᆞ리이려도그러그러져려도그러그러아마도그러ᄒᆞ니
한숨계워ᄒᆞ노라

456 ○술을ᄂᆡ즐기더냐狂藥인줄알건마ᄂᆞᆫ一寸肝腸에萬斛愁시러두고醉ᄒᆞ여잠든덧이
나시름잇쟈ᄒᆞ노라

457 ○世上사ᄅᆞᆷ들이人生을둘만너겨두고또두고먹고놀줄모로더라죽은後滿堂金玉이
뉘거시라ᄒᆞ리오

458 ○三角山풀은빗치中天에소ᄉᆞ올나欝葱佳氣란象闕에븟쳐두고江湖에蕭잡은늙근
이란每樣醉케ᄒᆞ소셔

459 ○ᄂᆡ집이草堂三間世事ᄂᆞᆫ바히업네茶달히ᄂᆞᆫ돌탕관과고기잡ᄂᆞᆫ낙ᄃᆡ로다뒷뫼희졀
노난고ᄉᆞ리긔分인가ᄒᆞ노라

460 ○늙고病든몸이가다가아무듸나졀노소슨뫼희손죠밧갈니라結實이언마리마ᄂᆞᆫ連
命이나ᄒᆞ리라

461 ○말ᄒᆞ면雜類ㅣ라ᄒᆞ고말아니면어리다ᄒᆞ네貧寒을남이웃고富貴를시오ᄂᆞᆫ듸아마
도이하늘아릐사ᄅᆞᆯ일이어려웨라

462
○가마귀검거라말고海오리흴줄어이검거니셰거니一偏도ᄒᆞᆫ져이고우리는수리두
루미라검도셰도아녜라

463
○十年가온칼이匣裏에우노미라關山을바라보며ᄣᅢ々로만져보니丈夫의爲國功勳
을어느ᄣᅢ에드리올고

464
○胸中에먹은뜻을속절업시못닐오고半世紅塵에남의우음된져이고두어라時乎時
乎ㅣ니恨ᄒᆞᆯ줄이이시랴

465
○나의님向ᄒᆞᆫ뜻은죽은後면엇더ᄒᆞᆯ지桑田이變ᄒᆞ여碧海는되려니와님向ᄒᆞᆫ一片丹
心이야가실줄이이시랴

466
○周公도聖人이샷다世上사ᄅᆞᆷ드러스라文王의아ᄃᆞᆯ이오武王의아이로되平生에一
毫驕氣를ᄂᆡ여뵈미업ᄂᆞ니

467
○바ᄅᆞᆷ에휘엿노라굽은솔웃지마라春風에픤곳지每樣에고아시랴風飄々雪紛々ᄒᆞᆯ
졔야날을부러리라

麟平大君

468
○바ᄅᆞᆷ에우는머귀버혀ᄂᆡ여줄메오면解慍南風에舜琴이되련마는世上에알니업스
니그ᄅᆞᆯ슬허ᄒᆞ노라

469
○일심거느져픤니君子의德이로다風霜에아니지니烈士의節이로다世上에陶淵明

업스니그롤슬허ᄒᆞ노라

470 ○泰山이平地되고河海陸地되도록北堂俱慶下에忠孝로일숨다가聖代에稷契이되
여늙글뉘롤모로리라

471 ○忠臣은滿朝廷이오孝子는家々在라우리聖主는愛民赤子ᄒᆞ시는ᄃᆡ明天이이ᄯᅳᆺ알
오서雨順風調ᄒᆞ소서

472 ○늙근의不死藥과져문이不老草롤蓬萊山第一峯에가면어들法잇건마는아마도離
別업슬藥은못어들가ᄒᆞ노라

473 ○白髮이섭흘지고怨ᄒᆞᄂᆞ니燧人氏롤불업슨져도萬八千歲사랏거든엇더타始鑽燧
ᄒᆞ여사롬困케ᄒᆞᄂᆞ니

474 ○首陽山고사리ᄏᆡ고渭水濱에고기낙고儀狄의비즌술과太白의노든달과舜帝에五
絃琴가지고翫月長醉ᄒᆞ리라

475 ○滕王閣놉흔집에녯ᄉᆞ롬이노돗던가物換星移ᄒᆞ여몃三秋ㅣ나지나엿노至今에檻
外長江이空自流롤ᄒᆞ더라

476 ○群山으로安酒삼고洞庭湖로술을삼아春風을거느리고岳陽樓에올나가니乾坤이
날더려니르기롤흠긔늙쟈ᄒᆞ더라

477 ○柴桑里五柳村에陶處士의몸이되여줄업슨거문고ᄅᆞᆯ소ᄅᆡ업시집허시니白鶴이知音ᄒᆞ노라우즑우즑ᄒᆞᄂᆞᆫ고야

478 ○달다려무로려고盞잡고窓을여니두렷고ᄆᆞᆰ은빗츤네론ᄃᆞᆺᄒᆞ다마ᄂᆞᆫ이졔ᄂᆞᆫ太白이간後ㅣ니알니업셔ᄒᆞ노라

479 ○白髮이功名이런ᄃᆞᆯ사ᄅᆞᆷ마다닷톨씨니날ᄀᆞᆺ튼愚拙은바라도못ᄒᆞᆯ낫다世上에至極ᄒᆞᆫ公道ᄂᆞᆫ白髮인가ᄒᆞ노라

480 ○ᄭᅮᆷ으로差使ᄅᆞᆯ삼아먼듸님오게ᄒᆞ면비록千里라도瞬息에오련마ᄂᆞᆫ그님도님둔님아니니올동말동ᄒᆞ여라

481 ○어리거든ᄎᆡ어리거나밋치거든ᄎᆡ밋치거나어린ᄃᆞᆺ밋친ᄃᆞᆺ아ᄂᆞᆫᄃᆞᆺ모로ᄂᆞᆫᄃᆞᆺ이런가져런가ᄒᆞ니아모란줄몰ᄂᆡ라

482 ○桃花雨ᄒᆞᆺᄲᅮ릴제울며ᄌᆞᆸ고離別ᄒᆞᆫ님秋風落葉에져도날을싱각ᄂᆞᆫ가千里에외로온ᄭᅮᆷ만오락가락ᄒᆞ더라

483 ○樽酒相逢十載前에君爲丈夫我少年터니樽酒相逢十載後에我爲丈夫君白首ㅣ라我丈夫君白首ᄒᆞ니그ᄅᆞᆯ슬허ᄒᆞ노라

484 ○酒色을全廢ᄒᆞ고一定長生ᄒᆞᆯ쟉시면西施ᄅᆞᆯ도라보며千日酒ᄅᆞᆯ마실소냐眞實노長

生곳못ᄒᆞ면兩失ᄒᆞᆯ가ᄒᆞ노라

485

○烟籠寒水月籠沙ᄒᆞ니夜泊秦淮近酒家ㅣ라商女ᄂᆞᆫ不知亡國恨ᄒᆞ고隔江惟唱後庭花ㅣ라아희야換美酒ᄒᆞ여라與君相酬ᄒᆞ리라

486

○南海龍과北海龍두리單如意을닷토ᄂᆞᆫ듸無心ᄒᆞᆫ猛虎ㅣ야너ᄂᆞᆫ어이넘노ᄂᆞᆫ다우리도남의님거러두고넘노러볼가ᄒᆞ노라

487

○달아달아ᄇᆞᆰ은달아李太白이와노든달아李白이騎鯨飛上天後ㅣ니놀과놀녀볼가ᄂᆞᆫ다ᄂᆡ亦是風月之豪士ㅣ라날과놀미엇더니

488

○竹林에ᄆᆡ고간乘槎긔뉘라셔글너간고嚴君平아니면呂東賓의지죄로다언제나이乘槎만나셔周遊天下ᄒᆞ리오

489

○偶然이興을계워시ᄂᆡ로나려가니水流上魚躍도됴커니와層巖絶壁에長松이더옥됴타그곳에반기리업시니다만杜鵑花ㅣㄴ가ᄒᆞ노라

490

○나의未平ᄒᆞᆫ일을日月긔뭇좁ᄂᆞ니九萬里長天에무슴일비앗바셔酒色에못슬믜인몸을수이늙게ᄒᆞᄂᆞ니

491

○아희야그믈ᄂᆡ여漁舡에시러노코덜괸술막걸너酒樽에담아두고어즈버ᄇᆡ노치마라달기다려가리라

492 ○楚覇王의壯ᄒᆞᆫ뜻도죽기도곤離別슬허玉帳悲歌에눈물은지엿시나至今에烏江風
浪에우단말업셰라

493 ○千歲ᄅᆞᆯ누리소셔萬歲ᄅᆞᆯ누리소셔무쇠기동에ᄭᅩᆺ픠여여름이여러ᄯᅡ드리도록누리
소셔그밧긔億萬歲外에ᄯᅩ萬歲ᄅᆞᆯ누리소셔

494 ○故園花竹들아우리ᄅᆞᆯ웃지마라林泉舊約이야이즌적업건마ᄂᆞᆫ聖恩이至重ᄒᆞ시니
갑고가려ᄒᆞ노라

495 ○人生을혜아리니ᄒᆞᆫ바탕ᄭᅮᆷ이로다됴흔일구즌일이ᄭᅮᆷ속에ᄭᅮᆷ이로다아마도ᄭᅮᆷ속에
人生이니아니놀고어이리

496 ○南陽에누은션비밧갈기만일삼더니草堂春日에무ᄉᆞᆫᄭᅮᆷ을ᄭᅮ어관ᄃᆡ柴扉에귀큰王
孫은셰番타미왓ᄂᆞ니

497 ○가마귀검다ᄒᆞ고白鷺야웃지마라겻치거문들속죠ᄎᆞ거물소냐겻희고속거무니ᄂᆞᆫ
너ᄲᅮᆫ인가ᄒᆞ노라

498 ○洛陽三月時에곳곳지花柳ㅣ로다滿城春光이그림에드러셰라아마도唐虞世界을
다시본듯ᄒᆞ여라

499 ○셤겁고놀나올손秋天에기러기로다너나라나올제님이分明아라마ᄂᆞᆫ消息을못미

쳐민지우러녤만ᄒᆞ더라

500

○鷄鳴山玉簫부러八千弟子흣튼後에三萬戶辭讓ᄒᆞ고赤松子를ᄌᆞᆺ초노니아마도見機明哲은子房인가ᄒᆞ노라

501

○南山에鳳이울고北岳에麒麟이논다堯天日月이我東方에ᄇᆞᆰ가시니아마도唐虞世界를이어본듯ᄒᆞ여라

吳擎華 號璞叟

502

○一生에얄뮈올손거뮈外에ᄯᅩ잇는가제비알푸러ᄂᆡ여망양그물너러두고쏫보고춤츄는나븨를다잡으려ᄒᆞ더라

503

○나는가거니와사랑으란두고감셰두고가거든날본드시사랑ᄒᆞ소사랑아푸對接ᄒᆞ거든픠는듸로이거라

504

○쓴나물데온몰이고기도곤맛시됴희草屋좁은집이그더옥分이로다다만지님그린타스로시름게워ᄒᆞ노라

505

○玉갓튼漢宮女도胡地에塵土되고解語花楊貴妃도驛路에뭇쳐느니閣氏네一時花容을앗겨무슴ᄒᆞ리오

506

○江村에그물멘사람기러기란잡지마라塞北江南에消息인들뉘傳ᄒᆞ리아모리江村漁父ㅣ들離別이야업스랴

金致羽 時慶弟

507
○世事ᄅᆞᆯᄂᆡ아더냐가리라渭水濱에世上이날올연들山水조ᄎᆞ날ᄭᅵᆯ소냐江湖에一竿
漁父되야이셔待天時나ᄒᆞ리라

508
○世事ᄂᆞᆫ琴三尺이오生涯ᄂᆞᆫ酒一盃라西亭江上月이두렷시ᄇᆞᆰ가ᄂᆞᆫᄃᆡ東閣에雪中梅
다리고翫月長醉ᄒᆞ리라

509
○山映樓비긘後에白雲峯이ᄉᆡ로왜라桃花ᄯᅳᆫᄆᆞᆰ은물이골々이소사난다아희야武陵
이어ᄃᆡ메오나ᄂᆞᆫ옌가ᄒᆞ노라

510
○一壺酒로送君蓬萊山ᄒᆞ니蓬萊上人이笑相迎이라笑相迎與君歌一曲ᄒᆞ니萬二千
峯玉層層이로다아마도海東風景이이ᄲᅮᆫ인가ᄒᆞ노라

511
○太白이언제사ᄅᆞᆷ唐時節에翰林學士風月之先生이오翫月之豪士ㅣ로다平生에但
願長醉코不願醒을ᄒᆞ더라

512
○酒色이敗人之本인줄올나도暫間알건마ᄂᆞᆫ먹던술이즈며네던길아니녜랴아마도
丈夫의ᄒᆞ올일이酒色인가ᄒᆞ노라

513
○善으로敗ᄒᆞᆫ일보며惡으로니룬일본다이두즈음에取捨ㅣ아니明白ᄒᆞᆫ야平生에惡
된일아니ᄒᆞ면自然爲善ᄒᆞ리라

514
○有馬有金兼有酒ᄒᆞ니素非親戚强爲親을一朝馬死黃金盡ᄒᆞ니親戚이還爲路上人

이로다世上에人事ㅣ變ᄒᆞ니그ᄅᆞᆯ슬허ᄒᆞ노라

515 ○君平이旣棄世ᄒᆞ니世亦棄君平을醉狂은上之上이오世事ᄂᆞᆫ更之更이라다만只淸風與明月이無情還有情인가ᄒᆞ노라 鄭斗卿

516 ○사ᄅᆞᆷ이드러가셔나올지못나올지드러가보니업고나오다ᄒᆞ니업네드러가못나올人生이아니놀고어이리 金光煜

517 ○이셩져셩ᄒᆞ니이런일이무ᄉᆞ일고ᄒᆞ롱하롱ᄒᆞ니歲月이거의로다두어라己矣己矣어니아니놀고어이리 宋寅

518 ○時節도져러ᄒᆞ니人事도이러ᄒᆞ다이러ᄒᆞ거니어이져러아닐소냐이런쟈져런쟈ᄒᆞ니한숨계워ᄒᆞ노라 李恒福

519 ○솔아심근솔아네어이심겻ᄂᆞᆫ다遲々澗畔을어듸두고네와셧노眞實노鬱々ᄒᆞᆫ晩翠ᄅᆞᆯ알니업서ᄒᆞ노라 朗原君

520 ○말은가려울고님은잡고아니놋ᄂᆡ夕陽은지올넘고갈길은千里로다져님아가ᄂᆞᆫ날잡지말고지ᄂᆞᆫ히ᄅᆞᆯ잡아라

521 ○헌삿갓자른되롱이닙고삽집고호뮈메고논뚝에물보리라밧김이엇덧턴고아마도박쟝긔보리술이틈업슨가ᄒᆞ노라

522
○大鵬을손오로잡아번ᄀᆡ불에구어먹고崑崙山엽헤셰고北海을건너뛰니泰山이발
뭇헤차이여왜각데걱ᄒᆞ더라

523
○空手來空手去하니世上事如浮雲이라成분묘人去後면月黃혼山젹々을잔잡고권
허리업쓰니눈물계워ᄒᆞ노라

524
○梨花雨ᄒᆞᆫ날일졔울며잡고이별한님츄풍落葉에져두날ᄉᆡᆼ각는지철이에외로온ᄭᆞᆷ
만오락가락ᄒᆞ더라

525
○기러기져기러기네行列부럽고야형우뎨공이야뎨어이아라마난다만지쥬야의합
긔날물못ᄂᆡ부러허노라

526
○텬즁단오일의옥호의술을너코녹음방쵸의ᄇᆡᆨ마로도라드니柳枝의女娘鞦韆이당
자情을도々더라

527
○ᄂᆡ青春누울쥬고뉘白髮가져온고오고가는길아드썬들막울거슬알고도못막을길
리니그을슬허ᄒᆞ노라

528
○바람부러쓰러진남기비온다삭시나며님그려든병이약먹다고하릴소랴져님아널
노든병이니네곳칠가하노라

529
○瞻彼淇澳혼ᄃᆡ綠竹依々로다有斐君子여낙ᄃᆡ하나빌니렴온우리도至誠明德을낙

가볼가하노라

530
○臨高臺臨高臺ᄒᆞ야長安을구버보니雲裏帝城雙鳳闕이오雨中春樹萬人家로다아마도繁華勝地은이뿐인가ᄒᆞ노라

531
○식벽서리지ᄉᆡᆫ달의외기러기우러옌다반가온님의쇼식幸혀온가너겨더니다만지滄望한구름밧긔뷘쇼릐만들니더라

532
○泰山이平地토록父子有親君臣有義北岳이崩盡토록夫婦有別長幼有序四海가變ᄒᆞ여桑田토록朋友有信ᄒᆞ리라

533
○大海에關魚躍이오長空에任鳥飛라丈夫ㅣ되여나셔智긔을모를것가허믈며博施濟衆이니病되오미이시랴

534
○朝簾을半만것고碧海을바라보니十里波光이共長天一色이로다믈우희兩々白鷗는오락가락ᄒᆞ더라

535
○건너셔는손을치고집의셔는들나ᄒᆞ네문닷고드자ᄒᆞ랴손치는ᄃᆡ를가자ᄒᆞ랴이몸이두몸되여여긔져긔ᄒᆞ리라

536
○月落烏啼霜滿天ᄒᆞ니江楓漁火對愁眠이라姑蘇城外寒山寺의夜半鐘聲到客船이라밤즁만欸乃一聲의山水綠이로다

537 ○柚子는近原이重ᄒᆞ여ᄒᆞᆫᄭᅩᆨ지에둘식셋식狂風大雨ㅣ의ᄯᅥ러질줄모로더고우리도
져柚子ᄀᆞᆺ치ᄯᅥ러질줄모로라라

538 ○杜鵑紅桃映山紅은枝々春心萬點紅을洛陽淸歌蠱城玉과湏江名琴菊心으로新秋
의月向芙蓉明ᄒᆞᆯ제큰노리를ᄒᆞ리라 金敏淳 八娘歌

539 ○芙蓉堂蕭灑ᄒᆞᆫ景이寒碧堂과伯仲이라滿山秋色이여긔져긔一般이로다아희야換
美酒ᄒᆞ여라醉코놀녀ᄒᆞ노라 申喜文

540 ○淸風이習々ᄒᆞ니松聲이冷々ᄒᆞ다譜업고調업스니無絃琴이저럿턴가至今에陶淵
明업쓰니知音ᄒᆞ리업더라

541 ○擊打皷吹龍笛ᄒᆞ자皓齒歌細腰舞ㅣ라즐겁다모다酩酊醉ᄒᆞ자酒不到劉伶墳上土
ㅣ라兒孩也換美酒ᄒᆞ야라與君同醉ᄒᆞ리라

542 ○花灼々범나뷔雙々楊柳青々ᄭᅬᄭᅩ리雙々날즘싱길벌러지오로다雙々이로다우리
도식任을거러두고百年雙々ᄒᆞ리라

543 ○ᄂᆡ思郞남쥬지말고놈의思郞貪치마쇼우리두思郞이行ᄒᆞᆯ雜思郞에섯길세라우리
난니思郞가지고百年同住ᄒᆞ리라

544 ○窓밧긔窓치난任아아모리窓치다듥오라ᄒᆞ랴너도곤勝ᄒᆞᆫ任을이기거러뉘엿져든

더任아날보랴ᄒᆞ시거던모릐된날오시쇼

545 ○抱向紗窓弄未休ᄒᆞᆯ제半含嬌態半含羞ㅣ라低聲闇問相思否아手整金釵로少點頭ㅣ로다네父母너싱겨닐제날만괴라싱겻또다

546 ○龍山三浦銅雀之間에늘근즁이잇다ᄒᆞ데니兒孩거즌말마라즁의늙난듸보왓나냐녯ᄉᆞ람니르기를鷺즁이라ᄒᆞ데

547 ○思郞을알々이모화말노되야섬에너허노코셰찬말게허리추어시러두고兒孩也치더겨노ᄒᆞ라任계신듸보니리라

548 ○百年을다못사라七八十만살지라도벗고굼지말고病업시누리다가平生에有子코有孫ᄒᆞ면괴願인가ᄒᆞ노라

549 ○괴여들고괴여나는집의핍도필샤三色桃花어론쟈범나뷔야너난어이넘노난니우리도식任거러두고넘느러볼가ᄒᆞ노라

550 ○閣氏ᄂᆡ손목을쥐니당싯々々웃는고나엇지너머등글그니졈々나ᄉᆞ나를안ᄂᆡ져任하나ᄉᆞ드지마쇼가슴ᄶᅡᆷ々ᄒᆞ야라

551 ○若不坐禪消妄念인듸直須浸醉放狂歌라不然이면秋月春風夜에爭奈尋思往事何오每日에芳罇을對ᄒᆞ여暢飮消遣ᄒᆞ리라

552 ○孟浩然타던젼나귀등에李太白먹던千日酒싯고陶淵明ᄎᆞᄌᆞ려고五柳村도라드니
葛巾에술듣는소릐는細雨聲인가ᄒᆞ노라

553 ○世與我이相遺ᄒᆞ니田園에도라와셔悅親戚樂琴書와朋友有信일삼무니두어라樂
夫天命이니復奚疑를ᄒᆞ리오

554 ○어와보완제고져禪師任보완제고져러틋고온양ᄌᆞ헌누비의ᄊᆞ이엿는고臘雪中冬
栢花ᄒᆞᆫ가지가老松속의들미라

555 ○萬頃滄波水에다못씨슨千古愁를一壺酒가져다가오날이야ᄊᆡ셔고나太白이이러
험으로長醉不醒ᄒᆞ니라

556 ○담안의섯는곳지牧丹인야海棠花ㅣ다힛독발긋퓌여이셔남의눈을놀ᄂᆡᆫ다져곳
지님자이시랴ᄂᆡ곳보듯ᄒᆞ리라

557 ○兒孩는藥ᄏᆡ라가고竹亭은뷔엿는ᄃᆡ흣터진바독을뉘쓰러주어담으리醉ᄒᆞ고松下
의누어쓰니節가는쥴몰ᄂᆡ라

558 ○春風에ᄯᅥ러진梅花ᄂᆡ리져리날이다가남게도못오로고걸니고나거뮈쥴에져거뮈
梅花쥴모로고나뷔감듯ᄒᆞ더라

559 ○그려사지말고차하리시여져셔月明空山의杜鵑식ᄂᆡ시되여밤中만슯아져울러님

의귀의들니리라

金 箕 性 光恩副尉 八歲所作

560 ○秋月이滿庭ᄒᆞᆫ듸슬피우는저기러기霜風이日高ᄒᆞ면도라가기어려왜라밤즁만中
天의떠이셔잠든날울셔오ᄂᆞ니

561 ○뵈좀방이호뮈메고논밧가라기음ᄆᆡ고農歌울부로며달을ᄯᅴ여도라오니지어미술
을거르며來日뒷밧ᄆᆡ옵세ᄒᆞ더라 申喜文

562 ○논밧가라기음ᄆᆡ고돌통ᄃᆡ기ᄉᆞ미퓌여물고코노리부로면서팔ᄯᅮᆨ츔이제격이니라아
희는지어ᄌᆞᄒᆞ니謝々웃고놀니라 上同

563 ○聖人니나계오ᄉᆞ大綱올발희시ᄆᆡ禮樂文物이我東方의燦然이라君修德臣修政ᄒᆞ
니太平인가ᄒᆞ노라 上同

564 ○그린듯ᄒᆞᆫ山水間의風月노爵을삼고烟霞로집을삼아詩酒로벗지되니아마도樂是
幽居을알니젹어ᄒᆞ노라 上同

565 ○巖花의春晩ᄒᆞᆫ듸松崖에夕陽이라平蕪의ᄂᆡ거드니遠山이如畵ㅣ로다瀟洒ᄒᆞᆫ水邊
亭子의待月吟風ᄒᆞ리라 上同

麟 平 大 君 㴭

566 ○主人이好事ᄒᆞ여遠客을慰勞ᄒᆞᆯ식多情歌管이빗앗ᄂᆞ니客愁ㅣ로다어지버密城今
日이太平인가ᄒᆞ노라

567 ○世上사ᄅᆞᆷ들이입들만셩ᄒᆞ여서제허물젼혀잇고남의흉보ᄂᆞᆫ고나남의흉보거라말
고제허물을고치고쟈

568 ○바람에휘엿노라구븐솔웃지마라春風에픤곳지믜양에고와시랴風飄々雪紛々ᄒᆞᆯ
제네야날을부르리라 疊錄

569 ○主辱臣死ㅣ라ᄒᆞ니ᄂᆡ죽엄죽ᄒᆞ건마ᄂᆞᆫ큰칼녑픠ᄎᆞ고이제도록삿기ᄂᆞᆫ聖主의萬德
中興을다시보려ᄒᆞ노라

三數大葉

570 ○夕陽에醉興을계워나귀등에실녀시니十里溪山이夢裏에지나거다어듸셔數聲漁
笛이잠든날을ᄭᆡ오ᄂᆞ니

571 ○百年을可使人々壽ㅣ라도憂樂을中分未百年을허물며百年이반듯기어려오니두
어라百年前가지라醉코놀녀ᄒᆞ노라

572 ○樂山銅臺여즈러진바회틈에왜철쭉(倭躑躅)ᄀᆞᆺ튼져ᄂᆡ님이ᄂᆡ눈에덜뮙거든남인들지나보
랴시만코쥐ᄶᅵ인東山에鳥鳥간듯ᄒᆞ여라

573 ○이러나저러나ᄒᆞ고날더러란雜말마소ᄂᆡ당부님의盟誓ㅣ오로다虛事ㅣ로다情맛긔못이롤盟誓ㅣ야ᄒᆞ여무슴ᄒᆞ리오

574 ○酒客이淸濁을갈희랴쓰나다나마고걸너잡거니勸ᄒᆞ거니量ᄃᆡ로먹은後에醉ᄒᆞ여草堂밝은달에누엇신들엇더ᄒᆞ리

575 ○轅門樊將이氣雄豪ᄒᆞ니七尺長身에佩寶刀ㅣ라大獵陰山三丈雪ᄒᆞ고帳中歸飮碧葡萄ㅣ라大醉코南蠻을혜아리니草芥런가ᄒᆞ여라

576 ○曹仁의八門金鎖陣을潁川徐庶ㅣ아돗던지百萬陣中에헙ᄯᅳᄂᆞ니子龍이로다一身이都是膽이어니제뉘라셔當ᄒᆞ리오

577 ○簫聲咽秦娥夢斷秦樓月秦樓月年々柳色灞陵傷別樂遊園上淸秋節咸陽古道音塵絶이로다秦樓月西風殘照漢家陵闕이로다

578 ○落葉이몰발에ᄎᆞ이니닙々히秋聲이로다風伯이뷔되여다ᄡᅳ려바린後에두어라崎嶇山路를덥퍼둔들엇더ᄒᆞ리

579 ○洛東江上仙舟汎ᄒᆞ니吹笛歌聲이落遠風이라客子ㅣ停驂聞不樂은蒼梧山色이暮雲中이로다至今에鼎湖龍飛를못ᄂᆡ슬허ᄒᆞ노라

580 ○엇그제쥐비즌술을酒桶이ᄶᅵ두러메고나니집안아희들은詡詡처웃는고나江湖에

봄가다ᄒᆞ니餞送ᄒᆞ려ᄒᆞ노라

581 ○기러기夕陽天에나지말고네나ᄅᆡ를날빌녀든心送未歸處에暫間단여오마스라가다가故人相逢ᄒᆞ여드란即還來를ᄒᆞ리라

582 ○우레갓치소ᄅᆡ난님을번개갓치번뜻만나비ᄀᆞᆺ치오락가락구름갓치허여지니胸中에바람갓튼한숨이나셔안개ᄀᆞᆺ치픠더라

583 ○이러니져러니말고술만먹고노세그려먹다가醉ᄒᆞ거든먹음문지담을드세醉ᄒᆞ여잠든덧시나시름잇쟈ᄒᆞ노라

584 ○져盞에부은술이골하시니劉伶이와마시도다두렷ᄒᆞᆫ달이여즈러져시니李白이와셔치도다남은술남은달가지고翫月長醉ᄒᆞ리라

585 ○엇그졔쥐비즌술이닉어ᄂᆞ냐셔럿ᄂᆞ냐압닉에후린고기굽ᄂᆞ냐膾치ᄂᆞ냐속고왓ᄂᆞ냐아희야어셔차려닉여라벗님對接ᄒᆞ리라

586 ○綠蘿로剪作三春柳ᄒᆞ고紅錦을裁成二月花ㅣ라若使公侯로爭此色인된春光이不到野人家ㅣ로다아마도至極公道는하ᄂᆞᆯ인가ᄒᆞ노라

587 ○博浪沙中쓰고남은鐵椎天下壯士項羽를맛져힘가지두러메여셔치고져離別두字그졔야그리던님만나百年同住ᄒᆞ리라

588

○이러나저러나ᄒᆞ고世俗奇別을傳치마라남의是非ᄂᆞᆫ나의알빅아니로다瓦樽에술
이닉어시면긔됴흔가ᄒᆞ노라

589

○騄駬霜蹄ᄂᆞᆫ櫪上에늙고龍泉雪鍔은匣裏에운다丈夫의먹은뜻을속절업시못니루
고귀밋틔白髮이ᄒᆞᆺ날니ᄂᆞ그ᄅᆞᆯ슬허ᄒᆞ노라

590

○閣氏네ᄎᆞ오신칼이一尺劒가二尺劒가龍泉劒太阿劒에匕首短劒이아니여든丈夫
의ᄀᆞ만ᄒᆞᆫ肝腸을수울수울굿ᄂᆞ니

蔓　橫

591

○白馬ᄂᆞᆫ欲去長嘶ᄒᆞ고青娥ᄂᆞᆫ惜別牽衣로다夕陽은已傾西嶺이오去路ᄂᆞᆫ長亭短亭
이로다아마도설운離別이百年三萬六千日에오날뿐인가ᄒᆞ노라

592

○青天구름밧게놉피ᄯᅥᄂᆞᆫ白松骨이四方天地ᄅᆞᆯ咫尺마치너기ᄂᆞᆫ듸엇지타싀궁치뒤
져먹ᄂᆞᆫ오리ᄂᆞᆫ졔집門止方넘나들기ᄅᆞᆯ百千里마치너기ᄂᆞ니

593

○닉집이본듸山中이라벗지온들무어스로對接ᄒᆞ리압닉에후린고기ᄅᆞᆯ키여온삽쥬
에속고와라엇그졔쥐비즌술을만히걸너닉여라

594

○青치마한환양년의ᄯᆞᆯ년紫的장옷뮈여바릴년아엇그졔날속이고ᄯᅩ눌을속이려ᄒᆞ
고夕陽에가ᄂᆞᆫ허리ᄅᆞᆯ한들한들ᄒᆞ더라

595 ○두고가ᄂᆞᆫ의안과보ᄂᆡ고잇ᄂᆞᆫ의안과두고가ᄂᆞᆫ의안은雪擁藍關에馬不前ᄲᅮᆫ이어니
와보ᄂᆡ고잇ᄂᆞᆫ의안은芳草年々에恨不窮인가ᄒᆞ노라

596 ○이ᄉᆞᆼ져ᄉᆞᆼ다지ᄂᆡ고ᄒᆞ롱하롱닌일업네功名도어근버근世事ㅣ라도싱ᄉᆞᆼ상ᄉᆞᆼ每日
에ᄒᆞᆫ盞두盞ᄒᆞ면그렁저렁ᄒᆞ리라

597 ○男兒의快ᄒᆞᆫ일이긔무어시第一인고挾泰山以超北海와乘長風萬里波浪과酒一斗
詩百篇이라世上에草介功名은不足道ㅣㄴ가ᄒᆞ노라

598 ○뒤뫼회고사리뜻고압ᄂᆡ에고기낙가率諸子抱弱孫ᄒᆞ고一甘旨味ᄅᆞᆯᄒᆞᆫ듸안자ᄂᆞᆫ화
먹고談笑自若ᄒᆞ야滿室歡喜ᄒᆞ고憂樂업시늙엇시니아ᄆᆞ도宦海榮辱은나ᄂᆞᆫ아니
求ᄒᆞ노라

599 ○柴扉에ᄀᆡ즛거ᄂᆞᆯ任이신가반기너겨倒着衣裳ᄒᆞ고傾側望見ᄒᆞ니狂風이陣々ᄒᆞ야
捲簾ᄒᆞᄂᆞᆫ소ᄅᆡ로다含笑코出門看ᄒᆞ니慚鬼慚天ᄒᆞ야라

600 ○우리두리後生ᄒᆞ여네나되고나너되야ᄂᆡ너그려굿던ᄋᆡ을너도날그려굿쳐보면前
々의ᄂᆡ셔워ᄒᆞ던쥬을돌녀보미엇더ᄒᆞ니

言　弄

601 ○昭烈之大度喜怒ᄅᆞᆯ不形於色과諸葛亮之王佐大才三代上人物五虎大將들의熊虎

之勇力으로攻城掠地ᄒᆞ여亡身之高節과愛君之忠義ᄂᆞᆫ古今에咚이업스되蒼天이
不助順ᄒᆞᄉᆞ中恢ᄅᆞᆯ못일우고英雄의恨을깃쳐曠百代之傷感이라

602 ○李太白의酒量은긔엇더ᄒᆞ여一日須傾三百盃ᄒᆞ고杜牧之風度ᄂᆞᆫ긔엇더ᄒᆞ여醉過
楊州ㅣ橘滿車ㅣ런고아ᄆᆞ도둘의風度ᄂᆞᆫ못밋ᄎᆞᆯ가ᄒᆞ노라

603 ○ᄭᅮᆷ아ᄭᅮᆷ아어리쳑々ᄒᆞᆫᄭᅮᆷ아왓ᄂᆞᆫ님을보ᄂᆡ넌겻가왓ᄂᆞᆫ님보ᄂᆡᄂᆞ니잠든날이나셔오
ᄂᆞᆺ다이後에님이오셔드란잡고날셰와라

604 ○十載ᄅᆞᆯ經營屋數椽ᄒᆞ니錦江之上이오月峯前이로다桃花ㅣ浥露紅浮水ㅣ오柳絮
ᄂᆞᆫ飄風白滿船을石逕歸僧은山影外여널煙沙眠鷺雨聲邊이로다若令摩詰노遊於
此ㅣ런들不必當年에畫輞川을ᄒᆞ리라

605 ○青天에ᄯᅥ셔울고가ᄂᆞᆫ외기려기나지말고ᄂᆡ말들어漢陽城內에暫間들너부듸ᄂᆡ말
잇지말고웨々쳐불너니르기ᄅᆞᆯ(又云寂寞空閨에더진듯홀노안져)月黃昏계워갈제님그려ᄎᆞᆷ아못
살네라ᄒᆞ고ᄒᆞᆫ말을傳ᄒᆞ여쥬렴우리도님보라밧비가옵ᄂᆞᆫ길 미傳홀동말동ᄒᆞ여
라

606 ○압논에오려ᄅᆞᆯ뷔여白花酒ᄅᆞᆯ비저두고뒷東山松枝箭筒우희활지여걸고손조구글
무지ᄂᆡ가움버들레셰여물에ᄎᆡ와두고아희야날볼손오셔드란뒷여홀노살와라

607 ○泰山이不讓土壤故로大ᄒᆞ고河海不擇細流故로深ᄒᆞᄂᆞ니萬古天下英雄俊傑建安八子와竹林七賢李謫仙蘇東坡갓튼詩酒風流와絕代豪士를어듸가이로다ᄉᆞ괼손야鸞雀도鴻鵠의무리라旅遊狂客이洛陽才子모드신곳데末地에叅與ᄒᆞ여놀고갈가ᄒᆞ노라

608 ○擊汰梨湖山四低ᄒᆞ니黃驪遠勢草萋々ㅣ로다婆娑城影은淸樓北이오神勒鍾聲白塔西ㅣ라磧石에波沈神馬跡이오二陵에春入子規啼로다醉翁牧老ㅣ空文藻ᄒᆞ니如此風光에不共擕를ᄒᆞ더라

609 ○七年之旱과九年之水에도人心이淳厚터니國泰民安ᄒᆞ고時和歲豐ᄒᆞ되人情은險涉千層浪이오世事는危登百尺竿이로다아마도古今이다른줄을못ᄂᆡ슬허ᄒᆞ노라

610 ○듕놈은승년의머리털손에츤츤휘감아쥐고승년은듕놈의상토풀쳐손에츤츤곽거러잡고두ᄭᅳ둥이맛ᄆᆡᄌᆞ이외고져외다작작공이쳣ᄂᆞᆫ듸뭇소경놈들은굿보ᄂᆞᆫ고나그겻ᄐᆡ귀먹은벙어리ᄂᆞᆫ외다올타ᄒᆞ더라

611 ○귀돌이져귀돌이어엿부다져귀돌이어인귀돌리지ᄂᆞᆫ달셔ᄂᆞᆫ밤에긴소릐져른소릐切々이슬흔소릐졔홈ᄌᆞ우러예어紗窓여윈잠을살ᄯᅳᆯ이ᄭᆡ오ᄂᆞᆫ제고두어라제비록微物이나無人洞房에ᄂᆡᄯᅳᆺ알니ᄂᆞᆫ져ᄲᅮᆫ인가ᄒᆞ노라

612

○지우희웃뚝셧ᄂᆞᆫ소나무바ᄅᆞᆷ불젹마다ᄒᆞᆫ들ᄒᆞᆫ들ᄀᆡ올에셧ᄂᆞᆫ버들은무ᄉᆞᆷ일죠ᄎᆞ셔ᄒᆞᆫ들ᄒᆞᆫ들ᄒᆞᆫ들ᄒᆞᆫ들ᄒᆞ노님그려우ᄂᆞᆫ눈물은올커니와입ᄒᆞ고코ᄂᆞᆫ이이무ᄉᆞᆷ일죠ᄎᆞ셔후루룩빗쭉ᄒᆞᄂᆞ니

613

○陽德孟山鐵山嘉山나린물은浮碧樓로감도라들고마흐락이空流沼과尾川溪나린물은霽天亭으로감도라들고님그려우ᄂᆞᆫ눈물은벼ᄀᆡ쇼흐로흐로더라

614

○八萬大藏부처님게비ᄂᆞ니다나와님을다시보게ᄒᆞ오소셔如來菩薩地藏菩薩普賢菩薩文殊菩薩五百羅漢八萬伽藍西方淨土極樂世界觀世音菩薩南無阿彌陀佛後世에還度相逢ᄒᆞ여芳緣을잇게되면菩薩님恩惠를捨身普施ᄒᆞ리라

615

○鸂鶒은雙々綠潭中이오皓月은團々映窓櫳이로다凄涼ᄒᆞᆫ羅帷안에蟋蟀은슬피울고人寂夜深ᄒᆞᆫᄃᆡ玉漏난殘々金爐에香盡參橫月落도록有美佳人은白馬金鞭으로어듸를단이다가뉘손에잡피여도라올줄을이졋ᄂᆞᆫ고님이야날ᄉᆡᆼ각ᄒᆞ랴마ᄂᆞᆫ나ᄂᆞᆫ님ᄲᅮᆫ이미九回肝腸을寸々이스루다가사라져죽을만졍나ᄂᆞᆫ아니이즈리라

616

○閣氏네ᄂᆡ妾이되옵거나ᄂᆡ閣氏네後ㅅ書房이되옵거나곳본나뷔물본기러기줄에죠츤거위고기본가마오지가지에젓시요슈박에족술이로다閣氏네ᄒᆞ나水鐵匠의ᄯᆞᆯ이오져ᄒᆞ나딤匠이라솟딧고남은쇠로츤々가마나딜가ᄒᆞ노라

617
○지너머싀앗년두고손펵치며울고넘어가니말만ᄒᆞᆫ草屋에집덕셕나노덥고년놈이
ᄒᆞᆫ듸누어두손목마죠덤셕뒤고얽어져트러졋네이제는어림장이발노군에들거고
나두어라모밀썩에두杖皷를싀와무슴ᄒᆞ리요

618
○玉鬢紅顔第一色아너누눈을보아인고明月黃昏風流郞아나는너를알앗노라楚臺
에雲雨會ᄒᆞ니路柳墻花를적셔볼가ᄒᆞ노라

619
○極目天涯에恨孤鴈之失侶ᄒᆞ고回眸樑上에羨雙燕之同巢ㅣ로다遠山은無情ᄒᆞ야
能遮千里之望眼이오明月은有意ᄒᆞ야相照兩鄕之思心이로다花不待二三之月에
預發於衾中ᄒᆞ고月不當三五之夜에圓明於枕上ᄒᆞ니님뵈온듯ᄒᆞ여라

620
○赤壁水下死地를僅免ᄒᆞᆫ曹孟德이華容道에다々라壽亭侯를만나鳳目龍劒으로秋
霜ᄀᆞᆺ튼號令에草露奸雄이어이臥席終身을바라리오마는千古에關公은義將이라
네義를生覺ᄒᆞ샤義釋曹操ᄒᆞ시다

弄

621
○千古羲皇之天과一寸無懷之地에名區勝地를갈희곡갈희여數間茅屋지여ᄂᆡ니雲
山煙水松風蘿月과野獸山禽이절노己物이되거고나아희야山翁富貴를남더려힝
혀니르리라

622
○둥과승이萬疊山中에만나어드러로가오어드러로오시넌게山죠코물죠흔듸곳갈
시름ᄒᆞ여보셰두곳갈흔듸다하너푼너푼넘느는양은白牧丹두퍼귀가春風에興을
계워흔들흔들휘드러셔넘느는듯아마도山中시름은이둘뿐인가ᄒᆞ노라

623
○山不在高ㅣ라有仙則名ᄒᆞ고水不在深이라有龍則靈ᄒᆞᄂᆞ니斯是陋室이나惟吾德
馨이라苔痕은上階綠이오草色은入簾青을談笑有鴻儒ㅣ오往來無白丁을可以調
素琴閱金經ᄒᆞ니無絲竹之亂耳ᄒᆞ고無案牘之勞形이로다南陽諸葛廬와西蜀子雲
亭을孔子ㅣ云何陋之有아ᄒᆞ시다

624
○어룬ᄌᆞ박너출이야에어룬ᄌᆞ박너출이야어인너출이담을너머손을쥬노어룬님이
리로져리로갈져에손을쥐려ᄒᆞ더라

625
○가ᄆᆞ귀가ᄆᆞ귀ᄅᆞᆯ좃ᄎᆞ들거고나뒷東山에느러진고양남게휘드느니가ᄆᆞ귀로다식
ᄂᆞᆫ날못가ᄆᆞ귀ᄒᆞᆫ듸ᄂᆞ려뒤덤벙덤벙두루덥져겨밧ᄒᆞ니아모그가ᄃᆞ뢴줄몰ᄂᆞ라

626
○丞相祠堂을何處尋인고錦官城外柏森々을暎階碧草는自春色이오隔葉黃鸝空好
音을三顧頻煩天下計오兩朝開濟老臣心이로다出師未捷身先死ᄒᆞ니長使英雄으
로淚滿襟을ᄒᆞ여라

627
○谷口哢谷口哢ᄒᆞ니有鳥衣黃谷口哢이라性愛谷口綠陰繁ᄒᆞ여每歲春晚谷口哢을

朝々谷口暮谷口에 一嘷二嘷々復嘷이라 世人이 謂爾谷口哩ᄒᆞ니 謂爾長在谷口嘷
이나 靜看谷口遲喬木ᄒᆞ니 未必長在谷口嘷을

628 ○酒力醒茶烟歇커ᄂᆞᆯ 送夕陽迎素月ᄒᆞᆯ제 鶴氅衣임의ᄎᆞ고 華陽巾젓게 쓰고 手執周易
一卷ᄒᆞ고 焚香默坐ᄒᆞ여 消遣世慮ᄒᆞᆯ제 江山之外에 風帆沙鳥烟雲竹樹ㅣ 一望에 다
드노메라 잇ᄃᆞ감 벗님네 다리고 鬪碁投壺ᄒᆞ며 敲琴詠詩ᄒᆞ여 送餘齡을 ᄒᆞ리라

629 ○淸江一曲이 抱村流ᄒᆞ니 長夏江村事々幽을 自去自來堂上鷰이오 相親相近水中鷗
ㅣ라 老妻ᄂᆞᆫ 畵紙爲碁局이오 稚子ᄂᆞᆫ 敲針作釣鉤ㅣ로다 多病所須ㅣ 惟藥物이니 微
軀此外에 更何求를 ᄒᆞ리오

630 ○님으란 淮陽金城오리남기 되고 나ᄂᆞᆫ 三四月 츩너출이 되여 그남게 그츩이 낙거 뮈나
뷔감듯이리로 츤츤 저리로 츤츤 외호감아 올히 풀쳐 얼거져 트러져서 밋부터 ᄭᅳᆺ가지
ᄒᆞᆫ곳도 뷘틈업시 츤츤구뷔ᄂᆞ게 휘々감겨 晝夜長常 뒤트러져 얼키엿다가 冬셧달바
ᄅᆞᆷ 비눈 서리를 아모만 마즌들 풀어질줄이시랴

631 ○南無阿彌陀佛 南無阿彌陀佛 ᄒᆞᆫ들 등놈마다 成佛ᄒᆞ며 孔子ㅣ曰 孟子ㅣ曰 ᄒᆞᆫ들 ᄉᆞᄅᆞᆷ
마다 得道ᄒᆞ랴 아마도 得道成佛은 都兩難인가 ᄒᆞ노라

632 ○天君衙門에 所志알외ᄂᆞ니 依所願題給ᄒᆞ오소서 白髮이 此生게 엄으로 ᄎᆞᆷ아 못볼老

人광딕青春少年들을미러가며ᄃᆞ씌오되그中에英雄豪傑으란부듸몬져늙게ᄒᆞ니이辭緣衆商ᄒᆞᄉᆞ白髮禁止爲白只爲上帝題辭內에世間公道ㅣ白髮노못쎠잇셔貴人頭上段置饒貸치못ᄒᆞ려든너耳亦分揀못ᄒᆞ리니相考施行爲良如敎

633

○달바ᄌᆞ는찡ᄉᆞ울고잔띄속에속닙난다三年묵은물가죡은외용지용우지는듸老處女의擧動보소함박죡박드더지며逆情ᄂᆡ여니른말이바다에도섬이잇고(又云콩팟해도눈이잇네봄ᄉᆞᆷᄌᆞ리ᄉᆞ오나와)同牢宴첫ᄉᆞ룡을ᄉᆞᆷ마ᄃᆞᄒᆞ여뵈네글르ᄉᆞ月老繩의因緣인지일낙敗락ᄒᆞ여라

634

○江原道雪花紙를제長廣에鳶을지어大絲黃絲白絲줄을通어레에숩이업시바롬이ᄒᆞᆫ창인제三間토김四間근두半空에소ᄉᆞ올나구름에걸쳐시니風力도잇거니와줄脈이업시그러ᄒᆞ랴면듸님줄脈을길게듸혀낙고아올가ᄒᆞ노라

635

○漢高祖의文武之功을이제와議論ᄒᆞ니蕭何의不絕糧道와張良의運籌帷幄韓信의戰必勝은三傑이라ᄒᆞ려니와陳平의六出奇計아니러면白登에운거슬뉘라셔푸러ᄂᆡ며項羽의范亞父를긔무어스로離間ᄒᆞ리아마도金刀創業은四傑인가ᄒᆞ노라

636

○ᄉᆞ랑ᄉᆞ랑고ᄉᆞ이믜친ᄉᆞ랑왼바다흘두루덥는그믈ᄀᆞᆺ치믜친ᄉᆞ랑往十里라踏十里라참외너출수박너출얽어지고틀어져셔골ᄉᆞ이버더가는ᄉᆞ랑아마도이님의ᄉᆞ랑

온ᄭᅳᆺ간듸몰나ᄒᆞ노라

637

○일으랴보ᄌᆞ일으랴보ᄌᆞ니아니일으랴네書房ᄃᆞ려거즛거스로물깃는체ᄒᆞ고桶으란ᄂᆞ리와우물전에노코또아리버셔桶조지에걸고건넌집져근金書房을눈금젹분너ᄂᆡ야두손목마조덥셕쥐고숙은숙은말ᄒᆞ다가삼밧트로드러가셔무음일ᄒᆞ던지존삼은쓰러지고굴근삼ᄯᅴᄭᅳᆺ만나마우즑우즑ᄒᆞ더라ᄒᆞ고ᄂᆡ아니일으랴네書房ᄃᆞ려져아희입이보도라와거즛말마라스라우리도마을지어민전ᄎᆞ로실삼키려갓더니라

638

○이바뵌藿메욱더라발ᄒᆞᆫ듬북이가거놀본다듬북이셩ᄂᆡ야土卵눈부릅ᄯᅳ고마늘코발쪽이고셰자반나롯거스리고甘苔신숨아신고다스마긴긴골노김々너분길노가거놀보앗노라가기는가더라마는蘩古ᄒᆞᆫ얼골에石茸업시가더라

639

○져멋고져々멋고져열다섯만ᄒᆞ엿고져어엿분얼골이ᄂᆡ가에셧는垂楊버드나무광듸등걸이되거고나우리도少年行樂이어제련듯ᄒᆞ여라

640

○달밝고ᄯᅴ죠ᄒᆞᆫ밤에南大川너른ᄯᅳᆯ에닙업ᄉᆞᆫ보류슈남게안져雪梨花ㅣ야우는져김수리ᄉᆡ야아무리雪梨花ㅣ야운들ᄂᆡᆫ들어이하리오

641

○드립더바드득안ᄒᆞ니細허리지잔ᄋᆞᆨ잔ᄋᆞᆨ紅裳을거드티니雪膚도豐肥ᄒᆞ고擧脚蹲

坐ᄒᆞ니半開ᄒᆞᆫ紅牧丹이發郁於春風이로다進々코又退々ᄒᆞ니蕪林山中에水春壁인가ᄒᆞ노라

642
○뉘라셔范亞夫ᄅᆞᆯ지혜잇다니르던고沛上에天子氣ᄅᆞᆯ判然이아라마ᄂᆞᆫ鴻門宴갈춤에擧玉玦은무ᄉᆞᆷ일고不成功疽發背死ᄒᆞᆫ들뉘ᄐᆞᆺ시라ᄒᆞ리오

643
○高臺廣室나ᄂᆞᆫ마다錦衣玉食더옥이슬희銀金寶貨奴婢田宅緋緞장옷大緞치마蜜花珠겻칼紫芝賞織저고리ᄯᅳᆫ머리石雄黃오로다ᄭᅮᆷᄌᆞ리로다平生나의願ᄒᆞᄂᆞᆫ바ᄂᆞᆫ말ᄌᆞᆯᄒᆞ고글잘ᄒᆞ고人物개ᄌᆞᄒᆞ고품ᄌᆞ리가장알ᄯᅳ리잘ᄒᆞᄂᆞᆫ져믄書房인가ᄒᆞ노라

644
○白雲은千里萬里明月은前溪後溪罷釣歸來ᄒᆞᆯ제낙근고기ᄭᅦ여들고斷橋ᄅᆞᆯ건너杏花村酒家로도라드ᄂᆞᆫ져늙은이뭇노니네興味언ᄆᆡ뇨금못칠가ᄒᆞ노라

645
○萬古歷代人臣之中에明哲保身누고누고范蠡의五湖舟와張良의謝病辟穀疏廣의散千金과張翰의秋風江東去와陶淵明의歸去來辭ㅣ라이밧게碌々ᄒᆞᆫ貪官汚吏之輩야혜여무ᄉᆞᆷᄒᆞ리오

646
○大丈夫ㅣ功成身退ᄒᆞ야林泉에집을짓고萬卷書ᄅᆞᆯ싸아두고죵ᄒᆞ야밧갈니고보라ᄆᆡ길드리고千金駿駒압히ᄆᆡ고金罇에술을두고絶代佳人겻ᄐᆡ두고碧梧桐거문고에南風詩노ᄅᆡᄒᆞ며太平烟月에醉ᄒᆞ여누어시니아마도平生ᄒᆞ올일은이ᄲᅮᆫ인가ᄒᆞ

노라

647 ○山靜ᄒᆞ니似太古ㅣ오日長ᄒᆞ니如少年이라蒼蘚은盈堦ᄒᆞ고落花ㅣ滿庭ᄒᆞᆫ듸午睡ㅣ初足커ᄂᆞᆯ讀周易國風左氏傳離騷太史公書陶杜詩와韓蘇文數篇ᄒᆞ고興到則出步溪邊ᄒᆞ여邂逅園翁溪友ᄒᆞ야問桑麻說秔稻相與劇談半晌타가歸而倚杖柴門下ㅣ러니이윽고夕陽이在山ᄒᆞᆫ듸紫綠萬狀이라變幻頃刻에恍可人目이라牛背笛聲이兩々歸來ᄒᆞᆯ제月印前溪矣러라

648 ○萬里長城엔담안에阿房宮을놉피짓고沃野千里고릐논에數千宮女압패두고(又云金皷를울니며) 玉璽를드더질제劉亭長項都尉層이우러々나보왓시랴아마도耳目之所好와心志之所樂은이ᄲᅮᆫ인가ᄒᆞ노라

649 ○司馬遷의名萬古文章王逸少의掃千人筆法劉伶의嗜酒와杜牧之好色은百年從事ᄒᆞ여一身兼備ᄒᆞ려니와아마도雙全키어려올손大舜曾子孝와龍逢比干忠인가ᄒᆞ노라

650 ○아마도豪放ᄒᆞᆯ손靑蓮居士李謫仙이로다玉皇香案前에黃庭經一字誤讀ᄒᆞᆫ罪로謫下人間ᄒᆞ여藏名酒肆ᄒᆞ고釆石에弄月ᄒᆞ다가긴고릐타고飛上天ᄒᆞ니至今에江南風月이閑多年인가ᄒᆞ노라

651 ○窓밧게괴뉘오신고小僧이올소이다어제젼역에老師보라왓든듕이오러니閣氏네 자는房족도리버셔거는말고지에이닉소리송낙을걸고가즈왓네져듕아걸기는걸 고갈지라도훗말업시ᄒᆞ시소

652 ○窓밧기엇득엇득커놀님만너겨나가보니님은아니오고우스름달빗체열구름이날 속겨다못ᄒᆞ아밤일셰만졍힝혀낫지런들남우일번ᄒᆞ여라

653 ○남이라님을아니두랴豪蕩도그지업다霽月光風져문날에牧丹黃菊이다盡토록우 리의고은님은白馬金鞍으로이듸롤단이다가뉘손에잡히여笑入胡姬酒肆中인고 아희야秋風落葉掩重門에기다린들무엇ᄒᆞ리

654 ○月一片燈三更인제나간님을혜여ᄒᆞ니靑樓酒肆에식님을거러두고不勝蕩情ᄒᆞ여 花間陌上春將晩이오走馬鬪鷄猶未返이라三時出望無消息ᄒᆞ니盡日欄頭에空斷 腸을ᄒᆞ여라

655 ○물우희沙工물아레沙工놈들이三四月田稅大同실너갈제一千石싯는大中船을쟈 귀ᄃᆡ혀ᄭᅮ며닐제三色實果머리가즌것갓초와피리巫鼓롤둥々치며五江城隍之神 과南海龍王之神게손고초와告祀ᄒᆞᆯ제全羅道ㅣ라慶尙道ㅣ라蔚山바다羅州ㅣ바 다七山바다휘도라安興목이라孫乭목江華ㅣ목감도라들제平盤에물담드시萬里

滄波에가는듯도라오게고스릐고스릐所望일게ᄒᆞ오쇼셔어어라져어라이어라비ᄯᅳ여라地菊叢南無阿彌陀佛

656

○술이라ᄒᆞ는거시어이삼긴거시완ᄃᆡ一盃一盃復一盃ᄒᆞ면恨者ㅣ洩憂者ㅣ樂에搯腕者ㅣ蹈舞ᄒᆞ고呻吟者ㅣ謳歌ᄒᆞ며伯倫은頌德ᄒᆞ고詞宗은澆胸ᄒᆞ며淵明은葛巾素琴으로面庭柯而怡顏ᄒᆞ고太白은接䍦錦袍로飛羽觴而醉月ᄒᆞ니아마도실음풀기는술만ᄒᆞᆫ거시업세라

657

○色것치죠코죠흔거슬제뉘라셔말니듯던고穆王은天子ㅣ로되瑤臺에宴樂ᄒᆞ고項羽는天下壯士ㅣ로되滿營秋月인재悲歌慷慨ᄒᆞ고明皇은英主ㅣ로되解語花離別에馬嵬坡下에울엇ᄂᆞ니허물며여나문丈夫ㅣ야몃百年살니라ᄒᆞ올일아니ᄒᆞ고쇽절업시늙으리오

658

○南薰殿舜帝琴을夏殷周에傳ᄒᆞ오샤秦漢唐雜伯干戈와宋齊梁風雨乾坤에王風이委地ᄒᆞ여正聲이긋쳐졋더니東方에聖人이나계오샤彈五絃歌南風을이어볼가ᄒᆞ노라

659

○景星出卿雲興ᄒᆞᆯ재陶唐氏적百姓이되여康衢烟月에含飽皷腹ᄒᆞ고葛天氏적노릐에軒轅氏적춤올추니아마도三代以後에이런太古淳風을못어더볼가ᄒᆞ노라

660

○二十四橋月明훈듸佳節은月正上元이라億兆는擱街歡同ᄒ고貴遊도携笻步屧이로다四時에觀燈賞花歲時伏臘도ᄐ려萬姓同樂ᄒ미오날인가ᄒ노라

661

○天君이赫怒ᄒ샤愁城을치오실식大元帥懽伯將軍佐幕은青州ㅣ從事阮步兵前驅ᄒ고李太白草檄ᄒ여琉璃鍾琥珀瓏은先鋒掩襲ᄒ고舒州勺力士鐺은挾擊大破ᄒ여糟邱臺에올ᄂ안저伯倫으로頌德ᄒ고月捷을星馳ᄒ여告厥成功ᄒ온後에그제야耳熱舞蹈ᄒ여皷角을섯거부러伯業難守城難々又難凱歌歸롤ᄒ리라

662

○밋남진廣州ㅣ(又云廣德山)싸리뷔장ᄉ소딕남진그놈翔寧잇뷔장ᄉ눈정에거른님은뚝닥뚜드려방마치장ᄉ되딕글마라홍독기장ᄉ뷩뷩도는물네장ᄉ우물뎐애치다라간딩간딩ᄒ다가월헝충청풍뎡새지와물담복쪄너는드레박지장ᄉ어듸가이얼굴가지고또훈죠리박장ᄉ못어드리

663

○自古男兒의豪心樂事롤歷々히혜여보니漢代金張甲第車馬와晉室王謝風流文物白香山八絶吟詠과郭汾陽의花園行樂을다죠트니ᄅ려니와아마도春風十二窩에小車롤잇글고太和湯五六甌에擊壤歌부르며任意去來ᄒ여老死太平이類ㅣ업슨가ᄒ노라

664

○大丈夫ㅣ되여ᄂ셔孔孟顏曾을못ᄒ량이면ᄎ라로다썰치고太公兵法외와너여말

만ᄒᆞᆫ大將印을허리아래빗기ᄎᆞ고金壇에놉피안저萬馬千兵을指揮間에너허두고
坐作進退ᄒᆞᆷ이긔아니快ᄒᆞᆯ쇼냐아마도尋章摘句ᄒᆞ는셕은션뷔는나는아니되리라

665

○漢武帝의北拓西擊諸葛亮의七縱七擒晉나라謝都督의八公山威嚴으로百萬強胡
를다쓰러바린後에漢南에王庭을업시ᄒᆞ고凱謌歸來ᄒᆞ여告厥成功ᄒᆞ리라

666

○大丈夫ㅣ天地間에나셔헤올일이全혀업다글을ᄒᆞᄌᆞᄒᆞ니人生識字ㅣ憂患始오劍
術을ᄒᆞ쟈ᄒᆞ니乃知兵者ㅣ是凶器로다ᄎᆞ라로青樓酒肆로오며가며놀니라

667

○功名을헤여ᄒᆞ니榮辱이半이로다東門에掛冠ᄒᆞ고田廬에도라와셔聖經賢傳헤쳐
노코닑기를罷ᄒᆞᆫ後에압ᄂᆡ에살진고기도낙고뒷뫼헤엄긴藥도ᄏᆡ다가臨高遠望ᄒᆞ
여任意逍遙ᄒᆞᆯ제清風은時至ᄒᆞ고明月이自來ᄒᆞ니아지못게라天壤之間에이것치
즐거옴을무어ᄉᆞ로對ᄒᆞᆯ쇼냐아마도이리져리노니다가乘化歸盡ᄒᆞᆷ이긔죠흔가ᄒᆞ
노라

668

○漁村에落照ᄒᆞ고水天이一色인제小艇에그물싯고十里沙汀나려가니滿江蘆荻에
霞鶩은셧거날고桃花流水에鱖魚는살졋는듸柳橋邊에비를미고고기주고술을사
서酩酊케醉ᄒᆞᆫ後에오의聲부르며달을ᄯᅴ여도라오니아ᄆᆞ도江湖至樂은이ᄲᅮᆫ인가
ᄒᆞ노라

669

○寒碧堂瀟灑ᄒᆞᆫ景을비긴後에올나보니百尺元龍이오一川花月이라佳人은滿座ᄒᆞ고衆樂이喧空ᄒᆞᆫᄃᆡ浩蕩ᄒᆞᆫ風烟이오猥藉ᄒᆞᆫ盃盤이로다아희야盞가득부어라大醉高歌ᄒᆞ여遠客愁懷를ᄡᅥ셔볼가ᄒᆞ노라

670

○萬古離別ᄒᆞ든中에누고누고더셟던고項羽의虞美人은劒光놉흔곳에香魂이나라나고漢公主王昭君은胡地에遠嫁ᄒᆞ여琴瑟絃鴻鵠歌에遺恨이綿々ᄒᆞ고石崇은金谷繁華로도綠珠를못진혀ᄂᆞᆫ니우리ᄂᆞᆫ連理枝并蔕花를님과나와겻거쥐고鴛鴦枕翡翠衾에百年同住ᄒᆞ리라

金時慶

671

○이시름져시름여러가지시름方牌鳶에細々成文ᄒᆞ온後에春正月上元日에西風이고이불제울白絲ᄒᆞᆫ어레를풋가지푸러ᄯᅴ올제마조막餞送ᄒᆞ쟈둥게둥게놉피ᄯᅧ셔白龍의구뷔ᄀᆞᆺ치굼틀굼틀뒤트러져구름속에들거고나東海바다건너가셔외로이선남게걸니엿다가風蕭々雨落々ᄒᆞᆯ제自然消滅ᄒᆞ리라

672

○飛禽走獸삼긴中에닭과개ᄂᆞᆫ셔두다려업시ᄒᆞᆯ즘싱碧紗窗깁흔밤에품에드러잠든님을져른목느르혀홰々쳐우러니러나게ᄒᆞ고寂々重門왓ᄂᆞᆫ님을무으락나으락쌍々즈져도라가게ᄒᆞ니門前에ᄃᆞᆰ미장ᄉᆞ웨지거든챤々동혀쥬리라

673

○柴扉에미즛거놀님만너겨나가보니님은아니오고明月이滿庭ᄒᆞᆫᄃᆡ一陣金風에닙

떠러지ᄂᆞᆫ소릐로다져긔야秋風落葉聲혓도이즈져날속일줄이이시랴

674 ○梨花에露濕도록뉘게잡피여못오든가옷자락뷔혀잡고가지마소ᄒᆞᄂᆞᆫ듸無端이썰치고오쟈ᄒᆞᆷ도어려왜라져님아혜여보소라네오긔오다르랴

675 ○님그려깁히든病을무슴藥으로고쳐닐고太上老君草還丹과西王母의千年蟠桃落伽山觀世音甘露水와晉元子의人蔘果며三山十洲不死藥을아무만먹은들하릴소냐아마도그리던님을만나량이면긔良藥인가ᄒᆞ노라 金時慶

676 ○楚山秦山에多白雲ᄒᆞ니白雲處々長隨君을長隨君々入楚山裏ᄒᆞᆫ다雲亦隨君渡湘水ㅣ로다湘水上女蘿衣白雲堪臥君早歸ᄅᆞᆯᄒᆞ쇼라

677 ○가마귀거무나다나희오리희ᄂᆞ다ᄂᆞ황새다리기나다나올희다리져르ᄂᆞ다ᄂᆞ아마도黑白長短은나ᄂᆞᆫ몰나ᄒᆞ노라

678 ○平生에景慕ᄒᆞᆯ슨白香山의四美風流駿馬佳人은丈夫의壯年豪氣로다老境生計移搬ᄒᆞᆯ졔身兼妻子都三口ㅣ오鶴與琴書로共一船이라긔더옥節槪廉退唐時에三大作文章이李杜로並駕ᄒᆞ여百代芳名이셔울줄이이시랴

679 ○春風杖策上蠶頭ᄒᆞ여漢陽形址ᄅᆞᆯ굽어보니仁王三角은虎踞龍盤勢로北極을괴야잇고漢水終南은天府金湯이라享國長久ᄒᆞ미萬千歲之無疆이로다君修德臣修政

ᄒᆞ니禮義東方이堯之日月이오舜之乾坤인가ᄒᆞ노라

680

○술먹어도病업슬藥과色ᄒᆞ여도長生ᄒᆞᆯ術을갑쥬고사량이면판쳐盟誓ㅣᄒᆞ지아모
만인들關係ᄒᆞ랴갑쥬고못살藥이니소로소로ᄒᆞ여百年가지ᄒᆞ리라

681

○谷口哢우ᄂᆞᆫ소릐의낫잠ᄭᆡ여니러보니져근아들글니루고며ᄂᆞ아기뵈ᄶᆞᄂᆞᆫᄃᆡ어린
孫子ᄂᆞᆫ ᄭᅩᆺ노리ᄒᆞᆫ다못쵸아지어미술거로며맛보라고ᄒᆞ더라 吳擎華

682

○개얌이불ᄀᆡ얌이잔등ᄯᅮᆨ부러진불ᄀᆡ얌이江陵ᄉᆡ음지너머드러갈헙의허리ᄅᆞᆯ가로
무러츄혀들고北海ᄅᆞᆯ뛰여건너단말잇서이다님아님아열놈이百말을ᄒᆞᆯ지라도님
이짐쟉ᄒᆞ시쇼

683

○薄々酒勝茶湯이오麄々布勝無裳이라醜妻惡妾이勝空房이오五更待漏靴滿霜이
不如三伏日高睡足北窓涼이오珠襦玉匣萬人祖送歸北邙이不如懸鶉百結獨坐貧
朝陽이로다生前富貴와死後文章이百年瞬息萬歲忙이라夷齊盜跖이俱亡羊ᄒᆞ니
不如眼前一醉코是非憂樂을都兩忘인가ᄒᆞ노라

684

○듕놈이져문ᄉᆞ당을어더媤父母괴孝道ᄅᆞᆯ괴무어술ᄒᆞ여가리松肌ᄡᅥᆨ콩佐飯뫼ᄒᆞ로
ᄎᆡ다라ᄉᆡ어草삽쥬고ᄉᆞ리ᄃᆞᆯ밧트로ᄂᆞ리다라곰달뇌물숙게우목ᄭᅩᆺ다지잔다괴ᄊᆞᆷ
바괴고들박기두릅키야鉢蘿국게너허가졔상지야암쇠등에언치언저ᄉᆡ실갓모시

長衫곳갈에念珠밧쳐어울드고가리라

685 ○듕놈도ᄉᆞ롬인양ᄒᆞ야자고가니그립더고ᄂᆡ치마듕이덥고듕의長衫나덥삽고ᄂᆡ죡도리듕이베고듕의松絡ᄂᆡ가베니둘의ᄉᆞ랑이松絡으로ᄒᆞ나죡도리로담복아마도이둘의사랑이類ㅣ업슨가ᄒᆞ노라

686 ○님다리고山에가도못살거시蜀魄聲에이슷는둣물가에가도못살거시물우희沙工과물아릐沙工이밤中만비떠날제地菊叢어이와닷치는소릐에한숨디고도라눕네이後란山도물도말고들희가살녀ᄒᆞ노라

687 ○三春色쟈랑마라花殘ᄒᆞ면蝶不來라昭君玉貌貴妃花容은胡城土馬嵬塵되고蒼松綠竹千古節이오碧桃紅杏은一年春이라閣氏네一時花容을앗겨무슴ᄒᆞ리

688 ○ᄂᆡ本是上界人으로黃庭經一字誤讀ᄒᆞ고塵寰에謫下ᄒᆞ여五福을누리다가乘彼白雲ᄒᆞ고帝鄕에올나가셔네노던群仙을다시만나八極에周遊ᄒᆞ여長生不死ᄒᆞ리라

689 ○어졔런지그졔런지밤이런지낫지런지어드러로가다가눌이런지만낫던지오날은너를만나시니괴네런가ᄒᆞ노라

690 ○둣텁이뎐파리몰고두엄우희치다라셔ᄉᆞ건넌山바라보니白松骨이떠잇거늘가슴이아죠금즉ᄒᆞ여펄젹ᄯᅱ여ᄂᆡ닷다가因ᄒᆞ야그아릐도로엄드러지니마츰에날닐세

만졍힝혀鈍者ㅣ런들瘀血질번ᄒᆞ괘라

691

○개고리져ᄆᆡ고리痢疾三年腹疾三年邊頭痛內丹毒다알은조고만삿기개고리一百쉰듸ᄌᆞ장남긔오를제쉬히너겨슈루룩슈루룩허위허위소솝뛰여올나안고나릴제는어이훌고ᄂᆡ몰ᄂᆡ라우리도남의님거러두고那終몰나ᄒᆞ노라

692

○月黃昏게워갈제定處업시나간님이白馬金鞭으로어듸를단이다가不念閨中花鳥闌ᄒᆞ고도라올줄을모로ᄂᆞᆫ고獨守空房ᄒᆞ여長相思淚如雨에轉輾反側ᄒᆞ소라

693

○金化金城수슈ᄭᅴ半단만어더조고만말마치주푸루여움을뭇고조粥니粥白楊箸로직어ᄌᆞ네쟈오나ᄂᆞᆫ마의셔로勸ᄒᆞ올만졍平生에離別陋ㅣ업스면긔됴흔가ᄒᆞ노라

694

○왕거뮈덕거뮈들아진지東山진거뮈납거뮈들아줄을느루느니摩天嶺摩雲嶺孔德山나린되로멍덕海龍山鎭川고ᄀᆡ넘어드러三水ㅣ라甲山楚界東山으로ᄂᆡᄂᆡ긴줄느러쥬면前々에그리던님의消息을네줄노連信ᄒᆞ리라

695

○어우화벗님네야님의집에勝戰가세前營將後營將에軍武衛千總旗隊總과朱鑞喇(납)叭(팔)太平簫錚북을두둥쿵치며님의집으로勝戰ᄒᆞ라가셰그겻틔楚覇王이안져신들두리올줄이이시랴

696

○秦始皇漢武帝를뉘라셔壯타던고童男童女함긔싯고萬頃滄波에비를ᄯᅴ여採藥求

仙ᄒᆞ고栢梁臺놉흔집에承露盤에이슬바다萬千歲살냐터니오로다虛事ㅣ로다우
리ᄂᆞᆫ酒色을삼가ᄒᆞ고節食服藥ᄒᆞ여百年가지ᄒᆞ리라

697 ○洞房華燭三更인제窈窕傾城玉人을만나이리보고져리보고곳쳐보고다시보니時
年은二八이오顏色은桃花ㅣ로다黃金釵白苧衫에明眸를흘니ᄯᅳ고半開笑ᄒᆞᄂᆞᆫ양
이오로다ᄂᆡ사랑이로다그밧긔吟詠歌聲과衾裡嬌態야닐너무슴ᄒᆞ리오

698 ○終南山누에머리곳헤밤中마치凶히우ᄂᆞᆫ부헝아長安百萬家에뉘집을向ᄒᆞ여부헝
부헝우노平生에얄뮙고잘뮈온님을다잡아가려ᄒᆞ노라

金祖淳 字士源號楓皐純宗大王國舅文衡永安府院君正宗廟庭配享

699 ○梅之月은寒而明ᄒᆞ고松之風은暑而淸이라淸明在躬心和平ᄒᆞ니調絲韻桐寄閒情
이로다南郭隱几聞地籟ᄒᆞ니解取無聲勝有聲인가ᄒᆞ노라

700 ○揚淸歌發皓齒ᄒᆞ니北方佳人東隣子ㅣ로다且吟白苧呈綠水요長袖拂面爲君起을
寒雲은夜掩霜海空이오胡風이吹天飄塞鴻이로다玉顏滿堂樂未終ᄒᆞ야館娃에日
落ᄒᆞ고歌吹曚을허더라

701 ○琵琶야너은어이간곳마다앙죠아리ᄂᆞ니싱금ᄒᆞᆫ목을에후리여진득안고엄파갓튼
손으로비을잡아ᄯᅳ거든아니아니앙죠아리랴닛다감大珠小珠落玉盤ᄒᆞᆯ제ᄯᅵ날뉘

울모로리라

702

○閣氏네더위들ᄉᆞ시오일른더위ᄂᆞ즌더위여러히포묵은더위五六月伏더위에情의님만나이셔달밝은平床우희츤々감겨누엇다가무음익ᄒᆞ엿던지五臓이煩熱ᄒᆞ고구슬ᄯᆞᆷ흘니면셔헐떡이넌그더위와冬至ᄯᆞᆯ긴々밤의고온님다리고다ᄉᆞ훈아름묵과돗가온니불속의두몸이혼몸되야그리저리ᄒᆞ니手足이답답ᄒᆞ며목궁이타올적의웃묵의찬숙융을벌떡벌떡켜난더위을閣氏네사려거든소견되로ᄉᆞ오시쇼댱ᄉᆞ야네더위여럿中의님만나는두더위야뉘아니조아ᄒᆞ리남의게파지말고닉게부듸파로시쇼

703

○窓밧게가하솟막히란장ᄉᆞ離別나는구메도막히는가장ᄉᆞ의對答ᄒᆞ는말이秦始皇漢武帝는슈行天地ᄒᆞ되威엄으로못막고諸葛亮의傾天위지지才로도막단말못드럿고허물며西楚覇王의힘으로도能히못막앗ᄂᆞ니이구멍막히란말이아마도하우슈왜라眞寶노장ᄉᆞ의말과갓틀진되長離別인가ᄒᆞ노라

704

○玉露凋傷楓樹林ᄒᆞ니巫山巫峽氣蕭森을江間波浪은兼天湧이오塞上風雲接地陰을叢菊兩開他日淚ㅣ여늘孤舟一繫을故園心이로다寒衣處々催刀尺ᄒᆞ니白帝城高急暮砧을ᄒᆞ더라

705

○妾이조타ᄒᆞ되妾의說弊드러보소눈의본종계집은紀綱이紊亂ᄒᆞ고노리개女妓妾은凡百이如意ᄒᆞ나中門안外方官奴긔아니어려오며良家女卜妾ᄒᆞ면그중의낫것마는마루압發莫짝과방안의장옷귀가士夫家貌樣이저절노글녀간다아마도늘고病들러도規模직희기는正室인가ᄒᆞ노라

706

○얼골곱고뜻다라온연아行實좃차不正ᄒᆞᆫ연아날을란속이고何物輕薄子을日黃昏이爲期ᄒᆞ고거즛믹바다자고가란말이입으로참아도아나ᄂᆞ야두어라娼條冶葉이本無定主ᄒᆞ고蕩子之貪春好花情이彼我의一半이라허물되미이시랴

707

○무근ᄒᆡ보니올제시름함긔餞送ᄒᆞ쟈ᄒᆡ권모콩仁絕味쟈치술국安酒에氷燈에불발키고精神ᄎᆡ려안ᄌᆞ시니이윽고四更되자ᄎᆞ울고ᄌᆞ미衆지나가니ᄉᆡ히온가ᄒᆞ노라

吳慶華

708

○大雪이滿空山ᄒᆞᆯ제黑貂裘를썰쳐닙고千斤角弓풀어걸고白羽長箭허리에ᄎᆞ고鐵驄馬빗기달녀磵壑으로도라들제크나큰뭇기놀나뛰여ᄂᆡ닷거놀的發矢引滿射矣ᄒᆞ야칼을ᄲᅢ혀다혀노코長串세재여구어ᄂᆡ니膏血이點滴커놀倨虎㭁切而啖之ᄒᆞ고醉之에欣然仰看ᄒᆞ니鬱雲이片々如金ᄒᆞ야醉ᄒᆞᆫ낫체飄泊ᄒᆞᆯ제美哉ㅣ라此中之味를제뉘알니아마도男兒意氣壯事는이ᄲᅮᆫ인가ᄒᆞ노라

709
○石崇의累巨萬財와杜牧之의橘滿車風采라도밤마다품에들리夜事ᄒᆞᆯ제跪軟粧孛
星ᄒᆞ면ᄉᆞᆷ자리만자리라ᄀᆡ무어시貴ᄒᆞᆯ손가貧寒코風度ㅣ埋沒ᄒᆞᆯ지라도제거시무
즑ᄒᆞ야ᄂᆡ것과如合符節ᄒᆞ면긔ᄂᆡ任인가ᄒᆞ노라

710
○完山裡도라드러萬景臺에올나보니三韓故都에一春光景이라錦袍羅裙과酒肴爛
熳ᄒᆞᆫᄃᆡ白雲歌ᄒᆞᆫ曲調ᄅᆞᆯ管絃에섯거ᄂᆡ니丈夫의逆旅豪遊와名區壯觀이오ᄂᆞᆯ인가
ᄒᆞ노라

711
○人間悲莫悲ᄂᆞᆫ萬古消魂離別이라芳草ᄂᆞᆫ萋々ᄒᆞ고柳色이프를적에河橋送別ᄒᆞ야
뉘아니黯然ᄒᆞ리ᄒᆞ믈며기러기슬피울고落葉이蕭々ᄒᆞᆯ제離歌一曲에아니울니업
더라

712
○三代後漢唐宋에忠臣義士혜여보니夷齊의孤竹淸風과龍逄比干忠은니르도말녀
니와魯連의蹈海高風과朱雲의折檻直氣와晉處士의柴桑日月에不放飛花過石頭
와南齊雲의不義不爲屈과岳武穆의担背貞忠은千秋竹帛上에뉘아니敬仰ᄒᆞᆯ고마
ᄂᆞᆫ아마도我東三百年에顯忠崇節ᄒᆞ야堂々ᄒᆞᆫ三學士의萬古大義ᄂᆞᆫ짝업슬가ᄒᆞ노
라

713
○더건너흰옷니분ᄉᆞ람쟌밉고도얄뮈웨라자근돌ᄯᅡ리건너큰돌ᄯᅡ리너머밥ᄯᅱ여가

며가로뛰여가는고나닉思郞이나삼고라지고眞實노닉思郞못되거던벗의任이될
가ᄒᆞ노라

714

○宅드레동난지들ᄉᆞ오뎌匠事ㅣ야네황우괴무어시라웨ᄂᆞ니ᄉᆞᄌᆞ外骨內肉에兩目은向天ᄒᆞ고大아리二足으로能捉能放ᄒᆞ며小아리八足으로前行後行ᄒᆞ다가靑醬黑醬아스삭ᄒᆞ난동난지들사오匠事야하거복이웨지말고궤젓사쇼ᄒᆞ야라

715

○宅드레자리登梅를사오뎌匠事야네登梅갑언미니사쌔라보쟈두疋쏜登梅에ᄒᆞᆫ疋밧숨닉ᄒᆞᆫ疋못쓰의半疋밧쇼半疋아니밧닉하우온말마쇼ᄒᆞᆫ번곳ᄉᆞ쌔라보시면아모만을줄지라도每樣ᄉᆞ쌔쟈ᄒᆞ오리

716

○閣氏內드리여러層이올네松骨매도갓고줄에안즌제비도갓틔百花叢裡에두루미도갓고綠水波瀾에비오리도갓고짜희펏안즌쇼로기도갓고석은등걸에부헝이도갓데그러도다各ᄉᆞ任의思郞이니皆一色인가ᄒᆞ노라

717

○天皇氏一萬八千歲에功德도놉흐실샤日月星辰風雲雷雨와四時變態ᄒᆞ오시고地皇氏一萬八千歲도山川草木禽獸魚鼈노萬物을닉오시니人皇氏主人이되샤人傑을삼겨닉야五行精氣를아라붉게ᄒᆞ시도다

718

○古今人物혜여보니明哲保身그뉘런고張良은謝病僻穀ᄒᆞ야赤松子를죠ᄎᆞ놀고范

蠡는五湖烟月에楚王의亡國愁를扁舟에싯고오니아마도이둘의高下를나는몰나
ᄒᆞ노라

719
○山밋ᄐᆡ집을지어드고녤것업서草셕로녜어시니밤中만ᄒᆞ야셔비오는쇼리는우루
룩쥬루룩몸에옷시업서草衣를입이시니솔이다드러나셔울긋붉긋붉긋울긋다만
지집든아니ᄒᆞ되任이불가ᄒᆞ노라

720
○이이ᄒᆞ야아니오던다무숨일노못오던가너오는길에무쇠로城을싸고城안에담을
싸고담안에집을짓고집안에樻짜노코樻안에너을찬々동혀너코쌍비목의걸쇠에
金거복ᄌᆞ물쇠로둑ᄯᅡᆨ박아잠가관ᄃᆡ네어이그리못오던다ᄒᆞᆫ히라면두달이오ᄒᆞᆫ달
셜흔날에날보라올ᄒᆞᆯ니셜마업스랴ᄒᆞ더라

721
○博浪沙中쓰고남은鐵椎를엇고江東子弟八千人과曹操의十萬大兵으로當年에閻
羅國을破ᄒᆞ던들丈夫의屬節업슨일ᄒᆞᆯ아니行ᄒᆞᆯ셰슬오날에날좃차가자ᄒᆞ니그을
슬허ᄒᆞ노라

722
○天地間萬物之衆에귀무어시무서온고白額虎豺狼이며大蟒毒蛇蜈蚣蜘蛛夜叉ㅣ
두억神과魑魅魍魎妖怪邪氣며狐精靈蠱達鬼神閻羅使者와十王差使를다몰속것
거보와시나아마도임을못보면肝腸에불이나서사라져죽게되고볼지라도놀납고

섬쥭ᄒᆞ야四肢가뎔노녹아어린듯醉ᄒᆞᆫ드시말도아니나기는任이신가ᄒᆞ노라

723

○池塘에月白ᄒᆞ고荷香이襲衣ᄒᆞᆯ제金樽에술이잇고絶代佳人弄琴커놀逸興을못니긔여淸歌一曲읇퍼ᄂᆡ니松竹은휘드르며庭鶴이우즑이니閑中에興味ᄒᆞ야늘글뉘를모로노라이中에悅親戚樂朋友로以終天年ᄒᆞ리라

724

○아ᄒᆡ야홉곱먹은老丈衆이薄酒를가득부어量ᄭᆞ지醉케먹고납쥭조라ᄒᆞᆫ길노이리로뷧뚝뎌리로뷧뚝々々뷔거러갈제늙근의傞傞을웃지마라뎌靑春少年兒孩들아우리도遠上寒山石逕斜에六環杖드더지며任意去來ᄒᆞᆯ젹이어제론듯ᄒᆞ야라

725

○世上富貴人드리人生을둘만녀겨두고또두고먹고놀줄모로는고먹고놀줄모로거던쥭을줄을어이알니石崇이쥭어갈제무슨寶貨가져가며劉伶의무덤우희어ᄂᆡ술이이르던고ᄒᆞ믈며靑春日將暮ᄒᆞᆫᄃᆡ桃花ㅣ亂落ᄒᆞ니이가치죠흔ᄯᅢ에아니놀고어이ᄒᆞ리

726

○人生天地百年間에富貴功名總浮雲이라찰하로다썰치고龍門에壯遊ᄒᆞ야濟州九點烟에山河元氣와洞庭湖雲夢澤을胸襟에ᄉᆞᆷ킨後落鴈峯에곳쳐올나謝眺의驚人句로晴天에朗吟ᄒᆞ고張騫의八月槎를銀河水에홀니노하月宮에올나가셔玉妃를맛나보고그졔야蓬萊山에安期生羨文字와長年慶度歲術을숣카장議論ᄒᆞ니世上

에醉死夢生ᄒᆞ야營々碌碌之輩야닐너무엇ᄒᆞ리오

727

○各道各船이다올나올제商賈沙工이다올나왓ᄂᆡ助江셕골幕娼드리비마다ᄎᆞᄌᆞᆯ제ᄉᆡᄂᆡ놈의먼정이와龍山三浦당도라며平安道獨大船에康津海南竹船들과靈山三嘉ㅣ地土船과메욱실은濟州비와소곰실은瓮津비드리스르를올나들갈제어듸셔各津놈의나로비야뫼야나볼ᄌᆞᆯ이스랴

728

○논밧가라기음ᄆᆡ고뵈잠방이다임쳐신들메고낫가라허리에ᄎᆞ고도ᄭᅴ벼려두러메고茂林山中드러가셔삭ᄯᅡ리마른섭ᄒᆞᆯ뷔거니버히거니지게에질너집팡이밧쳐노코ᄉᆡ옴을ᄎᆞᄌᆞ가셔點心도슭부시이고곰방ᄃᆡ를톡々ᄯᅥ러닙담ᄇᆡ퓌여물고코노리조오다가夕陽이지너머갈제엇셔를추이ᄌᆞ며긴소리져른소리ᄒᆞ며어이갈고ᄒᆞ더라

729

○削髮爲僧져閣氏內이ᄂᆡ말ᄉᆞᆷ드러보쇼어득ᄒᆞᆫ佛堂안에念佛만외오다가자ᄂᆡ人生죽어지면홍독셔로틱을괴아ᄎᆡ롱안회入棺ᄒᆞ야燒火ᄒᆞᆫ後찬지되면空山구즌비에우지々는귓것네아니될가眞實노ᄂᆡ말드러마ᄋᆞᆷ을두로혀면子孫滿堂ᄒᆞ야富貴榮華로百年同樂ᄒᆞᆯᄌᆞᆯ모로는가

730

○別眼에春深ᄒᆞᆫ졔幽懷를둘듸업셔臨風惆悵ᄒᆞ야四隅를둘너보니百花ㅣ爛熳ᄒᆞᆫ듸

柳上黃鶯은雙々이빗기나라下上其音ᄒᆞᆯ제엇진지늬귀에는有情ᄒᆞ야들니는고엇더타最貴人生은저ᄉᆡ만도못ᄒᆞᆫ고

731

○太極이肇判ᄒᆞ야萬物이始分인제人物之生이林々總々ᄒᆞ야聖人이首出ᄒᆞ샤伏羲神農과黃帝堯舜이繼天立極ᄒᆞ야人事에가즘이大綱에발가더니그後에禹湯文武와周公召公과孔子ㅣ이어나샤典章法度와禮樂文物이郁々彬々ᄒᆞ미이만적이업또뗘라이몸이일즉못난줄을못늬스러ᄒᆞ노라

732

○滕王高閣臨江渚ᄒᆞ니佩玉鳴鸞罷歌舞ㅣ라畵棟朝飛南浦雲이오珠簾暮捲西山雨ㅣ라閑雲淡影日悠々ᄒᆞ니物換星移度幾秋ㅣ오閣中帝子今安在ᄂᆞ고檻外長江이空自流ㅣ런가ᄒᆞ여라

733

○天宮衙門에仰呈所志알외나니衆商敎是後에依所願題給ᄒᆞ平소서西施之玉貌와玉眞之花容과貴妃之月態를並以矣身處에許給事乙立旨成給爲白只爲天宮題辭內汝矣所欲之女는皆以淫物이라女中君子珮貞淑眞으로如是許給ᄒᆞ니左右妻妾ᄒᆞ야壽富貴多男子ᄒᆞ고百年偕老가宜當向事

734

○千秋前尊貴키야孟嘗君만ᄒᆞᆯ가마는千秋後寃痛ᄒᆞᆷ은孟嘗君이더욱셟다食客이젹돗던가名聲이고요턴가ᄆᆡ盜賊ᄃᆞᆰ의우롬人力으로사라나셔말리야죽거지며무딘

우희가싀나니樵童牧豎드리그우흐로건일면서슬픈노릐ᄒᆞᆫ曲調를부르리라ᄒᆞ야실가雍門周一曲琴에孟嘗君의한숨이오로는듯나리난듯兒孩也거문고청쳐라샤라실제놀리라 孟嘗君歌

735

○深意山세네박회감도라휘도라들제五六月낫즈음에살어름집퓐우희즌서리섯거치고쟈최눈ᄲᅮ린거슬보와는가任아々々諛ㄴ놈이諛ㄴ말을ᄒᆞᆯ지라도任이斟酌ᄒᆞ시쇼

736

○물네는줄노돌고수릐는박회로돈다山陳이水陳이海東蒼보라미두죽지넙희세고太白山허리를안고도는고나우리도그리던任만나안고돌새ᄒᆞ노라

737

○梧桐열미桐實々々ᄒᆞ고보리ᄲᅡᆯ희는麥根々々묵선풋나모同과쓰던숫섬이오접은老松에자근大棗ㅣ로다九月山中에春草綠이오五更樓下에夕陽紅이라ᄒᆞ더라

738

○간밤의ᄌᆞ고간ᄉᆞ람아마도못니즐노다瓦야놈의아들인지즌흙의ᄲᆞᆷ닉드시두더쥐靈식인지국々히뒤지드시沙工의成欝인지ᄉᆞ어ᄯᅢ로지로드시平生의쳐음이오凶增코도야로제라前後의나도무던이겨거시나참盟誓ㅣ치간밤그놈을참아못이즐가ᄒᆞ노라

739

○술이라ᄒᆞ면쇼믈혀듯ᄒᆞ고飮食이라ᄒᆞ면헌말등에藥다오듯兩수종다리잡조지팔

파흘긔눈에안팟쏩장이고쟈男便을망셕즁이라안쳐두고보랴門밧긔桶메옵쇼ᄒᆞ
고웨ᄂᆞᆫ匠事네나자고이거라

740

○바독이검동이靑插沙里中에조노랑암캐ᄀᆞᆺ치얄믭고잣믜오랴믜온任오게되면쇼
리를회〃치며반겨ᄂᆡ닷고고온任오게되면두발을벗떡듸고코살울찡그리며무르
락나오락캉〃즞ᄂᆞᆫ요도랑암캐잇튼날門밧긔ᄀᆡ〃ᄉᆞ옵시웨ᄂᆞᆫ匠事가거드란찬〃동
혀ᄂᆡ야쥬리라

741

○둑거비더둑거비ᄒᆞᆫ눈멸고다리져ᄂᆞᆫ저둑거비ᄒᆞᆫ나ᄅᆡ업ᄉᆞᆫ파리를물고날닌체ᄒᆞ야
두험쌋흔우훌쇽쇼다가발싹나뒤쳐지거고나모쳐로몸이날닐세만졍衆人僉視에
남우릴번ᄒᆞ거다

742

○少年十五二十時에ᄒᆞ던일이어제론듯속곰질ᄯᅱ움질과씨름탁견遊山ᄒᆞ기小骨장
긔投箋ᄒᆞ기져기ᄎᆞ고鳶날니기酒肆靑樓出入다가ᄉᆞ람치기ᄒᆞ기로다萬一에八字
ㅣ가죠하만졍身數가험ᄒᆞ던들큰일날번ᄒᆞ패라 金敏淳

743

○니몸에가진病이ᄒᆞᆫ두가지아니로다보아도못보ᄂᆞᆫ눈드러도못듯난귀마타도못맛
ᄂᆞᆫ코말못ᄒᆞᄂᆞᆫ입이로다잇다감腰痛과腹痛이며眩氣嘔氣痰滯症은別症인가ᄒᆞ노
라 上同

744 ○臥龍崗前草廬中의諸葛孔明낫잠드니大夢을誰先覺인고平生에我自知라草堂春睡足이오窓外에日遲々로다門밧긔性急ᄒᆞᆫ張翼德은失禮ᄒᆞᆯ가ᄒᆞ노라

745 ○싀악氏싀집간날밤의질방고리ᄯᅴ여슬셔여바리거고나싀어마님이니른말이무리달나ᄒᆞ는ᄯᅴ싀악氏對答ᄒᆞ되싀어마님아들이우리집全羅道慶尙道로會寧鍾城아리ᄯᅴ히를못쓰게ᄯᅮ러어긔로쳐쓰니글노비겨보아도兩呼將ᄒᆞᆯ가ᄒᆞ노라

746 ○關雲長의靑龍刀와趙子龍의날닌鎗이宇宙를흔들면서四海의橫行ᄒᆞᆯ제所向無敵이언만은더러운피를무처시되엇지ᄒᆞᆫ文士의筆端이며辯士의舌端으란刀鎗劒戟아니쓰고피업시죽이오니무섭고무서올ᄉᆞᆫ筆舌인가ᄒᆞ노라　金鍈

747 ○ᄇᆞᆰ가버슨兒孩ㅣ들리거뮈줄테를들고ᄀᆡ川으로往來ᄒᆞ며ᄇᆞᆰ가숭아々々々々져리가면죽ᄂᆞ니라이리오면ᄉᆞᄂᆞ니라부로나니ᄇᆞᆰ가숭이로다아마도世上일이다이러ᄒᆞᆫ가ᄒᆞ노라　李廷藎

界面樂時調

748 ○藍色도아닌닉오草綠色도아니워나오唐多紅眞粉紅에연반물도아니워닉외閑氏네物色을모로넌지나는眞藍인가ᄒᆞ노라

749 ○淸明時節雨紛々ᄒᆞ니路上行人이欲斷魂이로다뭇노라牧童아술파는집이어드메

ᄂᆞᄒᆞ니져것너靑帘酒旗風이니게가무러보시쇼

750

○기름에지진살藥果ㅣ라도아니먹ᄂᆞᆫ날을冷水에살믄돌饅頭를먹으라지근지근지근平壤女妓년도아니ᄒᆞᄂᆞᆫ날을閣氏님이ᄒᆞ라고지근지근지근아무리지근지근ᄒᆞᆫ들품어쟈줄이시랴 쟈

751

○還上도타와잇고小川魚도건져왓네비즌술ᄉᆡ로의고뫼헤달이도다온다아희야거문고청쳐라벗청ᄒᆞ여놀리라

752

○아희ᄂᆞᆫ藥ᄏᆡ라가고竹亭은휑뎅ᄀᆞ러뷔엿ᄂᆞᆫ듸흣더진바독을뉘라셔ᄡᅳ러담을쇼랴술醉코松下에누엇시니節가ᄂᆞᆫ줄몰ᄂᆡ라

753

○壽天長短뉘아더랴죽은後면거즛거시天皇氏一萬八千歲도죽은後ㅣ면거즛거시아ᄆᆞ도먹고노ᄂᆞᆫ거시긔올흔가ᄒᆞ노라

754

○鐵驄馬ᄐᆞ고보라ᄆᆡ밧고白羽長箭千斤角弓허리에ᄯᅴ고山너머구름지나ᄭᅯᆼ산영ᄒᆞᄂᆞᆫ져閑暇ᄒᆞᆫᄉᆞ롬우리도聖恩갑흔後에너를좃녀놀니라 金時慶

755

○솔아래童子더려무르니니르기를先生이藥을ᄏᆡ라갓너이다다만此山中잇건마ᄂᆞᆫ구름이깁퍼곳을아지못게라아희야네先生오셔드란날왓더라살와라

756

○아희야ᄆᆞᆯ鞍粧ᄒᆞ여라ᄐᆞ고川獵가쟈술瓶걸졔힝혀謚이즐셰라白首를흣날니며여

흘여흘겻너가너닉뒤에뜬소탄벗님네ᄂᆞᆫ함긔나가옵셰ᄒᆞ더라

757
○開城府장ᄉᆞ北京갈제걸고간ᄅᆞᆼ爐口자리올제보니盟誓ㅣ치痛憤이도반가웨라져
ᄅᆞᆼ爐口자리가져리반갑거든돌쇠어뮈말이야닐너무솜ᄒᆞ리드러가돌쇠어미보옵
거든ᄅᆞᆼ爐口자리보고반기온말솜하시소

758
○그ᄃᆡ古鄕으로봇터오니古鄕일을應當알니로다오던날綺窓압페寒梅퓌엿더냐아
니퓌엿더냐퓌기ᄂᆞᆫ퓌엿더라마ᄂᆞᆫ님ᄌᆞ그려ᄒᆞ더라

759
○ᄒᆞᆫ히도열두달이오閏朔들면열셕달이ᄒᆞᆫ히로다ᄒᆞᆫ달도셜ᄒᆞᆫ날이오그달적으면스
무아ᄒᆞ레그뭄이로다밤五更낫일곱ᄯᅴ에날볼할니업스랴 趙慶濂

760
○蜀道之難이難於上靑天이로되집고긔면너무련이와어렵고어려올손이님의離別
이어려웨라아마도이님외離別은難於蜀道難인가ᄒᆞ노라

761
○窓밧게菊花를심어菊花밋ᄐᆡ술을비져두니술익ᄌᆞ菊花퓌ᄌᆞ벗지오ᄌᆞ달이돗아온
다아희야거문고청쳐라밤시도록놀니라

762
○노시노시每樣長息노시밤도놀고낫도놀시壁上에그린黃鷄숫닭이홰ᄎᆞ쳐우도록
노시노시人生이아츰이슬이니아니놀고어이리

763
○江原道皆骨山감도라드러楡岾절뒤헤웃둑셧ᄂᆞᆫ면나무끗테숭글희여안즌白松骨

이ᄃᆞᆯ아무려ᄂᆞᆫ잡아길드려쎵山行보ᄂᆡ고져우리도남의님거러두고길드려볼가ᄒᆞ노라

764 ○遠別離古有皇英之二女ᄒᆞ니乃在洞庭之南瀟湘之浦ㅣ로다海水ㅣ直下萬里深ᄒᆞ니誰人이不怨此離苦오日慘々兮여雲溟々ᄒᆞ니猩々啼烟兮여鬼嘯雨를ᄒᆞ더라

765 ○孫約丁자네ᄂᆞᆫ點心을ᄎᆞ리고魯風憲으란酒肴만히쟝만ᄒᆞ소稽琴琵琶저피리杖鼓巫鼓란禹堂長이다려오시글딧기노래부르기女妓和姸으란ᄂᆡ다擔當ᄒᆞ리라

766 ○南山에눈날니ᄂᆞᆫ양은白松骨이죽지세고쟝도ᄂᆞᆫᄃᆞᆺ漢江에비ᄯᅧ ᄂᆞᆫ양은강셩두루미고기물고넘노ᄂᆞᆫᄃᆞᆺ우리도남의님거러두고넘노러볼가ᄒᆞ노라

767 ○부러진활것거진춍ᄯᅥᆨ인롱爐口메고怨ᄒᆞᄂᆞ니黃帝軒轅氏를相奪也아닌前에도萬八千歲를사라ᄂᆞ니엇지타習用干戈ᄒᆞ여後生困케ᄒᆞ더라

768 ○巖畔雪中孤竹반갑고도반가왜라뭇노라孤竹아孤竹君의네무어시니首陽山萬古淸風에夷齊를본ᄃᆞᆺᄒᆞ여라

769 ○고사리ᄒᆞᆫ단ᄭᅬ쟝직어먹고물도업ᄂᆞᆫ東山에올나아모리목말네라목말네라ᄒᆞᆫ들어ᄂᆡ환양의ᄯᆞᆯ년이날물ᄯᅧ다쥬리밤中만閣氏네품에드니冷水景이업세라

770 ○피좁ᄡᆞᆯ못먹인히에무리ᄭᅮ리도ᄒᆞ도ᄒᆞᆯ샤陽德孟山酒帑이永柔肅川환양년들이저

다타먹은還上ᄅᆞᆯ이늙근ᄂᆡ게다물니랴ᄒᆞ네邊利란너희다물지라도밋츠란ᄂᆡ다擔當ᄒᆡ옴세

771 ○還上에볼기셜흔맛고댱니갑세동솟ᄎᆞᆯ뚝떠여ᄂᆡᆫ다ᄉᆞ랑ᄒᆞ던女妓妾은月利差使ㅣ가등미러간다아희야粥탕관에개보아라豪興게워ᄒᆞ노라

772 ○소경이밍관이를두루쳐메고굽떠러진평격지민발의신고외나무셕은다리로莫大ㅣ업시장금々々건너가니길아릐돌부쳐서서仰天大笑ᄒᆞ더라

773 ○閼氏ᄂᆡ玉貌花容어슨체마쇼東園桃李片時春이라도秋風이것듯불면霜落頭邊恨奈何샏이로다아무리ᄆᆞ음이驕昂ᄒᆞ고나히어려신들니르ᄂᆞᆫ말을아니듯나니

774 ○山村에客不來라도寂寞든아니ᄒᆞ이花笑에鳥能言이오竹喧에人相語ㅣ라松風은거문고요杜鵑聲의노ᄅᆡ로다두어라남의富貴ᄅᆞᆯ눈흘긔리뉘이스리

775 ○春山에봄春字드니퍼귀々々꼿花字ㅣ라다一壺酒ᄒᆞᆫ瓶가질持字ᄒᆞ고ᄂᆡ川자邊에안즐坐字兒孩也盞觴들세ᄒᆞ니조흘好字ㅣㄴ가ᄒᆞ노라

776 ○金約正자ᄂᆡ난술을장만ᄒᆞ고盧風憲孫堂長은安酒를만이장만ᄒᆞ쇼奚琴琵琶笛피리長鼓巫鼓工人으란ᄂᆡ다擔當ᄒᆞᆷ세九十月丹楓明月夜에모혀醉코놀니라

777 ○清明時節雨紛々ᄒᆞᆯ제나귀등에돈을싯고酒家何處在ㅣ오問노라牧童들아그곳에

杏花ㅣ더놀니々아모된쥴몰ᄂᆡ라

778
○宅ᄯᅳ레臙脂粉들샤오뎌匠事야네臙脂粉곱거든ᄉᆞ쟈곱든비록아니ᄒᆞ되바르면네엽셥嬌態절노나고任괴시는臙指粉이오니眞寶노그러곳ᄒᆞ량이면닷말아치나샤쟈

779
○가마귀싹々아모리운들任이가며닌들가랴밧가난아들가며뵈틀에안즌阿只ᄯᆞᆯ이가랴지너미믈길나간며늘阿只네나갈가ᄒᆞ노라

780
○閣氏任玉갓튼가슴을어이구러대혀나볼고물綿紬紫芝작赤古里속에깁赤衫안섭히나되야돈득々々다회고지고잇다감ᄯᆞᆷ나붓닐제면ᄯᅧ힐뉘를모로리라

781
○눈아々々뒤머리질눈아두손長가락으로ᄯᅮᆨ질너머르지를눈아믜온任보나고온任보나본동만동ᄒᆞ라고ᄂᆡ언제부터情다슬나ᄒᆞ고너더려아니닐너ᄯᅧ냐아마도이눈에連坐로是非될가ᄒᆞ노라

782
○窓ᄂᆡ고저々々々々이ᄂᆡ가슴에窓ᄂᆡ고저들障子열障子고모障子셰살障子암乭赤只슈乭赤只雙排目외걸식을크나큰쟝도리로ᄯᅮᆨᄯᅡᆨ박아이ᄂᆡ가슴에窓ᄂᆡ고저任그려ᄒᆞ畓々ᄒᆞᆯ제면여다져나볼가ᄒᆞ노라

783
○洛陽東村梨花亭에麻姑仙女집의술ᄂᆡ단말반겨듯고靑驢에鞍裝지어金돈싯고드

러가가셔兒孩也淑娘子계신야門밧긔李郞왓다삷와라

羽樂時調

784
- ○李仙이집을반ᄒᆞ여나귀목에돈을걸고天台山層巖絶壁을너머방울식삿기치고鸞鳳孔雀이넘느는곳에樵夫를맛나麻姑할뮈집이어드메니ᄒᆞ니져것너彩雲어린곳에數間茅屋ᄃᆡ ᄉᆞ립밧게靑삽ᄉᆞ리더려무르시쇼

785
- ○누구셔술을大醉ᄒᆞ면온갓시름을다잇는다던고望美人於天一方ᄒᆞᆯ제百盞술나마먹어도寸功이바히업네허물며白髮倚門望을못ᄂᆡ슬허ᄒᆞ노라

786
- ○홍々노리ᄒᆞ고덩더럭궁춤을츄니宮商角徵羽를못ᄎᆞ리라ᄒᆞ엿더니어긔고다齟齬ᄒᆞ니詡々웃고마노라

787
- ○琵琶琴瑟은八大王이오魑魅魍魎은四小鬼라東方朔西門豹南宮适北宮黝는東西南北ᄉᆞᄅᆞᆷ이오司馬相如藺相如는姓不相如ㅣ나名相如ㅣ오長孫無忌魏無忌는古無忌ㅣ나今亦無忌로다그밧게黃絹幼婦外孫齏臼는絶妙好辭ㄴ가ᄒᆞ노라

788
- ○뮈운님ᄉᆞᆨ씩어몰니치는갈고라ᄌᆞᆼᄌᆞ리고은님촉ᄯᅵᆨ어ᄂᆞ오치는갈고라장ᄌᆞ리큰갈고라장ᄌᆞ리져근갈고라장ᄌᆞ리ᄒᆞᆫᄃᆡ드러나가니어ᄂᆡ갈고라장ᄌᆞ리갑만ᄒᆞ며ᄯᅩ어ᄂᆡ갈고라장ᄌᆞ리갑젹은줄알니아므도고은님촉ᄯᅵᆨ어ᄂᆞ오치는갈고라장ᄌᆞ리갑업

손가ᄒᆞ노라

789

○가을ᄒᆡ괴똥멋춧가리나귀등에鞍粧ᄎᆞ루지마라雲山은거머어두沈々石逕은崎嶇
潺々ᄒᆞᆫ듸져뫼ᄒᆞᆯ너머니어이가리山堂에갑업ᄉᆞᆫ明月과ᄒᆞᆷ긔놀고가리라

790

○술먹기비록죠ᄒᆞᆯ지라도ᄒᆞᆫ두盞박긔더먹지말며色ᄒᆞ기죠ᄒᆞᆯ지라도敗亡에란말을
지니平生에이두일삼가ᄒᆞ면百年千金軀ᄅᆞᆯ病들일줄이시랴

791

○君不見黃河之水天上來ᄒᆞᆫ다奔流到海不復廻라又不見高堂明鏡悲白髮ᄒᆞᆫ다朝如
青絲暮成雪이로다人生得意須盡歡이니莫使金樽으로空對月을ᄒᆞᆯᄂᆞᆺ다

792

○죠으다가낙시ᄃᆡᄅᆞᆯ일코춤츄다가되롱이일헤늙은의망녕으란白鷗ㅣ야웃지마라
十里에桃花發ᄒᆞ니春興계워ᄒᆞ노라

793

○물아레그림ᄌᆞ지니다리우희듕이간다져듕아거긔셔거라너어듸가노말무러보ᄌᆞ
ᄉᆞᆫ으로白雲을가르치며말아니코가더라

794

○正二三月杜辛杏桃李花됴코四五六月은綠陰芳草놀기죠회七八九月은黃菊丹楓
이더옥이죠타十一二月은閤裏春風의雪中梅ㅣᆫ가ᄒᆞ노라

795

○況是青春日將暮ᄒᆞ니桃花ㅣ亂落如紅雨ㅣ로다勸君終日酩酊醉ᄒᆞ쟈酒不到劉伶
墳上土ㅣ라아희야換美酒ᄒᆞ여라與爾同樂ᄒᆞ리라

796

○우슬부슬雨滿空이오울긋불긋楓葉紅이로다々리거든簑笠翁이긴호뮈두러메고紅蓼岸白蘋洲渚에與白鷗로구벅구벅夕陽中騎牛笛童이頌農功을ᄒᆞ더라

797

○李座首ᄂᆞᆫ거문암소ᄅᆞᆯ트고金約丁은질장군두릐여메고南勸農趙當掌은醉ᄒᆞ여뷔거르며杖皷던더렁巫皷둥々치ᄂᆞᆫ듸춤츄ᄂᆞᆫ고나峽裡에愚氓의質朴天眞太古淳風을다시본듯ᄒᆞ여라

798

○長衫뜨더치마赤衫딧고念珠란버서唐나귀밀치ᄒᆞ셰釋王(或云西王)世界極樂世界觀世音菩薩南無阿彌陀佛十年ᄒᆞᆫ功夫도너갈듸로니게밤中만암거ᄉᆞ의픔에드니念佛景업셰라

799

○가을비긋똥괴얼ᄆᆞ오리雨裝으란ᄂᆡ지마라十里길ᄒᆡ근괴얼마가리등닷코다리져ᄂᆞᆫ나귀ᄅᆞᆯᄒᆞ미이쳐셔모지마라가다가酒肆의들면갈똥말똥ᄒᆞ여라

800

○님으란淮陽金城오리남기되고나ᄂᆞᆫ三四月츩너출이되여그남게감기되이리로챤々져리로츤々외오풀녀올회감겨밋부터끗가지챤々구뷔나게휘々감겨晝夜長常에뒤트러져감겨얽켜졋과져冬섯달바람비눈서리ᄅᆞᆯ아무만마즌들플닐줄이이시랴

801

○푸른山中白髮翁이고요獨坐向南峯을바람부러松生瑟이오안개거드니壑成虹이

라쥭겨啼禽은千古恨인듸져다鼎鳥ᄂᆞᆫ一年豐이로다누고셔山이寂寞다던고나ᄂᆞᆫ
樂無窮인가ᄒᆞ노라

802
○닷ᄂᆞᆫᄆᆞᆯ도誤往ᄒᆞ면셔고셧ᄂᆞᆫ소도이라타ᄒᆞ면가고深山에모진빔도警說(세)곳ᄒᆞ면도
셔ᄂᆞ니閣氏네뉘어믜ᄯᆞᆯ이완ᄃᆡ警說不聽ᄒᆞᄂᆞ니

803
○琉璃鍾琥珀濃에小槽酒滴眞珠紅이라烹龍炮鳳玉脂泣이오羅幃繡幕圍香風을吹
龍笛擊鼉鼓에皓齒歌細腰舞ㅣ라況是靑春日將暮ᄒᆞ니桃花ㅣ亂落如紅雨ㅣ로다
五花馬千金裘로呼兒將出換美酒를ᄒᆞ여라

804
○世上富貴人들아貧寒士를웃지마라石崇은累巨萬財로되匹夫로죽고顔子ᄂᆞᆫ一瓢
陋巷으로도聖賢에이르럿ᄂᆞ니平生에ᄂᆡ道를닥가두이시면남의富貴부럴소냐

言樂

805
○져건너槐陰彩閣中에繡놋ᄂᆞᆫ져處女야뉘라셔너를弄ᄒᆞ여넘노ᄂᆞᆫ지細眉玉顔에雲
鬢은아죠허트러져鳳簪조ᄎᆞ기우러져ᄂᆞ냐丈夫의探花之情을任不禁이니一時花
容을앗겨무숨ᄒᆞ리오

806
○百花山上々峯에落々長松휘드러진柯枝우희부헝이放氣뀐殊常ᄒᆞᆫ옹도라지길쥭
넙쥭어틀머틀뮈뭉슈러ᄒᆞ거라말고님의연장이그러콰지고眞實노그리곳ᄒᆞ량이

면버스나굴무나셩가실줄이시랴

807 ○술붓다가盞골케붓는妾과色ᄒᆞᆫ다ᄒᆞ고싀옴甚히ᄒᆞ는안ᄒᆡ헌ᄇᆡ에모도시러다가싀우리라ᄒᆞᆫ바다회狂風에놀나싀닷거든即時다려오리라

808 ○간밤에지게여던바람살뜨리도날속여다風紙소릐에님이신가나가본나도외다마는眞實노들나곳ᄒᆞ더면밤이조ᄎᆞ우을낫다

809 ○눈섭은수나뷔안즌듯니ᄡᆡ덕는박씨쌰셰온듯헤날보고당싯웃는양은三色桃花未開封이ᄒᆞ로밤비씌운에半만절노픤形狀이로다狂風에蝴蝶이되여간곳마다좃니리라

810 ○되들에단져단솥ᄉᆞ오져장ᄉᆞ야네황호몃가지나웨나니ᄉᆞ쟈아래燈鏡웃燈鏡걸燈鏡즈으리東海릉爐口가옵네ᄉᆞ오大模官女妓小各官酒祭이本是두러져물죠로々흐르는구머막키옵세쟝ᄉᆞ야막키믄막켜도훗말업시막키소

811 ○져건너太白山밋틔네못보던菜麻田이죠흘시고니리너리너출에둥굴둥굴수박에다로다지로지에단참외가지의녈녀셰라듯다가다ᄂᆡᆨ어지거드란님계신듸보ᄂᆡ리라

812 ○콩밧틔드러콩닙ᄠᅳ더먹는감은암쇼아무리쫏ᄎᆞᆫ들그콩닙두고져어듸로가며니불

아릐픔은님을발노툭박ᄎᆞ미져미져ᄒᆞ며어셔나가쇼ᄒᆞᆫ들이아닌밤에날ᄇᆞ리고져
어듸로가리아므도밋호고못말을손님이신가ᄒᆞ노라

813
○어이려뇨어이려뇨이룰어이려뇨싀어머니소ᄃᆡ남딘밥담드가놋쥬걱잘늘부르질
너쎄야이룰어이ᄒᆞ려뇨싀어머니져아가ᄒᆞ겨졍마라우리도졈어서만이겻거보앗
노라

814
○바독바독뒤얽근놈아제발비ᄌᆞ네게ᄂᆡ가의란셔지마라눈큰준치허리긴갈치츤々
가물치두루처메오기넙적ᄒᆞᆫ가ᄌᆞ미부리긴공지등곱은식오겨레만흔권졍이그물
만너겨풀々뛰여다다라ᄂᆞᆫ듸여럽시싱긴烏賊魚둥기ᄂᆞᆫ고나아므도너곳와셔잇
시면고기못잡아大事ㅣ로다

815
○고릐물혀치민바다宋太祖의金陵치라도라들제曹彬의드ᄂᆞᆫ칼노무지게휘운드시
에후르여다리노코그너머님이왓다ᄒᆞ면나ᄂᆞᆫ발벗고상금상금건너리라

816
○白鷗ᄂᆞᆫ翩々大同江上飛ᄒᆞ고長松은落々淸流壁上翠로다大野東頭點々山에夕陽
은빗겻ᄂᆞᆫ듸長城一面溶々水에一葉漁艇을흘니져어大醉코載妓隨波ᄒᆞ여 (又云
綾羅島白雲灘으로) 任去來룰ᄒᆞ리라

817
○싱미갓튼져閤氏남의肝腸그만긋소면가지나ᄒᆞ여쥬료緋緞댱옷大緞치마구름ᄀᆞᄉᆞ

큰北道다릐玉빈혀竹節빈혀銀粧刀金粧刀江南셔나온珊瑚柯枝자미天桃金가락
지石雄黃眞珠당긔繡草鞋를ᄒᆞ여줌셰져閣氏一萬兩이쑴자리라곳갓치웃는드시
千金쓴言約을暫間許諾ᄒᆞ시소

818

○웃는양은니ᄉᆡ도죠코할긔는양은눈ᄶᅵ도곱다안거라셔거라거녀라닷거라百萬
巧態를다ᄒᆞ여라보쟈어허니사랑ᄉᆞᆷ지고眞寶노녀삼겨니오실제날만괴이려ᄒᆞᆷ
이라

819

○나는님혜기를嚴冬雪寒에孟嘗君의狐白裘밋듯님은날너기ᄾᆞ를三角山中興寺에
니ᄉᆡ진늙근둥놈의살셩권어례잇시로다ᄶᅡᆨ사랑외줄김ᄒᆞ는ᄯᅳᆺ하놀이알오샤돌녀
사랑ᄒᆞ게ᄒᆞ시소셔

820

○平壤女妓년들의多紅大緞치마義州ㅣ女妓년들의月花紗紬치마甯綠寧海盈德酒
幷閣氏生葛무명감찰巾衣에行子치마멜산이제격이로다우리도이렁셩즐기다가
同色될가하노라

821

○項羽ㅣ쟈흔天下壯士ㅣ랴마는虞姬離別에한숨셧거눈물지고唐明王이쟈흔濟世
英主ㅣ랴마는楊貴妃離別에우럿는니허물며여남은少丈夫ㅣ야닐너무슴ᄒᆞ리오

822

○살뜬怨讎이離別두字어이ᄒᆞ면永ᄾᆞ아죠업시ᄒᆞᆯ고가슴에무원불니러나량이머얽

동혀더져삷압죡도ᄒᆞ고눈으로소손물바다히되면풍명드리쳐ᄯᅴ우련마는아무리
사르고ᄯᅴ온들한숨어이ᄒᆞ리오

823
○碧紗窓이어른어른커늘님만너겨펄적뛰여뚝나서보니님은아니오고明月이滿庭
ᄒᆞᆫ듸碧梧桐져즌닙희鳳凰이와서긴목을휘여다가깃다듬는그림ᄌᆡㅣ로다맛쵸아
밤일세만졍ᄒᆡᆼ혀낫지런들남우일번ᄒᆞ여라

824
○발운갑이라하늘노날며두지쥐라ᄯᅡ흘픠고들냐金鍾다리鐵網에걸녀풀ᄯᅥᆨ풀ᄯᅥᆨ프
드덕인들날ᄯᅡ길ᄯᅡ졔어듸로갈ᄯᅡ오늘온ᄂᆡ손에잡혀시니플ᄯᅥᆨ여볼가ᄒᆞ노라

825
○뎐업ᄉᆞᆫ두리놋錚盤에물무든水銀을가득이담아이고黃鶴樓姑蘇臺와岳陽樓滕王
閣으로발벗고샹금오로기는나남죽남듸되그는아모죠로나ᄒᆞ려니와한나ᄂᆞᆫ님이
오살나ᄒᆞ면그는그리못ᄒᆞ리라

826
○日月星辰도天皇氏적日月星辰山河土地도地皇氏적山河土地日月星辰山河土地
다天皇氏와地皇氏적과ᄒᆞᆫ가지로되사ᄅᆞᆷ은어인緣故로人皇氏적사ᄅᆞᆷ이업는고

827
○東山昨日雨에老謝와바독두고草堂今夜月에謫仙을만나酒一斗ᄒᆞ고詩百篇이로
다來日陌上靑樓에杜陵豪邯鄲娼과큰못거지ᄒᆞ리라

828
○바람이입이업스되어이그리잘부는고節槪는孤竹淸風이오義氣는黑旋風이오德

澤은帝舜南薰風이오仁義는孔聖遺風이로다아마도數多風中에測量키어려올손
冬至달甲子日에東南風인가ᄒᆞ노라

829

○간밤에자고간行次어ᄂᆡ고ᄀᆡ넘어어듸메나머무는고主人님暫間더셔와지냥식몰
콩ᄂᆡ옵셰그려東海룽爐口되박斫刀를ᄂᆡ옵소ᄒᆞ고뉘집나그네되여자노情이ᄉᆞ무
어시重ᄒᆞ리마는ᄂᆡ못잇져ᄒᆞ노라

830

○밋남진그놈紫驄벙거지뽄놈소ᄃᆡ書房그놈은삿벙거지뽄놈그놈밋남진그놈紫驄
벙거지뽄놈은다뷘논에졍어이로되밤中만삿벙거지쓴놈보면실별본듯ᄒᆞ여라

831

○折衝將軍行龍驤衛副護軍날을아는다모로는다南北漢노리갈제ᄶᅥ러진젹입고長
安花柳風流處에아니간곳업는날을閤氏네아모리숙보아도하로밤겨거보면저른
愛夫의將帥ㅣ될가ᄒᆞ노라　老稼齋

832

○엇던남근大明殿大들보되고ᄯᅩ엇던남근못소경의都莫大된고난番소경다셧든番
소경다셧掌務公司員合ᄒᆞ여열두소경의都莫大로다우리도남의님걸어두고都莫
大될가ᄒᆞ노라

833

○듸ᄯᅳ레남무들ᄉᆞ오져장ᄉᆞ야네남무갑얼미니ᄉᆞ자ᄊᆞ리남무ᄒᆞᆫ同의ᄒᆞᆫ말이오검쥬
남무ᄒᆞᆫ同의닷되요合ᄒᆞ야마닷되오니삿ᄯᅥ여보오불잘붓슴ᄂᆡ진실노ᄒᆞᆫ번곳삿ᄯᅥ

834

이면미양샷듸이ᄌᆞᄒᆞ오리

○가슴에궁글에둥실케ᄯᅮᆯ고왼삿세울눈길게느솟느솟ᄭᅩ아그궁게그삿너허두놈이
마조잡고훌근훌근훌나드릴제그는아모죠로나견듸려니와훌니나님외오살나ᄒᆞ
면그는그리못ᄒᆞ리라

835

○술먹고뷝둑뷔척뷔거러가며먹지마자크게盟誓ㅣᄒᆞ엿더니春夏秋冬好時節의南
隣北村다請ᄒᆞ여熈皡同樂ᄒᆞ올머데어허盟誓ㅣ가笑ㅣ로다人生이一場春夢인니
먹고놀여ᄒᆞ노라

836

○玉의는틔나잇지말곳ᄒᆞ면다書房인가너기안뒤여남못뵈고天地間의이런답々ᄒᆞᆫ일
니ᄯᅩ어듸잇노열놈이百말을ᄒᆞᆯ지라도님이짐작ᄒᆞ시쇼

837

○大川바다ᄒᆞᆫ가온ᄃᆡ中針細針이풍덩ᄲᅡ져는ᄃᆡ열나문沙工드리길나문사엇ᄯᅴ로一
時에소ᄅᆡ치며귀ᄯᅦ여닉단말이닛도ᄯᅧᆫ가져任아열놈이百말을ᄒᆞᆯ지라도任이斟酌
ᄒᆞ시소

838

○粉壁紗窓月三更에傾國之色에佳人을만나飛羽觴醉ᄒᆞᆫ後에翡翠衿나소곳고琥珀
枕마조베고이갓치서로즐기는樣은一雙鴛鴦이綠水를만나對沈浮ㅣ로다楚襄王
巫山仙女會를부러ᄒᆞ랴

839
○간밤에大醉ᄒᆞ야醉ᄒᆞᆫ잠에ᄭᅮᆷ을ᄭᅮ니七尺劒千里馬로遼海를ᄂᆞ라건너天津을降服밧고北闕의도라와셔告闕成功ᄒᆞ야뵈니丈夫의慷慨之心이胸中에鬱々ᄒᆞ야ᄭᅮᆷ에施險ᄒᆞ야뵈더라

840
○月下에任生覺ᄒᆞ되任의消息바히업ᄂᆡ四更ᄃᆞᆰ우름울고瀟湘洞庭외기러기ᄂᆞᆫ달을보고ᄒᆞᆫ번길게우난고나언제나그리던任만나왼밤잘고ᄒᆞ노라

841
○花燭東方紗窓밧게梧桐나무성긘비소리잠놀나셔다르니萬籟俱寂ᄒᆞᆫ듸四壁虫聲喞々ᄒᆞ고도든달이지실적에關山淸秋스리ᄒᆞ야두나리ᄶᅡᆼᄶᅡᆼ치며슬피울고가는져외기러가밤中만네소리드를제면不覺墮淚ᄒᆞ노라

842
○北邙山川이긔엇쪄ᄒᆞ야古今英雄이다가는고秦始皇漢武帝도採藥求仙ᄒᆞ야부듸아니가랴터니어즙이驪山風雨와茂陵松栢을못니슬허ᄒᆞ노라

843
○늙기셜웨란말이늘근의佞偷이로다天地江山無限景이오人之定命百年間이기셜웨라ᄒᆞ난말이아마도佞偷이로다두어라佞偷엣말을우어무슴ᄒᆞ리오

844
○窓밧긔草綠色風磬걸고風磬아릐孔雀尾로발을다니바람불젹마다흔날녀셔니의난쇼릐도죠커니와밤즁만잠셸에들어보니遠鐘聲인듯ᄒᆞ여라

845
○江山도됴흘시고鳳凰臺가ᄯᅥ왓난가三山半落靑天外여늘二水中分白鷺洲ㅣ로다

李白이니졔와닛셔도이景밧긔못쓰리라

846

○都련任날보려ᄒᆞᆯ졔百番남아ᄃᆞᆯ니기를高臺廣室奴婢田畓世間汁物을쥬마판쳐盟誓ㅣᄒᆞ며大丈夫ㅣ헐마헷말ᄒᆞ랴이리져리조ᄎᆞᄯᅥ니至今에三年이다盡토록百無一實ᄒᆞ고밤마다불너녀야단잠만셰이오니自今爲始ᄒᆞ야가기난커이와눈거러ᄃᆞᆯ희고넙울빗족ᄒᆞ리라

編　樂

847

○솔아레에굽은길노셋가는듸민末지듕아人間離別獨宿空房삼기신부톄어늬절法堂卓子우희坎中連ᄒᆞ고안졋더냐뭇노라민末지듕아小僧은모ᄅᆞᄉᆞᆸ거니와上座老식아너이다

848

○鳳凰臺上鳳凰遊ㅣ러니鳳去臺空江自流ㅣ로다吳宮花草埋幽逕이오晉代衣冠成古邱ㅣ라三山은半落青天外여ᄂᆞᆯ二水中分白鷺洲ㅣ로다總爲浮雲이能蔽日ᄒᆞ니長安을不見使人愁ᄅᆞᆯᄒᆞ더라

849

○昔人이已乘白雲去ᄒᆞ니此地에空餘黃鶴樓ㅣ로다黃鶴이一去不復返ᄒᆞ니白雲千載空悠々ㅣ라青天歷々漢陽樹ㅣ여ᄂᆞᆯ芳草萋々鸚鵡洲ㅣ로다日暮鄉關이何處是오烟波江上에使人愁ᄅᆞᆯᄒᆞ더라

850

○나무도바히돋도업슨뫼희ᄆᆡ게휘좃친갓토리안과大川바다ᄒᆞᆫ가온듸一千石시른
ᄇᆡ헤노도일코닷도근코용총도것고키도빠지고바람부러물결처서안개뒤셧겨ᄌᆞ
々진날에갈길흔千里萬里남고四面이거머어득져뭇天地寂寞가티놀뎌잇ᄂᆞᆫ듸水
賊맛난都沙工의안과엇그제님여흰나의안이샤엇다가가흘ᄒᆞ리오

851

○靑울치六날메土里신고휘듸(揶揄)長衫두루쳐메고瀟湘斑竹열두마듸를ᄲᅮᆯ희지ᄡᅵ여집
고靑山石逕에굽은늙근솔아릐로누은희근희근누은횟근ᄒᆞᆼ너머가시옵거늘보신
가못보신가긔우리남편둥禪師ㅣ오려니남이셔(或云引導法主三甫ㅣ)둥이라ᄒᆞ여도玉갓
튼가숨우회슈박갓튼듸골이ᄅᆞᆯ둥굴셜々셜々둥굴둥굴둥굴둥구으러긔여올
나올제면ᄂᆡ사죠하둥禪師ㅣ올너니

852

○ᄂᆡ얼골검고얽기本是아니얽고거뮈江南國大宛國열두바다건너오신ᄌᆞ근손님은
손님에紅疫뜨리또약이後더침에自然히검고얽긔그르ᄉᆞ閤氏의房구셕에怪石삼
아두시소

853

○한숨아細한숨아네어ᄂᆡ틈으로잘드러온다고무障子細살障子들障子열障子에排
目걸시거렷ᄂᆞᆫ듸屛風이라덜거접은簇子ㅣ라ᄃᆡ떡글만다네어ᄂᆡ틈으로잘드러온
다아마도너오ᄂᆞᆫ날밤이면잠못일워大事ㅣ로다

854
○갓스물선머슴쩍에ᄒᆞ던일이다우읍다아렛녀酒湯들과알간나희며開城府桶直이와덩덕궁치는巫당년드리날몰니라ᄒᆞ리뉘이스리우리도少年쩍마음이어제론듯ᄒᆞ야라

855
○새악氏書房못마ᄌᆞ이쓰다가죽은여혼건숨밧뚝숨되야龍門山皆骨山의니싸진늙은즁놈의들부뵈나되얏다가잇다감뜨나붓일젹의슬근〻〻슬근〻〻슬젹여볼가ᄒᆞ노라

856
○잔솔밧언덕아릐굴죽갓튼고릐실을밤마다장기메여씨더지고물올쥬니두어라ᄌᆞ긔미득이니他人並作못ᄒᆞ리라

857
○져건너月巖바회우희밤즁맛치부형이울면녜붓터니르기를남의싀앗되여얄뮙고얏뮙고妖怪롭고邪奇로와百般巧邪ᄒᆞ는져믄妾년이죽는다ᄒᆞ데妾이對答ᄒᆞ되안히님게오셔망녕져온말숨마오妾은듯ᄌᆞ오니家翁을薄待ᄒᆞ고妾식옴甚이ᄒᆞ는늙은안히님이죽는다ᄒᆞ데

858
○셋괏고사오나올손져軍奴(卒)놈의擧動보소半龍丹몸동이에담벙거지뒤앗고서조분집內近ᄒᆞᆫ듸밤즁만달녀드러左右로衝突ᄒᆞ야시도록나드다가데라도氣盡턴지먹

은濁酒다거이거다眞實노酗酒를잡으려면져軍奴놈부텀잡으리라

859
○牧丹은花中王이오向日花는忠臣이로다蓮花君子ㅣ오杏花小人이라菊花는隱逸士요梅花寒士ㅣ로다박쏫老人이오石竹花는少年이라葵花무당이오海棠花는娼女ㅣ로다이中에梨花詩客이라紅桃碧桃三色桃는風流郞인가ᄒᆞ노라

860
○노리굿치죠흔거술風塵客이아돗던지春花柳夏淸風과秋月明冬雪景에弼雲昭格蕩春臺며兩漢江亭絕勝處에酒肴ㅣ爛漫ᄒᆞᆫ듸第一名唱벗님ᄂᆡ와가즌稽笛美色ᄃᆞ리左右의버러안ᄌᆞ엇결어불너닐제中大葉後庭花는堯舜禹湯文武굿고騷聳이編落은戰國이되야이셔刀鎗劒戟이各自騰揚ᄒᆞ야管絃聲에어릐엿다아ᄆᆞ도聖世逸民은이뿐인가ᄒᆞ노라

861
○世上衣服手品制度針線高下허도ᄒᆞ다양縷緋두올ᄯᅳ기상침ᄒᆞ기ᄉᆡ금질과시발스침감침질에반당침ᄃᆡ올ᄯᅳ기긔다죠타ᄒᆞ려니와우리의고은님一等才質삿ᄯᅳ고박금질이第一인가ᄒᆞ노라

862
○셧々常평ᄒᆞᆯ平통ᄒᆞᆯ通보뷔寶字구멍은네모지고四面이둥그러서ᄯᅥᆨ티글구으려간곳마다반기논고나엇더타죠고만金죠각을두챵이닷토거니나논아니죠채라

863
○슈박것치두렷ᄒᆞᆫ님아ᄎᆞ위것튼단말슴마소가지가지ᄒᆞ시논말이말마ᄃᆞ왼말이로

다九十月씨동아갓치속셩긘말마르시소

864

○얽고검고킈크고살진구레ᄂᆞ롯제것조ᄎᆞ獨別이길고넙쥭졉지아닌놈이밤마ᄃᆞ품에드러죱고젹은궁게큰넌장녀허두고훌근훌근훌ᄂᆞ드릴적에愛情은커니와泰山으로덥누르는듯존방귀쫏ᄎᆞ날제졋먹던심이다들거고나아무ᄂᆞ이념다려다가百年을同住ᄒᆞ고永々아니온들어ᄂᆡ괴ᄯᆞᆯ년이싀얏식음ᄒᆞ리오

865

○功名과富貴으란世上사람다맛기고가다가아모듸나依山帶河處에明堂을어ᄃᆡ셔五間八作으로黃鶴樓맛치집을딧고벗님네다리고晝夜로노니다가압ᄂᆡ에물지거ᄃᆞᆫ白酒黃雞로ᄂᆡ노리가쟈셰라ᄂᆡ나히八十이넘거드란乘彼白雲ᄒᆞ고玉京에올나가셔帝傍投壺多玉女ᄅᆞᆯᄂᆡ홀노벗지되여늙글뉘ᄅᆞᆯ모로리라

866

○鎭國名山萬丈峯이靑天削出金芙蓉이라巨壁은屹立ᄒᆞ야北主三角이오奇巖은과起ᄒᆞ야南案蠶頭ㅣ로다左龍駱山右虎仁王瑞色은蟠空凝象闕이오淑氣ᄂᆞᆫ鍾英出人傑ᄒᆞ니美哉라我東山河之固ㅣ여聖代衣冠太平文物이萬々世之金湯이로다年豐코國泰民安커ᄂᆞᆯ九秋黃菊丹楓節에麟遊ᄅᆞᆯ보려ᄒᆞ고面岳登臨ᄒᆞ여醉飽盤桓ᄒᆞ오면서感激君恩ᄒᆞ여라

867

○洛陽城裡方春花時節에草木群生이皆有以自樂이라冠者五六과童子六七거느리

고文殊中興으로白雲峯登臨ᄒᆞ니天門이咫尺이라拱北三角은鎭國無疆이오丈夫의胸襟에雲夢을삼켜는듯九天銀瀑에塵纓을씨슨後에杏花芳草夕陽路로踏歌行休ᄒᆞ여太學으로도라드니沂水에曾點의詠而歸를미쳐본듯ᄒᆞ여라

868

○長安大道三月春風九陌樓臺百花芳草酒伴詩豪五陵遊俠桃李髻綺羅裙을다모화거ᄂᆞ려細樂을前導ᄒᆞ고歌舞行休ᄒᆞ여大同乾坤風月江山沙門法界幽僻雲林을遍踏ᄒᆞ고도라오니聖代에朝野ㅣ同樂ᄒᆞ여太平和色이依々然三五王風인가ᄒᆞ노라

869

○男兒의少年行樂헤올일이ᄒᆞ도ᄒᆞ다글읽기劒術ᄒᆞ기활쏘기몰달니기벼슬ᄒᆞ기벗ᄉᆞ괴기술먹고妾ᄒᆞ기와對月看花歌舞ᄒᆞ기오로다豪氣로다늙개야田廬에도라와셔밧갈기논ᄆᆡ기와나무뷔기고기낙기거문고ᄐᆞ기바독두기仁山智水遨遊ᄒᆞ기百年安樂ᄒᆞ여四時佳興이어ᄂᆡ그지이시리

870

○져건너明堂을어더셔明堂안에집을짓고밧갈고논밍그러五穀을갓초심은後에뫼밋테우물픽고지붕게박올니고醬독에더덕노코九月秋收다ᄒᆞᆫ後에술빗고떡민글어우리송치잡고南隣九村다請ᄒᆞ여聚會同樂ᄒᆞ오리라平生에이렁셩노닐면긔죠흔가ᄒᆞ노라

871

○寒松亭자긴솔버혀조고마치비무어타고술이라安酒거문고ᄀᆡ야고稽琴琵琶져觱

簗杖鼓巫鼓工人과安巖山차돌一番부쇠老姑山슈릐치와나젼듸궤지삼이江陵女妓三陟酒帑년다모화싯고달발근밤에鏡浦臺로나려가셔大醉코叩枻乘流ᄒᆞ여叢石亭金蘭窟과暎浪湖仙遊潭으로任去來를ᄒᆞ리라

872

○夏四月첫여드렛날에觀燈ᄒᆞ려臨高臺ᄒᆞ니遠近高低에夕陽은빗겻ᄂᆞᆫ듸魚龍燈鳳鶴燈과두루미南星이며鍾磬燈仙燈북燈이며수박燈마ᄂᆞᆯ燈과蓮ᄭᅩᆺ속에仙童이며鸞鳳우희天女ㅣ로다비燈집燈산듸燈과影燈알燈甁燈璧欌燈가마燈欄干燈과獅子ㅣ탄체궐이며虎狼이탄오랑키라발노룩ᄎᆞ수울燈에七星燈버러잇고日月燈ᄇᆞᆰ갓ᄂᆞᆫ듸東嶺에月上ᄒᆞ고ᄭᅩᆺ々지불을혓다於焉忽焉間에燦爛도ᄒᆞᆫ저이고이옥고月明燈明天地明ᄒᆞ니大明본듯ᄒᆞ여라

873

○天下名山五嶽之中에衡山이죠토던지六觀大師ㅣ說法濟衆ᄒᆞᆯ제상저中靈通者로龍宮에奉命ᄒᆞᆯ제石橋上에八仙女만나戲美ᄒᆞᆫ罪로幻生人間ᄒᆞ여龍門에놉피올나出將入相ᄒᆞ다가太師堂도라들제窈窕絶代들이左右에버러시니蘭陽公主鄭瓊貝며賈春雲秦彩鳳과桂蟾月狄驚鴻沈裊烟白菱波로晝夜에노니다가山鍾一聲에자던ᄭᅮᆷ을다ᄭᅢ거다아마도富貴功名이々려ᄒᆞᆫ가ᄒᆞ노라

874

○花果山水簾洞中에千年묵은진납이나셔神通이거륵ᄒᆞ여龍宮에作亂ᄒᆞ고神鎭鐵

어든後에大鬧天宮ᄐᆞ가玉帝께得罪ᄒᆞ여五行山에지즐엿다가부텨님警戒로發願
濟衆ᄒᆞᄂᆞᆫ金線子의弟子되여八戒沙僧거ᄂᆞ리고西域에드러갈제萬水千山이十萬
八千里라妖孼을掃淸ᄒᆞ고大雷音寺드러가셔八萬大藏經을다ᄂᆡ여오단말가아마
도非人非鬼亦非仙은孫悟空인가ᄒᆞ노라

875

○記前朝舊事ᄒᆞ니曾此地에會神仙이라向月池雲階ᄒᆞ여重携翠袖ᄒᆞ고來拾花鈿일
세繁華ᄂᆞᆫ摠隨流水ᄒᆞ니歎一場春夢杳難圓을廢巷芙蕖에滴露ᄒᆞ고斷堤楊柳繞烟
이로다兩峯南北이只依然ᄒᆞ되輦路에草芊々悵別館離宮에烟消鳳盖요波沒龍船
이라平生銀屛金屋에對漆燈無焰夜如年을落日牛羊壟上이오西風燕雀林邊이로
다

876

○엇지ᄒᆞ여못오더니무음일노아니오던다너오ᄂᆞᆫ길의弱水三千里와萬里長城둘너
ᄂᆞᆫ듸蠶叢及魚鳧에蜀道之難이가리엿더냐네어이그리아니오던다長相思淚如雨
티니오날이야만나괘라

877

○白髮에환양노ᄂᆞᆫ년이져문書房을맛초와두고센머리에먹칠ᄒᆞ고泰山峻嶺으로허
위허위너머가다가괘그른쇼낙기에흰동졍거머지고감든마리다희여거다그르샤
늙근의所望이라일낙敗락ᄒᆞ여라

878

○閣氏네하어손체마쇼고와로라즈랑마쇼자네집뒷東山에山菊花를못보신가九十月된서리마즈면검부남기되느니

879

○저건너님이오마커늘저녁밥을일ᄒᆞ여먹고重門지나大門나셔ᄒᆞᆫ門밧ᄂᆡ다라止方우희치다라서々以手로加額ᄒᆞ고오ᄂᆞᆫ가가ᄂᆞᆫ가건넌山바라보니거머횟득셔잇거ᄂᆞᆯ어화님이로다갓버셔통에지고보션버셔픔에품고신으란버셔손에들고즌듸마른듸갈희지말고월헝촉청건너가셔情엣말ᄒᆞ려ᄒᆞ고겻눈으로얼픗보니님은아니오고上年七月열사훗날갈가버셔셩이말뇌온휘츄리삼단判然이도날속여고나마쵸와밤일셰만졍힝혀낫지런들남우일번ᄒᆞ여라

880

○天寒코雪深ᄒᆞᆫ날에님을ᄯᅡ라泰山으로넘어갈제갓버셔등에지고보션버셔픔에픔고신으란버서손에들고天方地方地方天方ᄒᆞᆫ번도쉬지말고허위허위넘어가니보션버슨발은아니스리되ᄂᆞᆫ여러번념믠가슴이산득산득ᄒᆞ여라

881

○이제ᄉᆞ못보게ᄒᆞ여이못볼시도的實ᄒᆞ다萬里가ᄂᆞᆫ길에海鷗絕食ᄒᆞ고銀河水건너ᄯᅱ여北海가로진듸摩里山갈가마귀太白山기슭으로골각갈곡우지즈면셔ᄎᆞᆺ돌도바히못어더먹고굴머죽ᄂᆞᆫᄯᅡ회ᄂᆡ어듸가님차쟈보리아희야님이오셔드란주려죽단말生心도말고쌀々이그리다가骨髓에病이드러갓과ᄲᅧ만남아달바즈밋ᄐᆞ로아

쟝밧삭건니다가괴운이澌盡ᄒᆞ여져근소마보온後에ᄒᆞᆫ다리추혀들고되이암버셔
더진드시벌덕나뒤쳐져長歎一聲에奄然命盡ᄒᆞ여죽어가는젹귀되여님의몸에챤
々감겨슬커장알니다가나죵에부듸잡아가렷노라ᄒᆞ더라살와라

882
○이우와벗님네야錦衣玉食ᄌᆞ랑마소죽어棺에들제錦衣ᄅᆞᆯ닙으려니子孫의祭바들
제玉食을먹으려니와죽어못ᄒᆞᆯ일은粉壁紗窓月三更에고온님다리고晝夜에同處
ᄒᆞ기로다죽은後못ᄒᆞᆯ일이니ᄉᆞ라아니ᄒᆞ고속졀업시늙으리오

883
○半여믄에쳣졔집을ᄒᆞ니흐롱하롱우벅쥬벅죽을번살번타가와당탕드리다라이리
져리ᄒᆞ니老道令의마음이홍글항글이滋味발셔아도던들길젹부터ᄒᆞᆯ낫다

884
○졔얼골졔보와도더럽고도슬뮈웨라검버섯구름센듯코춤은쟝마진듯以前에업든
쌔시바회엉덩이에울근불근우리도少年行樂이어제런듯ᄒᆞ여라

885
○千金駿馬喚少妾ᄒᆞ야笑坐雕鞍歌落梅로다車傍에側掛一壺酒ᄒᆞ고鳳笙龍管行相
催로다舒州ᄉᆞ力士鐺아李白이與爾同死生을ᄒᆞ노라

886
○清風明月智水仁山鶴髮烏巾大賢君子莘野叟瑯琊翁이大東에다시나셔松溪幽棲
에紫芝ᄅᆞᆯ노리ᄒᆞ니志趣도놉흘시고비너니經綸大志로聖主ᄅᆞᆯ도으셔治國安民ᄒᆞ
소서

887

○南山松栢鬱々蒼々漢江流水浩々洋々主上殿下ᄂᆞᆫ此山水ᄀᆞᆺ치山崩水渴토록聖壽無疆ᄒᆞ샤千々萬々世를太平으로누리셔든우리ᄂᆞᆫ逸民이되야康衢烟月에擊壤歌만부르리라

888

○一身이사쟈ᄒᆞ니물껏계워못살리로다피겨ᄀᆞᆺ튼가랑니보리알갓튼슈통니잔벼록굴근벼록뛰ᄂᆞᆫ놈긔ᄂᆞᆫ놈에琵琶ᄀᆞᆺ튼빈ᄃᆡ삿기使슈갓튼등에어이갈따귀ᄉᆞ뮈약이셴박휘누른박휘바금이거져리부리샢죡ᄒᆞᆫ모긔다리기다ᄒᆞᆫ모긔살진모긔야윈모긔그리마샢록이晝夜로빈틈업시물거니샐거니뜻거니쏘거니甚ᄒᆞᆫ唐비루에어려왜라그中에ᄎᆞᆷ아못견딜슨五六月伏더위에쉬파린가ᄒᆞ노라

889

○娚어미며르아기낫바醬바닥을치지마소빗에쳐온며느린가갑세바든며느린가밤나무셕은등걸에휘츄리나니갓치앙살픠신娚아비니볏뫼신쇠똥갓치되죵고신娚어머니三年결은노網囊이에시송곳부리갈치샢족ᄒᆞ신娚누의님唐피가온겨틔돌피나니갓치싀노라ᄒᆞᆫ외쏫갓치피똥누ᄂᆞᆫ아들ᄒᆞ나두고건밧틔메쏫가튼며느리를어듸를낫바ᄒᆞ시오

890

○지넘어莫德의어마네莫德이쟈랑마라밤中만품에드러돌계쟘쟈고니갈고코고으고放氣ᄲᅱ고오좀ᄊᆞᆫ다ᄎᆞᆷ아모진니못기도하즈즐ᄒᆞ고나어셔다려니거라莫德의어

마莫德의어미對荅ᄒᆞ되이나의아기ᄯᆞᆯ이비앎피고름증과잇다감제증外에연의雜病은處女적부터업세라

羽調二數大葉

891 ○蒼梧山聖帝魂이구름좃ᄎᆞ瀟湘에나려夜半에흘너드러竹間雨되온ᄯᅳ즌二妃의千年淚痕을못ᄂᆡᄡᅵ셔홈이라 李後白

892 ○靑溪上草堂外에봄은어이느졋ᄂᆞ니梨花白雪香에柳色黃金嫩이로다萬壑雲蜀魄聲中에春事ㅣ茫然ᄒᆞ여라

893 ○中書堂白玉盃를十年만의곳쳐보니맑고흰빗치네로온듯ᄒᆞ다마는엇더타世上人事는朝夕變을ᄒᆞᄂᆞ니 鄭澈

894 ○人生이둘가셋가이몸이네다섯가비러온人生이ᄭᅮᆷ에몸가지고셔平生에사올일만ᄒᆞ고언제놀려ᄒᆞᄂᆞ니

895 ○간밤에부던바름에滿庭桃花ㅣ다지거다아희는뷔를들고쓰로려ᄒᆞ는고나落花ㅣㄴ들고지아니랴쓰러무슴ᄒᆞ리요

896 ○버들은실이되고ᄭᅬ고리는북이되여九十三春光에ᄧᆞᄂᆡ느니나의시름누구라綠陰芳草를勝花時라ᄒᆞ던고

897 ○나무도病이드니亭子ㅣ라고쉬리업다豪華이셔실졔는오리가리다쉬더니닙지고
가지져즌後ㅣ니시도아니오더라 鄭澈

898 ○간밤에우던여흘슬피우러지ᄂᆡ거다이졔와ᄉᆡᆼ각ᄒᆞ니님이우러보ᄂᆡ도다져물이거
스리흐르고져나도우러보ᄂᆡ리라

899 ○간밤비오더니石榴고지다퓌거다芙蓉塘畔에水晶簾거러두고눈向ᄒᆞᆫ집픈시름을
못ᄂᆡ풀녀ᄒᆞ노라 申欽

900 ○珠簾에빗친달과멀니오는玉笛소릐千愁萬恨을네어이도々는다千里에님離別ᄒᆞ
고잠못드러ᄒᆞ노라

901 ○王祥의鯉魚낙고孟宗의竹笋것거감든머리희도록老萊子의옷슬닙고平生에養志
誠孝를曾子ᄀᆞᆺ치ᄒᆞ리라 朴仁老

902 ○靑鳥ㅣ야오도괴야반갑도다님의消息弱水三千里를네어이건너온다우리의萬端
情懷를네다알가ᄒᆞ노라

903 ○東窓에도닷던달이西窓으로도지도록못오실님못오신들잠어이가져간고잠조ᄎᆞ
가져간님이니ᄉᆡᆼ각무슴ᄒᆞ리오

904 ○나보기죠타ᄒᆞ고남의님을미양보랴ᄒᆞᆫ여흘두닷시에여드레만보고지고그달도설

ᄒᆞᆫ날이면또잇틀을보리라

905 ○ᄉᆞ랑뫼여불이되여가슴에퓌여나고肝腸셕어물이되여두눈으로소ᄉᆞᄂᆞ니一身이
水火相侵ᄒᆞ니살동말동ᄒᆞ여라

906 ○寂無人掩重門ᄒᆞᆫ듸滿庭花落月明時라獨倚紗窓ᄒᆞ여長歎息ᄒᆞ든ᄎᆞ의遠邨에一鷄
鳴ᄒᆞ니ᄋᆡ긋ᄂᆞᆫ듯ᄒᆞ여라 李明漢

907 ○이리ᄒᆞ여날속이고져리ᄒᆞ여날속이니원슈이님을이졈즉도ᄒᆞ다마ᄂᆞᆫ前々에言約
이重ᄒᆞ니못이즐가ᄒᆞ노라

908 ○ᄒᆡ지면長歎息ᄒᆞ고蜀魄聲이斷腸懷라一時ᄂᆞᆫ잇ᄌᆞᄒᆞ니구즌비ᄂᆞᆫ무슴닐고千里에
님離別ᄒᆞ고잠못드러ᄒᆞ노라

909 ○一刻이三秋ㅣ라ᄒᆞ니열흘이면몃三秋ㅣ오제마음즐겁거니남의시름ᄉᆡᆼ각ᄒᆞ랴갓
득에다셕은肝腸이봄눈ᄉᆞ듯ᄒᆞ여라

910 ○한숨은바람이되고눈물은細雨되여님ᄌᆞᄂᆞᆫ窓밧게불면서ᄲᅮ리고져날잇고깁피든
ᄌᆞᆷ을ᄭᅢ여볼가ᄒᆞ노라

911 ○이몸싀여져셔접동ᄉᆡ넉시되여梨花퓌온柯枝속닙페ᄡᅡᆺ엿다가밤즁만사라져울어
님의귀에들니리라

912
○이리혜고져리혜니속졀업슨셈만난다험ᄉᆞ즌이몸이살고져ᄉᆞ론느냐至今에아니
죽은뜨든님뵈오려홈이라

913
○食不甘寢不安ᄒᆞ니이어넌모진病고相思一念에님그린ᄃᆞᆺ시로다져님아널노든病
이니네고칠가ᄒᆞ노라

914
○이몸죽어가셔무어시될고ᄒᆞ니蓬萊山第一峯에落々長松되엿다가白雲이滿空山
ᄒᆞᆯ제獨也青々ᄒᆞ리라 成三間

栗糖數葉

915
○남ᄒᆞ여片紙傳티말고當身이제오되여남이남의일울못일과져ᄒᆞ랴마ᄂᆞᆫ남ᄒᆞ여젼
ᄒᆞᆫ片紙니일동말동ᄒᆞ여라

界面二數大葉

916
○黃河遠山白雲間ᄒᆞ니一片孤城萬仞山을春光이녜로붓터못넘ᄂᆞ니玉門關을어듸
셔一聲羌笛이怨楊柳를ᄒᆞᄂᆞ니

917
○黃山谷도라드러李白花를것거쥐고陶淵明ᄎᆞ즈랴고五柳郁에드러가니葛巾에술
듯ᄂᆞᆫ소릐에細雨聲인가ᄒᆞ노라

918
○金爐에香盡ᄒᆞ고漏聲이殘ᄒᆞ도록어듸가잇셔뉘ᄉᆞ랑밧티다가月影이上闌干ᄭᆡ야

脉바드러왓ᄂᆞ니　金尙容

919
○梨花에月白ᄒᆞ고銀漢이三更인제 一枝春心을子規야아라마ᄂᆞᆫ多情도病인양ᄒᆞ여
잠못드러ᄒᆞ노라　李兆年

920
○秋江에밤이드니물결이ᄎᆞ노ᄆᆡ라낙시드리우니고기아니무노ᄆᆡ라無心ᄒᆞᆫ달빗만
싯고뷘ᄇᆡ홀노오노메라

921
○蒼梧山崩湘水絶이라야이ᄂᆡ시름이업슬거슬九疑峯구름이가지록시로왜라밤즁
만月出於東嶺ᄒᆞ니님뵈온듯ᄒᆞ여라

922
○銀河에물이지니烏鵲橋ㅣ쓰단말가소잇근仙郎이못거너오리로다織女의치만ᄒᆞᆫ
肝腸이봄눈스듯ᄒᆞ여라

923
○西山에日暮ᄒᆞ니天地에가이업다梨花月白ᄒᆞ니님ᄉᆡᆼ각이ᄉᆡ로왜라杜鵑아너ᄂᆞᆫ눌
을그려밤ᄉᆡ도록우ᄂᆞ니　李明漢

924
○ᄂᆡ가슴두충(杜沖)腹板되고님의가슴花榴등되여因緣진부레풀노시운지게붓쳐시니아
무리셕달장민들ᄯᅥ러질쥴이시랴

925
○西寨山前白鷺飛ᄒᆞ고桃花流水鱖魚肥라靑蒻笠綠簑衣로斜風細雨不須歸로다그
곳데張至華ㅣ업스니놀리져어ᄒᆞ노라

926 ○不老草로비즌술을萬年盃에가득부어잡부신盞마다비나니南山壽를이盞곳잡부
시면萬壽無疆ᄒᆞ오리라

927 ○山밋헤ᄉᆞᄌᆞᄒᆞ니杜鵑이도붓그렵다ᄂᆡ집을구버보며솟적다우는괴야두어라安貧
樂道ㅣ니恨ᄒᆞᆯ줄이이시랴

928 ○言約이느저가니碧桃花ㅣ다지거다아츰에우던가치有信타ᄒᆞ랴마ᄂᆞᆫ그러ᄂᆞ鏡中
蛾眉를다스려볼가ᄒᆞ노라

929 ○ᄂᆡ精靈술에섯겨님의속에흘너드러九回肝腸을寸々이ᄎᆞ저가셔날잇고남向ᄒᆞᆫ마
음을다슬루려ᄒᆞ노라 金三賢

930 ○秋風이살아니라北壁中房둘지마라鴛鴦枕참도출손님업ᄉᆞᆫᄃᆞ시로다ᄃᆞ만지寒夜
殘燈에轉輾反側ᄒᆞ여라

931 ○ᄉᆞ랑이거즛말이님날ᄉᆞ랑거즌말이ᄭᅮᆷ에와뵈단말리긔더욱그즌말이날거치ᄌᆞᆷ아
니오면어ᄂᆡᄭᅮᆷ에뵈오리 金尙容

932 ○瑤池에봄이드니가지마다쏫지로다三千年맷친열ᄆᆡ玉盒에다마시니진실노이것
곳바드시면萬壽無疆ᄒᆞ오리다

933 ○壬戌之秋七月旣望에비를ᄐᆞ고金陵에ᄂᆞ려손조고기낙가고기쥬고술을ᄉᆞ니그곳

메蘇東坡ㅣ업ᄉᆞ니놀리져어ᄒᆞ노라

934 ○張郞婦李郞妻와送舊迎新부숨일고新情이未洽ᄒᆞᆫ들舊情조ᄎᆞ잇즐소랴아마도山雞野鶩은너ᄲᅮᆫ인가ᄒᆞ노라

935 ○大川바다ᄒᆞᆫ가온ᄃᆡ부리업ᄉᆞᆫ남기나셔가지ᄂᆞᆫ열둘이오닙픈三百예순닙피로다그남게여름이열이되다만둘이여럿더라

936 ○누구나ᄌᆞᄂᆞᆫ窓밧게碧梧桐을시무돗던고月明庭畔에影婆娑도조커니와밤中만굴근비소ᄅᆡ에이긋ᄂᆞᆫ듯ᄒᆞ여라

937 ○武王이伐紂ㅣ여시ᄂᆞᆯ伯夷叔齊諫ᄒᆞ오되以臣伐君이不可ㅣ라諫토던지太公이扶而去之ᄒᆞ니餓死首陽ᄒᆞ니라

938 ○압못세든고기드라네와든다뉘너롤모라다가녀커ᄂᆞᆯ든다北海淸沼를어ᄃᆡ두고이못셰와든다들고도못나ᄂᆞᆫ情은네오나오다르랴

939 ○뒷뫼헤ᄯᅦ구름지고압ᄂᆡ에안ᄀᆡ퓐다비올지눈이올지바ᄅᆞᆷ부러존서리칠지먼ᄃᆡ님오실지못오실지개만홀노즛더라

940 ○곳보고춤추ᄂᆞᆫ나뷔와나뷔보고당싯웃ᄂᆞᆫ곳과져둘의ᄉᆞ랑은節節이오건마ᄂᆞᆫ엇더ᄒᆞᆫ우리의ᄉᆞ랑은가고아니오ᄂᆞ니

941 ○엇그제님離別ᄒᆞ고碧紗窓에지어시니黃昏에지ᄂᆞᆫ곳과綠柳에걸닌달이아무리無心이보와도不勝悲感ᄒᆞ여라

942 ○두어도다셔ᄂᆞᆫ肝腸드ᄂᆞᆫ칼노버혀ᄂᆡ여珊瑚床白玉盒에졈〻이담앗다가아모나가느니잇거든님계신듸보ᄂᆡ리라

943 ○大旱七年인제湯人君이犧牲이되여剪爪斷髮ᄒᆞ고桑林野에비르시니湯君이聖德이格天ᄒᆞᄉᆞ大雨ㅣ方數千里를ᄒᆞ니라

944 ○남도준비업고바든ᄇᆡ도업건마ᄂᆞᆫ원슈白髮이어드러로온거이고白髮이公道ㅣ업도다날을몬져비힌다

945 ○恨唱ᄒᆞ니歌聲咽이오愁翻ᄒᆞ니舞袖遲라歌聲咽舞袖遲ᄂᆞᆫ님그린탓시로다西陵에日欲暮ᄒᆞ니ᄋᆡ긋ᄂᆞᆫ듯ᄒᆞ여라

946 ○ᄉᆞ랑인들님마다ᄒᆞ며離別인들다셜우랴平生에쳐음이오다시못이더볼님이로다이後에다시못ᄂᆞ면緣分인가ᄒᆞ노라

947 ○一笑百美生이太眞의麗質이라明皇도이럼으로萬里幸蜀ᄒᆞ시도다至今에馬嵬芳魂을못ᄂᆡ스러ᄒᆞ노라

948 ○고지퓌ᄂᆞ마ᄂᆞ졉동싀우나다나그리던님을다시못나보량이면구트나울고퓌ᄂᆞᆫ기

슬스러무슴ᄒᆞ리오

949 ○世上에藥도만코드는칼이잇다ᄒᆞ되情비힐칼이업고님이즐藥이업네두어라잇고
버히기는後天에가ᄒᆞ리라

950 ○牕外三更細雨時에兩人心事兩人知라新情이未洽ᄒᆞᆫ듸하ᄂᆞᆯ이將次ᄇᆞᆰ가온다ᄃᆞ시
금羅衫을뷔여잡고後人期約을定ᄒᆞ더라

951 ○우리둘리後生ᄒᆞ여네나되고ᄂᆡ너되여너그려긋든의ᄅᆞᆯ너도날그려근쳐보렴平生
에ᄂᆡ셜워ᄒᆞ든줄을돌녀ᄂᆞᆯ가ᄒᆞ노라

952 ○春水ㅣ滿四澤ᄒᆞ니물이만ᄒᆞ못오던야夏雲多奇峯ᄒᆞ니山이놉파못오던야秋月이
揚明輝여든무음탓슬ᄒᆞ리오

953 ○綠草淸江上에구레버슨말이되여ᄯᅢᄯᅢ로다리드러北向ᄒᆞ여우는ᄯᅳ든夕陽이지너
머가니님ᄌᆞ그려우노라 徐益

954 ○草堂秋夜月에蟋蟀聲도못禁키든무슴ᄒᆞ리라夜半에鴻鴈聲고千里에님離別ᄒᆞ고
좀못드러ᄒᆞ노라

955 ○닭아우지마라옷슬버셔中天ᄅᆞᆯ쥬료날아식지마라ᄃᆞᆰ의손ᄃᆡ비러노라無心ᄒᆞᆫ東녀
다이는漸々ᄇᆞᆰ아오는고나

956
○ᄃᆞᆰ의소릐기러지고봄이將次졈어셰라바ᄅᆞᆷ은품에들고버들빗치ᄉᆡ로왜라님向ᄒᆞᆫ相思一念을못니슬러ᄒᆞ노라

957
○뉘〻니르기ᄅᆞᆯ清江沼이깁다던고비오릐가슴이半도아니잠겨셰라아마도깁고깁플슨님이신가ᄒᆞ노라

958
○天地ᄂᆞᆫ萬物之逆旅ㅣ오光陰ᄋᆞᆫ百代之過客이라人生ᄋᆞᆯ혜아리니渺滄海之一粟이로다두어라若夢浮生이니아니놀고어이리

959
○落葉에두字만젹어西北風에놉피ᄯᅴ여月明長安에님계신듸傳ᄒᆞ고져님ᄭᅢ셔보기곳보면반기실가ᄒᆞ노라

960
○玉皇게울며발괄ᄒᆞ되벼ᄅᆞᆰ상지ᄂᆞ리오셔霹靂이震動ᄒᆞ며ᄭᅢ티고져離別두字그졔야그리던님을만나百年同住ᄒᆞ오리라

961
○이려도太平聖代져려도聖代로다堯之日月이오舜之乾坤이라우리도太平聖代에놀고놀녀ᄒᆞ노라 成守琛

弄

962
○北斗七星ᄒᆞ나둘셋넷다셔여셔일곱분ᄭᅴ민망ᄒᆞᆫ발괄所志ᄒᆞᆫ張알뢰너이다그리던님을만나情엣말슴ᄎᆡ못ᄒᆞ여날리쉬ᄉᆡ니글노민망밤즁만三台星差使노화실별업

시ᄒᆞ시소

963 ○草堂뒤헤와안져우ᄂᆞᆫ솟젹다ᄉᆡ야암솟젹다ᄉᆡᆫ다수솟젹다우ᄂᆞᆫᄉᆡᆫ다空山을어ᄃᆡ두
고客牕에와안져우ᄂᆞᆫ다져솟젹다ᄉᆡ야空山이ᄒᆞ고만흐되울ᄃᆡ달나우노라

964 ○玉도ᄎᆡ돌도ᄎᆡ니무되든지月中桂樹ㅣ나남기니시위도다廣寒殿뒷뫼헤잔다복솔
서리여든아니어득져뭇ᄒᆞ랴져달이김뮈곳업스면님이신가ᄒᆞ노라

965 ○楚山에나무뷔ᄂᆞᆫ아희나무뷜제힝혀ᄃᆡ뷜셰라그ᄃᆡᄌᆞ라거든버혀휘우리라낙시ᄃᆡ
물우리도그런줄아오ᄆᆡ나무만뷔려ᄒᆞ노라

966 ○綠陰芳草욱어진골레ᄭᅬ고리롱우ᄂᆞᆫ져ᄭᅬ고리ᄉᆡ야네소ᄅᆡ어엿부다ᄆᆞ티님의소ᄅᆡ
도ᄀᆞᆺ틀시고아마도너안고님안ᄌᆞ면아모긘줄몰리라

967 ○俄者俄者나쓰던되黃毛試筆首陽梅月검게가라흠벅씩어窓前에언져더니ᄃᆡᄃᆡ글
구르러ᄯᅮᆨᄂᆞ려지거고이졔도라가면어더올法이시련마ᄂᆞᆫ아모나어더가져셔그려
보면알리라

968 ○却說이라玄德이檀溪건너갈제的盧馬ㅣ야날ᄉᆞᆯ려라압페ᄂᆞᆫ긴江이오뒤헤ᄯᆞ로ᄂᆞ
니蔡瑁ㅣ로다어ᄃᆡ셔常山趙子龍은날못ᄎᆞ져ᄒᆞᄂᆞ니

969 ○ᄉᆡᆼ미잡아길드려두메ᄭᅯᆼ산녕보ᄂᆡ고白馬씨겨바ᄂᆞ려뒤東山松枝에ᄆᆡ고손조구굴

무지낙가움버들에매여물에쳐와두고아희야날볼손오셔드란뒷여흘노오너라

羽樂時調

970 ○님과나와부듸두리離別업시ᄉᆞᄌᆞᄒᆞ엿더니平生원슈惡因緣이이셔離別로구트나 여위연지고明天이이ᄯᅳ들아오ᄉᆞ離別업시ᄒᆞ소셔

971 ○諸葛亮ᄋᆞᆫ七縱七擒ᄒᆞ고張翼德ᄋᆞᆫ義釋嚴顔ᄒᆞ단말가셤겁다華容道죱분길노曹孟 德이사ᄅᆞ가단말가千古에凜々ᄒᆞᆫ大丈夫ᄂᆞᆫ漢壽亭侯ᄂᆞᆫ가ᄒᆞ노라

972 ○萬頃滄波之水에둥々ᄯᅥᄂᆞᆫ불약금이게오리들라비솔금셩중경이동당강셩너시두 루미들라너ᄯᅥᄂᆞᆫ물깁퓌ᄅᆞᆯ알고둥ᄯᅥᄂᆞᆫ모로고둥ᄯᅥᄂᆞᆫ우리도남의님거러두고깁퓌 ᄅᆞᆯ몰ᄂᆞᄒᆞ노라

973 ○ᄃᆡ쵸볼불근柯枝에후르여훌터ᄯᅡ담고옰밤의어벙그러진柯枝휘두드려발ᄂᆞ쥬이 담고벗모아草堂으로드러가니술이풍츙청ᄒᆞ더라

974 ○압ᄂᆡ나뒤ᄂᆡ나中에소먹기ᄂᆞᆫ아희놈들라압ᄂᆡ고기와뒷ᄂᆡ고기ᄅᆞᆯ다몰속좁아ᄂᆡ다 라기에너허쥬어든네소궁둥치헤걸쳐다가쥬렴우리도밧비가ᄂᆞᆫ길히오ᄆᆡ傳ᄒᆞᆯ동 말동ᄒᆞ여라

975 ○압논에오려뷔여百花酒ᄅᆞᆯ비져두고뒷東山松枝箭筒우희활지여걸고ᄒᆞᆺ더진바독

ᄡᅳ르치고고기를낙가움버들에새여물에ᄎᆡ와두고아희야날불손오셔드란긴여흘
노오너라

976
○바름은地動치듯불고구즌비는펴붓드시오는날밤에눈졍에거른님을오늘밤셔로
못나ᄌᆞᄒᆞ고판쳐쳐서盟誓ㅣ바닷더니이風雨中에제이이오리진실노오기곳오량
이면緣分인가ᄒᆞ노라

977
○님이가오실제노고네을두고가니오노고가노고보ᄂᆡ노고그리노고그ᄃᆡ에가노고
보ᄂᆡ노고그리노고란다몰속써쳐바리고ᄋᆞ노고만두리라

978
○물아리세가락모리아무리밟드발ᄌᆞ최나며님이날을아무리괸들ᄂᆡ아더랴님의情
을狂風에지붓친沙工것치깁퓌를몰나ᄒᆞ노라

979
○ᄉᆞ롱을챤々얽동여뒤설머지고泰山峻嶺을허위허위너머가니모로는벗님네는그
만ᄒᆞ여바리고가라ᄒᆞ긴마는가ᄃᆞᄀᆞ지즐려죽을만졍나는아니바리고가려ᄒᆞ노라

980
○ᄉᆞ량을사ᄌᆞᄒᆞ니ᄉᆞ랑팔리뉘잇시며離別을폭ᄌᆞᄒᆞ니離別사리뉘잇시리ᄉᆞ랑離別
을팔고ᄉᆞ리업스니長사랑長離別인ᄀᆞᄒᆞ노라

981
○ᄉᆞ랑ᄉᆞ랑긴々ᄉᆞ랑ᄀᆡ천것치ᄂᆡ々ᄉᆞ랑九萬里長空에넌즈러지고남는ᄉᆞ랑아마도
이님의사랑은가업슨가ᄒᆞ노라

982
○靑山도절노절노綠水ㅣ라도절노절노山절노절노水절노절노山水間에나도절노
절노(當無)고中에절노절노(當無)ᄌᆞ란몸이니늙기도절노절노(當無)ᄒᆞ리라

983
○靑山裏碧溪水ㅣ야수이감을ᄌᆞ랑마라一到滄海ᄒᆞ면다시오기가어려오니明月이
滿空山ᄒᆞ니쉬여간들엇더리 許橿

984
○이몸이싀여물져셔三水甲山뎨비되여님의집窓밧츈혀끗마다집을ᄌᆞ로種々지여
두고밤中만졔집에드넌체ᄒᆞ고님의房에들니라

985
○이몸이죽어지거든뭇지말고쥬푸릐혀메여다가酒泉웅덩이에풍드르쳐둥々띄여
두면平生에즐기든술을長醉不醒ᄒᆞ리라

986
○屛風에압니쟛근동부러진괴그리고그괴압픠죠고만麝香쥐를그려두니어히죠괴
삿ᄲᅮ른양ᄒᆞ여그림에쥐를잡부려좃니ᄂᆞᆫ고나우리도남의님거러두고쫏여볼가ᄒᆞ
노라

987
○바ᄅᆞᆷ도쉬여넘ᄂᆞᆫ고ᄀᆡ구름이라도쉬여넘ᄂᆞᆫ고ᄀᆡ산진이슈진이라도쉬여넘ᄂᆞᆫ高峯
長城嶺고ᄀᆡ그너머님이왓다ᄒᆞ면나ᄂᆞᆫ아니ᄒᆞᆫ번도쉬여너무리라

988
○다나ᄡᅳ나이濁酒됴코ᄃᆡ테메온질甁드리더보기죠희어룬ᄌᆞ박국기를ᄡᅳ렁둥덩지

동ᄭᅴ여두고아희야져리김칠만졍업다말고ᄂᆡ여라 蔡裕後 號湖洲字伯昌 仁祖朝文衡判書

989
○ᄒᆞᆫ字ᄡᅳ고눈물디고두字ᄊᆞ고한숨디니字々行々이水墨山水ㅣ가되거고나져님아
울고ᄡᅳᆫ片紙ㅣ니눌너볼가ᄒᆞ노라

編數大葉

990
○오늘도져무러지게져물며ᄂᆞᆫ식리로다식면이님가리로다가면못오려니못오면그
리려니그리면應當病들려니病곳들면못숩니로다病드러못숩줄알량이면ᄌᆞ고나
갈가ᄒᆞ노라

991
○ᄉᆞ랑이엇더터니둥구더랴모나더랴기더랴져르더랴밤고나마ᄌᆞ일너랴ᄒᆞ그리긴
줄은모로되끗간듸롤몰ᄂᆡ라

992
○酒色을숨가ᄒᆞ란말이옛ᄉᆞ롬의警戒로되踏靑登高節에벗님네다리고詩句롤을플
제滿樽香醪롤아니먹기어려오며旅館에殘燈을對ᄒᆞ여獨不眠ᄒᆞᆯ제絶代佳人맛나
이셔아니ᄌᆞ고어이리

993
○待人難待人難ᄒᆞ니鷄三呼ᄒᆞ고夜五更이라出門望出門望ᄒᆞ니靑山은萬重이오綠
水ᄂᆞᆫ千回로다이욱고개즛ᄂᆞᆫ소릐에白馬遊冶郞이넌즈시도라들제반가온마음이
無窮貪々ᄒᆞ여오늘밤셔로즐기오미야어ᄂᆡ그지이시리

994

○玉ᄀᆞᆺ튼님을일코님과ᄀᆞᆺ튼ᄌᆞ네를보니ᄌᆞ네긘지긔ᄌᆞ네런지아모긘줄ᄂᆡ몰ᄂᆡ라ᄌᆞ네긔나긔ᄌᆞ네나中에ᄌᆞ고나갈가ᄒᆞ노라

995

○모시를이리저리삼아두루삼아감숨다가ᄀᆞ다가ᄒᆞᆫ가온ᄃᆡ ᄯᅩᆨ근쳐지옵거든皓齒丹脣으로훔셸며감새라纖々玉手로두ᄭᅳᆺ마죠잡아뱌뷔쳐이으리라저모시를우리님ᄉᆞ랑그쳐갈제저모시ᄀᆞᆺ치이으리라

996

○一定百年살줄알면酒色ᄎᆞᆷ다關係ᄒᆞ랴힘혀ᄎᆞᆷ은後에百年을못ᄉᆞᆯ면긔아니ᄋᆡ다론야人命이在乎天定이라酒色을ᄎᆞᆷ은들百年살기쉬우랴

997

○文讀春秋左氏傳ᄒᆞ고武使靑龍偃月刀ㅣ라獨行千里ᄒᆞ여五關을지나갈제ᄯᅡ로는저將帥ㅣ야固城북소릐를드러는야못드러는야千古에關公을未信者는翼德인가ᄒᆞ노라

將 進 酒

998

○ᄒᆞᆫ盞먹ᄉᆞ이다ᄯᅩᄒᆞᆫ盞먹ᄉᆞ이다곳것거籌를노코無盡無盡먹ᄉᆞ이다이몸죽은後에지게우희거적덥퍼쥬푸루혀메여가나流蘇寶帳에百服緦麻우러예나어욱ᄉᆡ더욱ᄉᆡ덕ᄀᆡ나무白楊숩페가기곳갈작시면누른ᄒᆡ흰달과굴근눈가는비에蕭々리바ᄅᆞᆷ불제뉘ᄒᆞᆫ盞먹ᄌᆞᄒᆞ리허믈며무덤우희짓나비ᄑᆞ람헐제뉘우ᄎᆞᆫ들밋ᄎᆞ랴 鄭松江

999

○空山木落雨蕭々ᄒᆞ니相國風流且寂寥ㅣ라슬푸다ᄒᆞᆫ盞술을다시勸키어려왜라어ᄌᆞ버昔年歌曲이即今朝ㅣㄴ가ᄒᆞ노라

相思曲

1000

○人間離別萬事中에獨宿空房이더욱셟다相思不見이닉眞情을제뉘라서알니밋친시름이렁저렁이라헛트러진근심다후루혀더져두고자나셔나셔나ᄌᆞ나任을못보니가슴이답々어린樣子고은소릭눈의黯々귀예錚々보고지고任의얼골듯고지고任의소릭비나이다하날님씌任生기라ᄒᆞ고비나이다前生此生이라무삼罪로우리두리삼겨나셔잇지마ᄌᆞᄒᆞ고쳐음盟誓ㅣ좃지마ᄌᆞᄒᆞ고百年期約나며들며뷘房안의다만한숨뿐이로다千金珠玉이귀밧기오世事一貧이關係ᄒᆞ랴萬疊靑山을드러간들어늬우리郎君이날ᄎᆞᄌᆞ리山은疊々ᄒᆞ여고기되고물은充々흘너소이로다梧桐秋夜볽은달의任生覺이서로왜라ᄒᆞᆫ번離別ᄒᆞ고도라가면다시보기어려왜라ᄒᆞ노라

春眠曲

1001

○春眠을느즛셔야竹窓을半開ᄒᆞ니庭花는灼々ᄒᆞᆫ듸가난나뷔머므는둣岸柳는依々ᄒᆞ야셩긘뇌를띄워셰라窓前의덜고인술을二三杯먹은後의浩蕩ᄒᆞᆫ밋친興을부절

업시ᄌᆞ아니여白馬金鞭으로冶遊園을ᄎᆞᄌᆞ가니花香은襲衣ᄒᆞ고月色은滿庭ᄒᆞᆫᄃᆡ
狂客인듯醉客인듯興을겨워머무는듯徘徊顧眄ᄒᆞ야有情이셧노라니翠瓦朱欄놉
ᄒᆞᆫ집의綠衣紅裳一美人이紗窓을半開ᄒᆞ고玉顔을잠간들러웃는듯반기는듯嬌態
ᄒᆞ여머므는듯淸歌一曲으로春興을ᄌᆞ아니니

勸酒歌

1002 ○잡으시오〻〻〻〻이술ᄒᆞᆫ盞잡으시오이술ᄒᆞᆫ盞잡으시면千萬年이나ᄉᆞ오리다이
술이술이아니라漢武帝承露盤의이슬바든술이오니ᄡᅳ나다나잡으시오若飛蛾之
撲燈이며斯赤子之入井이라단불의나뷔몸이아니놀고어이ᄒᆞ리駕一葉之扁舟ᄒᆞ
고擧匏樽而相屬이라寄蜉蝣於天地ᄒᆞ니渺滄海之一粟이라哀吾生之須臾ᄒᆞ고羨
長江之無窮이라挾飛仙而敖遊ᄒᆞ야抱明月而長終이라知不可乎驟得일시托遺響
於悲風이라우리ᄒᆞᆫ번도라가면뉘라ᄒᆞᆫ盞먹ᄌᆞᄒᆞ리ᄉᆞ라실졔이리노셔셔벽서리찬
ᄇᆞ람의외기러기우러엔다蒼茫ᄒᆞᆫ구름밧긔뷘소릐ᄲᅮᆫ이로다제것두고아니먹으면
王將軍之庫子ㅣ로다明沙十里海棠花야ᄭᅩᆺ진다슬허마라明年三月도라오면너는
다시픠려니와可憐ᄒᆞ다우리人生ᄲᅮ리업ᄉᆞᆫ萍草ㅣ라紅顔白髮이절노가니귄들아
니늣거온가梧桐秋夜ᄇᆞᆰ은달의任生覺이셔로왜라

1003
○白鷗야풀々나지마라너잡을ᄂᆡ아니로다聖上이바리시니너를조ᄎᆞ예왓노라五柳春光景조흔듸白馬金鞭花遊가ᄌᆞ雲沈碧溪花紅柳綠ᄒᆞᆫ듸萬壑千峯飛川灑라壺中天地의別乾坤이여긔로다高峯萬丈靑溪鬱ᄒᆞᆫ듸綠竹蒼松은玉溪를닷토왓고明沙十里에海棠花불거잇다쏫은픠여졀노지고입흔픠여모진狂風의뚝々ᄯᅥ러져셔아조펄々훗날니々긔도ᄯᅩᄒᆞᆫ경이로다바회巖上의다람쥐긔고시ᄂᆡ溪邊의金ᄌᆞ라긘다좁팝남긔피죽싀울고할박쏫의벌이나셔몸은크고발은젹어제몸을못이긔여東風건듯불젹마다이리로졉뒤젹져리로졉뒤젹너훌々々춤을츄니긘들아니경이릭가黃金갓ᄒᆞᆫᄭᅬ고리는버들ᄉᆞ이로往來ᄒᆞᆫ다白雪갓치흰나뷔는쏫을보고반기녀겨두날ᄋᆡ펄치고나라든다ᄯᅥ든다가마케종고라케달것치별것치아조펄々나라드니긘들아니景이런가

軍樂

1004
○오날도하심々ᄒᆞ니길軍樂이나ᄒᆞ여보시노오나너니나로노오오나니로나니로나이너로나니로이너어나니나로노오오너니너로나로나너에나노나노나니나로노나니나로나가소々々ᄌᆞᄂᆡ가소ᄌᆞᄂᆡ가면ᄂᆡ못살가正方山城北門밧긔히도라지고

달이도다온다눈비찬비찬이슬맞고홀노셧ᄂᆞᆫ老松남기ᄶᅡᆨ을일코셔홀노셧네ᄂᆡ閣氏네이리ᄒᆞ다ᄉᆞᄂᆡ못살냐에업다이년아말들러를보아라(입타령은上同)조고마ᄒᆞᆫ上佐중이斧刀치를두루쳐메고萬疊青山을셔드러가셔크다라ᄒᆞᆫ고양남글이리로ᄶᅵᆨ고져리로ᄶᅵᆨ어제홀노ᄯᅥᆨ어ᄂᆡ니ᄂᆡ閣氏네이리ᄒᆞ다ᄉᆞᄂᆡ못살냐(입타령은上同)

觀燈歌

1005

○正月上元日에달과노ᄂᆞᆫ少年들은踏橋ᄒᆞ고노니ᄂᆞᆫᄃᆡ우리任은어ᄃᆡ가고踏橋홀쥴모로ᄂᆞᆫ고二月淸明日에나무마다春氣들고잔듸々々속입나니萬物이化樂ᄒᆞᆫᄃᆡ우리任어ᄃᆡ가고春氣든쥴모로ᄂᆞᆫ고三月三日날의江南셔나온졔비왓노라現身ᄒᆞ고瀟湘江기러기ᄂᆞᆫ가노라下直ᄒᆞᆫ다梨花桃花萬發ᄒᆞ고杏花芳草홋날닌다우리任은어ᄃᆡ가고花遊홀쥴모로ᄂᆞᆫ고四月初八日에觀燈ᄒᆞ려臨高臺ᄒᆞ니遠近高低의夕陽은빗겻ᄂᆞᆫᄃᆡ魚龍燈鳳鶴燈과두루미南星이며鍾磬燈仙燈북燈이며수박燈마늘燈과蓮ᄭᅩᆺ속에仙童이며鸞鳳우회天女로다비燈집燈ᄉᆞᆫ듸燈과影燈알燈甁燈壁欌燈가마燈欄干燈과獅子탄체괄이며虎狼니탄오랑키라발노ᄎᆞ구을燈에日月燈ᄇᆞᆰ아닛고七星燈버러ᄂᆞᆫᄃᆡ東嶺의月上ᄒᆞ고곳고지불을현다우리任은어ᄃᆡ가고觀燈홀쥴모로ᄂᆞᆫ고五月端午日의남의집少年들은놉고놉게긔ᄂᆡ미고ᄒᆞᆫ번굴너압히놉고

두번굴너뒤히놉하鞦韆ᄒᆞ며노니ᄂᆞᆫᄃᆡ우리任은어ᄃᆡ가고鞦韆ᄒᆞᆯ줄모로ᄂᆞᆫ고

襄陽歌

1006
○落日이欲沒峴山西ᄒᆞ니倒着接䍦花下迷라襄陽小兒齊拍手ᄒᆞ니攔街爭唱白銅鞮라傍人은借問笑何事오笑殺山翁醉似泥라鸕鶿杓鸚鵡杯로百年三萬六千日에一日須傾三百杯라遙看漢水鴨頭綠ᄒᆞ니恰似葡萄初醱醅라此江이若變作春酒ᄒᆞ면壘麴을便築糟丘臺라千金駿馬로換少妾ᄒᆞ야笑坐雕鞍歌落梅라車傍에側掛一壺酒ᄒᆞ고鳳笙龍管行相催라咸陽市上嘆黃犬이何如月下傾金罍아君不見晋朝羊公一片石ᄒᆞᆫ다龜頭剝落生莓苔라淚亦不能爲之墮오心亦不能爲之哀라淸風明月을不用一錢買ᄒᆞᄂᆞ니玉山이自倒非人推라舒州杓力士鐺아李白이與爾同死生을襄王雲雨今安在오江水東流猿夜聲을

歸去來

1007
○歸去來兮여田園이將蕪胡不歸아旣自以心爲形役ᄒᆞ니奚惆悵而獨悲로다悟已往之不諫ᄒᆞ니知來者之可追로다實迷塗其未遠ᄒᆞ니覺今是而昨非로다舟搖々而輕颺ᄒᆞ니風飄々而吹衣로다問征夫以前路ᄒᆞ니恨晨光之熹微로다乃瞻衡宇ᄒᆞ고載欣載奔이라童僕은歡迎ᄒᆞ고稚子ᄂᆞᆫ候門이라三逕이就荒ᄒᆞ되松菊이猶存이라携

㓜入室ᄒᆞ니有酒盈樽이라引壺觴以自酌ᄒᆞ고眄庭柯以怡顔이라倚南窓以寄傲ᄒᆞ니審容膝之易安이라園日涉以成趣ᄒᆞ니門雖設而常關이라策扶老以流憩ᄒᆞ고時矯首而遐觀이라雲無心以出岫ᄒᆞ고鳥倦飛而知還이라景翳々以將入ᄒᆞ니撫孤松而盤桓이라歸去來兮여請息交以絶游로다世與我而相違ᄒᆞ니復駕言兮焉求리오悅親戚之情話ᄒᆞ고樂琴書以消憂로다農人告余以春及ᄒᆞ니將有事于西疇로다或命巾車ᄒᆞ니或棹孤舟로다旣窈窕以尋壑ᄒᆞ니亦崎嶇而經丘로다木欣々以向榮ᄒᆞ고泉涓々而始流로다羡萬物之得時ᄒᆞ고感吾生之行休로다已矣乎寓形宇內復幾時오曷不委心任去留아胡爲乎遑々欲何之오富貴도非吾願이오帝鄕을不可期라懷良辰以孤往ᄒᆞ야或植杖而耘耔로다登東皐以舒嘯ᄒᆞ고臨淸流而賦詩로다聊乘化以歸盡ᄒᆞ니樂夫天命復奚疑아

漁 父 詞 (退溪先生 二十七句)

1008 ○雪鬢漁翁이住浦間ᄒᆞ니自言居水勝居山을ᄇᆡ떠여라々々々々早潮纔落晚潮來라지국총々々々어ᄉᆞ와ᄒᆞ니倚船漁父一肩高라靑菰葉上凉風起ᄒᆞ니紅蓼花邊에白鷺閑을돗드러라々々々々洞庭湖裡駕歸風을지국총々々々어ᄉᆞ와ᄒᆞ니帆急前山忽後山을盡日泛舟烟裡去ᄒᆞ니有時搖棹月中還을어여라々々々我心隨處自忘機

라지국총어ᄉᆞ와ᄒᆞ니皷枻乘流無定居라萬事無心一釣竿ᄒᆞ니三公不換此江山을돗지어라々々々山雨風溪捲釣絲라지국총々々々어ᄉᆞ와ᄒᆞ니一生蹤跡이在滄浪을東風西日楚江深ᄒᆞ니一片苔磯萬柳陰을어어라々々々綠萍身世白鷗心을지국총々々々어ᄉᆞ와ᄒᆞ니隔片漁村三兩家라濯纓謌罷汀洲淨ᄒᆞ니竹逕柴門猶未關을ᄇᆡ저어라々々々夜泊秦淮近酒家라지국총々々々어ᄉᆞ와ᄒᆞ니瓦甌蓬底獨斟時라醉來睡着無人喚ᄒᆞ니流下前灘也不知라ᄇᆡ미여라々々々桃花流水鱖魚肥라지국총々々々어ᄉᆞ와ᄒᆞ니滿江風月釣漁船을夜靜水寒魚不食ᄒᆞ니滿船空載月明歸라돗지어라々々々罷釣歸來繫短蓬을지국총々々々어ᄉᆞ와ᄒᆞ니風流未必載西施을一自持竿上釣舟로世間名利盡悠々라지국총々々々어ᄉᆞ와ᄒᆞ니繫舟猶有去年痕을지국총々々々어ᄉᆞ와ᄒᆞ니欵乃一聲山水綠을

還山別曲 (退溪著二十四句)

1009 ○어제올탄말이오늘이야원쥴알고葛巾布衣로故園을ᄎᆞᄌᆞ가니山川은녜빗치요松竹이셔로왜라數間第茨下의집ᄌᆞ리一立셜고清風의興을겨워閑暇이누어시니滿地紅蓮花는庭邊의어릐엿다아참시노라니밤쥴는아희들과柴門의ᄭᆡ즈々니고기웨는장ᄉᆞ로다隣人親戚들과白酒黃鷄로닞노리가ᄌᆞ셰라夕釣을말야ᄒᆞ고되롱이

몸의걸고簑笠을졋게쓰고그물놉두러메고시ᄂᆡ로ᄎᆞᄌᆞ가셔黃犢을칩더타고夕陽을띄여가니崎嶇山路의風景이多情ᄒᆞ다一帶淸江은長天과一色인ᄃᆡ細白絲저그물을여흘々々더져두니銀鱗玉尺이고々이밋쳣거을ᄌᆞ나굴그나다쥬어ᄯᆞ니여잔고기솟고치고굴근고기膾을쳐셔瓦樽에거른술을朴盞의가득부어잡거니勸ᄒᆞ거니醉토록먹은後에日落咸地ᄒᆞ고月生東谷커늘엽ᄶᅧ들며곱ᄶᅧ들며柴門을ᄎᆞᄌᆞ오니推子은扶醉ᄒᆞ고瘦妻勸迎이라아마도江山主人은나ᄲᅮᆫ인가ᄒᆞ노라

處士歌

1010

○天生我才쓸ᄃᆡ업셔世上功名下直ᄒᆞ고洋間受命ᄒᆞ야雲林處士되오리라九升葛布몸의걸고三節竹杖손의쥐고落照江路景조흔ᄃᆡ芒鞋緩步로나러가니寂々松舘다닷는ᄃᆡ寥々杏園의개즛는다景槪武陵조흘시고山林草木푸르럿다蒼岩屛風둘녓는ᄃᆡ白雲深處집을삼고江湖에漁父갓치ᄒᆞ여竹竿簑笠졋게쓰고十里沙汀나러가니白鷗飛去ᄲᅮᆫ이로다一葦片帆놉피달고萬頃滄波흘니져어數尺銀魚낙가니니松江鱸魚비길노다日落淸江이져무럿다薄酒浦渚로도라드니南隣北村두세집의落霞暮烟잠겨셰라箕山潁水예아닌가別有天地非人間이여긔로다

樂貧歌 退溪或云栗谷四十六句

1011

○이몸이쓸듸업셔聖上이바리시니富貴을下直ᄒᆞ고貧賤을樂을삼아數間茅屋을山水間의지어두고三旬九食을먹그나못먹그나十年一冠을쓰거나못쓰거나分別이업셔시니是非을뉘알손야滔々風味를ᄯᅡ로리뉘잇스며落々長松을죠촐리뉘잇스리歷代을點撿ᄒᆞ야녯ᄉᆞ룸혀여보며만ᄉᆞ을다이즈니一身이閑暇ᄒᆞ다靑松亭下의혼자파람ᄒᆞ니壺裡乾坤의夕陽이거의로다逸興을못이긔여달밭을놉피것고遠近山川을一望의다드리니地勢도조커니와風景도그지업다霞鶩은齊飛ᄒᆞ고水天이一色인져南北村두셰집이暮烟의잠겨셔라三山은어듸메요武陵이여긔로다無心ᄒᆞᆫ져구름은翠峀을잠가잇고有意ᄒᆞᆫ갈마기는白沙의버러잇다아츰의킈은취을點心의다먹근후의일업시논일면서夕釣을말냐ᄒᆞ고낙듸을두러메고釣臺로나려가니흐르느니물결이요뛰노느니고기로다銀鱗玉尺을버들움에ᄢᅦ여들고落照淸江의興을겨워도라오며山歌村笛을漁父詞로和答ᄒᆞ니曾點의詠而歸야이에서더헐손냐箕山潁水의巢許의몸이 되여千駟을冷笑ᄒᆞ고萬鍾이草芥로다뇌生涯淡泊ᄒᆞ니어늬버지ᄎᆞᄌᆞ오리瓦樽의濁醪를瓢杯의가득부어春風의半醉ᄒᆞ고北窓下의누어시니無懷氏젹百姓인가葛天氏젹시절인가人間風雨中의擾亂ᄒᆞᆫ져긔별을누으면잠이요아는듯모로는듯黃庭經손의쥐고紫芝曲노리ᄒᆞ니四皓은다섯시요三

隱은너이로다周時呂尙도渭水에고기낙고漢代諸葛亮은南陽의밧츨갈고이아니
그고지며닉아니괴로런가ᄉᆞ람은古今이나ᄯᅳ지야다를손나잇스면粥이요엽스면
굴물망졍朱門의벗님닉야이닉柴扉옷지마쇼狐狢을모르거든敝袍을붓그리랴竹
杖芒鞋로分數딕로집고신고千山萬水의이리져리오락가락갑엽슨江山風月과합
게늙ᄌᆞᄒᆞ노라

江村別曲

1012
○平生我才쓸데엽셔世上功名下直ᄒᆞ고商山風景바라보며四皓遺跡ᄯᅡ로리라人間
富貴졀노두고物外烟霞興을겨워滿壑松林슈풀속의草屋數間지어두고靑蘿烟月
딕ᄉᆞ립의白雲深處다々두니寂々松林기즈즌들寥々雲壑제뉘알니松栅紫芝노릭
ᄒᆞ고石田春雨밧츨가니唐虞天地이안인가葛天民氓나ᄲᅮᆫ이라高車駟馬ᄯᅳᆺ이엽고
名山佳水癖이되니遙山遙水ᄒᆞ는곳의宜仁宜智ᄒᆞ오리라登高舒嘯今日ᄒᆞ고臨流
賦詩來日ᄒᆞᄌᆞ九升葛布몸의입고三節竹杖손의쥐고朝來碧溪景조흔딕盡向松林
閑暇ᄒᆞ다朝採山薇아져먹고夕釣江魚제녀먹세數曲山謌罷ᄒᆞᆫ後에一葉漁艇흘니
져어長丈餘絲ᄒᆞᆫ낙딕을落照江湖빗겨시니九陌紅塵밋친긔별一竿漁翁닉알소냐
泛泛滄波이닉興을擾々塵世제뉘알니銀鱗玉尺뛰노는딕野水江天ᄒᆞᆫ빗치라巨口

細鱗낙가ᄂᆡ니松江鱸魚비길손냐蓬窓芦底낙ᄃᆡ걸고日暮烟渚비를돌녀十里沙汀올나오니白鷗飛去ᄲᅮᆫ이로다舟泊暮洲ᄒᆞ여두고芒鞋緩步도라드니南北山村두세집이落霞烟靑잠겨세라琴書消日ᄒᆞᄂᆞᆫ곳의靑酒盈樽ᄒᆞ여시니長歌短曲두세ᄉᆞ납一盃〻〻다시부어頹然玉山醉ᄒᆞᆫ後에石頭閑眠좀을드러鶴唳一聲셔다르니溪川三更밧갈세라生涯淡泊ᄒᆡ질기니富貴功名부러ᄒᆞ랴千秋萬歲億萬載의이리져리ᄒᆞ오리라

關東別曲 松江所著

1013

○江湖의病이깁퍼竹林의누엇던니關東八百里을方面으로맛지시니어와聖恩이아가지록罔極하다延秋門드리다라慶會南門바라보며下直고물너나니玉節이압희셧다平丘역말가라타고黑水로도라드니蟾江은어ᄃᆡ며오雉岳이여긔로내昭陽江나린물이어ᄃᆡ로드단말고孤臣去國後에白髮도ᄒᆞ도헐ᄉᆞ東州밤겨오시아北寬亭올나가니三角山第一峯이ᄒᆞ마ᄒᆞ면뵈오리라弓王大闕터의烏鵲이지져괴니千古興亡을아ᄂᆞᆫ듯모로ᄂᆞᆫ듯淮陽녯일홈이맛초아가들시고汲長孺의風彩를곳쳐아니보올손가營中이無事ᄒᆞ고時節이太平인제花川시ᄂᆡ기리楓岳으로버더잇다行裝올다쩔치고石逕의막ᄃᆡ집허百川洞겻ᄐᆡ두고萬瀑洞드러가니銀갓튼무지ᄀᆡ와玉

갓튼龍의쇼리셧뜰며부는쇼릐十里의ᄌᆞᄌᆞ씨니드롤제는우리던니ᄅᆞ내는눈이로
다金剛臺민웃層의仙鶴의삿기로다春風玉笛聲의첫ᄌᆞᆷ을셔도던지縞衣玄裳이半
空의도々ᄯᅳ니西湖녯主人을반겨셔넘노는듯山香爐火香爐을눈아릭구버보고正
陽寺眞歇堂의곳쳐안져올나보니廬山眞面目이여긔야다보는도다어와造化翁이
긔롱ᄒᆞᆷ도긔롱헐ᄉᆞ나는듯뛰는듯닷는듯솟는듯芙蓉을셧ᄌᆞ는듯白玉을묵거는듯
南溟을박ᄎᆞ는듯北極을괴아는듯놉흘시고望高臺외로올ᄉᆞ望高峰이하늘의츄
밀러셔무삼일을올니려고千萬刼지닉도록굽필줄모로는다

黃鷄歌

1014 ○一朝郞君離別後에消息좃ᄎᆞ頓絶ᄒᆞ야자네一定못오던가무음일노아니오던나이
아희야말듯소黃昏져문날에ᄀᆡ가즈저못오던가이아희야말듯소春水가滿四澤ᄒᆞ
니물이깁허못오던가이아희야말듯소夏雲이多奇峰ᄒᆞ니山이놉ᄒᆞ못오던가이아
희야말듯소ᄒᆞᆫ곳들드러가니六觀大師聖眞이는石橋上에셔八仙女다리고희롱ᄒᆞᆫ
다지어자조흘시고屛風에그린黃鷄슈ᄃᆞᆰ이두나릭둥덩치고ᄌᆞ른목을길게쎽여긴
목을에후릐여四更一点에날식라고씨때요울거든오랴는가ᄌᆞ네어이그리ᄒᆞ야아
니오던고너란죽어黃河水되고날난죽어돗딕션되야밤이나나지나나지나밤이나

바람불고물결치는듸로어하둥덩실떠서노즈져달아본는나님계신듸明氣을빌니
럼문나도보게이아희야말듯소秋月이揚明輝ᄒᆞ니달이밝가못오던가어듸을가고
셔네아니오던야지어즈조흘시고

梅花歌

1015
○梅花녯등걸에봄節이도々라온다녯퓌던가々지마다퓌염즉도ᄒᆞ다마는春雪이亂
紛々ᄒᆞ니퓔지말지ᄒᆞ다마는北京가는驛々官드라唐絲실ᄒᆞᆫ테부붓침ᄒᆞ셰그물믹
셰그々물믹셰唐絲실노그々물믹셰그물치셰그々물치셰練光亭에그물치셰걸니
소셔々々々々거걸니소셔잔쳐여란솔々다빠지고굴근쳐女야걸니소셔成川이라
동의紬를이리로접첨저리로접첨접첨々々미야노코ᄒᆞᆫ손에는방츄들고또한손에
물박들고출넝々々안南山에밧南山에미얌울々々々々심거々싸먹는저저다
람아

昭和五年三月十二日 印刷
昭和五年三月十五日 發行

(祖南善氏藏本에依함)

編輯兼發行者 京城帝國大學

印刷者 澤田佐市
京城府長谷川町七十六番地

印刷所 合名會社 近澤商店印刷部
京城府長谷川町七十六番地

青丘永言

榮辱이 並行ᄒᆞ니 富貴도 不關ᄒᆞ다 第一江山에 내혼자 님자되야 夕陽
에 낙시대 두러메고 오명가명 ᄒᆞ리라

白鷗야 말 무러보쟈 놀라지 마라스라 名區勝地를 어ᄃᆡᄃᆡ 보앗ᄂᆞᆫ
다 날ᄃᆞ려 仔細히 닐러든 네와 게가 놀리라

蘆花 기픈 곳에 落霞를 빗기 倒고 三三五五히 섯겨 노ᄂᆞᆫ 져 白鷗ㅣ야
므서시 좃차ᄒᆞ여 날 온 줄을 모ᄅᆞᄂᆞ니

南山 너른 들에 五穀을 ᄀᆞ초 심거 먹고 못 남아도 굿지나 아니ᄒᆞ면 그 밧긔
더 나믄 富貴야 ᄇᆞ랄 줄이 이시랴

울밋 陽地ㅅ편에 외씨를 ᄲᅵ허두고 ᄆᆡ거니 붓도도와 빗김에 달화내
니 어즈버 東陵瓜地ᄂᆞᆫ 녜야 긔야 ᄒᆞ노라

田園에 나믄 興을 젼나귀에 모도 싯고 溪山 니근 길로 흥치며 도라와셔
아희 琴書를 다스려라 나믄 ᄒᆡ를 보내리라

되오올되 還射會ᄒᆞ올제 各持壽盃ᄒᆞ시소

闌干에 지혀 안자 玉笛을 비기 부니 五月 江城에 흣ᄂᆞ니 梅花ㅣ로다
曲調 舜琴에 섯거 一曲 相和ᄒᆞ리라

景星出 慶雲興ᄒᆞ니 日月이 光華ㅣ로다 三王禮樂이오 五帝의 文物이
로다 四海로 太平酒 비저 萬姓同醉ᄒᆞ리라

金君大哉以善歌鳴於世 曾於丙申間 金嘗造其門 叩其篋 得
一編 開卷而閱之 乃自家所爲新翻也 仍要余訂正 余因觀其詞說
盡情境諧合音律 信樂譜之絕調也 以余不才 寔亦容贊 嘗爲遂
相與問答而歸 一二年間 已成陳迹 書之遂存沒之感 至是極矣 余
於是掇拾其遺曲 以布于世 傳之不朽 世歲戊申暮春既望李
坡老圃書
南坡

靑丘永言序

古之歌者必用詩 歌而文之者爲詩 詩而被之管絃者爲歌 歌與詩固一道也 自三百篇變而爲古詩 古詩變而爲近體 歌與詩分而爲二 漢魏以下 詩之中律者 號爲樂府 然未必用之於鄕人邦國 陳隋以後 又有歌詞別體而其傳於世 不若詩歌之盛 盖歌詞之作 非有文章而精聲律則不能故 能詩者 未必有歌 爲歌者 未必有詩 至若 國朝 代不乏人而歌詞之作 絕無而僅有 有亦不能久傳 豈以國家 專尙文學而簡於音樂故然耶 南坡金君伯涵以善歌鳴一國 精於聲律而兼攻文藝 旣自製新翻 畀里巷人習之 因『又蒐取我東方名公碩士之所作 及閭井歌謠之自中音律者數百餘闋 正其訛謬 裒成一卷 求余文爲序 思有以廣其傳 其志勤矣 余取以覽焉 其詞固皆艶麗可玩而其旨有和平惟愉者 有哀怨悽苦者 微』婉則含蓄 激昻則動人 有足以懲一代之衰盛 驗風俗『之美惡 可』與詩家表裏 並行而不相無矣 嗚呼 凡爲是詞者 非惟述其思宣其欝而止爾 所以使人觀感而興起者

亦寓於其中則 登諸樂府 用之鄉人 亦足爲風化之一助矣 其詞雖未必盡如詩家之巧 其有益世道反有多焉則 世之君子 置而不採何哉 豈亦賞音者寡而莫之省歟 伯涵 乃能識此於數百載之下 得之於黮昧湮沒之餘 欲以表章而傳之 使作者 有知於泉壤 其必以伯涵 爲朝暮之子雲矣 伯涵 旣善歌 能自爲新聲 又與善琴者金樂師 托爲峨洋之契 金師操琴 伯涵和而歌 其聲瀏々然 有可以動鬼神而發陽和 二君之技 可謂妙絕一世矣 余嘗幽憂有疾 無可娛懷者 伯涵 其必與金樂師 來取此詞歌之 使我一聽而得洩其湮鬱也。 歲戊申暮春上浣黑窩序

初中大葉

一 오늘이오늘이쇼셔每日에오늘이쇼셔뎜그디도새디도마르시고새라난미양장식에오늘이쇼셔。

二中大葉

二 이바楚人사롬들아네님금이어듸가니六里青山이뉘따히되닷말고우리도武關다든後ㅣ니消息몰라ᄒᆞ노라。

三中大葉

三 부협코섬쌔올슨아마도西楚覇王긔똥天下야어드나못어드나千里馬絶代佳人을누를주고가리오。

北 殿

四 ᄒᆞ리누거괴ᄋᆞ시든어누거좃니읍시면ᄎᆞᄉᆞᄉᆞ에벗님의뎐ᄎᆞ로셔雪綿子ㅅ가싀로온듯 이범그려노읍셔。

二 北 殿

五 ᄋᆡ자내黃毛試筆墨을뭇쳐窓밧긔디거고이제도라가면어들법잇거마ᄂᆞᆫ아모나어더가 뎌셔그려보면알리라。

初 數 大 葉

六 어져내일이야그릴줄을모로ᄃᆞ냐이시라ᄒᆞ더면가랴마ᄂᆞᆫ제구ᄐᆞ야보내고그리ᄂᆞᆫ情은 나도몰라ᄒᆞ노라。

麗末

牧隱

李穡字穎叔號牧隱登第元朝授翰林知製誥恭愍朝門下侍中文章仗術爲搢紳領袖入本朝封韓山伯諡文靖

七 白雪이ᄌᆞ자진골에구루미머흐레라반가온梅花는어ᄂᆡ곳에픠엿는고夕陽에홀로셔이셔갈곳몰라ᄒᆞ노라。

圃隱

鄭夢周字達可號圃隱恭讓時門下侍中麗朝命革身與國亡 本朝贈領議政諡文忠理學爲東方之祖革胡服襲華制文風大振

八 이몸이주거주거一百番고쳐주거白骨이塵土ㅣ되여넉시라도잇고업고님向ᄒᆞᆫ一片丹心이야가실줄이〻시랴。

東浦

孟思誠字誠之號東浦前朝魁科入 我朝官至左相致仕諡文貞至孝淸簡性解音律管執一笛日弄三四聲

九 江湖에봄이드니미친興이절로난다濁醪溪邊에錦鱗魚ㅣ안주로다이몸이閑暇히옴도亦君恩이샷다。

一〇 江湖에녀름이드니草堂에일이업다有信ᄒᆞᆫ江波ᄂᆞᆫ보내ᄂᆞ니ᄇᆞ람이다이몸이서ᄂᆞᆯ히옴도亦君恩이샷다。

一一 江湖에ᄀᆞ을이드니고기마다ᄉᆞᆯ져잇다小艇에그믈시러흘리ᄯᅴ여더뎌두고이몸이消日히옴도亦君恩이샷다。

一二 江湖에겨월이드니눈기픠자히남다삿갓빗기쓰고누역으로오슬삼아이몸이칩지아니히옴도亦君恩이샷다。

本朝

節齋 金宗瑞字國卿號節齋 太宗朝登第官至領相有大節多智略時日虎體矮癸酉亂死

一三 朔風은나모긋ᄐᆡ불고明月은눈속에ᄎᆞᆫᄃᆡ萬里邊城에一長劒집고셔々긴ᄑᆞ람큰ᄒᆞᆫ소리에거칠거시업세라。

一四 長白山에旗를곳고豆滿江에ᄆᆞᆯ을싯겨서근져션ᄇᆡ야우리아니ᄉᆞ나희냐엇덧타麟閣畵像을누고몬져ᄒᆞ리오。

梅竹堂

成三問字謹甫號梅竹堂 世宗朝登第選湖堂登重試官至承旨與李塏等謀復魯山事發被誅後有六臣祠

一五 首陽山ᄇᆞ라보며夷齊를恨하노라주려주글진들採薇도ᄒᆞᄂᆞᆫ것가비록애푸새엣거신들 그뉘ᄯᅡ헤낫ᄃᆞ니。

一六 이몸이주거가셔무어시될ᄭᅩᄒᆞ니蓬萊山第一峰에落々長松되야이셔白雪이滿乾坤홀 제獨也靑靑ᄒᆞ리라。

王邦衍

世宗時人以金吾郎押去魯山及還彷徨川邊有感而作是歌蓋卽此一曲斯人愛君之誠可見矣

一七 千萬里머나먼길에고은님여희ᄋᆞᆸ고내ᄆᆞ음둘듸업서냇ᄀᆞ에안자이다져물도내안ᄀᆞᆺ도 다우러밤길녜놋다。

聾岩 漁父歌

李賢輔字棐仲號聾岩燕山朝登第官至判中

一八 이즁에시름업스니漁父의生涯로다一葉扁舟를萬頃波에띄여두고人世를다니젓거니

날가는줄을안가。

一九 구버는千尋綠水도라보니萬疊靑山十丈紅塵이언매나ᄀᆞ렷는고江湖에月白ᄒᆞ거든더욱無心ᄒᆞ얘라。

二〇 靑荷에밥을ᄡᆞ고綠柳에고기께여蘆荻花叢에ᄇᆡ매야『두고一般淸』意味를어ᄂᆡ分이아ᄅᆞ실고。

二一 山頭에閑雲이起ᄒᆞ고水中에白鷗ㅣ飛타無心코多情ᄒᆞ니이두거시로다一生애시름을닛고너를조차노로리라。

二二 長安을도라보니北闕이千里로다漁舟에누어신들니즌ᄉᆞ치이시랴두어라내시름아니라濟世賢이업스랴。

右漁父歌兩篇 不知爲何人所作 余自退老田間 心閑無事 裒集古人觴詠間 可歌詩文若干首 敎閱婢僕 時々聽而消遣 兒孫輩 晩得此歌而來示 余觀其詞語閑適 意味深遠 唫咏之餘 使人有脫略功名 飄々遐擧塵外之意 得此之後 盡棄其前所玩悅歌詞而專意于此 手自謄冊 花朝月夕 把酒呼朋 使詠

於汾江小艇之上 興味尤異 亹々忘倦 第以語多不倫 或重疊 必其傳寫之訛 此非聖賢經據之文 妄加撰改一篇十二章 去三爲九 作長歌而詠焉 一篇十章 約作短歌五闋爲葉而唱之 合成一部 新曲 非徒刪改添補處亦多然亦各因舊文本意而增損之 名曰聾巖野錄 覽者 幸勿以僭越咎我也。 時嘉靖己酉夏六月流頭後三日 雪鬢翁聾巖主人 書于汾江漁艇之舷

世所傳漁父詞 集古人漁父之詠 間綴以俗語而爲之長言者 凡十二章而作者名姓無聞焉 往者 安東府 有老妓 能唱此詞 叔父松齋先生 時召此妓使歌之 以助壽席之歡 滉 時尙小 心竊喜之 錄得其槪而猶恨其未爲全調也 厥後存沒推遷 舊聲杳不可追而身墜紅塵 益遠於江湖之樂則 思欲更聞此詞 以寓興而忘憂也 在京師遊蓮亭 常編問而歷訪之 雖老伶韻倡 莫有能解此詞者 以是知其好之者鮮矣 頃歲有密陽朴浚者 名知衆音 凡係東方之樂 或雅或俗 靡不裒集 爲一部書 刊行于世 此詞 與霜花店諸曲 混載其中然 人之聽之於彼則 手舞足蹈 於此則倦而思睡者 何哉 非其人 固不知其音 「又

焉知其樂乎 惟我聾岩李先生 年踰七十 卽投紱高厲 退閑於汾水之曲 屢召不起 等富貴於浮雲 寄雅懷於物外 常以小舟短棹 嘯傲於煙波之裏 徘徊於釣石之上 狎鷗而忘機 觀魚而知樂則 其於江湖之樂 可謂得其眞矣 佐郞黃君仲擧 於先生親且厚矣 常於朴浚書中 取此詞 又得短歌之漁父作者十闋 並以爲獻 先生得而玩之 喜愜其素尙而猶病其未免冗長也 於是 刪改補撰 約十二爲九 約十爲五而付之侍兒 習而歌之 每遇佳賓好景 憑水檻而弄煙艇 必使數兒並喉而唱詠 聯袂而蹁躚 傍人望之若神仙人焉 噫 先生之於此 既得其眞樂 宜好其眞聲 豈若世俗之人 悅鄭衛而增淫 聞玉樹而蕩志者比耶 先生 常手寫此本 不辱下示 且責以跋語 滉 身効轅駒 盟寒沙鳥 何敢語江湖之樂 論魚釣之事乎 辭之至再而命之不置 不獲已 謹書所感於其尾 以塞勤命之萬一 東坡所譏以朝市眷戀之徒而山林獨往之語 滉之謂矣。 是歲臘月既望 豐基守李滉 拜手敬書于郡齋

花潭　徐敬德字可久號花潭　中廟朝授職諡文康

二三　ᄆᆞ음이어린後ㅣ니ᄒᆞ는일이다어리다萬重雲山에어ᄂᆡ님오리마는지는닙부는ᄇᆞ람에
힝혀권가ᄒᆞ노라。

頤菴　宋寅字明仲號頤菴　中廟駙馬礪城尉治禮學善書法諡文端

二四　이셩져셩ᄒᆞ니이론일이무스일고ᄒᆞ롱하롱ᄒᆞ니歲月이거의로다두어라已矣々々여니
아니놀고어이리。

二五　ᄒᆞᆫᄃᆞᆯ셜흔날에盞을아니노핫노라ᄑᆞᆯ病도아니들고입덧도아니난다每日에病업슨덧으
란씨지말미엇더리。

二六　드른말卽時닛고본일도못본드시내人事ㅣ이러홈애놈의是非모롤르다다만지손이셩
ᄒᆞ니盞잡기만ᄒᆞ노라。

退溪 陶山六曲

李滉字景浩號退溪 中宗朝登第選湖堂典文衡官至贊成○東方之宗諡文純○

二七 이런들엇더ᄒᆞ며져런들엇더ᄒᆞ료草野愚生이々려타엇더ᄒᆞ료ᄒᆞ물며泉石膏肓을고쳐
므슴ᄒᆞ료。

二八 烟霞로집을삼고風月로벗을사마太平聖代에病으로늘거가뇌이즁에ᄇᆞ라ᄂᆞᆫ일은허믈
이나업고쟈。

二九 淳風이죽다ᄒᆞ니眞實로거즛말이人性이어지다ᄒᆞ니眞實을흔말이天下에許多英才를
소겨말슴ᄒᆞᆯ가。

三〇 幽蘭이在谷ᄒᆞ니自然이듯디죠희白雲이在山ᄒᆞ니自然이보디죠해이즁에彼美一人을
더옥닛디못ᄒᆞ얘。

三一 山前에有臺ᄒᆞ고臺下에有水ㅣ로다떼만흔ᄀᆞᆯ며기ᄂᆞᆫ오명가명ᄒᆞ거든엇더타皎々白駒
ᄂᆞᆫ멀리ᄆᆞᄋᆞᆷᄒᆞᄂᆞᆫ고。

三二 春風에花滿山ᄒᆞ고秋夜에月滿臺라四時佳興이사ᄅᆞᆷ과한가지라ᄒᆞ믈며魚躍鳶飛雲影

天光이야어니그지이시리。

其 二

三三 天雲臺도라드러玩樂齋蕭灑ᄒᆞᆫ듸萬卷生涯로樂事ㅣ無窮ᄒᆞ애라이즁에往來風流를닐러므슴ᄒᆞᆯ고。

三四 雷霆이破山ᄒᆞ여도聾者ᄂᆞᆫ못듯ᄂᆞ니白日이中天하야도瞽者ᄂᆞᆫ못보ᄂᆞ니우리ᄂᆞᆫ耳目聰明男子로聾瞽ᄀᆞᆺ지마로리。

三五 古人도날못보고나도古人못뵈古人을못봐도녀ᄃᆞᆫ길알ᄑᆡ잇ᄂᆡ녀ᄃᆞᆫ길알ᄑᆡ잇거든아니녀고엇졀고。

三六 當時에녀ᄃᆞᆫ길흘몃ᄒᆡ를ᄇᆞ려두고어듸가ᄃᆞᆫ니다가이제야도라온고이제야도라오나니년듸ᄆᆞ음마로리。

三七 青山은엇졔ᄒᆞ여萬古에프르ᄅᆞ며流水ᄂᆞᆫ엇졔하여晝夜애긋지아니ᄂᆞᆫ고우리도그치지마라萬古常青ᄒᆞ리라。

三八 愚夫도알며ᄒᆞ거니긔아니쉬온가聖人도못다ᄒᆞ시니긔아니어려온가쉽거나어렵거나

즘에 늙는 줄을 몰래라。

右陶山十二曲者 陶山老人之所作也 老人之作此何爲也哉 吾東方歌曲 大抵吾多淫哇不足言 如翰林別曲之類 出於文人之口 而矜豪放蕩 兼以褻慢戲狎尤非君子所宜 尙惟近世 有李鼈六歌者 世所盛傳 猶爲彼善於此 亦惜乎其有溫柔少玩世不恭之意 而少溫柔敦厚之實也 老人素不解音律而猶知厭聞世俗之樂 閑居養疾之餘 凡有感於情性者 每發於詩 然今之詩 異於古之詩 可詠而不可歌也 如欲歌之 必綴以俚俗之語 蓋國俗音節 所不得不然也 故嘗略倣李歌而作爲陶山六曲者二焉 其一言志 其二言學 欲使兒輩 朝夕習而歌之 憑几而聽之 亦令兒輩 自歌而自舞蹈之 庶幾可以蕩滌鄙吝 感發融通而歌者與聽者 不能無交有益焉 顧自以蹤跡頗乖 若以等閑事 或因以惹起鬧端 未可知也 又未信其以入腔調偕音節與未也 姑寫一件藏之篋笥 時取玩以自省 又以待他日覽者之去取云爾。 嘉靖四十四年 歲乙丑暮春旣望山老書

松江

鄭澈字季涵號松江 明宗朝登魁第選湖堂 官至左相寅城府院君諡文淸 宣祖香日精忠節義草木亦知其名眞所謂鵷班之[illegible]殿上之虎

三九 아바님날나ᄒᆞ시고어마님날기르시니두分곳아니면이몸이사라시랴하ᄂᆞᆯᄀᆞᄐᆞᆫ恩德을어듸다혀갑ᄉᆞ올고。

四〇 兄아ᄋᆞ으야네ᄉᆞᆯ흘ᄆᆞᆫ져보아뉘손ᄃᆡ타낫관ᄃᆡ양ᄌᆞ조차ᄀᆞᄐᆞᆫ다ᄒᆞᆫ젓먹고자라나시니닷ᄆᆞ음을먹지마라。

四一 님금과百姓과ᄉᆞ이하ᄂᆞᆯ과ᄯᅡ히로되내의셜온일을다아로려ᄒᆞ시거든우린들술진미나리를혼자어이머그리。

四二 어버이사라신제섬길일란다ᄒᆞ여라지나간後ㅣ면애ᄃᆞᆲ다엇지ᄒᆞ리平生에곳쳐못ᄒᆞᆯ일이잇분인가하노라。

四三 ᄒᆞᆫ몸둘해ᄂᆞᆫ화夫婦를삼기실샤이신제ᄒᆞᆷᄭᅴ늙고주그면ᄒᆞᆫᄃᆡ간다어듸셔망녕엣거시눈흘긔려ᄒᆞᄂᆞᆫ고。

四四 간나회가ᄂᆞᆫ길흘ᄉᆞ나회에도ᄃᆞ시ᄉᆞ나회네ᄂᆞᆫ길흘계집이ᄎᆡ도ᄃᆞ시제남진제계집아니

여든일홈못지마로려。

四五 네아ᄃᆞᆯ孝經닑ᄃᆞ니어ᄃᆞ록비환ᄂᆞ니내아ᄃᆞᆯ小學은모ᄅᆞ면ᄆᆞᄎᆞᆯ로다어ᄂᆞ제이두글ᄇᆡ화 어질거든보려뇨。

四六 ᄆᆞ을사람들아올흔일ᄒᆞ쟈스라사ᄅᆞᆷ이되야나셔올치옷못ᄒᆞ면은ᄆᆞ쇼물갓곳갈ᄡᅴ워밥 머기나다르랴。

四七 풀목쥐시거든두손으로바치리라나갈듸계시거든막대들고조ᄎᆞ리라鄕飮酒다罷ᄒᆞᆫ後 에뫼셔가려ᄒᆞ노라。

四八 놈으로삼긴즁에벗ᄀᆞᆺ치有信ᄒᆞ랴내의왼일을다니려ᄒᆞ노매라이몸이벗님곳아니면사 ᄅᆞᆷ되미쉬울가。

四九 어와져族下야밥업시엇지ᄒᆞᆯ고어와져아자바옷업시엇지ᄒᆞᆯ고머흔일다닐러스라돌보 고쟈ᄒᆞ노라。

五〇 네집喪事들은어도록ᄎᆞᆯᄒᆞᆫ손다네ᄯᆞᆯ書房은언제나마차ᄂᆞᆫ손다내게도업다커니와돌보 고져ᄒᆞ노라。

五一 오ᄂᆞᆯ도다새거다호ᄆᆡ메오가쟈스라내논다ᄆᆡ여든네논졈ᄆᆡ야주마운결혜뽕ᄯᅡ다가누에머켜보쟈스라。

五二 비록못니버도놈의오ᄉᆞᆯ앗지마라비록못머거도놈의밥ᄋᆞᆯ비지마라ᄒᆞᆫ적곳ᄯᅵ시론後ㅣ면고쳐싯기어려우니。

五三 雙六將棋ᄒᆞ지마라訟事ㅅ글월ᄒᆞ지마라집배야무슴하며놈의怨讐될줄엇지나라히法을셰오샤罪인ᄂᆞᆫ줄을모로ᄂᆞᆫ다。

五四 이고진져ᄂᆞᆯ그니짐프러날을주오나ᄂᆞᆫ져멋거니돌히라무거올가늙기도셜웨라커든짐을조차지실가。

右十六載見 鄭氏編

五五 江原道百姓들아兄弟訟事마라스라죵ᄶᅴ밧ᄶᅴᄂᆞᆫ엇기에쉽거니와어ᄃᆡ가ᄯᅩ어들거시라흘귓할귓ᄒᆞᄂᆞᆫ다。

五六 남진죽고우ᄂᆞᆫ눈물두졋에ᄂᆞ리흘러졋마시ᄧᆞ다ᄒᆞ고子息은보채거든뎌놈아어ᄂᆡ안ᄒᆞ로계집되라ᄒᆞᄂᆞᆫ다。

五七 光化門드리ᄃᆞ라內兵曹上直房에ᄒᆞᄅᆞᆺ밤다섯更에스믈석點치ᄂᆞᆫ소ᄅᆡ그덧에陳跡이되

도다몸이론듯하여라。

五八 蓬萊山님계신듸五更친나믄소릐城너머구롬저나客窓에들리ᄂᆞ다江南에ᄂᆞ려옷가면그립거든엇지리。

五九 ᄡᅳᆫᄂᆞ물데온물이고기도곤마시이셰草屋조븐줄이긔더욱내分이라다만당님그린타스로시름계워ᄒᆞ노라。

六〇 劉伶은언제사롬고晉적의高士ㅣ로다季涵은긔뉘런고當代에狂生이라두어라高士狂生을무러무슴ᄒᆞ리。

六一 이바이집사ᄅᆞᆷ아이셰간엇지살리솟ᄯᅧ다ᄯᅵ리고쥭박귀다업괴야ᄒᆞ물며기울계ᄃᆡ니저든누룰밋고살리。

六二 기울계ᄃᆡ니거니ᄯᅩ나쥭박귀업거니ᄯᅩ나비록이셰간板蕩ᄒᆞᆯ만졍고온님괴기옷괴면그를밋고살리라。

六三 ᄆᆞᄉᆞ일이루리라ᄒᆞ야十年지이너를조차내ᄒᆞᆫ일업시셔외다마다ᄒᆞᄂᆞᆫ이이제야絶交篇지여餞送ᄒᆞ되엇더리。

以下三章 [illegible]

六四 일이나일우려ᄒᆞ면처엄에사괴실가보면반기실ᄉᆡ나도조차ᄃᆞ니ᄃᆞ니興盡로외다옷ᄒᆞ
시면마ᄅᆞᆯ신들아니랴。

六五 내말고쳐드러너업스면못살려니며ᄒᆞᆫ일구즌일녈로ᄒᆞ여다닛거든이제야놈괴여ᄒᆞ여
녯밧말고엇지리。

六六 一定百年산들긔아니草ᄼᄒᆞᆫ가草ᄼᄒᆞᆫ浮生이므스일ᄒᆞ려ᄒᆞ여내자바勸ᄒᆞ는盞을덜며
그려ᄒᆞᄂᆞ니。

六七 예셔놀애를드려두세번만부츠며는蓬萊山第一峯에고온님보련마는ᄒᆞ다가못ᄒᆞ는일
은닐러므슴ᄒᆞ리。

六八 이몸허러내여낸물에ᄯᅴ오고져이물이우러녜여漢江여흘되다ᄒᆞ면그제야님그린내病
이헐훌법도잇ᄂᆞ니。

六九 내ᄆᆞ음버혀내여뎌ᄃᆞᆯ을밍글고져九萬里長天에번드시결려이셔고온님계신고ᄃᆡ가비
최여나보리라。

七〇 興亡이數ㅣ업스니帶方城이秋草ㅣ로다나모른지난일난牧笛에부쳐부고이盃ᄒᆞᆫ太平

烟花에ᄒᆞᆫ盡ᄒᆞ되엇더라。

十一 中[illegible]堂校理人적의내마츰修撰으로上下番ᄀᆞ초와勤政門밧기러니고온님玉ᄀᆞᆺ튼양저
눈에암ᄉᆞᄒᆞ여라。

十二 南極老人星이息影亭에비최여셔滄海桑田이슬ᄏᆞ장뒤눕도록가지록새빗츨내여그믈
뉘를모른다。

十三 蒹葭우희셧는느틔몃히나ᄌᆞ랏는고써지여난휘추리저ᄀᆞᆺ치늙도록애그제야ᄯᅩᄒᆞᆫ盞부어
다시獻壽하리라。

十四 靑天구룸밧긔노피ᄯᅳᆫ鶴이러니人間이죠트냐므스므라ᄂᆞ려온다쟝짓치다셔러지도록
ᄂᆞ라갈줄모로는다。

十五 거문고大絃을치니ᄆᆞ음이다눅드니子絃에羽調올라淡々調쇠온말이섧기는젼혀아니
되離別엇지ᄒᆞ리오。

十六 長짓치다지게야놉애를고쳐드려靑天구룸속에소솝셔올은말이싀훤코훤츨ᄒᆞᆫ世界를
다시보고말와라。

七七 新院々主ㅣ되여녈손님을지내엽니가거니오거니人事도하도할샤안가셔보노라ᄒᆞ니
슈고로와ᄒᆞ노라。

七八 新院々主ㅣ되여되롱삿갓메오이고細雨斜風에一竿竹빗기드러紅蓼花白蘋洲渚에오
명가명ᄒᆞ노라。

七九 新院々主ㅣ되여柴扉를고쳐닷고流水靑山을벗사마더졋노라아희야碧蹄에손이라커
든날나가다ᄒᆞ고려。

八〇 長沙王賈太傅혜건대우읍괴야놈대되근심을제혼자맛다이셔긴한숨눈물도過커든에
에ᄒᆞᆫ줄엇제오。

八一 내양ᄌᆞ놈만못ᄒᆞᆫ줄나도잠간알건마ᄂᆞᆫ臙脂도ᄇᆞ려잇고粉셰도아니미니이러코괴실가
ᄯᅳᆺ은젼혀아니먹노라。

八二 나모도病이드니亭子ㅣ라도쉬리업다豪華히셔신제ᄂᆞᆫ오리가리다쉬더니닙지고柯枝
져즌後ㅣ니새도아니옷다。

八三 어화버힐시고落々長松버힐시고져근덧두던들棟梁材되리러니어즈버明堂이기울거

든무서스로바치려뇨。

八四 中書堂白玉杯를十年만에고쳐보니맑고흰빗츤네온듯ᄒᆞ다마ᄂᆞᆫ엇더타사ᄅᆞᆷ의ᄆᆞ음은朝夕變을ᄒᆞᆫ다。

八五 재너머成勸農집의술닉단말어제듯고누은쇼발로박차언치노하지즐ᄐᆞ고아ᄒᆡ야네勸農계시냐鄭座首왓다ᄉᆞ뢰라。

八六 어화棟梁材를져리ᄒᆞ여어이ᄒᆞᆯ쇼헐ᄯᅳ더기운집의議論도하도할샤뭇지위고ᄌᆞ자만들고헵ᄯᅳ다가말녀ᄂᆞᆫ다。

八七 風波에일니던비어ᄃᆞ려로가닷말고구룸이머흘거든처엄에날줄엇지허술ᄒᆞᆫ비가진分네ᄂᆞᆫ모다조심ᄒᆞ시소。

八八 져기셧ᄂᆞᆫ져소나모셤도셜샤길ᄀᆞ에가져녀마ᄃᆞ리혀져굴헝에셔고라쟈ᄉᆞᆺ듸고도최멘分네ᄂᆞᆫ다지그려ᄒᆞᆫ다。

右松江相國鄭文清公之所著也 公 詩詞清新警拔 固膾炙人口而歌曲尤妙絕今古 長篇短什 無不盛傳 雖屈平之楚騷 子瞻之詞賦 殆無以過之 每聽

其引喉高詠　聲韻淸楚　意旨超忽　不覺其飄々乎如憑虛而御風　羽化而登仙
至其愛君憂國之誠則　亦且藹然於辭語之表　至使人感愴而興歎焉　苟非出天
忠義　間世風流　其孰能與於此　噫　公以耿介之性　正直之行　而適會黨議
大興　讒搆肆行　上而得罪於君父　下以見嫉於同朝　流離竄謫　幾死幸全而
其所詬罵　至身後彌甚　昔　子瞻之遭罹世禍　亦可謂極矣　愛君篇什　猶能見
賞於九重　而公則並與此而終不能上徹　抑何其不幸之甚歟　淸陰金文正公　嘗
論公始末　而比之於左徒之忠　此誠至言哉　北關　舊有公歌曲之刊行者而顚
年代已久　且經兵燹　遂失其傳　誠可惜也　余以無狀　得罪明時　受玦天涯　遠
隔君親　實無以寓懷　乃澤畔行唫之暇　聊取此篇　正訛繕寫　置諸案頭　時々
諷誦　其於排遣　不爲無助　蓋亦借擬於朱夫子楚辭集註之遺意云爾。　時庚子
元月上澣　完山後人李撰書于東城之幽蘭軒

灌　園 朴啓賢字君沃號灌園　明宗朝文科兵判

八九 돌불근五禮城에혀나믄벗이안자故鄕感淚를뉘아니지리마ᄂᆞᆫ아마도爲國丹忱은나ᄲᅮᆫ인가ᄒᆞ노라。

松川

梁應鼎字公燮號松川 明宗朝登第魁重試官至府尹

九〇 太平天地間에簞瓢를두러메고두ᄉᆞ매느리혀고우즑ᄉᆞᄉᆞᄒᆞᄂᆞᆫ뜻은人世에걸닌일업스니그를죠하ᄒᆞ노라。

九一 嚴冬에뵈옷닙고岩穴에눈비마자구룸쎈볏뉘를쬔적이업건마ᄂᆞᆫ西山에ᄒᆡ지다ᄒᆞ니눈물겨워ᄒᆞ노라。

南窓

金玄成字餘慶號南窓 明宗朝文科官至同敎有文才善筆

九二 樂只쟈오ᄂᆞᆯ이여즐거온쟈今日이야즐거온오ᄂᆞᆯ이힝혀아니져물세라每日에오ᄂᆞᆯ곳트면므슴시름이시리。

萬 竹 徐益字君受號萬竹 宣廟朝登第官至義州牧使

九三 이뫼ᄒᆞᆯ허러내여져바ᄒᆞᆯ메오며는蓬萊山고온님을거려가도보련마는이몸이精衛鳥ᄀᆞ틔야바잔일만ᄒᆞ노라。

九四 綠草晴江上에구레버슨물이되야ᄣᅢㅣ로머리드러北向ᄒᆞ여우는ᄠᅳᆺ은夕陽이재너머가매님자그려우노라。

荷 衣 子 洪廸字太古號荷衣子 宣廟朝登第遯湖堂官止舍人

九五 어제오ᄃᆞᆫ눈이沙堤에도오돗던가눈이모래ᄀᆞᆺ고모래도눈이로다아마도世上일이야다이런가ᄒᆞ노라。

朴 仁 老 宣廟時武人官止萬戶 漢陰見盤中早紅使朴仁老命作三章遣川於思親孝誠

九六 盤中早紅감이고와도보이ᄂᆞ다柚子ㅣ아니라도품엄즉ᄒᆞ다마는품어가반기리업슬ᄉᆡ

글로셜위ᄒᆞᄂᆞ이다。

九七 王祥의鯉魚잡고孟宗의竹筍것거검던머리희도록老萊子의오ᄉᆞᆯ닙고一生에養志誠孝ᄅᆞᆯ曾子ᄀᆞᆺ치ᄒᆞ리이다。

九八 萬鈞을느려내야길게〻〻노ᄅᆞᆯ꼬와九萬里長天에가ᄂᆞᆫ해ᄅᆞᆯ자바ᄆᆡ야北堂에鶴髮雙親을더듸늙게ᄒᆞ리라。

九九 群鳳모도신듸외가마귀드러오니白玉ᄡᅡ힌듸돌ᄒᆞ나ᄀᆞᆺ다마ᄂᆞᆫ鳳凰도飛鳥와類ㅣ시니되여논듯엇더리。

此曲 何爲而作也 昔在辛亥春 曾祖考漢陰相國 使朴萬戶仁老 述懷之曲也 世代旣遠 此曲無傳 恐其泯沒於後 竊嘗慨然於心者稔矣 不肖孫允文是歲庚午春 除永川郡守 仁老坊上人也 其曲尙今流傳 其孫亦且生存 公餘月夕 以其孫進善命歌而聽之 怳若後生 明陪杖履於龍津山水之間 愴懷益激 感淚自零 並與長歌三曲及短歌四章 而付諸剞劂氏以爲廣傳焉。 時是年三月三日也

二〇〇 큰盞에ᄀ득부어醉토록머그며셔萬古英雄을손고바혀보니아마도劉伶李白이내벗인가ᄒ노라。

漢陰

(李德馨字明甫號漢陰 宣廟朝登第選湖堂典文衡官至領相諡文翼年十四楊蓬萊見而大奇曰眞吾師也)

二〇一 時節도져러ᄒ니人事도이러ᄒ다이러ᄒ거니어이져리아닐소냐이런쟈져런쟈ᄒ니한숨계워ᄒ노라。

白沙

(李恒福字子常號白沙 宣廟朝登第選湖堂典文衡官至領相鰲城府院君諡文忠善諧謔能文章光海時立節謫北靑卒)

二〇二 江湖에期約을두고十年을奔走ᄒ니그모론白鷗는더듸온다하건마는聖恩이至重ᄒ시니갑고가려ᄒ노라。

二〇三 鐵嶺노픈峰에쉬여넘는져구름아孤臣寃淚를비사마ᄯ여다가님계신九重深處에ᄲ려본들엇드리。

月沙

李廷龜字聖徵號月沙 宣廟朝登第典文衡 官至右相謚文忠以戊戌奏文名聞天下

一〇四 님을미들것가못미들손님이시라미더온時節도못미들줄아라스라밋기야어려와마는 아니밋고어이리。

柳自新

宣廟時人官至判尹 希齋之父

一〇五 秋山이夕陽을띄고江心에ᄌᆞᆷ겻ᄂᆞᆫᄃᆡ一竿竹두러메고小艇에안자시니天公이閑暇히녀겨ᄃᆞᆯ을조차보내도다。

南怡

世祖時人官至兵判

一〇六 長劍을ᄲᅢ혀들고白頭山에올라보니大明天地에腥塵이ᄌᆞᆷ겨셰라언제나南北風塵을헤쳐볼고ᄒᆞ노라。

白湖 林悌字子順號白湖 宣廟朝登第官止禮曹正郞

一〇七 靑草우거진골에자는다누엇는다紅顔을어듸두고白骨만무쳣는이盞자바勸ᄒᆞ리업스니그를슬허ᄒᆞ노라。

玄洲 趙纘韓字善述號玄洲 宣廟朝登第官至承旨有文才

一〇八 貧賤을ᄑᆞᆯ랴ᄒᆞ고權門에드러가니침업슨흥졍을뉘몬져ᄒᆞ쟈ᄒᆞ리江山과風月을달라ᄒᆞ니그는그리못ᄒᆞ리。

一〇九 天地몃번ᄧᅢ며英雄은누고〻〻萬古興亡이수후좀에ᄭᅮᆷ이여놀어듸셔망녕엣거슨노지말라ᄒᆞᄂᆞ니。

鶴谷 洪瑞鳳字輝世號鶴谷 宣廟朝登第選湖堂叅重試典文衡官至領相益城府院君

一一〇 離別ᄒᆞ던날에피눈물이난지만지鴨綠江ᄂᆞ린물이프른빗치젼혀업니ᄇᆡ우희허여센沙

工이처음보롸ᄒᆞᄂᆞ다。

李舜臣 宣廟朝武科官至統制使謚忠武有智略壬辰亂全羅右水使作龜紅破倭賊

二一 閑山셤돌불근밤의戍樓에혼자안자큰칼녀픠ᄎᆞ고기픈시름ᄒᆞ ᄂᆞᆫ적의어듸셔一聲胡笳ᄂᆞᆫ놈의애ᄅᆞᆯ긋ᄂᆞ니。

龍湖 呼兒曲四調並詩 趙存性字守初號龍湖宣廟朝登第官至知敦寧謚昭敏

二二 아ᄒᆡ야구럭망태어두西山에날늣거다밤지낸고사리ᄒᆞ마아니늘그리야이몸이ᄉᆞ푸새아니면朝夕어이지내리。

呼兒先問有無僮 回首西山晚日長
怕夜來薇蕨老只 只緣朝夕不盈腸

右西山採薇

二三 아ᄒᆡ야되롱삿갓출화東澗에비지거다기나긴낙대에미눌업슨낙시ᄆᆡ야져고기놀라지마라내興계워ᄒᆞ 노라。

呼兒將出綠蓑衣　東澗春霏洒石磯
箸々竹竿魚自在　爲他溪老已忘機

右東澗觀魚

一二四　아히야粥早飯다오南畝에일만해라서루론따부를눌마조자부려노두어라聖世躬耕도亦君恩이시니라。

呼兒曉起促盤飧　南畝春深事已殷
欲把犂鋤誰與耦　聖時農圃亦君恩

右南畝躬畊

一二五　아히야쇼머겨내여北郭에새술먹자大醉ᄒᆞᆫ얼굴을ᄃᆞᆯ빗체시려오니어즈버羲皇上人을오ᄂᆞᆯ다시보와다。

呼兒騎犢過前川　北郭新醪正似泉
大醉浪吟牛背月　怳然身在伏羲天

右北郭醉歸

象村

申欽字敬叔號象村　宣廟朝登第　仁祖初
首拜吏判典文衡官至領相謚文貞

一二六　山村에눈이오니돌길이무쳐셰라柴扉를여지마라날ᄎᆞ즈리뉘이시리밤중만一片明月

이긔벗인가ᄒᆞ노라。

山村雪後 石逕埋兮 柴扉且莫開兮 訪我有誰哉 中宵一片明月兮 是吾朋兮

一二七 功名이긔무엇고헌신짝버스니로다田園에도라오니麋鹿이벗이로다百年을이리지냄도亦君恩이로다。

功名是何物 如脫弊屣 田園歸處 麋鹿爲友 百年此中 過亦君恩

一二八 草木이다埋沒ᄒᆞᆫ제松竹만프르럿다風霜섯거친제네무스일혼자프른두어라내性이어니무러무슴ᄒᆞ리。

草木盡埋沒 松竹獨靑々 風霜搖落時 爾何獨靑々置焉哉 不須問兮 亦各性只

一二九 四皓ㅣ진짓것가留候의奇計로다眞實로四皓ㅣ면은一定아니나오려니그려도아니냥ᄒᆞ여呂氏客이되도다。

四皓眞也僞 留侯奇計 實有四皓應不出 終爲呂氏客

一二〇 兩生이긔뉘런고眞實로高士ㅣ로다秦ᄯᅢ의일홈업고漢ᄯᅢ의아니나니엇더타叔孫通은오다말라ᄒᆞᄂᆞᆫ고。

兩生共誰 正是高士 秦時無名 漢時不出 是何物 叔孫通使來不來

一二一 어젯밤눈온後에ᄃᆞᆯ이조차비최엿다눈後ᄃᆞᆯ빗치몱그미그지업다엇더타天末浮雲은오락가락ᄒᆞᄂᆞ뇨。

昨夜雪後 月又來照之 雪上月色兮 淸光十分 底事天末 浮雲往來

一二二 냇ᄀᆞ에ᄒᆡ오라바므스일셔잇ᄂᆞᆫ다無心ᄒᆞᆫ져고기를여어무슴ᄒᆞ려ᄂᆞᆫ다아마도ᄒᆞᆫ물에잇거니ᄉᆞ저신물엿ᄃᆞ리。

溪邊鷺立何事 魚自無心底事覔 旣是一樣水中物 相忘也宜

一二三 혓가레기나쟈르나기동아기우나트나數間茅屋을자근줄웃지마라어즈버滿山蘿月이다내거신가ᄒᆞ노라。

椽任長短 棟任欹傾 數間茅屋小 且莫笑滿山蘿月皆吾有

一二四 蒼梧山ᄒᆡ진후에二妃ᄂᆞᆫ어듸간고ᄒᆞᆷ셔못주근물셔룸이엇더ᄐᆞᆫ고千古에이ᄯᅳᆺ알니ᄂᆞᆫ댓

숩편가ᄒᆞ노라。

蒼梧日落 二妃何所 死不同時 恨何極 千古知心是竹林

一三五 술먹고노ᄂᆞᆫ일을나도왼줄알건마ᄂᆞᆫ信陵君무덤우희밧가ᄂᆞᆫ줄못보신가百年이亦草々ᄒᆞ니아니놀고엇지ᄒᆞ리。

飮酒遊亦知非 君不見耕犁遍及信陵墳 百年若草々 不遊何爲

一三六 神仙을보려ᄒᆞ고弱水를건너가니玉女金童이다나와뭇ᄂᆞᆫ괴야歲星이어듸나간고그날일가ᄒᆞ노라。

欲見神仙渡弱水 玉女金童來相問 歲星何所是吾身

一三七 얼일샤져鵬鳥ㅣ야웃노라져鵬鳥ㅣ야九萬里長天에므스일로올라간다굴형에뱝새춤새ᄂᆞᆫ못내즐겨ᄒᆞᄂᆞ다。

痴乎鵬鳥 强乎鵬鳥 九萬里長天 爾胡爲溝壑槍榆彼微禽兮

一三八 날을뭇지마라前身이柱下史ㅣ러니靑牛로나간後에몃ᄒᆡᆫ마니도라온다世間이하多事ᄒᆞ니온동만동ᄒᆞ여라。

不須問我　前身柱下史　靑牛去後幾時還　世間太多事來不來

一二九　是非업슨後ㅣ라榮辱이다不關타琴書를흐튼後에이몸이閑暇ᄒᆞ다白鷗ㅣ야機事를니즘은너와낸가ᄒᆞ노라。

是非亡矣　榮辱何關　琴書散後此身閑　白鷗乎忘機吾與爾

一三〇　아츰은비오드니느지니ᄂᆞᆫᄇᆞ람이로다千里萬里ㅅ길헤風雨ᄂᆞᆫ무ᄉᆞ일고두어라黃昏이머럿거니수여간들엇드리。

朝雨晩風　千里萬里　風雨何爲　黃昏尙遠　休歎歸止

一三一　내가슴헤친피로님의양ᄌᆞ그려내여高堂素壁에거려두고보고지고뉘라셔離別을삼겨사ᄅᆞᆷ죽게ᄒᆞᄂᆞᆫ고。

披來胸裏血　寫出檀郞面　掛之高堂素壁間　誰爲離別使人死

一三二　寒食비온밤의봄빗치다퍼졋다無情ᄒᆞᆫ花柳도때를아라픠엿거든엇더타우리의님은가고아니오ᄂᆞᆫ고。

寒食夜雨　春光遍　花柳無情亦知時　底事檀郞　去不來

一三三 어젯밤비온後에石榴곳이다픠엿다芙蓉塘畔에水晶簾을거더두고눌向ᄒᆞᆫ기픈시름을
못내프러ᄒᆞ노뇨。

昨夜雨 石榴花開 芙蓉塘畔 捲起水晶簾 等閑愁爲誰苦

一三四 窓밧긔워석버석님이신가니러보니蕙蘭蹊徑에落葉은므스일고어즈버有限ᄒᆞᆫ肝腸이
다그츨가ᄒᆞ노라。

窓外悉窣認郎來 蕙蘭蹊徑 落葉又何有限 肝腸諧斷

一三五 銀釭에불붉고獸爐에香이진지芙蓉기픈帳에ᄒᆞᆫ자씨야안자셰니엇더타헌ᄉᆞᄒᆞᆫ져更點
아좀못드러ᄒᆞ노라。

銀釭熖獸爐燼 芙蓉深帳獨覺 遲々更漏 夢未成

一三六 봄이왓다ᄒᆞ되消息을모로더니냇ᄀᆞ에프른버들네몬져아도픠야어즈버人間離別을또
엇지ᄒᆞ노다。

聞道春還 未聞消息 溪邊柳 爾先知人間離別又將何

一三七 人間을셔나나니눈이몸이閑暇ᄒᆞ다簑衣를니믜ᄎᆞ고釣磯로올라가니운노라太公望은나

간줄을몰래라。

離了人間此身閑 簑上釣磯 却笑太公望底事去無還

一三八 南山기픈골에두어이랑니러두고三神山不死藥을다키야심근말이어즈버滄海桑田을혼자볼가ᄒᆞ노라。

南山深山洞數頃田 蒔遍三神山不老草 滄海桑田我獨見

一三九 술이몃가지오清酒와濁酒ㅣ로다먹고醉ᄒᆞᆯ션졍淸濁이관계ᄒᆞ랴ᄃᆞᆯ붉고風淸한밤이여니아니ᄭᆡᆫ들엇드리。

酒有幾種 淸兮又濁 得酒已矣 淸濁何分 月白風淸 惟醉無醒

一四〇 반되불이되다반되지웨불일소냐돌히별이되다돌이지웨별일소냐불인가별인가ᄒᆞ니그를몰라ᄒᆞ노라。

螢雖爲火 螢也非火 石雖爲星 石也非星 或火或星 此未解者

一四一 곳지고속닙나니時節도變ᄒᆞ거다풀소게푸른버레나뷔되야ᄂᆞ다ᄂᆞᆫ다뉘라셔造化를자바千變萬化ᄒᆞᄂᆞᆫ고。

花落葉生 時節變 草底靑蟲作蝶飛 誰持造化 千變萬化

一四二 느저날셔이고大古人적을못보완쟈結繩을罷ᄒᆞᆫ後에世故도하도할샤출하로酒鄕에드려이世界를니즈리라。

生胡晩不太古 結繩罷世故多 寧入酒鄕 忘世界

一四三 罇中에술이잇고座上에손이ᄀᆞ둑大兒孔文擧를고쳐어더볼쌔이고어즈버世間餘子를닐러므슴ᄒᆞ리。

樽中酒 座上客 大兒孔文擧那復見 世間餘子何復道

一四四 노래삼긴사롬시롬모하도할샤닐러다못닐러불러나푸돗돈가眞實로풀릴거시면은나도불러보리라。

始作歌者 正多愁 言不能盡歌以解 歌可解愁吾亦歌

一四五 步虛子못츤後에與民樂을니어ᄒᆞ니羽調界面調에客興이더어셰라아희야商聲을마라희져믈가ᄒᆞ노라。

步虛子將闋 與民樂繼奏 羽調界面調 客興添 莫彈商聲 恐歲暮

放翁詩餘序

中國之歌 備風雅而登載籍 我國所謂歌者 只足以爲賓筵之娛 用之風雅籍則否焉 盖語音殊也 中華之音 以言爲文 我國之音 待譯乃文故 我東非才彥之乏 而如樂府新聲無傳焉 可慨而亦可謂野矣 余旣歸田 世固棄我 而我且倦於世故矣 顧平昔榮顯已糠粃土苴 惟遇物諷詠則 有馮夫下車之病有所會心 輒形詩章而有餘 繼以方言而腔之而記之 以謄此僅下里折楊 無得騷壇一斑而其出於遊戲 或不無可觀。萬曆癸丑長至放翁 書于黔浦田舍

竹　所　栗里遺曲 金光煜字晦而號竹所光海時登第官至刑曹判書提學

一四六 陶淵明주근後에 ᄯᅩ淵明이나닷말이밤ᄃᆞ을녜일홈이마ᄎᆞ와ᄀᆞᄐᆞᆯ시고 도라와守拙田園이야긔오내오다르랴。

一四七 功名도니젓노라富貴도니젓노라世上번우한일다주어니젓노라내몸을내ᄆᆞ자니즈니놈이아니니즈랴。

一四八 뒷집의술ᄡᆞᆯ을ᄭᅮ니거츤보리말못ᄎᆞ다즈는것마고셔허쥐비저괴아내니여러날주렷던
입이니ᄃᆞ나ᄡᅳ나어이리。

一四九 江山閑雅ᄒᆞᆫ風景다주어맛다이셔내혼자님자여니뉘라셔ᄃᆞ톨소니놈이야숨ᄭᅮ지너긴
들ᄂᆞᆫ화볼줄이시랴。

一五〇 덜가마조히싯고바회아래섬물기러팟쥭ᄃᆞᆯ게ᄡᅮ고저리지이ᄭᅳ어내니世上에이두마시
야놈이알가ᄒᆞ노라。

一五一 어와져白鷗야므슴슈고ᄒᆞᄂᆞ슨다ᄀᆞᆯ숩흐로바자니며고기엇기ᄒᆞᄂᆞᆫ괴야날ᄀᆞᆺ치군ᄆᆞ음
업시ᄌᆞᆷ만들면엇더라。

一五二 茅簷기나긴ᄒᆡ에ᄒᆞ올일이아조업서蒲團에낫ᄌᆞᆷ드려夕陽에지자셰니門ᄇᆞᆺ긔뉘ᄋᆞ홈ᄒᆞ
며낙시가쟈ᄒᆞᄂᆞ니。

一五三 三公이貴타ᄒᆞᆫ들이江山과밧골소냐扁舟에ᄃᆞᆯ을싯고낙대를훗더질제이몸이々淸興가
지고萬戶侯ㄴ들부르랴。

一五四 秋江ᄇᆞᆯ근ᄃᆞᆯ에一葉舟혼자저어낙대를떨쳐드니자ᄂᆞᆫ白鷗다놀란다어ᄃᆡ셔一聲漁笛은

조차興을돕ᄂᆞ니。

一五五 헛글고싯근文書다주어후리치고匹馬秋風에채를쳐도라오니아므리미인새노히다이대도록싀훤ᄒᆞ랴。

一五六 대막대너를보니有信ᄒᆞ고반갑괴야나니아힛적의너를ᄐᆞ고ᄃᆞᆫ니더니이제란窓뒤헤셧다가날뒤셰고ᄃᆞᆫ녀라。

一五七 世上사ᄅᆞᆷ들이다쁘러어리더라죽을줄알면셔놀줄란모로더라우리는그런줄알모로長日醉로노ᄉᆞ라。

一五八 사ᄅᆞᆷ이주근後에다시사니보왓ᄂᆞᆫ다왓노라ᄒᆞ니업고도라와보니업다우리는그런줄알모로사라신제노ᄉᆞ라。

一五九 黃河水ᄆᆞᆰ단말가聖人이나셔도다草野群賢이다니러나닷말가어즈버江山風月을눌늘주고갈소니。

一六〇 새버들柯枝것거낙근고기뭬여들고酒家를ᄎᆞᄌᆞ려斷橋로건너가니왼골에杏花져ᄢᅡ히니갈길몰라ᄒᆞ노라。

一六一 東風이건듯부러積雪을다노기니四面靑山이네얼골나노대타귀밋틔희무근서리는녹을줄을모른다。

一六二 催行首쑥달힘ᄒᆞᆫ새趙同甲곳달힘ᄒᆞᆫ새ᄃᆞᆯ찜게찜오려點心날시기소每日에이렁셩굴면므슴시름이시랴。

洛 西 張晩字好古號洛西 仁祖朝官至二相兵判 都元帥玉城府院君

一六三 風波에놀란沙工ᄇᆡᄑᆞ라ᄆᆞᆯ을사니九折羊腸이물도곤어려왜라이後란ᄇᆡ도ᄆᆞᆯ도말고밧갈기만ᄒᆞ리라

湖 洲 蔡裕後字伯昌號湖洲 仁祖朝登第選湖堂 典文衡官至吏曹判書

一六四 ᄃᆞ나ᄡᅳ나니濁酒조코대테메온질병드러더옥조희어론자박구기를둥지둥ᄯᅴ여두고아희야저리짐ᄎᆡ만졍업다말고내여라。

陽 坡 鄭太和字囿春號陽坡 仁祖朝登第官至領相諡翼憲

一六五 술을醉케먹고두렷이안자시니億萬시름이가노라下直ᄒᆞᆫ다아희야盞ᄀᆞ득부어라시름
餞送ᄒᆞ리라。

東 溟 鄭斗卿字君平號東溟 仁祖朝登魁科官至禮曹參判提學文章奇拔

一六六 金樽에ᄀᆞ득ᄒᆞᆫ술을슬커장거후로고醉ᄒᆞᆫ後긴노래에즐거오미그지업다어즈버夕陽이
盡타마라ᄃᆞᆯ이조차오노매。

一六七 君平이旣棄世ᄒᆞ니世亦棄君平이醉狂은上之上이오時事ᄂᆞᆫ更之更이라다만지淸風明
月은간곳마다좃친다。

余 髮未燥已嗜詩 猥爲鄭東溟斗卿所奬愛 嘗呼余爲敬亭山 盖相看不厭之
意也 嘗於戊申間 抱痾杜門 一日東溟 來問任休窩有後 金栢谷得臣 亦繼
至皆不期也 余於是 設小酌 致數三女 樂以娛之 酒半 溟老 乘興擧酌曰

丈夫生世 韶華如電 今朝一懽 可敵萬鍾 休窩 卽唫一絶曰 春動寒梅臘酒濃 栢翁溟老兩難逢 樽前錦瑟兼淸唱 醉對終南雪後峰 題畢 屬東溟曰 弱者失手 願君以扛鼎力 試於奉匜沃盥也 東溟曰 蘭亭之會 賦者賦 飮者飮 今日之樂 亦可以歌者歌 舞者舞 吾請歌之仍作短歌 揮手大唱 仍破顔微笑 素髮朱顔 眞酒中仙也 休窩 俾余和之 余忘拙效嚬曰 淸夜開罇琥珀濃 文章三老一時逢 縱橫筆下千鈞力 可倒天臺萬丈峯 諸公皆稱善 洪晩洲錫箕 後至 連倒三杯 携々起栢谷 蹲々而舞 東溟 顧余曰 人生百年 此樂如何 不恨我不見古人恨 古人之不見我也 君其志之 庶使此會 傳之不朽 余並蹟于左 以覩夫失跽寓意遣辭之處耳。 豐山後人玄默子洪宇海識

雪峯

姜栢年字叔久號雪峯 仁祖朝登第魁重試
官至行禮曹判書提學

一六八 靑春에곱던양자님으리야다늙거다이제님이보면날인줄아르실가아모나내形容그려다가님의손듸드리고져。

李 浣 字澄之 仁祖朝武科至 孝廟朝官至右相

一六九 君山을削平턴들洞庭湖ㅣ너를랏다桂樹를버히던들달이더옥불글거슬뜻두고이로지
못ᄒᆞ고늙기셜워ᄒᆞ노라。

松 湖 許珽字仲玉號松湖 孝廟朝登第官至承旨

一七〇 口中三足烏ㅣ야가지말고내말드러너희는反哺烏ㅣ라烏中之曾參이로니北堂에鶴髮
雙親을더듸늙게ᄒᆞ여라。

一七一 西湖눈진밤의돌빗치낫ᄀᆞᄐᆞᆫ제鶴氅을님의ᄎᆞ고江皐로나려가니蓬海에羽衣仙人을마
조본듯ᄒᆞ여라。

一七二 니영이다거두치니울잣신들셩ᄒᆞᆯ소냐불아니다힌房에긴밤어이새오려니아희는世事
를모로고이야지야ᄒᆞᆫ다。

最樂堂

朗原君 諱偘 字和叔 號最樂堂 宣祖大王之孫 仁興君之子

一七三 群友亭도라드러最樂堂閑暇ᄒᆞᆫ듸琴書生涯로樂事ㅣ無窮ᄒᆞ다마ᄂᆞᆫ이밧긔淸風明月이야어ᄂᆡ그지이시리。

一七四 川은잇건마ᄂᆞᆫ물은간듸업다晝夜로흐르니나믄물이々실소냐아마도千年流水ᄂᆞᆫ나도몰라ᄒᆞ노라。

一七五 돌은언제나며술은뉘삼긴고劉伶이업ᄂᆞᆫ後에太白이도간듸업다아마도무를듸업ᄉᆞ니홀로醉코놀리라。

一七六 이도聖恩이오뎌도聖恩이라모도신公子님ᄂᆡ아ᄂᆞᆫ가모로ᄂᆞᆫ가眞實로이ᄯᅳᆺ을아ᄅᆞ셔同樂太平ᄒᆞ오리라。

一七七 이술이天香酒ㅣ라모다ᄆᆡ되슐타마[illegible]合辰에醉ᄒᆞᆫ後에解酲杯다시ᄒᆞ새ᄒᆞ믈며聖代를만나아니醉코어이리。

右二首宗親燕會
宣召賜樂

一七八 天寶山ᄂᆞ린물을金谷村에흘려두고玉流堂지은ᄯᅳᆺ을아ᄂᆞᆫ다모로ᄂᆞᆫ다眞實로이ᄯᅳᆺ을알

녠날인줄을알리라。

一七九 玉流堂조탓말듯고金谷村에드러가니天寶山下에玉流水ㅅ뿐이로다두어라樂山樂水를알리업서ᄒᆞ노라。

一八〇 山아首陽山아伯夷叔齊어ᄃᆡ가니萬古淸節을두고간줄뉘아ᄃᆞ니어즈버堯天舜日이야親히본가ᄒᆞ노라。

一八一 太公의釣魚臺를계유구려ᄎᆞ자가니江山도그지업고志槩도새로왜라眞實로萬古英風을다시본듯하여라。

一八二 灤河水도라드니師尙父의釣磯로다渭水風烟이야古今에다를소냐어즈버玉璜畢事를親히본듯ᄒᆞ여라。

一八三 首陽山ᄂᆞ린물이釣魚臺로가다ᄒᆞ니太公이낙던고기나도낙가보련마는그고기至今히업스니몰동말동ᄒᆞ여라。

右三首釣魚臺和 孝廟御製

一八四 日月도녜과ᄀᆞᆺ고山川도依舊ᄒᆞ되大明文物은쇼결업시간ᄃᆡ업다두어라天運이循環ᄒᆞ니다시볼가ᄒᆞ노라。

一八五 笛篴을아픠셰고楓嶽을ᄎᆞ자 오니神仙은어듸가고鶴巢만나만는고아므나赤松子만나든날왓더러닐러라。

一八六 平生에일이업서山水間에노니다가江湖에님자되니世上일다니제라엇더타江山風月이긔벗인가ᄒᆞ노라。

一八七 天恩이ᄀᆞ이업서代마다뎝혀두고太平聖世에가픔일이어려왜라두어라爲國忠心을永世不忘ᄒᆞ오리라。

一八八 石上에自枯桐을석자만버혀내면一張玄琴이自然이되련마는아마도高山流水를알리업셔ᄒᆞ노라。

一八九 ᄉᆞᆯ아심긴ᄉᆞᆯ아네어이심겻는다遲々澗畔을어듸두고예와셧는眞實로鬱々ᄒᆞᆫ晩翠를알리업서ᄒᆞ노라。

一九〇 희져어돕거늘밤ᄌᆞᆼ만녀겻더니덧업시ᄇᆞᆯ가지니새날이되야괴야歲月이流水ᄀᆞ트니늙기셜워ᄒᆞ노라。

一九一 제分조ᄒᆞᆫ줄ᄂᆞᆯᄆᆞ음에定ᄒᆞᆫ後에功名富貴로草屋을밧골손가世俗에버서난後ㅣ면自行

自處ᄒᆞ리라。

一九二 天理를알쟈시면天道ㅣ라다뉘모ᄅᆞ리忠孝大義ᄂᆞᆫ修身에ᄒᆞᆯ년ᄂᆞ니事業을節義로行ᄒᆞ면긔올흔가ᄒᆞ노라。

一九三 德으로일삼으면제分인줄제모로며懲忿을져버보면窒慾인들뉘모로리學文을보뢰로아라야去取適中ᄒᆞ리라。

一九四 말ᄉᆞᆷ을골희여내변결올일이바히업고無逸을죠하ᄒᆞ면貪慾인들이실소냐一毫ㅣ나갓긔일ᄒᆞ면헷工夫ㄴ가ᄒᆞ노라。

一九五 어져내말듯소君子工夫다ᄒᆞᆫ後에死生을뉘알관ᄃᆡ老少로ᄃᆞ톨손가그려도餘日이이시니學文이나ᄒᆞ리라。

一九六 사람이삼긴後에天性을가져이셔善惡을分別ᄒᆞ면孔孟인들부를소냐이랏긔說話만ᄒᆞ니그를몰라ᄒᆞ노라。

一九七 어버이날나흐셔어절과쟈길러내니이두分아니시면내몸나셔어질소냐아마도至極ᄒᆞᆫ恩德을못내가파ᄒᆞ노라。

一九八 우리몸갈라난들두몸이라아지마소分形連氣ᄒᆞ니이니론兄弟니라兄弟아이뜻을아라
自友自恭ᄒᆞ쟈ᄉᆞ라。

一九九 男女有別ᄒᆞᆫ줄사람마다알년마ᄂᆞᆫ學文을모로면알기아니어려온라眞實로國法이이시
니無別無行ᄒᆞ지마라。

二〇〇 저무니어른뫼셔간듸마다ᄎᆞ례곳알면無知ᄒᆞᆫ愚氓들도아니아지몯ᄒᆞ려니ᄒᆞ믈며人倫
을알려ᄒᆞ면이아니코어이리。

二〇一 놈으로셔親ᄒᆞᆫ사람벗이라닐러시니有信곳아니ᄒᆞ면사괼줄이이실소냐우리ᄂᆞᆫ어진벗
아라셔責善을바다보리라。

二〇二 鄕黨은禮ᄇᆞ르니어너사람無禮ᄒᆞ리無知ᄒᆞᆫ少年들이年齒를제몰라도그러나人形을가
져시니비화알가ᄒᆞ노라。

余一日 謁 王孫朗原公於最樂堂中 公 授一小冊子 名永言者 曰此吾
平日家居行役之際 叙懷而寄興 私自收錄者 子其爲我評焉 余謹受而退 三
復而諷誦 槩絶無芬華揚流蕩鄙俚之作、 而其得於跌宕山水之間者 爲獨多

且愛君圖報之 願與勅身自警之意 輒於是而發之 凡數十有餘闋也 余素不能爲此 其音調節族之盡合於格與否 固未可知也 而試就其得於山水之間者言之 實幽遠閑放 有緱嶺淮南之遺思 至如感祝圖報之詠則忠愛之誠 又藹然溢於辭表 而所謂自警之語 亦嚴正切實 凜然若有道者言 要之皆可歌而傳也 夫歌者 詩之類也 是以 古者里巷風謠 如田畯野夫之詞 亦得徹於陳詩之列 或被以管絃 用之鄕黨邦國 而爲感發興起之資焉 其不可廢也亦審矣 嗟乎 公 以天潢貴介 垂上 方待以尊屬 位遇甚隆 子姓繁昌 金犀貂玉輝映於階庭 其福履之盛 世蓋比之於漢萬石君 然公又小心畏愼 孜々焉躬布素儒雅之行而言之出於情性之正者 又如此 其可貴重也 豈止如里巷田畯野夫之詞 而惜乎 我朝無採謠之擧 不免爲巾笥之藏也 雖然 使世之人 得此卷而讀之 詠嘆淫液之餘 其榮利塵氛之累 豈不少瘳乎 而愛君勅身之念 亦必有不能已者矣 公 其勿秘惜之也。 歲在丁丑初春 姪延安李賀朝謹書

二〇三 東窓이붉갓ᄂᆞ냐노고지리우지진다쇼칠아히ᄂᆞᆫ여태아니니러ᄂᆞ냐재너머ᄉᆞ래긴밧츨언제갈려ᄒᆞᄂᆞ니。

藥 泉 南九萬字雲路號藥泉 孝廟朝登第官至領相肅朝賀

二〇四 ᄯᅳᆺᄂᆞᆫᄆᆞᆯ셔셔늙고드ᄂᆞᆫ칼보믜거다無情歲月은白髮을저촉ᄒᆞ니聖主의累世鴻恩을못가플가ᄒᆞ노라。

柳 赫 然 肅宗朝武科 官至大將

二〇五 胸中에불이나니五臟이다ᄐᆞ간다神農氏뭄에보와불ᄭᅳᆯ藥무러보니忠節과慷慨로난불이니ᄭᅳᆯ藥업다ᄒᆞ드라。

定 齋 朴泰輔字士元號定齋 肅宗朝登第官至應敎己巳三臣

逸老堂

二○六 公庭에吏退ᄒᆞ고ᄒᆞᆯ일이아조업서扁舟에술을싯고侍中臺ᄎᆞ자가니蘆洲에수만ᄒᆞᆫᄀᆞᆯ며
기는제벗인가ᄒᆞ노라。

二○七 술ᄭᅢ야니러안자거믄고를戲弄ᄒᆞ니窓밧긔셧는鶴이즐겨셔넘노는다아ᄒᆡ야나믄술부
어라興이다시오노미라。

二○八 ᄌᆞ내집의술닉거든부듸날부르시소내집의곳픠여든나도ᄌᆞ내請ᄒᆡ옴셰百年덧시름니
즐일을議論코져ᄒᆞ노라。

石郊

二○九 거믄고술ᄭᅩ자노코호졋이낫좀든제柴門犬吠聲에반가온벗오도괴야아ᄒᆡ야點心도ᄒᆞ
려니와외자濁酒내여라。

二一○ 자나믄보라매를엇그제ᄀᆞᆺ손셔혀ᄯᅢ짓체방올ᄃᆞ라夕陽에밧고나니丈夫의平生得意는

잇분인가ᄒᆞ노라。

二一 벼슬을저마다ᄒᆞ면農夫ᄒᆞ리뉘이시며醫員이病고치면北邙山이져려ᄒᆞ랴아ᄒᆡ야盞ᄀᆞ득부어라내ᄯᅳᆺ대로ᄒᆞ리라。

石湖

二二 벼슬이貴타ᄒᆞᆫ들이내몸에비길소냐蹇驢를밧비모라故山으로도라오니어듸셔急ᄒᆞᆫ비ᄒᆞᆫ쥴기에山鹿行裝시서고。

二三 諫死ᄒᆞᆫ朴坡州ㅣ야주그라셜워마라三百年綱常을네혼자붓들거다우리의聖君不遠復이네죽긴가ᄒᆞ노라。

光齋

二四 사ᄅᆞᆷ이삼겨나셔皐陶稷契못될지면千古往牒에또눌을부러ᄒᆞ리五湖에扁舟烟月이明哲인가ᄒᆞ노라。

二五 金壇이雄豪ᄒᆞ고黃閣이尊重ᄒᆞᆫ들功業이蕭條ᄒᆞ여富貴만ᄒᆞᆫ량이면좋하리靑山綠水에
逸民이나되오리라。

列聖御製

太宗

二六 이런들엇더ᄒᆞ며져런들엇더ᄒᆞ료萬壽山드렁츩이얼거진들엇더ᄒᆞ리우리도이ᄀᆞᆺ치얼
거져百年ᄭᆞ지누리리라。

孝宗

二七 靑石嶺지나거냐草河口ㅣ어듸미오胡風도참도출샤구즌비ᄂᆞᆫ무스일고아므나行色그
려내여님계신듸드리고쟈。

二八 朝天路보뫼닷말가玉河舘이뷔닷말가大明崇禎이어두려로가시건고三百年事大誠信

이몸이런가ᄒᆞ노라。

二九 앗가야사ᄅᆞᆷ되랴온몸에깃치도쳐九萬里長天에프드득소사올라님계신九重宮闕을구버볼가ᄒᆞ노라。

肅 宗

三〇 秋水는天一色이오龍舸는泛中流ㅣ라簫鼓一聲에解萬古之愁兮로다우리도萬民ᄃᆞ리고同樂太平ᄒᆞ리라。

閭巷六人

張 鉉

三一 鴨綠江히진後에에엿분우리님이燕雲萬里를어듸라고가시는고봄풀이프르고프르거든卽時도라오쇼셔。

朱 義 植

二二二 하ᄂᆞᆯ이놉다ᄒᆞ고발저겨셔지말며싸히두텁다고ᄆᆞ이ᄇᆞᆲ지마를거시하ᄂᆞᆯ싸놉고두터워
도내조심을ᄒᆞ리라。

二二三 窓밧긔아ᄒᆡ와셔오ᄂᆞᆯ이새ᄒᆡ오커ᄂᆞᆯ東窓을열처보니녜돗든ᄒᆡ도돗다아ᄒᆡ야萬古ᄒᆞᆫᄒᆡ
니後天에와닐려라。

二二四 말하면雜類라ᄒᆞ고말아니면어리다ᄒᆞ니貧寒을ᄂᆞᆷ이웃고富貴를새오는듸아마도이하
ᄂᆞᆯ아래사롤일이어려왜라。

二二五 늙고病든몸이가다가아므듸나절로소ᄉᆞᆫ뫼해손조긧가로리라結實이언매리마는連命
이나ᄒᆞ리라。

二二六 荊山에璞玉을어더世上사ᄅᆞᆷ뵈라가니것치돌이여니속알리뉘이시리두어라알닌들업
ᄉᆞ랴돌인드시잇거라。

二二七 人生을혜여ᄒᆞ니ᄒᆞᆫ바탕ᄭᅮᆷ이로다죠흔일구즌일ᄭᅮᆷ속에ᄭᅮᆷ이여니두어라ᄭᅮᆷᄀᆞᄐᆞᆫ人生이
아니놀고어이리。

二二八 주려주그려ᄒᆞ고首陽山에드럿거니현마고사리를머그려ᄏᆡ야시랴物性이구븐줄믜워

펴보려고키미라。

二二九 屈原忠魂빈에너흔고기采石江에긴고래되야李謫仙등에언ᄶᅳᆫᄒᆞᆫ놉우회올ᄂᆞ시니에제ᄂᆞᆫ새고기낫거니낙가솜다엇더리。

二三〇 忠臣의속ᄆᆞ음을그님금이모로므로九原千載에다ᄉᆞ러ᄒᆞ며니와比干은ᄆᆞ음을뵈야시니므슴恨이이시리。

二三一 唐虞도죠커니와夏商周ㅣ더옥죠희이제를혜여ᄒᆞ니어닉적만ᄒᆞᆫ거이고堯天에舜日이ᄇᆞᆯ가시니아모젠줄몰래라。

余嘗得見朱公道源所製 新翻一二闋 惟恨未得其全調也 一日 卞君和叔 爲我得全篇以眎之 余三復遍閱 其辭正大 其旨微婉 皆發乎情而實有風雅之遺韻 使古之觀民風者采之 其亦得徹於陳詩之列矣 蓋玩其詞而想其人 必非烟火中人也 噫 公 非徒能於此也 持身恭儉 處心恬靜 遂々有君子之風焉。 歲戊申夏五月上澣 南坡老圃書

金三賢

二三二 늙기셜운줄을모로고나늘것ᄂᆞᆫ가春光이덧이업서白髮이절로낫다그러나少年적ᄆᆞ음은감ᄒᆞᆫ일이업세라。

二三三 綠楊春三月을자바ᄆᆡ야둘거시면셴머리ᄲᅩ바내여츤々동혀두련마ᄂᆞᆫ올히도그리못ᄒᆞ고그저노화보내거다。

二三四 松壇에선ᄌᆞᆷᄭᆡ야醉眼을드러보니夕陽浦口에나드ᄂᆞ니白鷗ㅣ로다어즈버이江山風景이야어ᄂᆡ그지이시리。

二三五 功名을즐겨마라榮辱이半이로다富貴를貪치마라危機를ᄇᆞᆲᄂᆞ니라우리ᄂᆞᆫ一身이閑暇커니두려온일업세라。

二三六 크나큰바회우희네사람이閑暇롭다紫芝歌ᄒᆞᆫ曲調를오ᄂᆞᆯ이야드를련가이後ᄂᆞᆫ나ᄒᆞ나더ᄒᆞ니五皓ㅣ될가ᄒᆞ노라。

二三七 내精靈술에섯겨님의속에흘러드러九回肝腸을다ᄎᆞ자든닐만정날닛고ᄂᆞᆷ向ᄒᆞᆫᄆᆞ음을

다스로려ᄒᆞ노라。

漁 隱

二三八 江湖에ᄇᆞ린몸이白鷗와벗이되야漁艇을흘리노코玉簫를노피부니아마도世上興味는
잇분인가ᄒᆞ노라。

二三九 겨월이다지나고봄節이도라오니萬壑千峰에프른빗치새로왜라아희야江湖에ᄇᆡ띄오
고낙대推尋ᄒᆞ여라。

二四〇 이몸이ᄒᆞᆯ일업서西湖를ᄎᆞ자가니白沙淸江에ᄂᆞ니ᄂᆞ니白鷗ㅣ로다어듸셔漁歌一曲이
이내興을돕ᄂᆞ니。

二四一 蓼花에좀든白鷗선좀셰야ᄂᆞ지마라나도일업서江湖客이되엿노라이後는ᄎᆞ즈리업스
니너를조차놀리라。

二四二 塵埃에무친分네이내말드러보소富貴功名이됴타도ᄒᆞ려니와갑업슨江山風景이거죠
흔ᄒᆞ노라。

二四三 紅塵을다떨치고竹杖芒鞋집고신고玄琴을두러메고洞天으로드러가니어듸셔짝을흔鶴唳聲이구룸밧긔들린다。

二四四 玉盆에심근梅花ᄒᆞᆫ柯枝것거내니곳도됴커니와暗香이더옥죠타두어라것근곳이니ᄇᆞ릴줄이이시랴。

二四五 구레버슨千里馬를뉘라셔자바다가조쥭ᄉᆞᆯ문콩을ᄉᆞᆯ지게머겨둔들本性이왜양ᄒᆞ거니이실줄이이시랴。

余嘗癖於歌 裒集 國朝以來名人里巷之作 獨漁隱金聖器之譜 往々傳誦 而知其全譜者鮮故 廣求而莫之得 心常恨焉 乃者過西湖金君重呂於文郁哉許 君卽漁隱知己也 余謂之曰 子嘗從漁隱 其所爲永言 想多記藏者 爲我示諸 曰吾與漁隱 十數年 同遊江湖 其平日叙懷寓興者 盡記而有之 其中多有油然感人者 鄙俗不知故 藏諸巾笥 以待好事者久矣 子言如是 玆曲將行于世也 遂歸其全篇 三復諷詠 「其得於跌宕山水之趣者 自見於辭語之表 飄々然有遐擧物外之意矣」 盖漁隱 逍遙天地間一閑人也 凡於音律 莫

不妙悟 性好江山 構屋于西江之上 號漁隱 晴朝月夕 或揃琴坐柳磯 或吹簫弄烟波 狎鷗而忘機 觀魚而知樂 以自放於形骸之外 此其所以自適其適 而善鳴於歌曲者歟。 歲戊申暮春旣望 南坡老圃書

金 裕 器

二四六 내몸에病이만하世上에ᄇᆞ리이여是非榮辱을오로다니저마ᄂᆞᆫ다만지清閑一癖이매부르기죠해라。

二四七 丈夫로삼겨나셔立身揚名못ᄒᆞ지면ᄎᆞᆯ하리떨치고일업시늘그리라이밧긔碌々ᄒᆞᆫ營爲에결릴길줄이시랴。

二四八 百歲를닷못사라七八十만살지라도벗고굼지말고病업시누리다가有子코有孫ᄒᆞ오면긔願인가ᄒᆞ노라。

二四九 春風桃李花들아고온양ᄌᆞ쟈랑말고長松綠竹을歲寒에보려므나亭々코落々한節을고칠줄이이시랴。

二五〇 唐虞는언제時節孔孟은뉘시런고淳風禮樂이戰國이되야시니이몸이서근션비로擊節
悲歌ᄒᆞ노라。

二五一 泰山에올라안자四海를구버보니天地四方이훤츨도ᄒᆞ져이고丈夫의浩然之氣를오ᄂᆞᆯ
이야알괘라。

二五二 不忠不孝ᄒᆞ고罪만흔이내몸이苟々히사라이셔ᄒᆡ온일업거니와그러나太平聖代에늙
기셜워ᄒᆞ노라。

二五三 오ᄂᆞᆯ은川獵ᄒᆞ고來日은山行가셰곳다림모릐ᄒᆞ고降神으란글픠ᄒᆞ리그글픠邊射會ᄒᆞᆯ
제各持壺果ᄒᆞ시소。

二五四 闌干에지혀안자玉笛을빗기부니五月江城에곳듯ᄂᆞ니梅花ㅣ로다ᄒᆞᆫ曲調舜琴에섯거
百工相和ᄒᆞ리라。

二五五 景星出慶雲興ᄒᆞ니日月이光華ㅣ로다三王禮樂이오五帝ㅣ文物이로다四海로太平酒
비저萬姓同醉ᄒᆞ리라。

金君 大哉 以善歌 鳴於世 曾於丙申間 余嘗造其門 叩其篋 得一編 開

卷而閱之 乃自家所爲新翻也 仍要余訂正 余曰「觀其詞 說盡情境 諧合音律 眞樂譜之絕調也」以余不才 奚容贅焉 遂相與問答而歸 一二年間 已成陳迹 曾子建存之感 至是極矣 余於是掇拾其遺曲 以布于世 傳之不朽也。

歲戊申暮春旣望 南坡老圃書

南坡

二五六 榮辱이並行ᄒᆞ니富貴도不關ᄒᆞ다第一江山에내혼자님자되야夕陽에낙싯대두러메고 우명가명ᄒᆞ리라。

二五七 白鷗ㅣ야말무러보쟈놀라지마라스라名區勝地를어듸어듸ᄇᆞ렷ᄂᆞ니날ᄃᆞ려仔細히닐 러ᄃᆞᆫ네와게가놀리라。

二五八 蘆花기픈곳에落霞를빗기ᄯᅴ고三々五々히섯거노는져白鷗ㅣ야므서세좀착ᄒᆞ엿관ᄃᆡ 날온줄을모로ᄂᆞ니。

二五九 南山ᄂᆞ린골에五穀을ᄀᆞ초심거먹고못나마도굿지나아니ᄒᆞ면그밧긔녀나믄富貴야ᄇᆞ

랄줄이이시랴。

二六〇 울밋陽地ㅅ편에외씨를쌔허두고미거니붓도도와빗김에달화내니어즈버東陵瓜地는예야긘가ᄒᆞ노라。

二六一 田園에나믄興을전나귀에모도싯고溪山니근길로흥치며도라와셔아희琴書를다스려라나믄히를보내리라。

二六二 雲霄에오로젼들ᄂᆞ래업시어이ᄒᆞ며蓬島로가쟈ᄒᆞ니舟楫을어이ᄒᆞ리출하리山林에主人되야이世界를니즈리라。

二六三 知足이면不辱이오知止면不殆라ᄒᆞ니功成名遂ᄒᆞ면마ᄂᆞᆫ거시긔올흐니어즈버宦海諸君子ᄂᆞᆫ모다조심ᄒᆞ시소。

二六四 綠駬霜蹄櫪上에셔늙고龍泉雪鍔匣裏에운다丈夫의혜온뜻을속절업시못이로고귀밋헤흰털이놀니니글을셜워ᄒᆞ노라。

二六五 長劒을쌔혀들고다시안자혜아리니胸中에머근뜻이邯鄲步ㅣ되야괴야두어라이또한命이여니닐러므슴ᄒᆞ리오。

二六六 生前에富貴키는一杯酒만ᄒᆞᆫ것업고死後風流는陌上花ᄲᅮᆫ이여니므ᄉᆞ일이죠ᄒᆞᆫ聖世에아니醉코어이리。

二六七 내부어勸ᄒᆞ는盞을덜머그려辭讓마소花開鶯啼ᄒᆞ니이아니됴ᄒᆞᆫᄯᆡ가엇더타明年看花伴이눌과될줄알리오。

二六八 ᄒᆞᆫᄃᆞᆯ셜ᄒᆞᆫ날에醉ᄒᆞᆯ날이몃날이리盞자븐날이야眞實로내날이라그날곳지나간後ㅣ면뉘집날이될줄알리。

二六九 ᄉᆞᄅᆞᆷ이ᄒᆞᆫ번늘근後에다시져머보는것가更少年ᄒᆞ닷말이千萬古에업ᄉᆞᆫ말이우리는그런줄알므로ᄆᆡ양醉코노노랑。

二七〇 人生을혜아리니아마도늣거웨라旅逆光陰에시름이半이여니므ᄉᆞ일몃百年살리라아니놀고어이리。

二七一 世上ᄉᆞᄅᆞᆷ들아이내말드려보소靑春이ᄆᆡ양이며白髮이검는것가엇더타有限ᄒᆞᆫ人生이아니놀고어이리。

二七二 梅窓에月上ᄒᆞ고竹逕에風清ᄒᆞᆫ제素琴을빗기안고두세曲調ᄒᆞ다가醉ᄒᆞ고花塢에져

이셔夢魂을ᄒᆞ놋다。

二七三 午睡를느지셰야醉眼을여러보니밤비에ᄀᆞᆺ핀곳이暗香을보내ᄂᆞ다아마도山家에몰근맛시이죠흔가ᄒᆞ노라。

二七四 泰山에올라안자天下를두로보니世路ㅣ多岐ᄒᆞ여어이져리머흔게고阮籍이이러홈으로窮途哭을ᄒᆞ닷다。

二七五 堯日月舜乾坤은녜와로잇젓마는世上人事는어이져리달란는고이몸이느저난줄을못내슬허ᄒᆞ노라。

二七六 人間번우한일을다주어후리치고康衢煙月에일업시노닐며셔어즈버聖化千載에이려구려지내리라。

二七七 尼山에降彩ᄒᆞ샤大聖人을내오시니繼往聖開來學에德業도노프셜샤아마도群聖中集大成은夫子ㅣ신가ᄒᆞ노라。

二七八 遏人慾存天理는秋天에氣象이오知言養氣는古今에긔뉘련고아마도擴前聖所未發은孟軻ㅣ신가ᄒᆞ노라。

二七九 杜拾遺의忠君愛國이日月로爭光흘로다間關劍閣에맺둘듸젼혀업서어즈버無限丹衷을一部詩에부치도다。

二八〇 岳鵬擧의一生肝膽이셕지아닌忠孝ㅣ로다背上四字ᄂᆞᆫ무어시라ᄒᆞ엿든고南枝上一片宋日이耿々丹衷에비최엿다。

二八一 北屛下져믄날에에엿불ᄉᆞᆫ文天祥이여八年燕霜에겸든머리다희거다至今히從容就死를못내슬허ᄒᆞ노라。

二八二 沃野千里긴담안헤阿房宮을노피짓고當年에어린뜻은萬歲計를ᄒᆞ려ᄐᆞ니어니덧陳迹이되도다긔뉘타슬사므리。

二八三 莊生의ᄒᆞᄂᆞᆫ일이아마도多事ᄒᆞ다斥鷃大鵬을비겨므ᄉᆞᆷᄒᆞ렷든고두어라物之不齊를견훌줄이이시랴。

二八四 賀季眞의鏡湖水ᄂᆞᆫ榮寵으로어덧거니비록말고젼들므ᄉᆞᆷ핑계ᄒᆞ려니오엇더타내의이江山은결닌곳업세라。

二八五 叩馬諫不聽커ᄂᆞᆯ首陽山에드러가셔周粟을아니먹고므ᄎᆞᆷ내餓死키ᄂᆞᆫ千秋에賊子의므

음을짓거보려홈이라。

金君履叔 以善唱 名國中 一洗下里之陋 而能自爲新聲 瀏喨可聽 又製新曲數十闋 以傳於世 少年習而唱之 「余觀其詞 皆艶麗有理致 音調節腔 淸濁高下 自叶於律 可與松江公新翻 後先方駕矣」 履叔 非特能於歌 亦見其能於文也 嗚呼 使今之世 有善觀風者 必采是詞而列於樂官 用之鄕人 用之邦國 不但爲里巷歌謠而止爾 奈何徒使履叔 爲燕趙悲慨之音 以鳴其不平也 且是歌也 多引江湖山林放浪隱遯之語 反覆嗟歎而不已 其亦衰世之意歟。 歲戊申暮春 黑窩書

閨秀三人

黃 眞

二六六 靑山裏碧溪水ㅣ야수이감을자랑마라一到滄海ᄒᆞ면도라오기어려오니明月이滿空山

ᄒᆞ니수여간들엇더리。

二六七 冬至ㅅᄃᆞᆯ기나긴밤을한허리를버혀내여春風니불아레서리서리너헛다가어론님오신날밤이여든구뷔구뷔펴리라。

二六八 내언제無信ᄒᆞ여님을언제소겻관ᄃᆡ月沉三更에온뜻이젼혀업ᄂᆡ秋風에지ᄂᆞᆫ닙소릐야낸들어이ᄒᆞ리오。

小栢舟

二六九 相思을뫼온後에非々를밋ᄌᆞ오매拙直ᄒᆞᆫᄆᆞ음에病들가念慮ㅣ러니이리마져리챠ᄒᆞ시니百年同抱ᄒᆞ리이다。

梅花

二七〇 梅花녯등걸에봄졀이도라오니녯퓌던柯枝에픠염즉도ᄒᆞ다마ᄂᆞᆫ春雪이亂紛々ᄒᆞ니필동말동ᄒᆞ여라。

年代欠考

林晉

二九一 활지어ᄑᆞᆯ헤걸고칼ᄀᆞ라녀ᄑᆡᄎᆞ고鐵瓮城邊에筒盖베고누어시니보완다보피라ᄉᆞᆯ의에
ᄌᆞᆷ못도려ᄒᆞ노라。

李仲集

二九二 뉘라셔날늙다ᄂᆞᆫ고늘근이도이려ᄒᆞᆫ가곳보면반갑고盞보면우음난다春風에흣ᄂᆞᄂᆞᆫ白
髮이야낸들어이ᄒᆞ리오。

西湖主人 茂豐正揔

二九三 이몸이ᄡᆞᆯᄃᆡ업서世上이ᄇᆞ리오매西湖녯집을다시ᄡᆞᆯ고누어시니一身이閑暇ᄒᆞᆯᄯᅵ나님

못뵈와ᄒᆞ노라。

我東 自麗季 至 國朝名公碩士及閭巷閨秀之作 爲永言以傳於世者 皆錄
而其間 雖不以絕作 鳴若聞人則 皆記之 雖其人不足取也 其永言可觀則
亦取有記之云爾。

無氏名

二九四 나의님向ᄒᆞᆫ뜻이주근後ㅣ면엇더ᄒᆞᆯ지桑田이變ᄒᆞ여碧海는되려니와님向ᄒᆞᆫ一片丹心
이야가싈줄이이시랴。

二九五 가마귀눈비마자희는듯검노미라夜光明月이밤인들어두오랴님向ᄒᆞᆫ一片丹心이야고
칠줄이이시랴。

二九六 간밤의우던여흘슬피우러지내여다이제야ᄉᆡᆼ각ᄒᆞ니님이우러보내도다져물이거스리
ᄒᆞ로고져나도우러네리라。

二九七 늙고病든몸이北向ᄒᆞ여우니노라님向ᄒᆞᆫᄆᆞ음을뉘아니두리마는ᄃᆞᆯᄇᆞᆰ고밤긴적이면나

뿐인가ᄒᆞ노라。

右 戀 君

二九八 님이혜오시매나ᄂᆞᆫ전혀미덧ᄃᆞ니날ᄉᆞ랑ᄒᆞ던情을뉘손ᄃᆡ옴기신고처음에믜시던거시면이대도록셜오랴。

二九九 어제감던머리현마오ᄂᆞᆯ다셰소냐鏡裏衰容이이어인ᄂᆞᆯ그니오님계셔뉜다ᄒᆞ셔든내그로라ᄒᆞ리라。

三〇〇 이리혜고져리혜니쇽절업슨혬만만희業구즌人生이살고져사란ᄂᆞᆫ가至今히사라잇기ᄂᆞᆫ님을보려홈이라。

右 譴 謫

三〇一 靑山아웃지마라白雲아譏弄마라白髮紅塵에내즐겨ᄃᆞᆫ니더냐聖恩이至重ᄒᆞ시니갑고가려ᄒᆞ노라。

三〇二 故園花竹들아우리를웃지마라林泉舊約이야니즌적이업건마ᄂᆞᆫ聖恩이至重ᄒᆞ시니갑고가려ᄒᆞ노라。

右 報 効

三〇三 江湖에봄이드니이몸이일이하다나ᄂᆞᆫ그믈깁고아희ᄂᆞᆫ밧출가니뒷뫼헤엄기ᄂᆞᆫ藥을언제ᄏᆡ랴ᄒᆞᄂᆞ니。

三○四 빼덥고窓을여니江湖에ᄇᆡ셔잇다往來白鷗는무슴뜻머것는고앗구려功名도말고너를조차놀리라。

三○五 池塘에비ᄲᅮ리고楊柳에너쩌인제沙工은어듸가고뷘ᄇᆡ만미엿는고夕陽에ᄧᅡᆨ일흔ᄀᆞᆯ며기는오락가락ᄒᆞ노매。

三○六 젓소릐반겨듯고竹窓을밧비여니細雨長堤에쇠등에아희로다아희야江湖에봄들거다낙대推尋ᄒᆞ여라。

三○七 아희야그믈내여漁舡에시러노코달괸술막걸러酒樽에다마두고어즈버ᄇᆡ아직노치마라ᄃᆞᆯ기드려가리라。

三○八 秋江에밤이드니물결이ᄎᆞ노매라낙시드리치니고기아니무노매라無心ᄒᆞᆫᄃᆞᆯ빗만싯고뷘ᄇᆡ저어오노라。

三○九 우는거슨버국이가프른거슨버들숩가漁村두세집이닛속에날락들락夕陽에款乃聲듯거든더옥無心ᄒᆞ여라。

右 江 湖

三一○ 功名富貴과란世上사ᄅᆞᆷ맛져두고말업슨江山에일업시누어시니봄비에절로난山菜과

分인가ᄒᆞ노라。

三一一 말업슨靑山이오態업슨流水로다王喬赤松外에날알니업것마는어듸셔망녕엣거슨오라말라ᄒᆞᄂᆞ니。

三一二 淸涼山六〻峰을아ᄂᆞ니나와白鷗白鷗ㅣ야헌ᄉᆞᄒᆞ랴못미들손桃花ㅣ로다桃花ㅣ야써나지마라漁舟子ㅣ알가ᄒᆞ노라。

右 山 林

三一三 時節이太平토다이몸이閑暇커니竹林프른곳에午鷄聲아니런들기픠든一場華胥夢을어니벗이씨오리。

三一四 아희는藥키라가고竹亭은뷔엿는듸흐터진바독을뉘주어다물소니醉ᄒᆞ고松下에져셔니節가는줄몰래라。

右 閑 適

三一五 목불근山上雉와홰에안즌松骨이와집압논무살미에고기엇는白鷺ㅣ로다草堂에너희곳아니면날보내기어려왜라。

三一六 띄업슨손이오나늘갓버슨主人이나셔여나모亭子에박將碁버려노코아희야濁酒걸러라외안쥔들못머그랴。

三一七 새벽비일갠날에닐거ᄉᆞ라아희들아뒷뫼헤고사리ᄒᆞ마아니ᄌᆞ라시랴오ᄂᆞᆯ은일것거오
ᄂᆞ라새술안쥬ᄒᆞ리라。

三一八 還上도ᄐᆞ와잇고小川魚도어더잇고비즌술새로닉고뫼헤ᄃᆞᆯ이ᄇᆞᆰ가셰라꼿픠고거믄고
이시니벗請ᄒᆞ여놀리라。

三一九 집方席내지마라落葉엔들못안즈랴솔불혀지마라어제진ᄃᆞᆯ도다온다아희야濁酒山菜
ㅣㄹ만졍업다말고내여라

右 野趣

三二〇 世上이말하거ᄂᆞᆯ떨치고드러가니一頃荒田과八百桑株ᄲᅮᆫ이로다生利야不足다마ᄂᆞᆫ시
름업서ᄒᆞ노라。

三二一 忠誠이첫뜻이러니님으뢰야마뢴졔고두어라엇지ᄒᆞ리天分이그러커니출하리江湖에
主人되야이世界를니즈리라。

右 隱遯

三二二 비오ᄂᆞᆫᄂᆞᆯ들에가랴사립닷고쇼머겨라마히ᄆᆡ양이랴장기연장다ᄉᆞ려라쉬다가개ᄂᆞᆫᄂᆞᆯ
보와ᄉᆞ래긴밧갈리라。

三二三 삿갓세되롱이닙고細雨中에호ᄆᆡ메고山田을흣ᄆᆡ다가綠陰에누어시니牧童이牛羊을

모라좀든날을셔와다。

三四 대쵸볼불근골에밤은어이뜻도르며벼빈그르헤게눈어이ᄂᆞ리눈고술니쟈체장ᄉᆞ도라 가니아니먹고어이리。

三五 오려고개숙고열무우술겻눈듸낙시에고기물고게눈어이ᄂᆞ리눈고아마도農家에믈근 맛시이죠흔가ᄒᆞ노라。

右 田 家

三六 치위를마글션경구텨야비단옷가고폰빅메올션경山菜라타관계ᄒᆞ랴이밧긔잡시름업 스면긔죠흔가ᄒᆞ노라。

三七 시름이업슬션경富貴功名관계ᄒᆞ며ᄆᆞ음이편ᄒᆞᆯ션경놈이웃다어이ᄒᆞ리엇뎌타守拙安 貧을나눈죠화ᄒᆞ노라。

三八 내오시내밥먹고내집의누어시니귀에잡말업고是非에걸릴소냐百年을이리지내미긔 分인가ᄒᆞ노라。

右 守 分

三九 이셩져셩다지내고흐롱하롱인일업ᄂᆡ功名도어근버근世事도싱숭샹숭每日에ᄒᆞᆫ盞두 盞ᄒᆞ여이렁져렁ᄒᆞ리라。

三三〇 이렁타져러탓말이오로다두리숭숭잇거나사거나기픈盞에ᄀᆞ득부어每日에長醉不醒ᄒᆞ면긔죠흔가ᄒᆞ노라。

三三一 어리거든채어리거나밋치거든채밋치거나어런듯밋친듯아는듯모로는듯이런가져런가ᄒᆞ니아므란줄몰래라。

三三二 世非ㅣ삼셔울이라허믈고믜쳐셰라거귀여드리치고나몰래라ᄒᆞ고라쟈아희야뎡덕궁북쳐라이야지야ᄒᆞ리라。

右 放浪

三三三 그러ᄒᆞ거니어이아니그러ᄒᆞ리이리도그러그려져리도그려그려아마도그려그려ᄒᆞ니ᄒᆞᆫ숨계워ᄒᆞ노라。

三三四 흥흥노래ᄒᆞ고뎡덕궁북을치고宮商角徵羽를마초리셩ᄒᆞ엿ᄃᆞ니어긔고다齟齬ᄒᆞ니허허웃고마노라。

右 悶世

三三五 萬頃滄波水로도다못시슬千古愁를一壺酒가지고오ᄂᆞᆯ이야시서괴야太白이이홈으로長醉不醒ᄒᆞ닷다。

三三六 술을내즐기더냐狂藥인줄알건마는一寸肝腸에萬斛愁너허두고醉ᄒᆞ여졈든덧이나시

름닛쟈ᄒᆞ노라。

右 消愁

三三七 人生이둘가셋가이몸이네다섯가비러온人生에ᄭᅮ어온몸가지고셔平生에사ᄅᆞᆯ일만ᄒᆞ고언제놀려ᄒᆞᄂᆞ니。

三三八 一定百年산들百年이긔언매라疾病憂患더니남ᄂᆞᆫ날아조젹의두어라非百歲人生이아니놀고어이리。

右 遊樂

三三九 白沙場紅蓼邊에구버기ᄂᆞᆫ白鷺들아口腹을못몌워뎌다지굽니ᄂᆞᆫ다一身이閑暇ᄒᆞᆯ션졍술져무슴ᄒᆞ리오。

三四〇 쉬ᄎᆞᆫ쇼로기들아ᄇᆡ부로라쟈랑마라淸江여윈鶴이주리다부ᄅᆞᆯ소냐내몸이閑暇ᄒᆞ야마ᄂᆞᆫ술못쳔들엇더리。

右 嘲奔走

三四一 내히죠타ᄒᆞ고ᄂᆞᆷ슬흔일ᄒᆞ지말며ᄂᆞᆷ이ᄒᆞᆫ다ᄒᆞ고義아니면좃지말니우리ᄂᆞᆫ天性을직희여삼긴대로ᄒᆞ리라。

三四二 듯ᄂᆞᆫ말보ᄂᆞᆫ일을事理에비겨보와올흐면ᄒᆞᆯ지라도그르면마ᄅᆞᆯ거시平生에말ᄉᆞᆷ을ᄀᆞ희내면므슴是非이시리。

二四三 ᄂᆞᆷ이害ᄒᆞᆯ지라도나ᄂᆞᆫ아니겨로리라ᄎᆞᆷ으면德이오겨로면ᄀᆞᆺ트리니구부미제게잇거니ᄀᆞᆯ올줄이이시랴。 右 修 身

二四四 가마귀검거라말고ᄒᆡ오라비셸줄어이검거니세거니一便도ᄒᆞᆫ져이고우리ᄂᆞᆫ수리두루미라검도세도아녜라。

二四五 넙엿ᄒᆞ쟈ᄒᆞ니모난듸ᄀᆞ일셰라두렷ᄒᆞ쟈ᄒᆞ니ᄂᆞᆷ의손ᄃᆡ둘릴셰라外두렷內번듯ᄒᆞ면기둘릴줄이시랴。 右 周 便

二四六 琵琶를두러메고玉欄干에지혀시니東風細雨에ᄠᅳᆺ드ᄂᆞ니桃花로ㅣ다春鳥도送春을슬허百般啼를ᄒᆞ놋다。

二四七 곳이진다ᄒᆞ고새들아슬허마라ᄇᆞ람에흣ᄂᆞᆯ리니곳의ᄐᆞᆺ아니로다가노라희짓ᄂᆞᆫ봄을새와므슴ᄒᆞ리오。 右 惜 春

二四八 구룸이無心탄말이아마도虛浪ᄒᆞ다中天에ᄯᅥ이셔任意ᄃᆞᆫ니며셔구ᄐᆡ야光明ᄒᆞᆫ날빗츨ᄯᆞ라가며덥ᄂᆞ니。

二四九 구룸아너ᄂᆞᆫ어이ᄒᆡᆺ비츨ᄀᆞᆷ초ᄂᆞᆫ다油然作雲ᄒᆞ면大旱에죠커니와北風이솔하져블제볏

뉘몰라ᄒᆞ노라。

右 蘊藏

三五〇 ᄋᆞ、자내少年이야어ᄃᆞ려로간거이고酒色에좀겨신제白髮과맛괴도다이제야아모리ᄎᆞ즌들다시오기쉬오랴。

三五一 [illegible]나마늘거시나다시졈든쯧ᄒᆞ여도이後ㅣ나늙지말고미양이만ᄒᆞ엿고쟈白髮아네나짐쟉ᄒᆞ여더듸늙게ᄒᆞ여라。

三五二 남도준배업고바든바도업건마ᄂᆞᆫ怨讐白髮이어더려셔온거이고白髮이公道ㅣ업도다날을몬져늙킨다。

三五三 희여검을지라도희ᄂᆞᆫ거시셔로려든희여못검ᄂᆞᆫ듸놈의몬져쵤줄어이白髮이公道ㅣ쟈도다날ᄂᆞᆫ몬져비얀다。

右 歎老

三五四 靑春少年들아白髮老人웃지마라공번된하ᄂᆞᆯ아래넨들미양져머시랴우리도少年行樂이어제론듯ᄒᆞ여라。

三五五 귀밋치셰여시니놈이늙다ᄒᆞ려니와내ᄆᆞ음져믈션졍놈의맘허믈ᄒᆞ랴곳과술죠히너기기야엇든老少이시리。

右 老壯

三五六 나의未平ᄒᆞᆫ뜻을日月께뭇줍ᄂᆞ니九萬里長天에무스일비얏바셔酒色에못슬뮌이몸을
수이늙게ᄒᆞᄂᆞᆫ고。

三五七 金烏玉兎들아뉘너를뭇니관ᄃᆡ九萬里長天에허위허위ᄃᆞᆫ니ᄂᆞᆫ다이後란十里에ᄒᆞᆫ번식
쉬염쉬염니거라。 右 城 川

三五八 노프나노픈남게날勸ᄒᆞ여오려두고이보오벗님네야흔드지나마르되야ᄂᆞ려져죽기ᄂᆞᆫ
섧지아녀님못볼가ᄒᆞ노라。

三五九 ᄒᆞᆫ밤의부ᄂᆞᆫ바람에눈서리치단말가落落長松이다기우러가노미라ᄒᆞ믈며못다픤곳이
야닐러므슴ᄒᆞ리오。

三六〇 어인벌리완ᄃᆡ落落長松다먹ᄂᆞᆫ고부리긴져고리ᄂᆞᆫ어ᄂᆡ곳에가잇ᄂᆞᆫ고空山에落木聲들
닐제내안둘듸업세라。 右 朧 雋

三六一 小園百花叢에ᄂᆞ니ᄂᆞᆫ나뷔들아香내를죠히너겨柯枝마다안지마라夕陽에숨쭈즌거믜
그믈걸여온다。

三六二 굼벙이매암이되야ᄂᆞ래도쳐ᄂᆞ라올라노프나노픈남게소릐ᄂᆞᆫ죠커니와그우희거믜줄

이시니그를조심ᄒᆞ여라。

右 知止

三六三 興亡이有數ᄒᆞ니滿月臺도秋草ㅣ로다五百年王業이牧笛에부쳐시니夕陽에지나ᄂᆞᆫ客이눈물계워ᄒᆞᄃᆞ라。

三六四 五百年都邑地를匹馬로도라드니山川은依舊ᄒᆞ되人傑은간듸업다어즈버太平烟月이ᄭᅮᆷ이런가ᄒᆞ노라。

右 懷古

三六五 梨花에月白ᄒᆞ고銀漢이三更인제一枝春心을子規ㅣ야아라마ᄂᆞᆫ多情도病이냥ᄒᆞ여ᄌᆞᆷ못드러ᄒᆞ노라。

三六六 金爐에香盡ᄒᆞ고漏聲이殘ᄒᆞ도록어듸가이셔뉘ᄉᆞ랑바치다가月影이上欄干ᄏᆡ야맥바드라왓ᄂᆞ니。

三六七 梨花雨흣ᄲᅮ릴제울며잡고離別ᄒᆞᆫ님秋風落葉에저도날ᄉᆡᆼ각ᄂᆞᆫ가千里에외로온ᄭᅮᆷ만오락가락ᄒᆞ노매

三六八 이몸이ᄶᅵ여저서접동새넉시되야梨花핀柯枝속닙헤ᄡᅵ엿다가밤중만슬하저우리님의귀에들리리라。

三六九 ᄉᆞ랑거즛말이님날ᄉᆞ랑거즛말이ᄭᅮᆷ에뵌닷말이긔더옥거즛말이날ᄀᆞᆺ치ᄌᆞᆷ아니오면어늬ᄭᅮᆷ에뵈이리。 右 閨情

三七〇 十年을經營ᄒᆞ여草廬三間지여내니나ᄒᆞᆫ간ᄃᆞᆯᄒᆞᆫ간에淸風ᄒᆞᆫ간맛져두고江山은들일듸업스니둘러두고보리라。 右 兼致

三七一 술을醉케먹고오다가空山에지니뉘날ᄭᆡ오리天地卽衾枕이로다狂風이細雨를모라ᄌᆞᆷ든날을ᄭᆡ와다。 右 大醉

三七二 비즌술다머그니먼듸서벗이왓다술집은제연마는헌옷세언마주리아ᄒᆡ야셔기지말고주는대로바다라。 右 客至

三七三 三角山푸른빗치中天에소사올라鬱葱佳氣란象闕에부쳐두고江湖에盞잡은늘그니란ᄆᆡ양醉케ᄒᆞ쇼셔。 右 醉隱

三七四 泰山이놉다ᄒᆞ되ᄒᆞ늘아레뫼히로다오르고또오르면못오를理업건마는사름이제아니오르고뫼흘놉다ᄒᆞᄂᆞ니。 右 中道而廢

三七五 十年ᄀᆞ온칼이匣裏에우ᄂᆞ미라關山을ᄇᆞ라보며ᄯᆡᄯᆡ로ᄆᆞᆫ져보니丈夫의爲國功勳을어

니때에드리올고。 右 壯懷

三五六 天下匕首劍을한듸모하뷔를믹야南蠻北狄을다쓰러ᄇᆞ린後에그쇠로홈의를밍그라江上田을미리라。 右 勇退

三五七 一生에願ᄒᆞ기를羲皇時節못난줄이草衣를무릅고木實을머글만졍人心이淳厚ᄒᆞ던줄을못내불워ᄒᆞ노라。 右 美古

三五八 靑山自負松아네어이누엇는다狂風을못이긔여불희져저누엇노라가다가良工을만나거든날엣드라ᄒᆞ고려。 右 自傳

三五九 돌이두렷ᄒᆞ여碧空에걸려시니萬古風霜에셔러졈즉ᄒᆞ다마ᄂᆞᆫ至今外醉客을爲ᄒᆞ여長照金樽ᄒᆞ노매。 右 醉月

三六〇 가마귀싸호는골에白鷺ㅣ야가지마라셩낸가마귀흰빗출새올셰라淸江에잇것시슨몸을더러일가ᄒᆞ노라。 右

三六一 희도나지계면山河로도라지고돌도보롬後ㅣ면ᄒᆞᆫᄀᆞ 보터이저온다世上에富貴功名이다이런가ᄒᆞ노라。 右 益齋

三八二 北海上져믄날에울고가는져기러기내말슴드러다가金尙書ㅅ계ᄉᆞ롸주렴羝羊이삿기
칠뎟으란좀으쇼셔ᄒᆞ여라。 右

三八三 胸中에머근뜻을속절업시못이로고半世紅塵에놈의우음될져이고두어라時乎々々니
恨ᄒᆞᆯ줄이이시랴。 右 命 [illegible]

三八四 히다져믄날에지져귀는참새들아죠고마ᄒᆞᆫ몸이半柯枝도足ᄒᆞ거든ᄒᆞ믈며크나큰수풀
을새와무슴ᄒᆞ리오。 右 [illegible]

三八五 假使주글지라도明堂이뷘데업니ᄂᆞᆫ神山不死藥을다키야미글만경海中에새뢰나거든
개가들려ᄒᆞ노라。 右 遠 致

三八六 蒼梧山崩帝魂이구름조차瀟湘에ᄂᆞ려夜半에흘러드러竹間雨되온뜻은二妃의千年淚
痕을못내시서홈이라。 右 二 妃

三八七 洞庭볼근달이楚懷王의넉시되야七百里平湖에두렷이비췬뜻은屈三閭魚腹裏忠誠을
못내불켜홈이라。 右 懷 王

三八八 楚江漁夫들아고기낫가숨지마라屈三閭忠魂이魚腹裏에드럿ᄂᆞ니아므리鼎鑊에숢은

들變ᄒᆞᆯ줄이이시랴。 右 屈平

三八九 공번된天下業을힘으로어들것가秦宮室불질음도오히려無道커든ᄒᆞ물며義帝를주기고하ᄂᆞᆯ罪를免ᄒᆞ랴。 右 項羽

三九〇 ᄇᆞ람에휘엿노라구븐솔웃지마라春風에픠온곳이ᄆᆡ양에고아시랴風飄々雪紛々ᄒᆞᆯ제네야날을부르리라。 右 松

三九一 눈마자휘여진대를뉘라셔굽다든고구블節이면눈속에프를소냐아마도歲寒高節은너뿐인가ᄒᆞ노라。 右 竹

三九二 空山이寂寞ᄒᆞᆫᄃᆡ슬피우는져杜鵑아蜀國興亡이어제오ᄂᆞᆯ아니여ᄂᆞᆯ至今히피나게우러남의애를긋나니。 右 杜宇

三九三 이리도太平聖代져리도聖代太平堯之日月이오舜之乾坤이로다우리도太平聖代에놀고가려ᄒᆞ노라. 右 太平

三九四 ᄆᆞ음아너는어이ᄆᆡ양에져멋는다내늘글적이면넨들아니늘글소냐아마도너좃녀ᄃᆞ니다가남우일가ᄒᆞ노라。 右 戒心

三九五 녯적의이러ᄒᆞᆫ면이形容이나마실가愁心이실이되야구뷔구뷔미쳐이셔아므리푸로ᄒᆞ
되곳간듸를몰래라。 右 勞役

三九六 泰山이平地되고河海陸地되도록北堂俱慶下에忠孝로일삼다가聖代에稷契이되야ᄂᆞᆯ
글뉘를모르리라。 右 忠孝

三九七 곳은밤비에퓌고비즌술다닉거다거문고가진벗이ᄃᆞᆯ홈긔오마터니아ᄒᆡ야茅簷에ᄃᆞᆯ올
랏다ᄎᆞᆫ오ᄂᆞᆫ가보와라。 右 待客

三數大葉

三九八 主辱臣死ㅣ라ᄒᆞ니내주검즉ᄒᆞᆫ건마ᄂᆞᆫ큰칼녀픠ᄎᆞ고이재도록사랏기ᄂᆞᆫ聖主의萬德中
興을다셔보려ᄒᆞᆫ노라。

三九九 功名도辱이러라富貴도슈괴러라萬頃滄波에白髮漁翁되야이셔白日이照滄浪ᄒᆞᆯ제오
명가명ᄒᆞ리라。

四〇〇 곳지고속닙나니綠陰이소사난다솔柯枝젓거내여柳絮를ᄡᅳ리치고醉ᄒᆞ여계유든ᄌᆞᆷ을

喚友篇에셔괘라。

四〇一 대심거울올삼고솔갓고니亭子ㅣ로다白雲더편듸날인는줄제뉘알리庭畔에鶴徘徊ᄒᆞ니긔벗인가ᄒᆞ노라。

四〇二 草堂에일이업서거믄고를베고누어太平聖代를꿈에나보려ᄒᆞ니門前에數聲漁笛이좀든날을셔와다。

四〇三 靑山에눈노긴ᄇᆞ람건듯불고간듸업다잠간비러다가불리고쟈마리우희귀밋틔희무근서리를노겨볼가ᄒᆞ노라。

四〇四 어우하날소겨고秋月春風날소겨고節々이도라오매有信히녀겻ᄃᆞ니白髮란날다맛지고少年ᄯᅡ라니거니。

四〇五 人生이可憐ᄒᆞ다물우희萍草ᆺ치偶然히만나셔덧업시여희거다이後에다시만나면緣分인가ᄒᆞ디라。

四〇六 世上사름들이人生을둘만녀겨두고ᄯᅩ두고먹고놀줄모르ᄃᆞ라주근後滿堂金玉이뉘거시라ᄒᆞ리오。

四〇七 이러니져러니ᄒᆞ고世俗긔별傳치마라남의是非ᄂᆞᆫ나의알배아니로다瓦樽에술이닉어시면긔죠흔가ᄒᆞ노라。

四〇八 이러니져러니말고술만먹고노새그려먹다가醉커든머근재줌을드러醉ᄒᆞ고줌든덧이나시름닛쟈ᄒᆞ노라。

四〇九 술먹고뷔거를저긔먹지마쟈盟誓ㅣ러니盞잡고구버보니盟誓홈이虛事ㅣ로다두어라醉中盟誓ㅣ를닐러므슴ᄒᆞ리오。

四一〇 어우하날죽거든독갓치집東山에무더白骨이塵土ㅣ도여酒樽이나밍글고쟈平生에덜먹은맛슬다시다마보리라。

四一一 간밤의부던ᄇᆞ롬에滿庭桃花ㅣ다지거다아희ᄂᆞᆫ뷔를들고ᄡᅳ로려ᄒᆞᄂᆞᆫ괴야落花ㄴ들곳이아니랴ᄡᅳ지만들엇ᄃᆞ리。

四一二 엇그제부던ᄇᆞ람江湖에도부돗든가滿江舡子들이어이구러지내연고山林에드런지오래니消息몰라ᄒᆞ노라。

四一三 大海에觀魚躍이오長空에任馬飛라大丈夫ㅣ되야나셔志槩를모롤것가엇더타博施濟

衆이病되옴이이시라。

四一四 어져可憐ᄒᆞ다宇宙ㅣ어이怨忙턴고南薰殿五絃琴이어ᄂᆡ쩍에그쳐진지春秋에風雨ㅣ亂ᄒᆞ니그를슬허ᄒᆞ노라。

四一五 仁風이부ᄂᆞᆫ날에鳳凰이來儀ᄒᆞ니滿城桃李ᄂᆞᆫ지ᄂᆞ니곳이로다山林에구즌솔이야곳이잇사져보랴。

四一六 잘새ᄂᆞᆫ다ᄂᆞ라들고새ᄃᆞᆯ은도다온다외나모ᄃᆞ리고ᄒᆞᆯ로가ᄂᆞᆫ져禪師ㅣ야네졀이언매나멀관ᄃᆡ遠鍾聲이들리ᄂᆞ니。

四一七 風霜이섯거친날에ᄀᆞᆺ픠온黃菊花를金盆에ᄀᆞ득다마玉堂에보내오니桃李야곳이오냥마라님의ᄠᅳᆺ을알괘라。

四一八 가마귀검다ᄒᆞ고白鷺ㅣ야웃지마라것치거믄들속조차거믈소냐아마도것희고속검을ᄉᆞᆫ너ᄲᅮᆫ인가ᄒᆞ노라。

四一九 煤山閣寂寞ᄒᆞᆫᄃᆡ草色만프르럿고天壽陵뷔여시니ᄌᆞᆫ구룸ᄌᆞᆷ겨셰라어즈버古國興廢를못내슬허ᄒᆞ노라。

四二〇 世上사ᄅᆞᆷ들이입들만셩ᄒᆞ여셔제허믈젼혀닛고ᄂᆞᆷ의흉보ᄂᆞᆫ괴야ᄂᆞᆷ의흉보거라말고제
허믈을고치고쟈。

四二一 酒客이淸濁을골희랴ᄃᆞ나ᄡᅳ나마고걸려잡거니勸ᄒᆞ거니量대로머그리라醉ᄒᆞ고草堂
볼근ᄃᆞᆯ에누어신들엇더리。

四二二 夕陽에醉興을계워나귀등에실려시니十里溪山이夢裏에지내여다어듸셔數聲漁笛이
ᄌᆞᆷ든날을ᄭᅢ와라。

四二三 叩馬諫못일워든殷山川에못죽던가首陽山고사리긔뉘ᄯᅡ헤나ᄃᆞᆺ말고아모리푸새엣거
신들먹을줄이이시랴。

四二四 周公도聖人이샷다世上사ᄅᆞᆷ드려스라文王의아ᄃᆞᆯ이오武王의아이로되平生에一毫驕
氣를내야뵈미업ᄂᆞ니。

四二五 南八兒男兒ㅣ死已연정不可以不義屈矣여다웃고對答ᄒᆞ되公이有言敢不死아千古에
눈물ᄂᆞᆫ英雄이몃몃줄을지올고。

四二六 豪華코富貴키야信陵君만ᄒᆞᆯ가마ᄂᆞᆫ百年못ᄒᆞ야셔무덤우희밧출가니ᄒᆞ물며녀나믄丈

夫ㅣ야닐러무슴ᄒᆞ리오。

四二七 엇그제쥐비즌술을酒桶잇재메고나니집안아희들히허허쳐웃ᄂᆞᆫ괴야江湖에봄간다ᄒᆞ니餞送ᄒᆞ려ᄒᆞ노라。

四二八 겨월날ᄃᆞᄉᆞᄒᆞᆫ볏츨님계신듸비최고쟈봄미나리ᄉᆞᆯ진마ᄉᆞᆯ님의게드리고쟈님이야무서시업스리마ᄂᆞᆫ내못너져ᄒᆞ노라。

四二九 어져世上사ᄅᆞᆷ올흔일도못다ᄒᆞ고구ᄐᆞ야그른일로업슨허믈싯ᄂᆞᆫ괴야우리ᄂᆞᆫ이런줄아라셔올흔일만ᄒᆞ리라。

四三〇 白髮이功名이런들사ᄅᆞᆷ마다ᄃᆞ톨지니날ᄀᆞᄐᆞᆫ愚拙은늙을거도못볼랏다世上에至極ᄒᆞᆫ公道ᄂᆞᆫ白髮인가ᄒᆞ노라。

四三一 世事를내아더냐가리라渭水濱에벗이날씌다川水조차날을씌라江湖에一竿漁父ㅣ되야待天時를ᄒᆞ리라。

四三二 言忠信行篤敬ᄒᆞ고그른일아니ᄒᆞ면내몸에害업고남아니무이ᄂᆞ니行ᄒᆞ고餘力이잇거ᄃᆞᆫ學文조차ᄒᆞ리라。

四三三 대쵸볼불근柯枝에후루혀훈희ᄯᅳ고올밤벙근柯枝휘두두려훈희주어벗모화草堂에드러가니술이풍풍이셰라。

四三四 외야도올타ᄒᆞ고올희야도외다ᄒᆞ니世上人事를아마도모를로다출하리내원쳬ᄒᆞ고놈을올타ᄒᆞ리라。

四三五 百年을可使人ᄉᆞ壽ㅣ라도憂樂이中分未百年을ᄒᆞ믈며百年반듯기어려오니두어라百年前ᄭᆞ지란醉코놀려ᄒᆞ노라。

四三六 桃花梨花杏花芳草들아一年春光恨치마라너희는그리ᄒᆞ여도與天地無窮이라우리는百歲人生이매그를슬허ᄒᆞ노라。

四三七 楚覇王壯ᄒᆞᆫ뜻도죽기도곤離別셜어王帳悲歌에눈물지여시나至今히烏江風浪에우닷말은업세라。

四三八 ᄆᆞ르지나셰지낫즁에주근後人면내아ᄃᆞ냐나주근무덤우희밧출가나논을미나酒不到劉伶墳上土ㅣ니아니놀고어이리。

四三九 말ᄒᆞ기죠타ᄒᆞ고놈의말을마롤거시놈의말내ᄒᆞ면놈도내말ᄒᆞᄂᆞᆫ거시말로셔말이만ᄒᆞ

니말모로미죠해라。

四四〇 가더니니즈냥ᄒᆞ여꿈에도아니뵌다현마님이야그덧에니저시랴내ᄉᆡᆼ각애쉬온젼ᄎᆞ로
님의타ᄉᆞᆯ삼노라。

四四一 섬셤고놀라올슨秋天에기러기로다녀ᄂᆞ라나올제님이分明아라마ᄂᆞᆫ消息을못밋처믿
지우러녤만ᄒᆞᄂᆞ다。

四四二 冬至ㅅ돌밤기닷말이나ᄂᆞᆫ니론거즛말이님오신날이면하ᄂᆞᆯ조차무이녀겨자ᄂᆞᆫᄃᆞᆰ일셰
와울려님가시게ᄒᆞᄂᆞᆫ고。

四四三 明月이滿窓ᄒᆞᆫ듸ᄇᆞ람아부지마라曳履聲아닌줄을判然히알건마ᄂᆞᆫ그립고아쉬온적이
면힝혀긘가ᄒᆞ노라。

四四四 窓밧긔셧ᄂᆞᆫ燭불눌과離別ᄒᆞ엿관ᄃᆡ눈물흘리며속ᄐᆞᄂᆞᆫ줄모로ᄂᆞᆫ고우리도져燭불ᄀᆞᄐᆡ
여속ᄐᆞᄂᆞᆫ줄몰래라。

四四五 져건너져뫼흘보니눈와시니다희거다져눈곳노그면프른빗치되련마ᄂᆞᆫ희온後못검ᄂᆞᆫ
거슨白髮인가ᄒᆞ노라。

四四六 감장새쟉다ᄒᆞ고大鵬아웃지마라九萬里長天을너도놉고저도ᄂᆞᆫ다두어라一般飛鳥ㅣ니네오긔오다르랴。

四四七 越相國范小伯이名遂功成못ᄒᆞᆫ젼에五湖烟月이죠흔줄아라마ᄂᆞᆫ西施를싯노라ᄒᆞ여느저도라가니라。

四四八 술먹지마쟈ᄒᆞ니술이라셔제ᄯᆞ론다먹ᄂᆞᆫ내왼가ᄯᆞ로ᄂᆞᆫ술이왼가盞잡고ᄃᆞᆯᄃᆞ려問ᄂᆞ니뉘야왼고ᄒᆞ노라。

四四九 天地도唐虞ㅅ적天地日月도唐虞ㅅ적日月天地日月이古今에唐虞ㅣ로되엇더타世上人事ᄂᆞᆫ나날달라가ᄂᆞᆫ고。

四五〇 龍又치한것ᄂᆞᆫ몰게자나믄매를ᄭᅡᆺ고夕陽山路로개ᄃᆞ리고ᄃᆞ려가니아마도丈夫의노리ᄂᆞᆫ이죠흔가ᄒᆞ노라。

四五一 治天下五十年에不知왜라天下事를億兆蒼生엿고쟈願이러니康衢에童謠를드르니太平인가ᄒᆞ노라。

四五二 南薰殿ᄃᆞᆯ불근밤의八元八凱ᄃᆞ리시고五絃琴一聲에解吾民之慍兮로다우리도聖主를

뫼으와同樂太平ᄒᆞ리라。

凡此無名氏 世遠代邈 莫知其姓名者 今皆不可攷目錄于后 以待該洽之士傍叅而曲証。

樂時調

四五三 조오다가낙대를일코춤추다가되롱이를일헤늘근의망녕을白鷗ㅣ야웃지마라져건너十里桃花에春興을계워ᄒᆞ노라。

四五四 돗는몰도謨徃ᄒᆞ면셔고셧는쇼도타ᄒᆞ면간다深意山모진범도경셰ᄒᆞ면도셔ᄂᆞ니각시디엇뎌니완디경셰를不聽ᄒᆞᄂᆞ니。

四五五 물아레그림자지니ᄃᆞ리우희즁이간다져즁아게셔거라너가ᄂᆞᆫ듸무러보쟈손으로흰구름ᄀᆞᄅᆞ치고말아니코간다。

四五六 岩畔雪中孤竹반갑도반가왜라뭇ᄂᆞ니孤竹아孤竹君의네엇더ᄂᆞᆫ首陽山萬古淸風에夷齊를본듯ᄒᆞ여라。

四五七 ᄉᆞ랑ᄉᆞ랑긴긴ᄉᆞ랑ᄀᆡ천ᄀᆞ치내내ᄉᆞ랑九萬里長空에넌즈러지고남ᄂᆞᆫᄉᆞ랑아마도이님의ᄉᆞ랑은ᄀᆞ업ᄉᆞᆫ가ᄒᆞ노라。

四五八 물아래셰가랑모래아무리ᄇᆞᆲ다발자최나며님이날을아무리괴다내아더냐님의안ᄒᆞᆯ狂風에지부친沙工ᄀᆞ치기픠를몰라ᄒᆞ노라。

四五九 ᄉᆞ랑이엇더터니두렷더냐넙엿더냐기더냐자르더냐발을려냐자힐려냐지멸이긴줄은모로되애그츨만ᄒᆞ더라。

四六〇 오ᄂᆞᆯ도죠ᄒᆞᆫ날이오이곳도죠ᄒᆞᆫ곳이죠ᄒᆞᆫ날죠ᄒᆞᆫ곳에죠ᄒᆞᆫ사람만나이셔죠ᄒᆞᆫ술죠ᄒᆞᆫ안쥬에죠히놀미죠해라

四六一 淸明時節雨紛々ᄒᆞᆯ제나귀목에돈을걸고酒家ㅣ어듸ᄆᆡ오뭇노라牧童들아져건너杏花ㅣᄂᆞᆯ니니게가무러보읍소。

四六二 靑山도절로절로綠水도절로절로山절로절로水절로절로山水間에나도절로절로ᄌᆞ란몸이늙기도절로절로。

將進酒辭

四六三 ᄒᆞᆫ盞먹새그려또ᄒᆞᆫ盞먹새그려곳것거算노코無盡々々먹새그려이몸주근後에지게우희거적더퍼주리혀미여가나流蘇寶帳에萬人이우러네나어옥새속새덥가나무白楊수페가기곳가면누른희흰ᄃᆞᆯᄀᆞᄂᆞᆫ비굴근눈쇼쇼리ᄇᆞ람불제뉘ᄒᆞᆫ盞먹쟈ᄒᆞᆯ고ᄒᆞ믈며무덤우희진나비ᄑᆞ람불제뉘우ᄎᆞᆫ들엇지리。

空山木落雨蕭々 相國風流此寂寥 惆悵一杯難更進 昔年歌曲卽今朝。

右權石洲韠過松江舊宅有感。

右將進酒辭 松江所製 盖倣太白長吉勸酒之意 又取杜工部 總麻百夫行君看束縛去之語 詞旨通達 句語悽惋 若使孟嘗君聞之 淚下不但雍門琴也。

孟嘗君歌

四六四 千秋前尊貴키야孟嘗君만ᄒᆞᆯ가마ᄂᆞᆫ千秋後寃痛ᄒᆞᆷ이孟嘗君이더옥셟다食客이젹돗던

가名聲이괴요흔가개盜賊둘의우름人力으로사라나셔말이야주거지여무덤우희가싀나니樵童牧竪들이그우흐로젓니며셔슬픈노래흔曲調를부르리라혜여실가雍門調一曲栗에孟嘗君의한숨이오로논듯누리논듯아희야거문고청쳐라사라선제놀리라。

右孟嘗君歌　無名氏所製　盖傷其世間繁華有似一場春夢　備說身後名不如眼前樂之意　若使薛君之靈　更聽則　必沾襟於九原矣。

我東人　所作歌曲　專用方言　間雜文字　率以諺書　傳行於世　盖方言之用　在其國俗不得不然也　其歌曲　雖不能與中國樂譜比並　亦有可觀而可聽者　中國之所謂歌　即古樂府暨新聲　被之管絃者俱是也　我國則　發之藩音　協以文語　此雖與中國異　而若其情境咸載　宮商諧和　使人詠歎淫佚　手舞足蹈則　其歸一也　遂取其表　表盛行於世者　別爲記之如左。

蔓横清類　辭語淫哇　意旨寒陋　不足爲法　然其流來也已久　不可以一時廢棄故　特顧于下方。

蔓橫淸類

四六五 江原道開骨山감도라드러鍮店결뒤헤우둑션전나모굿헤숭구루혀안즌白松骨이도아모려나자바질드려셩山行보내는듸우리는새님거러두고질못드려ᄒᆞ노라。

四六六 金化ㅣ金城슈슈대半단만어더죠고만말마치움을못고조죽니죽白楊箸로지거자내자소나는매서로勸ᄒᆞᆯ만졍一生에離別뉘모로미긔願인가ᄒᆞ노라。

四六七 人生시른수레가거놀보고온다七十고개너머八十드르흐로진동한동건너가거놀보고왓노라다가기는가ᄃᆞ라마는少年行樂을못내닐려ᄒᆞ더라。

四六八 두고가는의안과보내고잇는의안과두고가는이는雪擁藍關에馬不前뿐이여니보내고잇는의안흔芳草年々에恨不窮이로다。

四六九 東山昨日雨에老謝와바독두고草堂今夜月에謫仙을만나酒一斗詩百篇이로다來日은陌上靑樓에杜陵豪邯鄲娼과큰못ᄀᆞ지ᄒᆞ리라。

四七〇 李太白의酒量은긔엇더ᄒᆞ여一日須傾三百杯ᄒᆞ며杜牧之의風度는긔엇더ᄒᆞ여醉過楊

州ㅣ橋滿車ㅣ련고아마도이둘의風采는못내부러ᄒᆞ노라。

四七一 項羽ㅣ쟈컨天下壯士ㅣ라마는虞美人離別泣數行下ᄒᆞ고唐明皇이쟈컨濟世英主ㅣ라마는楊貴妃離別에우럿ᄂᆞ니ᄒᆞ믈며녀나믄丈夫ㅣ야닐러무슴ᄒᆞ리오。

四七二 青개고리腹疾ᄒᆞ여주근날밤의金두텁花郞이즌호고새남갈싀青묍독겨배는杖鼓던더러쿵ᄒᆞ는듸黑묍독典樂이져힐니리ᄒᆞ다어듸셔돌진가재는舞鼓를둥둥치ᄂᆞ니。

四七三 大丈夫ㅣ天地間에ᄒᆡ올이바히업다글을ᄒᆞ쟈ᄒᆞ니人生識字ㅣ憂患始오칼쓰쟈ᄒᆞ니乃知兵者ㅣ是兇器로다출하리青樓酒肆로오락가락ᄒᆞ리라。

四七四 世上富貴人들아貧寒士를웃지마라石崇萬財로匹夫에굿치고顔貧一瓢로도聖賢에니르시니내몸이貧寒ᄒᆞ야마는내길을닥그면놈의富貴부르랴。

四七五 月黃昏계여간날에定處업시나간님이白馬金鞭으로어듸가됴니다가酒色에좀기여도라올줄니젓는고獨宿孤房ᄒᆞ여長相思淚如雨에轉輾不寐ᄒᆞ노라。

四七六 ᄋᆞ자나쓰던듸黃毛筆을首陽梅月올흠벅지거窓前에언젓더니댁더글구우러똑나려지거고이제도라가면어들법잇건마는아모나어더가져셔그려보면알리라。

四七七 梨花에露濕도록뉘게잡혀못오던고오쟈락뷔혀잡고가지마소ᄒᆞᄂᆞᆫ듸無端히ᄯᅥᆯ치고오쟈ᄒᆞᆷ도어렵더라져님아네안흘져버보ᄉᆞ라네오긔오다르랴。

四七八 어이려뇨어이려뇨싀어마님아어이려뇨쇼대남진의밥을담다가놋쥬걱잘를부르쳐시니이를어이ᄒᆞ려뇨싀어마님아져아기하겨졍마ᄉᆞ라우리도져머신제만히것거보왓노라。

四七九 ᄇᆞᄅᆞᆫ갑이라ᄒᆞᆫ놀로놀며두더쥐라ᄯᅡᄒᆞ로들랴금죵달이鐵網에걸려풀덕풀덕ᄑᆞ드덕이니놀다길다네어드로갈다우리도새님거러두고플더져볼가ᄒᆞ노라。

四八〇 각시ᄂᆡ玉ᄀᆞᆺ튼가슴을어이구려다혀볼고綿紬紫芝쟉져구리속에깁젹삼안셥히되여죤득죤득대히고지고잇다감ᄯᆞᆷ나붓닐제셰힐뉘를모ᄅᆞ리라。

四八一 ᄎᆞᆯ아리에구븐길로셋가ᄂᆞᆫ듸말잿즁아人間離別獨宿孤房삼긴부쳐어ᄂᆡ졀에안젓ᄃᆞ니문노라말잿즁아小僧은아읍지못ᄒᆞ오니상좌누의아ᄂᆞ이다。

四八二 淸風明月智水仁山鶴髮烏巾大賢君子莘野叟琅琊翁이大東에다시나松桂幽栖에紫芝를노래ᄒᆞ여逸趣ㅣ도노프실샤비ᄂᆞ니經綸大志로聖主를도와治國安民ᄒᆞ쇼셔。

四八三 白雲은千里萬里明月은前溪後溪罷釣歸來ᄒᆞᆯ제낫근고기ᄭᅰ여들고斷橋로건너杏花ㅂ라보며酒家로도라드ᄂᆞᆫ져늘그니眞實로네興味언매오갑못칠가ᄒᆞ노라。

四八四 深意山세네바회휘도라감도라들제五六月낫계죽만살어름지픠우희즌서리섯거치고자최눈ᄲᅮ렷거ᄂᆞᆯ보왓ᄂᆞᆫ가님아님아온놈이온말을ᄒᆞ여도님이짐작ᄒᆞ쇼셔。

四八五 日月星辰도天皇氏ㅅ적日月星辰山河土地도地皇氏ㅅ적山河土地日月星辰山河土地다天皇氏地皇氏적과ᄒᆞᆫ가지로되사름은므슴緣故로人皇氏적사름이업ᄂᆞᆫ고。

四八六 一定百年살줄알면酒色좀다관계ᄒᆞ랴힝혀좀은後에百年을못살면긔아니애도론가人命이在于天定이라酒色을좀은들百年살기쉬우랴。

四八七 어우하楚覇王이야애닯고도애들에라力拔山氣蓋世도仁義를行ᄒᆞ여義帝를아니주기던들天下에沛公이열이셔도東手無策ᄒᆞᆯ랏다。

四八八 北邙山川이긔엇더ᄒᆞ여古今사름다가ᄂᆞᆫ고秦始皇漢武帝도採藥求仙ᄒᆞ야부듸아니가랴ᄒᆞ엿더니엇더타驪山風雨와茂陵松栢을못내슬허ᄒᆞ노라。

四八九 누고셔大醉ᄒᆞᆫ後ㅣ면온갓시름다닛ᄂᆞᆫ다헌고桀美人於天一方ᄒᆞᆯ제면百盞머거도寸功

이젼혀업너ᄒᆞ믈며白髮倚門望을더옥슬허ᄒᆞ노라。

四九〇 져멋고쟈져멋고쟈열다섯만져멋고쟈에엿분얼골이냇ᄀᆞ에셧ᄂᆞᆫ垂楊버드나모광ᄃᆡ등걸이되연제요우리도少年行樂이어제론듯ᄒᆞ여라。

四九一 술먹어病업ᄂᆞᆫ藥과色ᄒᆞ여長生ᄒᆞᆯ藥을갑주고살쟉이면盟誓ㅣ개지아모만들관계ᄒᆞ랴갑주고못살藥이니눈츼아라가며소로소로ᄒᆞ여百年ᄭᆞ지ᄒᆞ리라。

四九二 粉壁紗窓月三更에傾國色에佳人을만나翡翠衾나소곳고琥珀枕마조베고잇ᄀᆞ지서로즐기ᄂᆞᆫ양一雙鴛鴦之遊綠水之波瀾이로다楚襄王의巫山仙女會를부를줄이이시랴。

四九三 柴扉에개죳거놀님만너겨나가보니님은아니오고明月이滿庭ᄒᆞᆫ듸一陣秋風에닙지ᄂᆞᆫ소리로다져개야秋風落葉을헛도이즈저셔날소길줄엇제오

四九四 새악시書房못마자애쓰다가주근靈魂전삼밧둑삼되야龍門山開骨寺에니ᄲᆞ진늘근중놈들뵈나되얏다가잇다감ᄯᆞᆷ나ᄀᆞ려온제슬쩌겨볼가ᄒᆞ노라。

四九五 靑天구룸밧긔노피ᄯᅥᆺᄂᆞᆫ白松骨이四方千里를咫尺만너거ᄂᆞᆫ듸엇더타싀궁츼뒤져엇먹ᄂᆞᆫ올히ᄂᆞᆫ제집門地方념나들기를百千里만너기더라。

四九六 기러기외기러기너가는길히로다漢陽城臺에가셔져근덧머므러웨웨쳐불러부듸ᄒᆞᆫ말만傳ᄒᆞ야주렴우리도랏비가는길히니傳ᄒᆞᆯ동말동ᄒᆞ여라。

四九七 漢武帝의北斥西擊諸葛亮의七縱七擒晋나라謝都督의八公山威嚴으로四夷戎狄을다ᄡᅳ러ᄇᆞ린後에漢南에王庭을업시ᄒᆞ고凱歌歸來ᄒᆞ여告厥成功ᄒᆞᆯ리라。

四九八 陽德孟山鐵山嘉山ᄂᆞ린물이浮碧樓로감도라들고마흐라기공이소솨尾月溪ᄂᆞ린물은濟川亭으로도라든다님그려우는눈물은벼갯모흐로도라든다。

四九九 고래물혀채민바다宋太祖ㅣ金陵치라도라들제曹彬의드는칼로무지게휘온드시에후루혀ᄃᆞ리노코그건너님이왓다ᄒᆞ면상금상금건너리라。

五〇〇 司馬遷의鳴萬古文章王逸少의掃千人筆法劉伶의嗜酒와杜牧之好色은百年從事ᄒᆞ면一身兼備ᄒᆞ려니와아마도雙傳키어려올슨大舜曾參孝와龍逄比干忠이로다。

五〇一 大川바다한가온대中針細針ᄲᅡ지거다열나믄沙工놈이굿모된사엇대를굿굿치두려메여一時에소릐치고귀ᄧᅧ여내닷말이이셔이다님아님아온놈이온말을ᄒᆞ여도님이짐쟉ᄒᆞ쇼셔。

五〇二 碧紗窓이어른어른커ᄂᆞᆯ님만너겨나가보니님은아니오고明月이滿庭ᄒᆞᆫ듸碧梧桐져즌닙헤鳳凰이ᄂᆞ려와깃다듬ᄂᆞᆫ그림재로다모쳐라밤일싀만졍ᄂᆞᆷ우일번ᄒᆞ괘라。

五〇三 콩밧틔드리콩닙ᄲᅳ더먹ᄂᆞᆫ감은암쇼아므리이랴타ᄶᅩᆺ츤들제어듸로가며니불아래든님을발로툭박ᄎᆞ미적미적ᄒᆞ며셔어셔가라ᄒᆞᆫ들날ᄇᆞ리고제어ᄃᆡ로가리아마도ᄲᅡ호고못마를손님이신가ᄒᆞ노라。

五〇四 ᄇᆞ러진활것거진통ᄲᅦᆫ銅爐口메고怨ᄒᆞᄂᆞ니黃帝軒轅氏를相隨與아닌前에人心이淳厚ᄒᆞ고天下太平ᄒᆞ여一萬八千歲사랏거든엇더타涿川干戈ᄒᆞ여後生困케ᄒᆞᆫ연고。

五〇五 ᄆᆞ을비긔ᄯᅩᆼ언마오리雨裝直領내지마라十里ㅅ길긔ᄯᅩᆼ언마치가리ᄯᅩᆼ알코비알코다리저ᄂᆞᆫ나귀를크나큰唐채로광광쳐다모지마라가다가酒家에들너든쉬여가려ᄒᆞ노라。

五〇六 오ᄂᆞᆯ도져무러지게져믈면은새리로다새면이님가리로다가면못보려니못보면그리려니그리면病들려니病곳들면못살리로다病드러못살줄알면자고간들엇더리。

五〇七 白髮에환양노ᄂᆞᆫ년이져믄書房ᄒᆞ랴ᄒᆞ고셴머리에墨漆ᄒᆞ고泰山峻嶺으로허위허위너머가다가과그른쇠나기에흰ᄃᆞᆼ졍거머지고검던머리다희거다그르사ᄂᆞᆯ근의所望이라

일락배락ᄒᆞ노매。

五〇八 ᄭᆡ여든에첫계집을ᄒᆞ니어렷두렷우벅주벅주근벋살번ᄒᆞ다가와당탕드리ᄃᆞ라이리져리ᄒᆞ니老都令의ᄆᆞ음홍글항글眞實로이滋味아돗던들길적보터ᄒᆞᆯ랏다。

五〇九 酒色을삼가란말이녯사ᄅᆞᆷ의警誡로되踏靑登高節에벗님ᄂᆡᄃᆞ리고詩句를읇제滿樽香醪를아니醉키어려오며旅館에寒燈을對ᄒᆞ여獨不眠ᄒᆞᆯ제玉人을만나셔아니자고어이리。

五一〇 南薰殿舜帝琴을夏殷周에傳ᄒᆞ오셔晋漢唐雜覇干戈와宋齊梁風雨乾坤에王風이委地ᄒᆞ여正聲이긋첫더니東方에聖賢이나계시니彈五絃歌南風을니여볼가ᄒᆞ노라。

五一一 재우희우뚝션소나모ᄇᆞ람불적마다흔덕흔덕개올에셧ᄂᆞᆫ버들므ᄉᆞ일조차셔흔들흔들님그려우ᄂᆞᆫ눈믈은올커니와입ᄒᆞ고코ᄂᆞᆫ어이므ᄉᆞ일조차셔후루룩비쥭ᄒᆞᄂᆞ니。

五一二 즁놈은승년의머리털잡고승년은즁놈의샹토쥐고두ᄯᅳ니맛ᄆᆡᆺ고이왼고져왼고쟉쟈공이쳔ᄂᆞᆫ듸뭇쇼경이구슬보니어듸셔귀머근벙어리ᄂᆞᆫ외다올타ᄒᆞᄂᆞ니。

五一三 아마도太平ᄒᆞᆯ손우리君親이時節이야聖主ㅣ有德ᄒᆞ샤國有風雲慶이오雙親이有福ᄒᆞ

니家無桂玉愁ㅣ로다億兆蒼生이年豐을興계워白酒黃鷄로喜互同樂ᄒᆞ놋다。

五一四 長衫뜨더즁의젹삼짓고念珠뜨더당나귀밀밀치ᄒᆞ고釋王世界極樂世界觀世音菩薩南無阿彌陀佛十年工夫도너갈듸로니거밤즁만암居士의품에드니念佛경이업세라。

五一五 님그려기픠든病을어이ᄒᆞ여곤쳐낼고醫員請ᄒᆞ여命藥ᄒᆞ며쇼경의계푸닥거리ᄒᆞ고무당불러당즑글기ᄒᆞᆫ들이모진病이ᄒᆞ릴소냐眞實로님ᄒᆞᆫ듸이시면곳에죠흘가ᄒᆞ노라。

五一六 노새노새매양쟝식노새낫도놀고밤도노새壁上의그린黃鷄수둙이뒤ᄂᆞ래탁탁치며긴목을느리워셔홰홰쳐우도록노새그려人生이아츰이슬이라아니놀고어이리。

五一七 겻건너흰옷닙은사름죤밉고도양미왜라쟈근돌ᄃᆞ리건너큰돌ᄃᆞ리너머밥뛰여간다ᄀᆞᄅᆞ뛰여가는고애고애고 내書房삼고라쟈眞實로 내書房못될진대벗의 님이나 되고라쟈。

五一八 눈섭은수나뷔안즌듯닛바대는박시ᄭᆞ셰온듯날보고당싯웃는양은三色桃花未開峰이ᄒᆞ롯밤빗氣運에半만절로핀形狀이로다네父母너삼겨낼적의날만괴라삼기도다。

五一九 드립더ᄇᆞ득안으니셰허리지ᄌᆞ늑ᄌᆞ늑紅裳을거두치니雪膚之豐肥ᄒᆞ고擧脚蹲坐ᄒᆞ니

半開ᄒᆞᆫ紅牧丹이發郁於春風이로다進々코又退々ᄒᆞ니茂林山中에水春聲인가ᄒᆞ노라。

五二〇 두터비ᄑᆞ리를물고두험우희치ᄃᆞ라안자것넌山ᄇᆞ라보니白松骨이ᄯᅥ잇거놀가슴이금즉ᄒᆞ여풀덕ᄯᅱ여내ᄃᆞ다가두험아래잣바지거고 모쳐타놀낸낼싀만졍에 ᄒᆞᆯ질번ᄒᆞ괘라。

五二一 千古義皇天과一寸無懷地에名區勝地를굴희곡갈희여數間茅屋지여내니雲山烟水松風蘿月野獸山禽이절로己物되여괴야아히야山翁의이富貴를놈ᄃᆞ려ᄒᆡ혀ᄒᆞᆯ셰라。

五二二 간밤의大醉ᄒᆞ고醉ᄒᆞᆫ잠에ᄭᅮᆷ을ᄭᅮ니七尺劒千里馬로遼海를ᄂᆞ라건너天驕를降服밧고北闕에도라와告厥成功ᄒᆞ여뵈니男兒의慷慨ᄒᆞᆫᄆᆞ음이胸中에鬱々ᄒᆞ여ᄭᅮᆷ에試驗ᄒᆞ노매。

五二三 萬古歷代蕭々ᄒᆞᆫ즁에明哲保身누고누고范蠡의五湖舟와張良의謝病辟穀䟽廣의散千金과季鷹의秋風江東陶處士의歸去來辭ㅣ라이밧긔碌々ᄒᆞᆫ貪官汚吏之輩를혜여무슴ᄒᆞ리오。

五二四 李座首논암쇼를ᄐᆞ고金約正은질장군메고南勸農趙堂掌은취ᄒᆞ여뷔거르며杖鼓舞鼓

에둥더럭궁춤주는과야峽裏에愚氓의質朴天眞과太古淳風을다시본듯ᄒᆞ여라。

五二五 孫約正은點心출히고李風憲은酒肴를장만ᄒᆞ소거믄고伽倻人고奚琴琵琶笛觱篥杖鼓舞工人으란禹堂掌이ᄃᆞ려오시글짓고노래부르기와女妓女花看으란내다擔當ᄒᆞ리라。

五二六 平壤女妓년들의多紅大緞치마義州人女妓의月花紗紬치마에藍端寧海盈德쥬탕각시셩미명감찰즁즁즁에힘즈치마멜션도제色이로다우리도이려셩구우다가ᄒᆞᆫ빗될가ᄒᆞ노라。

五二七 白鷗는片片大同江上飛오長松은落々青流壁上翠라大野東頭點々山에夕陽은빗견는듸長城北面溶々水에一葉漁艇흘리저어大醉코載妓隨波ᄒᆞ여錦繡綾羅로任去來를ᄒᆞ리라。

五二八 閑碧堂좋흔景을비갠後에올라보니百尺元龍과一川花月이라佳人은滿座ᄒᆞ고象樂이喧空ᄒᆞᆫ듸浩蕩ᄒᆞᆫ風煙이오狠薄ᄒᆞᆫ杯盤이로다아희야盞々득부어라遠客愁懷를시서볼가ᄒᆞ노라。

五二九 完山裏도라드러萬頃臺에올라보니三韓古都에一春光景이라錦袍羅裙과酒肴爛熳ᄒᆞᆫ

듸白雪歌ᄒᆞᆫ曲調를管絃에섯거내니丈夫의逆旅豪遊名區壯觀이오놀인가ᄒᆞ노라。

五三〇 綠楊芳草岸에쇼머기는아희들아압냇고기와뒷냇고기를다몰쇽자바내다치에너허주어든네쇠궁치에언저다가주렴우리도밧비가는길히니못가져갈가ᄒᆞ노라。

五三一 이바편메곡들아듬보기가거놀본다듬보기셩내여土卵눈부릅드고셰자반나롯거스리고甘苔신사마신고다스마긴거리로가거늘보고오라가기는가더라마는稟古ᄒᆞᆫ얼굴에셩이업시가ᄃᆞ라。

五三二 ᄃᆡ들에동난지이사ᄋᆞ져쟝스야네황후긔무서시라웨는다사쟈外骨內肉兩目이上天前行後行小아리八足大아리二足靑醬ᄋᆞ스슥ᄒᆞ는동난지이사오쟝스야하거북이웨지말고게젓이라ᄒᆞ렴은。

五三三 각시닉내妾이되나내각시의後人난편이되나곳본나뷔물본기려기줄에조츤거믜고기본가마오지가지에젓이오슈박에족술이로다각시닉ᄒᆞ나水鐵匠의뿔이오나ᄒᆞ나집匠이로솟지고나믄쇠로가마질가ᄒᆞ노라。

五三四 아흔아홉곱머근老丈濁酒걸러醉케먹고납죡도라ᄒᆞᆫ길로이리로뷧독져리로뷧쳣뷔독

뷤쳑뷔거를적의웃지마라져靑春少年아희놈들아우리도少年적ᄆᆞ음이어제론듯ᄒᆞ여
라。

五三五 ᄃᆡ들에나모들사오져쟝ᄉᆞ야네나모갑시언매웨ᄂᆞᆫ다사쟈ᄡᅡ리남게ᄂᆞᆫᄒᆞᆫ말치고검부남
게ᄂᆞᆫ닷되를쳐셔合ᄒᆞ야헤면마닷되밧습ᄂᆡ삿대혀보으소잘붓습ᄂᆞ니ᄒᆞᆫ적곳사싸혀보
며ᄂᆞᆫ미양사싸히쟈ᄒᆞ리라。

五三六 琵琶야너ᄂᆞᆫ어이간ᄃᆡ녠ᄃᆡ앙쥬아리ᄂᆞᆫ힝금ᄒᆞᆫ목을에후로혀안고엄파ᄀᆞᆺ튼손으로ᄇᆡ를
쟈바ᄠᅳᆺ거든아니앙쥬아리랴아마도大珠小珠落玉盤ᄒᆞ기ᄂᆞᆫ너ᄲᅮᆫ인가ᄒᆞ노라。

五三七 萬頃滄波之水에둥둥ᄯᅥᆺ는부략금이게오리들아비슬금셩즁경이동당강셩너시두루미
들아너ᄯᅥᆺᄂᆞᆫ물기픠를알고둥ᄯᅥᆺᄂᆞᆫ모로고둥ᄯᅥᆺᄂᆞᆫ우리도ᄂᆞᆷ의님거려두고기픠를몰라ᄒᆞ
노라。

五三八 모시를이리져리삼아두로삼아감삼다가가다가한가온대ᄯᅳᆨ근쳐지거ᄂᆞᆯ皓齒丹脣으로
홈샐며감샐며纖々玉手로두긋마조자바뱌븨여니으리라져모시를엇더타이人生긋처
갈제져모시쳐로니으리라。

五三九 南山佳氣鬱々葱々漢江流水浩々洋々主上殿下ᄂᆞᆫ이山水ᄀᆞᆺ치山崩水渴토록聖壽ㅣ無疆ᄒᆞ샤千々萬々歲를太平을누리셔든우리ᄂᆞᆫ逸民이되야康衢烟月에擊壤歌를ᄒᆞ오리。

五四〇 나ᄂᆞᆫ님혜기를嚴冬雪寒에孟嘗君의狐白裘ᄀᆞᆺ고님은날너기기를三角山中興寺에이ᄲᆞ진늘근즁놈에살셩긘어리이시로다ᄲᅡᆨᄉᆞ랑의즐김ᄒᆞᄂᆞᆫᄯᅳᆺ을하ᄂᆞᆯ이아르셔돌려ᄒᆞ게ᄒᆞ쇼셔。

五四一 窓내고쟈窓을내고쟈이내가슴에窓내고쟈고모장지셰살장지들장지열장지암돌져귀수돌져귀ᄇᆡ목걸새크나큰쟝도리로ᄯᅮᆼ닥바가이내가슴에窓내고쟈잇다감하답답ᄒᆞᆯ제면여다져볼가ᄒᆞ노라。

五四二 天寒코雪深ᄒᆞᆫ날에님ᄎᆞ즈라天上으로갈제신버서손에쥐고보션버서품에품고곰뷔님뷔님뷔곰뷔쳔방지방지방쳔방ᄒᆞᆫ번도쉬지말고허위허위올라가니보션버슨발은아니스리되념의온가슴이산득산득ᄒᆞ여라。

五四三 待人難々々々ᄒᆞ니鷄三呼ᄒᆞ고夜五更이라出門望々々々ᄒᆞ니靑山은萬重이오綠水는

千回로다이욱고犬吠ㅅ소릐에白馬遊冶郎이넌즈시도라드니반가온ᄆᆞ음이無窮탐탐ᄒᆞ여오ᄂᆞᆯ밤서로즐거오미야어ᄂᆡ구지이시리。

五四四 春風杖策上蠶頭ᄒᆞ여漢陽形址를歷々히둘러보니仁王三角은虎踞龍盤으로北極을괴얏고絡南漢水ᄂᆞᆫ金帶相連ᄒᆞ여久遠ᄒᆞᆫ氣象이萬千歲之無疆이로다君修德臣修政ᄒᆞ니禮儀東方이堯之日月이오舜之乾坤이로다。

五四五 白華山上々頭에落々長松휘여진柯枝우희부헝放氣뀐殊常ᄒᆞᆫ옹도라지길쥭넙쥭어룰머흘믜뭉슈로ᄒᆞ거라말고님의연장이그려코라쟈眞實로그려곳ᄒᆞᆯ쟉시면벗고굴물진들셩이므슴가싀리。

五四六 石崇의累鉅萬財와杜牧之의橘滿車風采라도밤일을ᄒᆞᆯ저긔제연장零星ᄒᆞ면쑴자리만자리타긔무서시貴ᄒᆞᆯ소냐貧寒코風渡ㅣ埋沒ᄒᆞᆯ지라도셰거시무슴ᄒᆞ여내것과如合符節곳ᄒᆞ면긔내님인가ᄒᆞ노라。

五四七 개를여라믄이나기르되요개ᄀᆞᆺ치얄믜오랴뮈온님오며ᄂᆞᆫ꼬리를홰홰치며ᄯᅱ락ᄂᆞ리ᄯᅱ락반겨셔내ᄃᆞᆺ고고온님오며ᄂᆞᆫ뒷발을버동버동므르락나으락캉캉즈져셔도라가게ᄒᆞᆫ

다쉰밥이그릇그릇난들너머길줄이아시랴。

五四八 귓도리져귓도리에엿부다져귓도리어인귓도리져는돌새는밤의긴소리쟈른소리節節이슬픈소리제혼자우려네어紗窓여윈좀을솔드리도씨오는고야두어라제비록微物이나無人洞房에내뜻알리는저뿐인가ᄒᆞ노라。

五四九 가슴에궁글둥시러케뚧고왼숫기를눈길게너슷너슷꼬와그궁게그숫너코두놈이두긋마조자바이리로훌근져리로훌젹훌근훌젹ᄒᆞᆯ저긔는나남즉놈대되그는아모뜨로나견듸려니와아마도님외오살라면그는그리못ᄒᆞ리라。

五五〇 얼골조코뜻다라온년아밋정조차不貞ᄒᆞᆫ년아엇더ᄒᆞᆫ어린놈을黃昏에期約ᄒᆞ고거즛믹바다자고가란말이입으로ᄎᆞ마도와나는두어라娼條治藥이本無定主ᄒᆞ고蕩子之探春好花情이彼我의一般이라허믈ᄒᆞᆯ줄이시랴。

五五一 개야미불개야미존등부러진불개야미압발에疔腫나고뒷발에종귀난불개야미廣陵심재너머드러가람의허리를ᄀᆞ르무러추혀들고北海를건너닷말이이셔이다님아님아온놈이온말을ᄒᆞ여도님이짐쟉ᄒᆞ쇼셔。

五五二 즁놈도사롬이냥ᄒᆞ여자고가니그립ᄃᆞ고즁의숑낙나베읍고내족도리즁놈베고즁의長
衫나덥읍고내치마란즁놈덥고자다가ᄭᆡᄃᆞ르니돌회ᄉᆞ랑이숑낙으로ᄒᆞ나족도리로ᄒᆞ
나이튼날ᄒᆞ던일ᄉᆡᆼ각ᄒᆞ니흥글항글ᄒᆞ여라。

五五三 한숨아셰한숨아네어ᄂᆡ틈으로드려온다고모장ᄌᆞ셰살장ᄌᆞ가로다지여다지에암돌져
귀수돌져귀ᄇᆡ목걸새뚝닥박고龍거북ᄌᆞ물쇠로수기수기ᄎᆞ엿ᄂᆞᆫᄃᆡ屛風이라덜걱져분
簇子ㅣ라ᄃᆡᄃᆡ글문다네어ᄂᆡ틈으로드려온다어인지너온날밤이면ᄌᆞᆷ못드려ᄒᆞ노라。

五五四 平生애景慕홈은白香山에四美風流駿馬佳人은丈夫의壯年豪氣로다老境生計移作ᄒᆞᆯ
제身兼妻子都三口ㅣ오鶴與琴書로共一般이니긔더옥節价廉退唐詩에三大作文章이
李杜와並駕ᄒᆞ여百代芳名이셔글줄이이시랴。

五五五 靑天에ᄠᅧᆺᄂᆞᆫ기러기ᄒᆞᆫ雙漢陽城臺에잠간들려쉬여갈다이리로셔져리로갈제내消息들
어다가님의게傳ᄒᆞ고져리로셔이리로올제님의消息드려내손ᄃᆡ브ᄃᆡ들려傳ᄒᆞ여주렴
우리도님보라밧비가ᄂᆞᆫ길히니傳ᄒᆞᆯ동말동ᄒᆞ여라。

五五六 昭烈之大度喜怒를不形於色과諸葛亮之王佐大才三代上人物五虎大將들의雄豪之勇

力으로攻城略地ᄒᆞ여忘身之高節과愛君之忠義古今에ᄧᅡ업스되蒼天이不助順ᄒᆞ샤中恢를못이르고英雄의恨을기쳐曠百代之徇感이라。

五五七 色ᄀᆞᆺ치됴흔거ᄉᆞᆯ져뉘라셔말리ᄂᆞᆫ고穆王은天子ㅣ로되瑤臺에宴樂ᄒᆞ고項羽ᄂᆞᆫ天下壯士ㅣ로되滿營秋月에悲歌慷慨ᄒᆞ고明皇은英主ㅣ로되解語花離別에馬嵬驛에우럿ᄂᆞ니ᄒᆞ믈며날ᄀᆞᆺ튼小丈夫로몃百年살리라희올일아니ᄒᆞ고속졀업시ᄂᆞᆫ그랴。

五五八 右謹陳所志矣段은上帝處分ᄒᆞ오쇼셔酒泉이無主ᄒᆞ여久遠陳荒爲有去乎鑑當情由敎是後에矣身處許給事를立旨成爲白只爲上帝題辭人內에所訴知悉爲有在果劉伶李白段置折授不得爲有去等況爾天下公物이라擅恣安徐向事。

五五九 高臺廣室나ᄂᆞᆫ마다錦衣玉食더옥마다銀金寶貨奴婢田宅緋緞치마大段장옷蜜羅珠겻칼紫芝鄕織져고리쪈머리石雄黃으로다ᄭᅮᆷ자리ᄀᆞᆺ고眞實로나의平生願ᄒᆞ기ᄂᆞᆫ말잘ᄒᆞ고글잘ᄒᆞ고얼골ᄀᆡ자ᄒᆞ고품자리잘ᄒᆞᄂᆞᆫ져믄書房이로다。

五六〇 長安大道三月春風九陌樓臺雜花芳草酒伴詩豪五陵遊俠桃李蹊綺羅裙을다모하거ᄂᆞ려細樂을前導ᄒᆞ고歌舞行休ᄒᆞ여大東乾坤風月江山沙門法界幽僻雲林을遍踏ᄒᆞ여도

라보니聖代에朝野ㅣ同樂ᄒᆞ여太平和色이依々然三五王風인가ᄒᆞ노라。

五六一 泰山이不讓土壤故로大ᄒᆞ고河海不擇細流故로深ᄒᆞᄂᆞ니萬古天下英雄俊傑建安八字竹林七賢李謫仙蘇東波ᄀᆞᆺ튼詩酒風流와絕代豪士를어듸가어더니로다사괴리鷰雀도鴻鵠의무리라旅遊狂客이洛陽才子모드신곳에末地에參與ᄒᆞ여놀고간들엇더리。

五六二 ᄒᆞᆫ눈멀고ᄒᆞᆫ다리절고痔疾三年腹疾三年邊頭痛內丹毒다알ᄂᆞᆫ죠고만삿기개고리一百쉰대자장남게게올을제쉬이너겨수로록소로로소로로수로록허위허위소솝ᄯᅱ여올라안자ᄂᆞ리실제란어이실고나몰래라져개고리우리도새님거러두고나종몰라ᄒᆞ노라。

五六三 증경이雙々綠潭中이오皓月은團々暎窓欞이라凄凉ᄒᆞᆫ羅幃안헤蟠蟀은슬피울고人寂夜深ᄒᆞᆫ듸玉漏潺々金爐에香盡參橫月落도록有美故人은뉘게자펴못오ᄂᆞᆫ고님이야날싱각ᄒᆞ랴마ᄂᆞᆫ나ᄂᆞᆫ님ᄲᅮᆫ이매九回肝腸을寸々이스로다가ᄉᆞ라져주글만졍나ᄂᆞᆫ닛지못ᄒᆞ애。

五六四 져건너月仰바회우희밤즁마치부헝이울면녯사름니론말이놈의싀앗되야ᄌᆞᆺ뮙고양믜와百般巧邪ᄒᆞᄂᆞᆫ져믄妾년이急殺마자죽ᄂᆞᆫ다ᄒᆞ데妾이對答ᄒᆞ되안해님겨오셔망녕된

말마오나ᄂᆞᆫ듯ᄌᆞ오니家翁을薄待ᄒᆞ고妾새옴甚히ᄒᆞ시ᄂᆞᆫ늘근안히님몬져죽ᄂᆞᆫ다데。

五六五 밋난편廣州ㅣᄡᆞ리뷔장ᄉᆞ쇼대난편朔寧닛뷔장ᄉᆞ눈경에거론님은뚜ᄯᅡᆨ뚜두려방망치장ᄉᆞ돌호로가마홍도ᄭᅢ장ᄉᆞ뷩빙도라물레장ᄉᆞ우물젼에치ᄃᆞ라군댕군댕ᄒᆞ다가워렁ᄎᆞᆼ창풍ᄲᅡ져물돔복셔내ᄂᆞᆫ드레곡지장ᄉᆞ어듸가이얼골가지고죠릐장ᄉᆞ를못어드리。

五六六 男兒의少年行樂ᄒᆡ올일이ᄒᆞ고하다글닑기칼ᄡᅳ기활ᄡᅩ기몰돌니기벼슬ᄒᆞ기벗사괴기술먹기妾ᄒᆞ기花朝月夕노리ᄒᆞ기오로다豪氣로다늙게야江山에믈러와셔밧갈기논미기고기낙가나모뷔기거믄고ᄐᆞ기바독두기仁山智水遨遊ᄒᆞ기百年安樂ᄒᆞ여四時風景이어늬그지이시리。

五六七 재너머莫德의어마네莫德이쟈랑마라내품에드려셔돌겻좀자다가니ᄀᆞᆯ고코고오고오좀ᄉᆞ고放氣ᄭᅱ니盟誓개지모진내맛기하즈즐ᄒᆞ다어셔ᄃᆞ려니거라莫德의어마莫德의어미년내ᄃᆞ라發明ᄒᆞ야니르되우리의아기ᄯᆞᆯ이고림症비아리와잇다감제症밧긔녀나믄雜病은어려셔브터업ᄂᆞ니。

五六八 어이못오던다므ᄉᆞ일로못오던다너오ᄂᆞᆫ길우희무쇠로城을ᄡᆞ고城안헤담ᄡᆞ고담안헤

란집을짓고집안혜란두지노코두지안혜櫃를노코櫃안혜너를結縛ᄒᆞ여노코雙빈목외걸새에龍거북ᄌᆞ물쇠로수기수기ᄌᆞᆷ갓더냐네어이그리아니오던다ᄒᆞᆫ돌이셜흔날이여니날보라올ᄒᆞᆯ리업스랴。

五六九 얽고검고킈큰구레나롯그것조차길고넙다쟘지아닌놈밤마다빈에올라죠고만구멍에큰연장너허두고흘근할젹ᄒᆞᆯ제ᄂᆞᆫ愛情은ᄏᆞ니와泰山이덥누로ᄂᆞᆫ듯ᄌᆞᆫ放氣소릐에젓먹던힘이다ᄡᅳ이노미라아므나이놈을ᄃᆞ려다가百年同住ᄒᆞ고永々아니온들어니개ᄯᆞᆯ년이싀앗새옴ᄒᆞ리오。

五七〇 洛陽城裏方春和時에草木群生이皆樂이라冠者五六人과童子六七거ᄂᆞ리고文殊中興으로白雲峰登臨ᄒᆞ니天文이咫尺이라拱北三角은鎭國無疆이오丈夫의胸襟에雲夢을ᄉᆞᆷ겻ᄂᆞᆫ듯九天銀瀑에塵纓을씨슨後에踏歌行休ᄒᆞ여太學으로도라오니曾點의詠歸高風밋처본듯ᄒᆞ여라。

五七一 寒松亭자긴솔버혀죠고만비무어ᄐᆞ고술이라안쥬거믄고伽倻ㅅ고奚琴琵琶笛觱篥杖鼓舞鼓工人과安岩山ᄎᆞ돌一番부쇠나전대귀지삼이江陵女妓三陟쥬탕년다몰속싯고

ᄃᆞᆯᄇᆞᆰ근밤의鏡浦臺에가셔大醉코扣枻乘流ᄒᆞ여叢石亭金蘭窟과永郞湖仙遊潭에任去來를ᄒᆞ리라。

五七二 나모도바히돌도업슨뫼헤매게ᄶᅩ친가토리안과大川바다한가온대一千石시른비에노도일코닷도일코뇽총도근코돗대도것고치도ᄲᅡ지고ᄇᆞ람부러물결치고안개뒤섯계ᄌᆞ자진날에갈길은千里萬里나믄듸四面이거머어득져뭇天地寂寞가치노을ᄯᅥᆺ는듸水賊만난都沙工의안과엇그제님여흰내안히야엇다가ᄀᆞ을ᄒᆞ리오。

五七三 ᄉᆡ어마님며느라기낫바벽바ᄒᆞᆯ구두지마오빗에바든며ᄂᆞ린가갑세쳐온며ᄂᆞ린가밤나모서근들걸에휘초리나ᄀᆞᆺ치알살픠선ᄉᆡ아바님볏뵌쇠동ᄀᆞᆺ치되종고신ᄉᆡ어마님三年겨른망태에새송곳부리ᄀᆞᆺ치ᄲᅩ족ᄒᆞᆫ신ᄉᆡ누으님당피가론밧틔돌피나니ᄀᆞᆺ치시노란욋곳ᄀᆞᆺ튼피ᄯᅩᆼ누ᄂᆞᆫ아ᄃᆞᆯᄒᆞ나두고건밧틔멋곳ᄀᆞᆺ튼며ᄂᆞ리를어듸를낫바ᄒᆞ시ᄂᆞᆫ고。

五七四 언덕문희여조븐길메오거라말고두던이나문희여너른구멍조피되야水口門내ᄃᆞ라豆毛浦漢江露梁銅雀이龍山三浦여흘목으로든니며ᄂᆞ리두져먹고치두져먹ᄂᆞᆫ되강오리목이힝금커라말고大牧官女妓小各官쥬탕이와당탕내ᄃᆞ라두손으로붓잡고부드ᄃᆞᄶᅧ

는이내므스거시나힝금코라쟈眞實로거러곳홀쟉시면愛夫ㅣ될가ᄒᆞ노라。

五七五 天君衙門에仰呈所志爲白去乎依所訴題給ᄒᆞ오쇼셔人間白髮이平生에계엄으로ᄎᆞ마못볼老人광대靑春少年들을미러가며다ᄠᅴ오되그中의英雄豪傑으란부듸몬져늙게ᄒᆞ니右良辭緣을細々叅商ᄒᆞ야白髮禁止爲白只爲天君이題辭를ᄒᆞ오샤ᄃᆡ世間公道를白髮로맛져이셔貴人頭上段置撓改치못ᄒᆞ거든너ᄯᅩᄒᆞ려分揀不得이라相考施行向事。

五七六 너ᄅᆞ랴보쟈니ᄅᆞ랴보쟈내아니니ᄅᆞ랴네남진ᄃᆞ려거즛거스로물깃는쳬ᄒᆞ고통으란ᄂᆞ리와우물젼에노코ᄯᅩ아리버서통조지에걸고건넌집쟈근金書房을눈기야불러내여두손목마조덥셕쥐고슈근슈근말ᄒᆞ다가삼밧트로드러가셔므스일ᄒᆞ던지ᄌᆞᆫ삼은쓰러지고굴근삼대ᄭᅳᆺ만나마우즑우즑ᄒᆞ더라ᄒᆞ고내아니니ᄅᆞ랴네남진ᄃᆞ려져아희입이보도라와거즛말마라스라우리는ᄆᆞ을지서미라실삼죠곰키더니라。

五七七 청울치뉵놀메트리신고휘대長衫두루혀메고瀟湘斑竹열두ᄆᆞᄃᆡ를불휫재ᄲᅢ쳐집고ᄆᆞ르너머재너머들건너벌건너靑山石逕으로휫근누은누은휫근휫근동너머가옵거늘보온가못보온가긔우리난편禪師즁이놈이셔즁이라ᄒᆞ여도밤즁만ᄒᆞ여셔玉人ᄀᆞᆺ튼가슴

우희슈박ᄀᆞᆺ튼머리를둥글썰썰썰둥굴둥굴둥실둥굴려긔여올라올져긔ᄂᆞᆫ내사죠해
중書房이。

五七八 鎭國名山萬丈峰이靑天削出金芙蓉이라巨壁은屹立ᄒᆞ여北祖三角이오奇岩은斗起ᄒᆞ여南案蠶頭ㅣ로다左龍은駱山右虎仁王瑞色은盤空ᄒᆞ여象闕에어릐엿고淑氣ᄂᆞᆫ鍾英ᄒᆞ여人傑을비저내니美哉라我東山河之固여聖代衣冠太平文物이萬萬歲之金湯이로다年豐코國泰民安ᄒᆞᆫ듸九秋楓菊에麟遊를보려ᄒᆞ고而岳登臨ᄒᆞ여醉飽盤桓ᄒᆞ오며셔感激君恩ᄒᆞ여이다。

五七九 이제ᄂᆞᆫ못보게도ᄒᆡ애못볼시ᄂᆞᆫ的實커다萬里가ᄂᆞᆫ길헤海口絕息ᄒᆞ고銀河水건너뛰여北海ᄀᆞ리지고風土ㅣ切甚ᄒᆞᆫ듸深意山골가마귀太白山기슭으로골각꼴각우닐며ᄎᆞ돌도바히못어더먹고굶어죽ᄂᆞᆫ짜희내어듸가셔님ᄎᆞ자보리아희야님이오셔든주려죽단말싱심도말고ᄡᆞᆯᄡᆞᆯ이그리다거어골病어더셔갓고ᄲᆡ만나마달바조밋트로아장ᄀᆞᆺ삭전니다가쟈근쇼마보신後에니마우희손ᄂᆞᆯ언血ᄒᆞᆫ가레추혀들고쟛바져죽다ᄒᆞ여라。

五八〇 님이오마ᄒᆞ거ᄂᆞᆯ져녁밥을일지어먹고中門나서大門나가地方우희치ᄃᆞ라안자以手로

加額ᄒᆞ고오ᄂᆞᆫ가가ᄂᆞᆫ가건넌川ᄇᆞ라보니거머횟들셔잇거ᄂᆞᆯ져야님이로다보션버서품에품고신버서손에쥐고곰븨님븨님븨곰븨쳔방지방지방쳔방즌ᄃᆡ마른ᄃᆡ골희지말고워렁충창건너가셔情엣말ᄒᆞ려ᄒᆞ고곁눈을흘긧보니上年七月사흔날갈가벅긴주추리삼대솔드리도날소겨다모쳐라밤일싀만졍힝혀낫이런들놈우일번ᄒᆞ괘라。

夫文章詩律 刊行于世 傳之永久 歷千載而猶有所未泯者 至若永言則 一時諷詠於口頭 自然沈晦 未免湮沒于後 豈不慨惜哉 自麗季 至國朝以來名公碩士及閭井閨秀之作 一々蒐輯 正訛繕寫 釐爲一卷 名之曰靑丘永言 使凡當世之好事者 口誦心惟 手披目覽 以爲廣傳焉。歲戊申夏五月旣望 南坡老圃識

靑丘永言後跋

金天澤 一日 持靑丘永言一編以來眎余曰 是編也 固多 國朝先輩名公鉅人之作 而以其廣收也 委巷市井淫哇之談 俚褻之設詞 亦往々而在 歌固小藝也 而又以累之 君子覽之 得無病諸 夫子以爲奚如 余曰 無傷也 孔子 刪詩 不

遺鄭衛 所以備善惡而存勸戒也 詩何必周南關雎 歌何必虞廷賡載 惟不離乎性情則幾矣 詩自風雅以降 日與古背鶩而『漢魏』以後 學詩者 徒馳騁事辭 以爲『博藻績景物以爲工 甚至於較聲病鍊字句之法出而情性隱矣 下逮吾東 其弊滋甚獨有歌謠一路 差近風人之遺旨 率』情而發 緣以俚語 『吟諷之間 油然感人 至於里巷謳歈之音 腔調』雖不雅馴 凡其愉佚怨歎猖狂粗『莽之情狀態色 各出於自然之眞』機 使古觀民風者采之 吾知不于詩 而于歌 歌其可少乎哉 曰『然則』願徵惠夫子一言 以賁斯卷 余曰諾 余平生好聽歌 尤好聽汝之歌 而汝以歌爲請 吾安得無言 遂書其問答歸之 澤 爲人精明有識 解能誦詩三百 蓋非徒歌者也。丁未季夏下澣 磨嶽老樵 題

靑丘永言跋

靑丘永言은 우리의 時調와 歌謠를 收集한 것 中에 가장 代表的인 것이라고 할만하다。
이와같이 좋은 靑丘永言 그 中에서도 가장 잘 內容이 整理되고 또 그 古한 品이 다른 어느 것 보다도 第一 오랜듯하여 아마도 最初의 原稿本이리라고 믿어서 좋을만한 것이 바로 이 책인 靑丘永言이다。

이제 이 책이 다른 靑丘永言들과 比較하여 特異한 點만을 簡單히 추려 보면 이런 것들이 있다。

첫째로 이 책에 있는 序와 跋과 其他의 記錄에 있어서 그 年代가 分明히 記錄된 것이다。

戊申暮春上浣黑窩序 (靑丘永言序)
戊申夏五月上澣南坡老圃書 (朱義植)
戊申暮春既望南坡老圃書 (金聖器)
戊申暮春既望南坡老圃書 (金裕器)
戊申暮春黑窩書 (金履叔)
戊申夏五月旣望南坡老圃識 (靑丘永言跋)

丁未季夏下浣磨嶽老樵題　　(靑丘永言跋)

이와같이 다른 책에는 記錄않된 것도 있으며 또 記錄한 다른 책이 있다하여도 그 月日까지는 分明치 않은데 不拘하고 이 책에는 모두 자세하여서 南坡가 이 책의 編纂을 完了한 것이 바로 이 戊申(英祖四年·西紀一七二八)夏五月이리라고 믿어서 좋을만 하게 되어 있다。 그러므로 나는 靑丘永言이 完成된 해를 英祖四年戊申(距今二百二十年前)이라고 定하고자 한다。

둘째로 이 책에 使用된 漢文字와 우리 글字에서 다른 책의 誤字를 訂正할 수 있는 點과 그마만치 이 책은 글씨도 고르게 잘 썼거니와 우리 글字의 綴字하는 法이 始終이 如一하며 또 그 式이 可히 英祖 때에 된 것이라고 볼 수 있을 만한 諸點이 있다。

셋째로 이 책에는 順序가 整然하여 簡單히 그 內容을 보면

靑丘永言序	第 一 張
첫머리(六首)	第 二 張
麗末(六首)	第 三 張
本朝(二百三首)	〃
列聖御製(五首)	第二十八張
閭巷六人(六十五首)	第二十八張

이와같이 그 序를 머리에 얹고 그 䟦을 끝에 달아 順序를 바로한 것이 이것이 다른 책들과 벌서 크게 差異나는 點이며 또 그 內容의 都合 五百 八十首를 그 가운데 두었으되 時代順으로 하였으니 麗末로 부터 始作되었을 뿐이고 特히 新羅 百濟 때의 作品이란 것이 끼우지 않었으며 또 이름 아는 사람의 것부터 始作하여 無名氏의 作品에 이르기까지 모두 다른 책에 比較하여 크게 나은 點이라고 아니할 수 없다。

네째로 이 책은 먼저 作者를 앞에 說明하고 다음에 그 作品을 紹介하는 그런 形式

으로 編纂되었으니 이런 式은 다른 책에도 많이 있거니와 그것 보담도 이 책은 그 作者의 說明에 있어서 매우 자세한 點이다。大槪 後世에 된 것은 노래를 主로하고 作者는 이름만 알았으면 될 程度로 記錄되었으니 여기서 이 책은 좀더 그 置重한 點이 著述이란 點에 있음을 推測할 수 있다。

다섯째로 이 책에는 京城大學刊本에 比較하여 그 序와 그 跋과 그밖의 記錄에서 文字上의 差異를 發見하는 한편 人名이 意外에도 서로 다른 것이 있음을 알게 되는 重大한 事實이 있다。例하면 京城大學本에는 그 序에서 『金聖器』라고 한것을 이 책에서는 『全樂師』라고 하여 『金』과 『全』의 差異가 있는 것이며 또 金聖器의 記錄에서 京城大學本에 없는 人名『文郁哉』라는 것이 새로 이 책에서 發見되는 것等과 같은 것이 그것이다。

여섯째로 다른 靑丘永言과 海東歌謠에 들어 있지 않은 것이 이 책속에 실려있는 것이니 그것의 例는 略하거니와 이 책에만 있는 것은 確實히 오랜 것으로서 隆慶 壬申 安瑺刊本의 『琴譜』에 이미 올라있는 것도 있는 것으로 보아 이 책이 더욱 그 正確함을 알게 하는 것이 있다。

일곱째로 이 책에 들어있는 松江歌詞 五十首가 그 內容 順序에 있어서 整然한 것이 到底히 다른 어느 책에도 볼 수 없을 뿐아니라 聾岩 漁父辭며 退溪의 陶山六曲의 其一과 其二며 龍湖와 象村의 作品의 詩解를 붙인 것等이 實로 놀랄만큼 完備되어 있는

點이 다른 어떤 책과도 比較할 수는 없는 形便이다。

여덟째로 이 책의 編纂의 順序로 南坡 卽 金天澤 自身의 作品을 맨 끝으로 三十首 실은 것이니 이 책은 金壽長의 作品은 한 首도 들어 있지 않다。 여기서 한가지 附言할 것은 後世의 靑丘永言과 海東歌謠라는 책은 結局 이것저것 뒤섞은 것임을 알 수 있다는 것이다。

아홉째로 이 책에는『南坡居士』의 印이 그 卷頭에 찍혀있는 點이니 오래 되어 좀 희미하지만 틀림이 없다고 본다。

以上으로써 위선 이 책이 다른 靑丘永言들과 比較하여 確實히 좋은 特異한 點을 들어 본 것으로 하려니와 이즈음과 같이 종이가 귀한 때이라고 더 길게 쓰는 것을 許하지 않으므로 不得已 그만에 全部 略하지 않을 수 없다。

至今까지 우리가 볼 수 있는 靑丘永言은 李熙昇氏 藏本을 爲始하여 大槪 寫本들이니 이 책의 板本으로는 京城大學 刊本이 西紀 一九三〇年에 처음 刊行된 後 朝鮮文庫本으로 一九三九年 四月에 또 通文舘 新文庫本으로 一九四六年 八月에 各々 發行되었으나 다 同一 內容의 책인 것이다。 그러나 이제 이 책은 이들과도 서로 다르니 이른바 錦上添花의 格으로 가장 좋고 第一 古한 原稿本이라고 할만한 것을 珍藏하신 吳璋煥氏의 特別하신 厚意와 朝鮮珍書刊行會의 誠意있는 努力으로 이 珍本이 刊行케 됨을 우리는 무엇보다도 기뻐하는 바이며 眞心으로 감사하여 마지않는 바이다。

西紀 一九四八年 戊子 四月 七日

一簑 方鍾鉉 識

索引 (數字는 歌詞番號임)

凡 例

一、原本 첫 머리 序와 끝의 後跋 及 本文中 一部 破損된 곳에 다른 册에서 補充한 것은 「 」의 符號를 使用하여 表示하였읍니다。

一、校正의 不注意로 誤字가 된 것이 아닌가 疑心할 곳도 있으나 꼭 原本 그대로 하기를 努力 하였읍니다。

一、三校까지 三次를 原本과 對照하여 校正을 하고 校了 時에도 疑心나는 곳에는 原本을 對照하였으나 사람의 일이라 本意 아닌 誤植이 없다고 斷言키 어렵습니다。

一、이 册을 發刊함에 있어서 貴重한 原本을 빌려주신 吳璟煥氏와 바쁘신데도 不拘하고 跋文을 써 주신 方鍾鉉氏와 題字를 써 주신 尹韓采氏와 그 밖에도 陰으로 陽으로 많이 後援하여 주신 여러분께 깊이 感謝를 드립니다。

一、序言 中 金樂師에 對하여 舊王宮 雅樂部 所藏 歷代 樂師 名簿에 依하면 金萬齊(字 重載 慶州人)로 景宗 三年 癸卯(西紀一七二三) 四月 二十二日에 樂師로 任命된 것이 記載 되어 있음。

一、앞으로도 繼續하여 發刊코저 하오니 貴重한 珍書를 秘藏하신 京鄕 愛書家 諸位께서는 貴重한 文獻을 많이 提供하여 後援하여 주심을 懇切히 바라나이다。

稀本 珍書의 刊行의 말씀

시들어지고 뒤떨어진 우리 문화를 다시 일으키고 발전 보급시키려면 우리 문화를 사랑하고 두호하고 그것에 관심을 가지며 우리 문화의 보물창고라 할 전적을 장서가의 깊은 책장 속에서 과 내고 숨겨 있고 잃어진 문화재를 찾아 내어 널리 펴지게 하여야 할 것임은 여러 말을 할 것까지도 없는 일이다。

그러나 연구할래야 전적이 부족하며 책은 있어도 장서가의 책장 속에 깊이 숨겨 있으며 또는 책사 진열장에는 있어도 너무도 엄청난 비싼 값에 손댈 생념조차 못 내게 됨이 오늘날의 현상이 아닌가? 이러고야 어찌 문화의 발전 보급을 바랄 수 있으랴?

오인은 여기에 느낀 바 있어 우리 나라에 관한 드문 책과 진귀한 책을 찾아 내어 이것을 사진판 또는 본디모양 그대로 활자화하고 될쑤록 싼값으로 출판하여 써 이에 뜻 두는 이들의 요구에 보답하여 우리 문화의 발전 보급에 한 채잡이가 되고자 하는 바이다。

그러나 이런 큰 사업을 어찌 일개의 미약한 소기관의 힘만 가지고 만족한 성과를 바랄 것이랴? 그러므로 모름지기 뜻 있는 강호 제언 특히 희본 진서를 가지신 장서가와 사학에 뜻을 두신 학자 여러분의 찬조와 협력이 있어야 할 것이다。 부디 뜻 있는 여러분께서 찬조와 협력을 하여 주시와 본회의 목적하는 바인 우리 문화 발전 보급의 횃불잡이 되게 하여 우리 문화를 구만리 장공에 빛나게 하여 주시기를 바라는 바이다。

서기 一九四八년 五月 日

朝鮮 珍書 刊行會 白

西紀一九四八年五月二十五日 初版印刷
西紀一九四八年五月三十日 初版發行
（限定版五〇〇部）

限定五百部內

第 169 號

靑丘永言

編輯兼發行者 서울市鍾路區寬勳洞七三番地 吳漢根

印刷者 서울市西大門區萬里洞一街六二 李命珪

印刷所 서울市西大門區萬里洞一街六二 朝鮮印刷會社

發行所 서울市鍾路區寬勳洞七三番地 朝鮮珍書刊行會

一九四八年四月二三日
登錄番號第六四四號

靑丘永言

李樸鎭 編

青丘永言

一 空山이寂寞ᄒᆞᆫᄃᆡ 슬피우ᄂᆞᆫ져杜鵑아 蜀國興亡이어제
오ᄂᆞᆯ아니어든 엇지다 피나게우러 남의의를긋ᄂᆞ니

二 松林의ᄂᆞᆫ이오니가지 : : 곳지로다 ᄒᆞᆫ가지꺽거내여 님계신ᄃᆡ
보내고져 님계셔보오신후의 사라진들어이ᄒᆞ리

三 잘새ᄂᆞᆫ나라들고 새ᄃᆞᆯ은도다올제 외남오다리로호올노가ᄂᆞᆫ
져禪師야 네졀이언마나멀건ᄃᆡ 鐘磬소리들니ᄂᆞ니

四 天皇氏지으신집을 堯舜의와洒掃러니 漢唐宋風雨의기우런
지오래더니우리도 聖主뫼옵고重修ᄒᆞ올가ᄒᆞ노라

五 어저 내 일이야 그릴줄 모로든가 이시라 ᄒᆞ드면 가랴마는 제구ᄐᆞ야 보내고 그리는 情懷는 나도 몰나 ᄒᆞ노라

前朝 妓 眞伊

六 冬至ᄃᆞᆯ 기나긴 밤을 한허리를 둘의 버혀 春風니불 아릐 서리：：너어ᄯᅡ가 님계셔오신 밤의 구뷔：：펴리라

崔 首

七 碧海渴流後 모래 모혀 셤이 되니 無情芳草는 해해마다 푸르르거니 엇지다 우리王孫은 歸不歸 ᄒᆞᄂᆞ니

南 濱

八 가마귀 ᄯᅩᆼ사둘아 뉘너루 샹니 갈디 九萬里長空을 어디다시 ᄯᅮᆯ 나ᄀᆞᆫ이 제란 十里의 ᄒᆞᆫ번식 수여 더되기ᄅᆞᆯ ᄒᆞ여라

九 三冬의 뵈옷 닙고 岩穴의 눈비 맛즈 구름 ᄭᅵᆫ 볏뉘도 쬔 적이 업

넌 이ᄂᆞᆫ 西山의 해지다 ᄒᆞ니 눈물 ᄭᅴ워 ᄒᆞ노라

一〇 栗谷先生

春風花滿山ᄒᆞ고 秋夜月滿臺라 四時佳興이 ᄉᆞ람과 ᄒᆞᆫ가지
라ᄒᆞ물며 魚躍鳶飛 雲影天光이야 이러 무ᄉᆞᆷ ᄒᆞ리

一一 牛溪先生

白雪이 자자진 골의 구름이 모흐레라 반가온 梅花ᄂᆞᆫ 어ᄂᆡ 곳의
픠여ᄂᆞᆫ고 夕陽의 홀노셔 이셔 갈곳 몰나 ᄒᆞ노라

一二

時節이 太平ᄒᆞ니 이 몸이 ᄒᆞᆫ가ᄒᆞ다 竹林深處의 午鷄聲 아니
러면 뉘라셔 華胥 一場夢에 날 ᄭᆡ이ᄂᆞ시리

一三

琵琶를 두러메고 玉欄干을 지혀시니 細雨東風의 흣듯ᄂᆞ니 桃花로
다 春鳥도 送春을 슬허 百般啼를 ᄒᆞ더라

一四 百川이 東到海하니 何時에 復西歸오 古往今來의 逆水 업건
마는 엇지타 肝腸 스흔 물은 눈으로 솟나니

一五 나의 도타흔 남슨은 어흐서 말씀 날마다 흐고 義我 삼난
좃지 말나 우리난 天性을 지켜여 생긴 되로 흐노라

一六 대막대 너를 보니 有信코도 반가와라 나니 아희 때에 너 타
고 다니더니 이후난 聰 밧긔 서 잇다가 나 붓들고 단녀라

一七 空山裡自枯松아 너누 엇지 홀노 서서 風霜을 겻고 나니 여기 붉어 되야
자누 어노라 가와 良工 만나 어든 날 때에 잇다 할너라

一八 老檢이여 벼슬 거시 뭇흔 언 書生 農夫 되리라 하이니 때 踩貪이 病 못치면 此

一九 三開老

山寺에 鐘 다ᄒ나 잇ᄃ히 아 잔 ᄀ슬 부어라 내 얏ᄃ 로ᄒ니라
松壇의 선잠을 ᄭᆡ여 醉眼을 드러보니 夕陽浦口의 나드ᄂ 白
鷗로다 아마도 江山主人은 나뿐인가 ᄒ노라

二〇

ᄎᆡ 시 절 날의 저 ᄃᆡ 귀 ᄂ 참새 ᄃ아 ᄃ곳 쌀 ᄂ 몬 ᄲ 米 間 枝
도 ᄂᆞᆫ ᄒ슨 ᄃ을 ᄲᆡᄯᆞ ᄒ고 ᄒ온 ᄂᆡ 불새 울우라 잇ᄂ라

二一 宣州伯 閔人

일 ᄭᆞᆺ의 ᄂᆞᆫ 오이 ᄒ나 네 ᄭᆞᆺ ᄃ을 뉘라 너ᄅ 모라 ᄌ아 너거든 ᄒᆞᄂᆞᆫ
碧梧桐 게 ᄋ 어디 ᄃ을이 ᄭᆞᆺ ᄉ의 ᄂᆞᆫ ᄃ다 ᄃ을도 ᄭᆞᆺ ᄂᆞᆫ 情分은 너와 나와 다
르라

二三

一定 百年 살 ᄅᆞᆯ 百年 사ᄅ 션 ᄇᆡ 나 ᄒ 疾害 ᄒ나 ᄂᆡ 늣 ᄂᆡ 御

업니아희야 장즐루부어라 깨삿디로ᄒᆞ와라

二三 우리 ᄒᆞᆫ 後生ᄒᆞ여 ᄆᆡ니 되고 네 날 되여 내 너 그려 ᄉᆞᆺ 두외로
너도 날 그려 ᄉᆞᆺ 하보면 前生의 내 셜어ᄒᆞ든 ᄯᅳᆮ을 돌녀 알니라

二四 이러나 뎌러나 ᄡᆞᆯ 날 더러란 잡ᄡᆞ소 내 당부 남의 말에는
로다 ᄒᆞ로라 ᄆᆡ의 못니즐 딕에 ᄒᆞ여 누을 ᄒᆞ리

二五 인생 百年이야 어디러로 ᄒᆞ냐서 ᄆᆡ고 酒色 잡아서 ᄉᆡ 白髮이 밧고니
거다 이후란 이 오리 ᄒᆞᆫ 준들 다시 오기 쉬우리

二六 半 넘어 늘거시니 다시 졈든 못ᄒᆞ여도 이후나 늙지 말고 ᄆᆡ양 少孫
이만 ᄒᆞ엿고져 白髮이 네 짐작ᄒᆞ여 더듸 늙게 ᄒᆞ여라

二七 綠楊春三月을 잡바매여 둘작시면 센머리 생애여 찬찬 동

해두련마는 해마다 미든 몸이 늙기 슬허하노라

二八 어우와 날속여다 秋月春風이 날속여다 節々이 도라오매 有

信이 너겻더니 白髮을 날만 맛지고 少年따라 가노라

二九 雪月이 滿牕한듸 바람아 부지마라 曳履聲 아닌줄을 判然이 알

건마는 그립고 아쉰 마음의 행여 긘가 하노라

三〇 菊花야 너는 어이 三月春風 다 지내고 落木寒天의 네 홀로 퓌엿는

아마도 傲霜孤節은 너뿐인가 하노라

三一 中書堂 白玉盃를 十年만의 다시 보니 맑고 조흔 빗촌 녜라온 듯

흥이 쌓은 열어타 江上人心은 나뿐 달녀 가노니

三二 壬戌之秋 七月既望의 배를 타고 金陵의 노러 金오사 보가 가면이
주고 술 싸와 至今의 蘇東坡 엇지 놀뿐 업서 ᄒᆞ노라

三三 바람은 한숨이 되고 눈물은 細雨되여 님 자는 窓 밧긔 불며
색려가는 날것고 깁히 든 잠을 깨워 ᄒᆞ노라

三四 취타 날은 다른 날은 곤이 동이려 ᄒᆞ야 곡 보매 방삼고 잔접
유신 누운 이비 春氣의 ᄎᆞᆺ 날은 白髮이 아썬 들여이 ᄒᆞ되

三五 白湖 山의 박 가는 百姓 사녀야 太平閒暇ᄒᆞ니 鑿飮耕食이 帝力이 잇슬소
근나 나 ᄒᆞ되 向會 ᄒᆞ 부러 무삼 ᄒᆞ리

三六 남도준배업고 밧는 바로업던 맛슬 엇슈白 잇시 어의롯체 오
거시 白髮이 公道업도다 그를슬허 ᄒᆞ노라

三七 半顔ᄒᆞᆫ 갓香臭ᄒᆞ고 滿額이 殘ᄒᆞ도록 어의 가아 何희 사랑 ᄒᆞ시다가
斜月上 低手ᄒᆞ야 믹바드라 ᄒᆞ노니

三八 一生願ᄒᆞ기를 唐虞세 몯나셔 우리 華衣를 무릅고 木
食을 ᄒᆞ올만졍 人心이 淳厚ᄒᆞᆫ 널쥭을 못봐 보려 ᄒᆞ노라

三九 白湖 남도도 病이 三나 亭子라도 ᄒᆞ니 업다 豪華이 何시제 ᄒᆞ도니
가ᄂᆞ다 쉬더나 업지고 가자 주ᄒᆞ는 새도ᄒᆞ니 ᄒᆞ더라

四〇 首陽山 나린물이 夷齊의 寃淚되어 晝夜不息ᄒᆞ고 細유ᄒᆞ이 우

는 平生至今爲國忠誠 못ᄒᆞ여 슬허ᄒᆞᆷ이라

四一 銀河의 물이 지니 烏鵲橋 ᄯᅳ단 말가 소 잇근 仙郎이 못 건너 오리로다 織女의 寸肝腸이 봄눈 스 듯 ᄒᆞ도다

四二 山外의 有山ᄒᆞ니 넘도록 뫼히로다 路中多岐ᄒᆞ니 가도록 길히로다 山無窮 路無家ᄒᆞ니 고올을 슬허 ᄒᆞ노라

四三 小園百花叢의 ᄂᆞ니ᄂᆞᆫ 나뷔들아 香내를 됴히 너겨 가지마다 안지 마라 夕陽의 숨고ᄌᆞᆫ 거믜ᄂᆞᆫ 그물을 기ᄃᆞ니리라

四四 버들은 실이 되고 ᄭᅬᄭᅩ리ᄂᆞᆫ 북이 되여 九十韶光의 ᄶᆞ내ᄂᆞ니 나의 시름 누구셔 綠陰芳草를 勝花時라 ᄒᆞ던고

四五 楚霸王의 壯ᄒᆞᆫ 뜻도 죽기도곤 離別셜희 帳中悲歌의 눈물지여
시나 至今의 烏江風浪의 우닷시 업ᄂᆞ니라

四六 騎司馬 呂馬童아 項籍인줄 모로ᄂᆞᆫ야 八年干戈의 날티맛뉘엿
ᄃᆞ나 ᄋᆞ흘 이리 되기 하ᄂᆞᆯ인가 ᄒᆞ노라

四七 俗의 項羽를 싱각ᄒᆞ니 勝敗事를 議論ᄒᆞ니 重瞳의 ᄌᆞ을 미며자
치ᄂᆞᆫ 情ᄒᆞᆫ 마음이 至今에 不渡烏江ᄒᆞᆫ 나도 몰ᄂᆞᆫ가 ᄒᆞ노라

四八 梨花의 月白ᄒᆞ고 河漢이 三更인ᄌᆡ 一枝春心을 子規야 알냐마ᄂᆞᆫ
相思도 病이라 ᄒᆞ여 잠 못드러 ᄒᆞ노라

四九 青山은 엇지ᄒᆞ여 萬古의 프르며 流水ᄂᆞᆫ 엇지ᄒᆞ여 晝夜의 긋지이

보나 우리도 閑山水 萬古相淸 하리라

五〇 말업슨 靑山이오 態업슨 流水로다 갑업슨 淸風이오 임자업슨 明月이로다 이 中의 閒暇한 이 몸이 分別업시 늘그리라

五一 田園의 남은 興을 전나귀의 모도 싯고 山川 몰은 길로 興치며 오너라 가 白鷗야 날 본체 말아 놀나 하노라

五二 老稼齋 靑驄이 흔션 본 몰니 자남은 보라매 밧고 夕陽山路로 내 부르셔도 라 드니 乾坤이 날더러 너무 시되 흔리라 늙재 굿더라

五三 李廷相 靑石嶺 어디 보오 玉華館이 어디로다 胡風도 찬도찰샤 궂은비는 무슨 일고 뉘라셔 이 行色 그려 님 계신 되 드리고져

孝廟朝

五四 春江의비듯는소릐긔무엇시우습관듸滿山紅綠이휘두르며
웃는고야두어라春風이몃날이리우슬대로우어라

五五 山映樓비갠후의白雲峯이새로왜라桃花뜬맑은물이골골이
흐른다아희야武陵이어듸메오나는옌가ᄒᆞ노라

五六 이려도太平聖代져려도聖代로다堯之日月이오舜之乾坤
이로다우리、聖主뫼ᄋᆞᆸ고同樂太平ᄒᆞ리라

五七 白沙場紅蓼邊의구버기ᄂᆞᆫ白鷺들아口腹을못메워뎌
다지굽니ᄂᆞ냐(구버) 一身이閒暇ᄒᆞᆯ진댄살져무슴ᄒᆞ리오

五八 이셩뎌셩다지내고흐롱하롱ᄒᆞᆫ일업다공명은어근버근世事

는 심숑상눙 每日 ᄒᆞᆫ잔 두잔 ᄒᆞ여 그리져리 ᄒᆞ니라

松江 五九

靑天의 떳ᄂᆞᆫ 매 우리 님의 매 ᄀᆞᆺ도다 단쟝고 빼깃희 방울 소리 더옥 ᄀᆞᆺ다 우리 님 어듸 가 宿處의 자셔 매 떠난 줄 모로ᄂᆞ니

六〇

一生의 얄뮈울손 거믜 밧긔 ᄯᅩ 이사 제 간장 ᄌᆞ려내여 網網을 희즈두고 넛지러 춤추ᄂᆞᆫ 나븨를 잡을줄이ᄂᆞᆫ 시라

松江 六一

天地 몃 번 ᄶᅵ매 英雄은 누구누구 萬古興亡이 수수ᄭᅮᆷ이로다 어듸셔 망녕엣 거슨 노지 말자 ᄒᆞᄂᆞ니

六二

내 언제 信이 업서 님을 언제 소겻관ᄃᆡ 月沈三更의 온 ᄯᅳᆺ지 전혀 업ᄉᆞ 秋風의 지ᄂᆞᆫ 닙 소릐야 낸들 어이 ᄒᆞ리

六三 梵山의 남도 뵈ᄂᆞᆫ 아희야 喜도 뵈셔 가며 뵐셔라 ᄌᆞ태자 단셔ᄂᆞᆫ 희
우리라 낭셔 대를 우리 도ᄒᆞ런 줄 알의 남도 만 뵈리로 ᄒᆞᄂᆞ비

六四 二十四橋 月明夜의 佳節은 月正上元이라 億兆ᄂᆞᆫ 桐柳綵閣 嬉遊
ᄂᆞᆫ 携笻 步屧이로다 四時의 起燈 賞花 ᄒᆞ나 行旅中 드러 봄가 하노다

六五 天地ᄂᆞᆫ 萬物之逆旅요 光陰은 百代之過客이라 人生을 혀아리면 滄海之
粟이로다 두어라 若夢浮生이 아니 놀고 어이 ᄒᆞ리

六六 南[illegible] ᄌᆞ비 집의 술 닉거든 부듸 날을 쳥ᄒᆞ시소 草堂의 곳 지위 여드란
나도 ᄌᆞ비 쳥ᄒᆞᆷ세 百年間 시름 니줄 일을 ᄒᆞ고자 ᄒᆞ노라

六七 곳이 진다 ᄒᆞ고 새들아 원치 마라 ᄇᆞ람이 흣나니 ᄂᆞᆫ 곳의 탓 아니로

다구븨여 봇다된 곳들 사와 무엇ᄒᆞ리오

六八 東風의 지는 곳지 온세가세 나니다사 가지의 곳 온도고 걸니거다거위
술의 져거미 落花를 모롤 나뷔 갈 듯ᄒᆞ더라

松江 六九 재너머 成勸農 집의 술 닉단 말 어제 듯고 누은 쇼 발로 박차 언치 노
하 지즐 타고 아희야 勸農님 계시냐 鄭座首 왓다 ᄒᆞ여라

松江 七〇 秋江의 月白거늘 一葉舟를 흘니저어 낙대를 떨쳐 드니 잠든 白鷗다
놀나거다 저의도 사람의 興을 알아 오락가락ᄒᆞ더라

七一 功名을 혜에 보니 榮辱이 半이로다 東門掛冠ᄒᆞ고 田廬의 도라와셔
聖賢傳 펼쳐노흔 보기를 ᄆᆞᆺᄎᆞᆫ 후의 압뫼의 살진 고사리도 ᄒᆞ고 뒤뫼의

엉긴 東도 깨어 登高遠望하니 有情道途하니 淸和良時로하며 明日果
로다 아름다운 꽃 미리 이렇게 주셔 우리의 무엇 소망 빌고 나 海東의 이 거리로
기쁜 마음 化佛君 하이 과 顔 있까 오나라.

七二

八萬大藏 부처님께 비옵나다 님가 만나 이제 부처 하늘에 계시와 부처 菩薩 보
살 五百羅漢 西方淨土 極樂世界 觀世音菩薩 나무 아미타불 계신의 還到
相逢하여 眞像을 뵈오며 恩惠를 [illegible] 善[illegible]하옵니다

七三

내 몸이 淮陽 한 職을 마치고 나서 되던 [illegible]을 二月 하니 한해되어 [illegible]
사나 거뭐나 뵈알 곳이 이리 하여 [illegible] 외로울 적 우리 가고 [illegible] [illegible]
말하며 부터 [illegible] 뵈나이 뵈옵더라 [illegible] 가 [illegible] 바라옵니다

(곰도 빈 틈 없이)

리 우리도 우리 친구들 풍실 주리이시라

七四
漁村의 落照ᄒᆞ니 江天이 一色이라 小舡의 그물 싣고 重山汀渚의 兩岸紅綠의 蒹,
鶯은 섯거 날고 桃花流水의 鱖魚는 살쪄 난ᄃᆡ 柳橋邊의 비를 비고ᄀᆞ이
주고 金年상에 金치며 돈ᄒᆞ의 生의 非 부르ᄂᆞᆫ 배 돌려 ᄃᆡ고 도라오니 이거시 東江
湖上樂이 아닌가 ᄒᆞ노라

七五
自古男兒 豪心으로 事歷ᄒᆞ여 ᄒᆞ여 보니 傳說은 車甲草東馬와 晉室王謝
風流文物 白雪山人 鄭吟咏과 洛陽花開行樂이 다 모다 니 만연이 이제야
마는 春風十二窩의 小車를 니리면 付太和湯 五六觥의 擊壤歌 부르면
付任意去來ᄒᆞ야 老死太平이 긔 願이런가 ᄒᆞ노라

七六 宋秋 以

지돌이 져귀돌이 어엿부다 져귀돌이 간소릐 자른소릐 第二 이 슐픈소릐 지는 돌새는 날의 얄돌의 슬드리 도돌소이 도라 저 비록 微物이나 내 뜻 알시는 이 뿐인가 ᄒᆞ노라

七七

南薰殿 舜琴을 夏殿 周의 傳ᄒᆞ야 作 秦漢唐 雜佩干戈 宋齊梁 風雨 亂坤의 王風이 委地ᄒᆞ여 正聲이 微ᄒᆞ엿더니 東方의 聖人이 나오샤 彈五絃歌南風을 다시 불가 ᄒᆞ노라

七八

내 일ᄒᆞᄂᆞ 글란 보자니 書房 더러 거즛 물 길나 갈 제 ᄒᆞᆫ 통 버서 우물 둔지의 노코 또 아리 벗ᄉᆞ 동ᄌᆞ지의 별ᄂᆞᆫ 져 닛 더 쇼폰 金ᄇᆡᆨ房 ᄂᆞᆫ 괴여 볼 너벼셔 두손목 마조 쥐고 소곤 숙덕 ᄒᆞ다가 저 건너 삼밧희 드러가 무슴 ᄒᆞᆫ던지 잔

삼은 ᄇᆞ려지고 늘근 삼에 夫만 남아 우許許 事로다 ᄒᆞᆫᄡᅵ 삼ᄋᆡ로다 非
네 書房더려 ᄌᆡᄡᆞ회 입씨 보도라 와 ᄀᆡᆨ ᄆᆞ리ᄒᆞ라 우리도 모를 ᄭᅥᆷ재어미로ᄒᆞ이 가삼이 ᄒᆞ여 설삼 ᄒᆞ라 ᄒᆞ더니

七九 司馬遷의 名萬古文章 王羲之의 掃千人筆法 劉伶의 嗜酒와 杜牧之風采一
力의 西施 ᄒᆞ여 白年을 從事ᄒᆞ려니와 아ᄆᆞ도 雙傳키 어려울손 大舜 曾參
孝와 龍逢 比干 忠인가 ᄒᆞ노라

八〇 羊蹄 丈夫 功成身退ᄒᆞᆫ 후의 林泉의 집을 짓고 萬卷書를 ᄡᅡ 노코 ᄒᆞ며 ᄆᆞᆯ
ᄀᆞᆯ나 고 보라ᄆᆡ 길드리고 千金駿馬 걸희ᄆᆡ고 絶代佳人 ᄭᅧᆸ희 두고 金樽
의 술을 두고 碧梧桐 거문고의 南風詩 부르면서 太平烟月의 醉
ᄒᆞ여 누엇고 아마도 丈夫의 ᄒᆞᆯ 일은 이ᄲᅮᆫ 가시 업ᄂᆞ니라

八一

待人難〻ㅎ니 鷄三呼ㅎ고 夜五更이라 出門望〻ㅎ니 靑山은 萬疊이오 綠水는 千廻로다 이윽고 개 줏는 소리에 白馬遊冶郎이 넌즈시 도라드니 반가온 情이 無窮탐ㅎ여 오늘밤 서른 즐거움이야 어늬 끗이 이시랴

八二

靑山松栢 鬱〻蒼〻 長江流水 浩〻洋〻 主上殿下 此山水같이 山崩水渴토록 聖壽無疆ㅎ사 千〻萬〻歲를 太平으로 누리시고 우리는 康衢逸民이 되어 春臺의 擊壤歌를 부로리라

八三 白洲

오날도 져무러지게 져물면 새리로다 새면 이 님 가리로다 가면 못보려니 못보면 그리려니 그리면 응당 病들려니 病곳 들면 못살려로다 病드러 못살 줄 알면 자고나 갈가 ㅎ노라

八四 꽃시를 이리져리 삼아 두루 삼아 감삼다사 다사 호시온듸 作亽 곳ᄎ
지읍거든 品쌍여 감쌩라 셤셤 玉手로 두仕 미소 잡아바 뷔시나
우리라 져 보시는 슈리도 보스랑 굴때 지늡거든 다시 모시 ᄒ로니 우리라

八五 酒色을 삼가란 말이 녜사람의 경계로되 踏青 登高節의 벗님네
두리고 詩句를 을플 제 滿尊 香醪를 아니 먹기 어려오며 旅館
의 殘灯을 對하여 輾轉不眠할 제 絕代佳人 마다 하니 어이 아니 잘이 어려오니

八六 寒松亭 자긴 솔 버혀 죠고 상쳐 배 무어 타고 술이라 안쥬 거믄고 ᄉᆡ쳥 히금
琵琶 져 피리 무인 들라 老姑山 수리취 安岳山 ᄎᆞ돌 일편 부쇠 지삼이 陜
陵 三陟 女妓 酒湯 년 다 몰속 싣고 ᄂᆞ 달 밝은 밤의 경포대로 가서 대취코 고예승류 ᄒᆞ되 永郞 仙遊 潭마 蓬萊 石 [illegible]

蘭臺工任去來量ᄒᆞ니라

八七
十二幅大小帳을 방최연의 細書成文을 ᄌᆞ후지 일음白綠ᄒᆞ연니를 ᄲᅥᆺ거지 ᄲᅮ려 ᄯᅥ여두니 둥게〻 둥〻 ᄯᅥ셔 白龍의 구비 ᄯᅥ로 ᄂᆞᆸ고 놉히 소소 올나 둥ᄯᅥ 男子 千里 속의 東海ᄭᅡ지 다 ᄯᅥ너가 ᄯᅥ러오구나 셰월아 엿ᄯᅥ 風蕭〻 雨落〻 ᄒᆞᆯ ᄯᅢ 自然消滅ᄒᆞ리라

八八
寒碧堂蕭灑ᄒᆞᆫ 景을 비 갠 후의 올나 보니 百尺元龍과 一天花月이라 佳人은 滿座ᄒᆞ고 衆樂은 喧空ᄒᆞᆫ듸 浪吟ᄒᆞᆫ 盃盤이오 浩蕩ᄒᆞᆫ 風烟이로다 새로의야 장ᄉᆞ로부여리 大醉ᄒᆞ여 高歌ᄒᆞ여 遠客愁懷ᄂᆞᆫ 나ᄂᆞᆫ 몰나ᄒᆞ노라

八九
님이 오마 ᄒᆞ거ᄂᆞᆯ 져녁밥을 일 지어 먹고 中門 나셔 大門 나가 ᄒᆞᆫ門 밧게 나셔 다

라지방우희치다라셔 ᄯᅢ手加額ᄒᆞ고 [illegible] 거닐山ᄇᆞ라보니며
희, 두셔잇셔 놀어와 ᄂᆞ이로다 부텨버스 [illegible] 신 누란버스 [illegible]
고ᄌᆞᆫ디마른디 업시 [illegible] 빈지방 [illegible] 僧의 [illegible] 아 ᄒᆞᆯ [illegible] 열
로, 보니 上年 七月 열 [illegible] 여 [illegible] 이 [illegible] 거다
민ᄎᆞᆫ의 [illegible] ᄒᆞ며 [illegible] 러 [illegible]

九〇 長安大道 三月春風 九陌櫻臺 白花芳草 五陵遊俠 酒伴詩豪 桃
李繽紛 [illegible] 물 [illegible] 已大同 [illegible] 明月江山 林泉 [illegible]
雲林 [illegible] 답 ᄒᆞ [illegible] 의 相 [illegible] 和 [illegible]
然三五 [illegible] 신 [illegible] 라

九一 洛陽城裏方春和時에 草木群生이 皆有以自樂이라 冠者五六人과 童子六七으로 文殊重興 올나 歎沱盃酒ᄒ여 白雲峯 登臨ᄒ니 天門咫尺이라 拱北三角은 鎭國名山이오 丈夫胸襟의 雲夢을 삼켯ᄂᆞᆫ 듯 九天銀瀑의 塵을 씨슨 후의 杏花芳草 夕陽路 踏歌行休ᄒ여 太學으로 라드니 曾點의 詠歸高風을 미여 볼가 ᄒ노라

九二 ᄂᆡ悅 男兒의 少年行樂ᄒ을 일이 하도ᄒ다 글 닑기 劍術ᄒ기 활 쏘기 말달니기 벗 사괴기 술 먹기 좃여 花朝月夕 歌舞ᄒ기 좃도다 스로라 늙게야 江山의 도라와셔 밧 갈기 밧 ᄆᆡ기 고기 낙기 나모 뷔기 거문고 타기 바둑 두기 智水仁山 遨遊ᄒ여 百年安樂ᄒ여 四時佳興이 類업슨가 ᄒ노라

九三 白心

靑天 ᄯᅥ셔 울고 가ᄂᆞᆫ 져 기러기 나지 말고 내 맏ᄂᆞᆫ 드러 아리로 뎌리로ᄃᆡ 漢陽城甲 잠깐 드러 웨웨쳐 불너 니ᄅᆞ기를 月黃昏 계워 갈 제 寂寞空閨의 더진 듯 홀노 안ᄌᆞ 님 그려 ᄎᆞ마 못 살네라 ᄒᆞ고 부ᄃᆡ 傳ᄒᆞ여 다고 우리도 西洲 有事ᄒᆞ여 밧비 가ᄂᆞᆫ 길이오매 傳ᄒᆞᆯ 동 말 동 ᄒᆞ여라

九四

밋남편 廣州 ᄡᆞ리뷔 쟝ᄉᆞ 소대 남편 그놈 朔寧의 잇뷔 쟝ᄉᆞ 눈졍의 거룬 님은 뚝ᄯᅮᆨ 두드린 방마치 쟝ᄉᆞ 빙빙 도라 물비 쟝ᄉᆞ 우물 두던의 치다라 ᄎᆡ미리 ᄉᆞ랑ᄉᆞ랑 ᄒᆞ와 가셔 월 ᄎᆞᆼ ᄎᆞᆼ 풍덩 ᄲᅡ져 물 담복 ᄯᅥ셔 내ᄂᆞᆫ 드레 ᄉᆡᆨ지 쟝ᄉᆞ 어듸 가 이 얼골 가지고 조롱박 쟝ᄉᆞ 못 어드리노

九五

읍거치 亞吏 亞丘ᄒᆞ셔 술 뉘라 ᄒᆞ며 밧ᄂᆞ니 못 보던 禑王은 天子로되 瑤池의 연

하물며 項羽는 天下壯士로되 滿營秋月의 悲歌慷慨하고 明皇은 英主로되
解語花 離別에 馬嵬坡下의 우럿거든 여남은 少壯夫야 一白年 사는 그러라 하물
며야 ᄒᆞ물며 우리 엇지 人生 이별이오

九六 술이라 ᄒᆞᄂᆞᆫ 거시 어이 삼긴 거시완ᄃᆡ 一盞 復一盞하면 恨이 다 풀니라
樂에 呻吟者 謳歌ᄒᆞ고 哀怨者 歌舞ᄒᆞ며 伯倫은 頌德ᄒᆞ고 鍾은 靑
淵明은 葛巾素琴으로 騰庭柯而顧顔ᄒᆞ고 太白은 接䍠錦袍로 飛羽觴 羽
而醉月ᄒᆞ니 아마도 시름 풀기는 술만ᄒᆞᆫ 거시 업나니라

九七 泰山이 不讓土壤故로 大ᄒᆞ고 河海不擇細流故로 深ᄒᆞᄂᆞ니 萬古天下英雄俊
傑 建安八子 竹林七賢 李太白 蘇東坡 갓튼 詩酒風流를 내 어듸가 니로라

사리리 燕雀도 鴻鵠의 맘이내 詠遊狂客이 洛陽才子 모두들 모의 때

席의 참예ᄒᆞ여 놀을가 ᄒᆞ노라

九八 紫扉의 거스ᄅᆞ니 님만 너겨 나아보니 님은 아니오 明月이 滿庭ᄒᆞ되 一

陣金風의 닙 ᄯᅥ러지는 소리로다 ᄯᅢ개야 空山落葉聲을 헛도이

즈치테에 砂面의 겨우든 잠을 ᄭᆡ여 ᄭᅩᄃᆞ리이사라

九九 이바도 高家放ᄒᆞᆫ 靑蓮居士 李謫仙이 玉皇香案前의 黃庭經

一字誤讀ᄒᆞᆫ 罰로 謫下人間ᄒᆞ여 藏名酒肆라가 采石江 ᄇᆞᆯᄀᆞᆫ 달

의 긴 고래 타고 飛上天ᄒᆞ니 至今의 江風月이 閒多年인가 ᄒᆞ노라

一〇〇 아희는 藥캐라 가고 竹亭은 부혀ᄂᆞᆫ듸 ᄒᆞᆫ너 전반 ᄂᆞᄅᆞᆯ 뉘주어다물

노니 술 解코 仁亭의 누어 쉬어 第 맛을 보와 보세라

一〇一

누은들 잠이 오며 기두린들 님이 오랴 이제 누어신들 어니 잠이 ᄒᆞ사

오리 ᄎᆞ라 이 안즌 곳의셔 긴 밤 새려 ᄒᆞ노라

一〇二

天下名山五岳之中의 衡山이 第一로다 六觀道士 說法大乘ᄒᆞ던 弟子

僧靈通ᄒᆞ로 龍宮奉命ᄒᆞ니 石橋上 노든 봄의 八仙女戲弄ᄒᆞ고 謫

下人間ᄒᆞ여 龍門의 登科ᄒᆞ 出將入相 타가 和平宮도라 貴刊靑蛾

絶代로 左右의 버려시니 英陽蘭陽兩公主 外 賈春雲 秦彩鳳과 桂蟾

月狄驚鴻 沈鳥然 白凌波로 숨쉬지 노라 바가山鍾一聲의 醉ᄒᆞᆫ 夢을

다 깨거든 떼부터 人間富貴의 榮上榮華 져근 녀 인가 ᄒᆞ노라

一○三 花果山水簾洞의 十年 무궁을 지나더니 神通이 거룩하여 대로天宮하여 金丹을 도적하고 龍宮의 作亂하여 心鎭치를 빼어 들고 三藏의 弟子되어 활개쳐 솟아나니 西域國 가는 길의 요괴를 掃蕩하고 大藏經 다 얻어 내여 오니 아마도 非人非鬼亦非仙은 孫오공인가 하노라

一○四 이제는 못살게 하네 못살리도 的寔하다 萬里 가는 길의 海浪絶島하고 銀河水 건너 뛰어 北海水 구려는데 麻姑山 渦 넘어 귀 太白山 기슭을 보고 꼬상꼬상 우지지 변의 제 돌도 비치 못어려 벽는 대의 벼어 되가 넘치저 못하니 아닌 님이 오셔 들인 주려 죽다 말 심심도 말고 빨리 되다가 꿀 슈의 病이 두견의 울음이 의진하여 대강과 배 밖에 미희 이 잠 밖 싹 것 나다가 재골 오마 본 後의

되어삼배소노흘도기벌덕나잣바져 長歎一聲의 奄然命終ᄒᆞ여주
거가何擇키되여 남의봄이 챡 가셔 술셔지 아녀다가 부되잘하ᆞ〻쇼라

一〇五 退溪

青山도절로〻〻 綠水도절로〻〻 山절로水절로 山水間의 나도절로 아마도
절노난人生이니 절〻〻 늙그리라

一〇六

아희야 뭇안장지어라 타고 川獵을 가쟈 술병 걸지ᄒᆞ여 잔니 졸
셰라 白首에 積雪을 흣날니며 셔 흘〻 헌 더 갓나 내뒤에 (?)요란 벗님 오ᄂᆞᆫ 흥의 ᄆᆞᆷ

一〇七

닷ᄂᆞ 빠ᄂᆞ 니濁酒도희 내테 어인 질병 울러 욱이 표히 어울녀 바구기를
박ᄂᆞ란 동당지동 ᄯᅴ여 두고 아희야 져리 침쳐 만결 업다 ᄒᆞ고 내여라

一〇八

부러진 활 ᄭᅥᆨ거진 銃 ᄃᆡ 노 메고 怨ᄒᆞ노라 軒轅氏를 相奪世 以前 無心

이淳孝子ᄒ시 第八十歲를 누려 備나엿져하 習用千[illegible] 素作度生國케ᄒ노라

一〇九

[illegible]을치노나 때로[illegible]신고 회대장삼ᄯ로 [illegible]에 [illegible]山[illegible]道에구 [illegible] [illegible]아리로누
[illegible] [illegible]예 [illegible] [illegible]

[illegible] 회군ᄒᆞᄒᆞ누 [illegible]회군둥 너머가 [illegible]에 [illegible]가 보보시사 우리남편 [illegible]

노라 남[illegible]이셔 [illegible]이라 [illegible]서도 [illegible]것 [illegible]가 [illegible]회 [illegible]것 [illegible]머구리 [illegible] 둥[illegible] [illegible]군

[illegible]군 둥[illegible] [illegible] [illegible] 備에 버스 [illegible] [illegible] [illegible]이야

一一〇

[illegible] 비괴 [illegible]괴언사 [illegible]兩[illegible]食을 [illegible] [illegible] [illegible] [illegible]괴 언사 [illegible] 둥닷고

빗살도 리 세 논 나 지 [illegible] [illegible] [illegible] [illegible] [illegible] 두 로 [illegible] 다 [illegible] [illegible] [illegible] [illegible] 다 [illegible]

면갈 [illegible]말 [illegible]노 [illegible]라

一一一

[illegible]알의 에구분 [illegible]노 [illegible]되빈 [illegible] [illegible]아 人間[illegible] [illegible] [illegible] [illegible]살가 [illegible] [illegible] [illegible]니

理法이 尊卑子弟 한퇴 잠룡 잇ᄂᆞᆫ 曲망 大學 小從 金里로 居ᄒᆞ거니와 上座 各從 ᄒᆞᄂᆞ니

一一二

當ᄒᆞ오도 돌ᄋᆞ오 밤히 엽ᄂᆞᆫ 되여미니 존친 ᄲᅮᆫ두이 앙와 大川 바와 ᄒᆞ시 ᄒᆞ되 아
親傳ᄒᆞ올 늘 배예 노도ᄒᆞ고 ᄃᆞᆨ동ᄒᆞ 봉 홍도 ᄀᆞᆺ근 키도 ᄲᅡᄒᆞ근 남ᄌᆞᆸ 부러 풀녀 하여
앙새 뒤 ᄀᆞᆺ 녀ᄌᆞᆼ 진나의 갈ᄉᆞ을 수里 萬里 남근 黑雨 거머 어둑 녀 黑天地
寂寞ᄀᆞ치 눈 여노티 개娥 ᄲᅵᆺ生靑 ᄀᆞ의 얄라 엇그제 녀니 배 ᄒᆞᆫ니와 앙시 아니어
닉초지 아시리

一一三

癸丑ᄉᆞ 시 몇ᄀᆞᆺ 傳 僚中 이ᄋᆞ 浩月 明ᄒᆞ 映 聽 飛 시라 婆 ... 羅帷下 의 ᄉᆞ 金 ᄉᆞᆼ
ᄉᆞᆼ 되 울고 ᄉᆞ 行香 ᄒᆞᄂᆞᆫ 人寂寂 ᄒᆞᆫ 되 秋橫月 滿 ᄒᆞ 위 ᄀᆞᆺ 녀
못 ᄂᆞᆫ 가 ᄂᆞᆷ 이 아 나 싱 ᄆᆞ ᄒᆞ 팔 ᄲᅵᆫ ᄂᆞᆷ 생이 매 ᄒᆞ ᄒᆞ 形勝 ᄋᆞᆯ 상 ᄒᆞ 녀

을시라도못니즐가ᄒᆞ노라

二四 즁놈이졈ᄂᆞᆫᄉᆞ당밥을어더의부모셔효도를괴무엇슬ᄒᆞ여갑오송기
떡콩과반뫼혹은치다라ᄂᆞ셤혹삽쥬모셔티를빗초로ᄆᆞ리다하몸뎌니불
막고ᄯᅥ엿ᄃᆞ혀잔다키뿍바쉬거셔독모돈바시ᄒᆞ로마카아빠란긋게
더허가셔산지아암의동의언치노ᄂᆞᆫ새삼갓모시잡삽고알의엳규다라어ᄉᆞ더고

二五 白빗이환양노ᄂᆞᆫ년이졉문셔반맛초아두고셴모리에먹칠ᄒᆞᆫ太山
쥰령을허위허위너머가다가ᄀᆞᆯ아셔롤쇠나시의흰동졍거머지고감ᄋᆞᆫ동
리라흰거모ᄂᆞᆫ그르ᄉᆞ늘근의소망이라일ᄂᆞᆨ되리라ᄒᆞ더라

二六 져건너明堂을어더명당속의집을짓ᄉᆞᆫ논살ᄂᆞᆫ밧모두러五穀을시문

후의 뫼에 취우물 적신 집우희 박슐에 고샹동의란 더덕너
고 九月秋收後의 家鄰北郡다 稱ᄒᆞ며 白酒黃鷄로 旧來太平ᄒᆞ도
리라 每歲의 이것치 즐기소이리 원이라 ᄒᆞ노라

一一七 古人無復洛城東이요 今人還對落花風을 年年歲歲花相似로
되 歲歲年年人不同이라 花相似人不同ᄒᆞ니 그를 슬허ᄒᆞ노라

一一八 十載經營屋數椽을 錦江之下月峯前을 桃花浥露紅浮水
요 柳絮飄風白滿舡을 石逕歸僧山影外요 烟沙雨聲邊을 若
令摩詰遊於此면 不必當年畫輞川이라

一一九 긔여들고 긔여나는 집의 핍도 핍ᄒᆞ고 三色桃花 어룬져 범나뷔는 어

이져리 넘ᄂᆞ니 우리도 남의님 거려두고 넘ᄂᆞ러 불사ᄒᆞ노라

一三〇 콩밧틔 들어 콩닙 ᄯᅳᆺ어 먹ᄂᆞᆫ 져 쇼 아무리 이라타 ᄒᆞᆫ들 그 콩닙 두고 제 어듸 가며 너 불상의 든 님을 이 노퇴 ᄇᆞᆯ노 누가 어셔 나가라 ᄒᆞᆫ들 시싀 안 밤의 제 어듸로 가리 아니 ᄯᅡ라 못 니줄 손 님이신가 ᄒᆞ노라

一三一 져머고져 져머고져 열다ᄉᆞᆺ만 ᄒᆞ엿고지고 어엿분 얼골이 내 구의 셔ᄂᆞᆫ 쫑 楊버들 ᄀᆞᆺ로 ᄇᆞᆯ매 듣결이 되연져 그러면 우리도 少年行樂을 다시 이런

一三二 ᄉᆞ랑을 ᄎᆞᄎᆞ 석 둥 거려 뒤 살ᄯᅢ마 지고 泰山峻嶺을 허위허위 너머 가니 모로ᄂᆞᆫ 사람은 그만ᄒᆞ여 브리고 가라 ᄒᆞ건마ᄂᆞᆫ 가다가 자즐 띄 죽을지 언졍 나ᄂᆞᆫ 아니 ᄒᆞ노라

一二三

가아가싹〻 아모리 운들 내가여 범남가여 들의 간이 들
놈가여 뵈들의 앞죽 또아가가라 아마도 부여의 앞존 여노 이시니
나갈사 ᄒᆞ노라

一二四

樽酒相逢十載前 ᄒᆞ니 君爲丈夫我少年을 尊前로 相逢
十載後 ᄒᆞ니 我爲丈夫君白首로다 君白首 我丈夫 ᄒᆞ니 子을 ᄉᆞ려

一二五

어인 벌내 완ᄃᆡ 落〻長松을 다 먹노 부리 긴 져구리는 어ᄃᆡ가여 아니
오노 밥풀망 落木寒聲의 잠 못 들어 ᄒᆞ노라

一二六

사랑〻〻 긴〻 사랑 개쳔에 치내〻 사랑 九萬里長空의 는즈러지 품고
사랑아 마도 이 님의 사랑은 ᄀᆞ업ᄉᆞᆫ가 ᄒᆞ노라

一二七 無名氏

青蛇劍 두러메고 白鹿을 지즐타고 扶桑 지는 해에 洞天으로 도라드니 禪宮의 鐘磬 물근 소릐 구름 밧긔 들니ᄂᆞ니

一二八

風波의 놀난 沙工 배 파라 말을 사니 九折羊腸이 물에셔 어려워라 이 후란 배도 말도 말고 밧ᄀᆞ리를 ᄒᆞ리라

一二九

ᄉᆞ람이 죽어가셔 나올시 못나올지 두러가 보니 업고 나오단 말 업ᄂᆞ니라 두러가 못나올 人生 애나 아니 놀고 무엇ᄒᆞ리

一三〇

百年을 可使人人壽라도 憂樂을 中分未百年이 ᄒᆞ믈며 百年을 반듯시 어려우니 두어라 百年前 거지란 醉코 놀녀 ᄒᆞ노라

一三一

轅門 番將이 氣雄豪ᄒᆞ니 八尺長身이 佩寶刀라 大獵陰山 三丈雪ᄒᆞ니

고帳中歸飮碧葡萄라大醉코南蠻을쳐여볼다草芥런가ᄒᆞ노라

一三二 清陰先生
男八라男兒死이언졍不可以不義屈이라웃고對答ᄒᆞ되公이有言敢不
死耶千古의눈물질ᄂᆞᆫ英雄은몃분인가ᄒᆞ노라

一三三 松江
青草욱어진골의자ᄂᆞᆫ다누엇ᄂᆞ냐紅顔은어ᄃᆡ두고白骨만남
아ᄂᆞ니잔잡고勸ᄒᆞ리업ᄉᆞ니그를슬허ᄒᆞ노라

一三四 松江
與亡이有數ᄒᆞ니滿月도秋草로다五百年王業을牧笛에부
쳐시니夕陽의물ᄂᆞᆫ玄鳥야네나알샤ᄒᆞ노라

一三五
이몸이싀여져셔무엇이될고ᄒᆞ니天台山上ᄒ峯의落ᄒ長松
되엿다가白雪이滿乾坤ᄒᆞᆯ제獨也青ᄒᆞ리라

一三六 閔慶川

渭城아ᄎᆞᆷ비의 柳色이새로에라 그듸를勸ᄒᆞ노니 一盃酒를 나믄盃
셔西으로陽을 나가며는 故人볼이 어려오리

一三七

울며잡은ᄉᆞ매ᄯᅥᆯ치고 가지마라 草遠長堤의 해다져〻무리간
다 旅館의殘燈도〻고 안보면알니라

一三八

기러기西陽天말근데 나래잡빌너라 心送未敀處의 잠간만ᄃᆡ요미
가다가 故人相逢ᄒᆞ면 즉환세를ᄒᆞ리라

一三九 三淵先生

雪嶽山가ᄂᆞᆫ길의 皆骨山즁을만나 즁ᄃᆞ려무른말이 楓葉이엇더
ᄐᆞᆫ가 나시즈음된ᄒᆞ여 서리치니 ᄯᅢ마즌가ᄒᆞ노라

一四〇

올벼고개숙고 열무수ᄯᅡᆯ지거다 낙시의고기물고 게난어이오ᄅᆞᄂᆞ

나아까도田家與味난이뿐인가ᄒᆞ노라

一四一 우레ᄀᆞ치소리난님을번개ᄀᆞ치잠깐보고비ᄀᆞ치오락가락구름ᄀᆞ치허여지니胸中의ᄇᆞ람갓ᄐᆞᆫ한숨이라이애뒤듯ᄒᆞ더라

一四二 바람은地動치듯불고구즌비는다아붓듯오ᄂᆞᆫ날ᄂᆞᆫ경의거른님을오늘서로만나자ᄒᆞ고판첩〻쳐셔밍세받아셔니이風雨中의제어이오리만닐에오시곳올쟉시면緣分인가ᄒᆞ노라

一四三 아흠〻뫼(버쓰든)黃毛試筆首陽梅月검게ᄀᆞ라흠벅이셔거聰前의언저덧니얼다꼴줄을너ᄯᅥᆨ느려지거고이제가면어더올법이신ᄭᅴ을아ᄆᆞ사어더가져구려보면알ᄭᅥ니라

一四四 玉도긔돌도치니무되든가月中桂樹廣寒殿뒷뫼히잔다복솔서리어든이나어둑져믓ᄒᆞ랴져ᄃᆞᆯ이기뮈곳업ᄉᆞ면님을ᄒᆞ마보리로다

一四五 瞻彼淇澳ᄒᆞᆫᄃᆡ綠竹猗猗로다有斐君子여낙ᄃᆡᄒᆞ나빌니렴을우리도三綱領八条目을낙가볼가ᄒᆞ노라

一四六 東창이볼가ᄂᆞ냐노고질이우지진다쇼친아희놈은상거아니니러ᄂᆞ냐재너머ᄉᆞ리긴밧출언제갈냐ᄒᆞᄂᆞ니

一四七 黃眞伊 青山裏碧溪水야쉬이감을자랑마라一到滄海ᄒᆞ면다시오기어려우니明月이滿空山ᄒᆞ니쉬여갈가ᄒᆞ노라

一四八 東窓이旣明커ᄂᆞᆯ님을ᄭᆡ야出送ᄒᆞ니匪東方則明이라月出之光

이로다 脫鴛衾推鴛枕ᄒᆞ고 轉輾反側ᄒᆞ노라

一四九 ᄇᆞᄅᆞᆷ아 우지마라 ᄯᅳᆺ버ᄉᆞᆫ 中천주료 ᄂᆞᆯ아 새지마라 ᄃᆞᆯ의 손이 비다ᄂᆞ라 險구즌 東ᄇᆡᆨ두이로 졈졈 ᄇᆞᄅᆞᆷ아 소ᄃᆡ라

一五〇 桃花 梨花 杏花 芳草들아 一年 春光을 恨치마라 너희는 그리ᄒᆞ여도 與天地無窮이여니와 우리는 一老白髮 少年ᄒᆞ니고 를 슬허 ᄒᆞᄂᆞ노라

一五一 半癡 東山昨夜雨의 老舍와 바독두고 草堂今夜月의 謫仙을 만나 酒一斗詩百篇이라 來日은 杜陵豪家邯鄲娼을 도간 못거지를 ᄒᆞ리라

一五二 어듸자고여긔왓노平壤자고여긔왓닉臨津江大同水를뉘〻배로건너놀船價는만터라마는女妓배로건너노라

一五三 十年을經營ᄒᆞ여草堂ᄒᆞᆫ간지어내니半間은淸風이오半間은明月이로다江山은드릴듸업ᄉᆞ니두고볼ᄭᅡᄒᆞ노라

一五四 압내씨구름지고뒷뫼에안개퓐다비올지눈이올지보ᄅᆞᆷ부러즌서리칠지먼듸님오실지못오실지개만홀노즛더라

一五五 太白이언제ᄉᆞ람唐제의翰林學士風月之先生이오翫月ᄒᆞ던豪士로ᄉᆡ라平生의但願長醉ᄒᆞ고不願醒을ᄒᆞ더라

一五六 가더니〻즌양ᄒᆞ여ᄭᅮᆷ의도이쇼뵈ᄂᆞ니ᄂᆡ싀ᄂᆞ니잇거든ᄭᅴᄃᆞᆯ현아

ᄂᆡ 즐ᄉᆞᄒᆞᆫ 千里의 외로온 ᄭᅮᆷ아 오락가락 ᄒᆞ더라

一五七
洛東江上仙舟泛ᄒᆞ니 吹笛歌聲이 落遠風을 客子停驂
聞不樂은 蒼梧山色暮雲中을 어즙아 鼎湖의 龍飛 다ᄒᆞ니 그웃 ᄒᆞ노라

一五八
白馬ᄂᆞᆫ 欲去長嘶ᄒᆞ고 青娥ᄂᆞᆫ 惜別牽衣로다 夕陽은 已過西
嶺 去路ᄂᆞᆫ 長亭短亭이로다 아마도 우리 님의 離別은 百年三
萬六千日의 ᄒᆞᆫ ᄯᅢᄲᅮᆫ인가 ᄒᆞ노라

一五九
半夜 開城府장ᄉᆞ 北京 들어 갈제 갈은 ᄭᅩᆺ 놀ᄂᆞᆫ 자리 ᄒᆞ여 보니
참 일네 ᄒᆞ니 痛憤이 도발ᄒᆞ야 쇄라져 둥노고 져리 발삽습거든
돌쇠 엄의 말이소 얼너 무슴ᄒᆞ리 돌쇠가 쇠어미 보거든 첫

말솜의 ᄒᆞ리라

一六○ 秋江의 밤이 드니 물결이 ᄎᆞ노메라 낙시 드리ᄂᆞ니 고기 아니 무
노메라 無心ᄒᆞᆫ 돌빗만 싯고 뷘 배 도라 오노라

一六一 李座首ᄂᆞᆫ 거문 암쇼 타고 金約正은 질장군 두러메고 南勸
農 趙堂長은 醉ᄒᆞ여 뷔커로ᄒᆞ여 장고 무고 덩더러궁 춤추ᄂᆞᆫ
나 峽東의 斷田食跬金井ᄒᆞ여 질거ᄒᆞᆫ 天眞太古 淳風을 다시 본ᄃᆞᆺ ᄒᆞ

一六二 半痕 牧丹은 花中王이오 向日花ᄂᆞᆫ 忠臣일다 蓮花君子오 杏花 小人이오 박
꼿츤 老人이오 石竹花ᄂᆞᆫ 少年일다 葵花ᄂᆞᆫ 무당이오 海棠花ᄂᆞᆫ 娼女
로 이 中의 梅花ᄂᆞᆫ 雅士오 梨花 詩客이오 紅桃 碧桃 三色桃ᄂᆞᆫ 風流郞

一六三 가매귀거무나다나 희오리희나다나 황새다리기나다나 올희두리자르나다나 [illegible]의 黑白長을 알아무숨 흐리오

一六四 王祥의 니어낙고 孟宗의 竹筍꺽거 감든머리 희도록 老萊子의 옷슬닙고 平生의 養志曾參을 비호고저 흐노라

一六五 뉘라 나자는 窓밧긔 碧梧桐 심거논고 月明庭畔의 影婆娑는 됴타마는 밤즁만 굴근 비소리에 잠못드러 흐노라

一六六 눈마자 휘여진대를 뉘라셔 굽다던고 굽을節이면 雪裡의 푸를소냐 아마도 歲寒孤節은 너뿐인가 흐노라

一六七 간밤의 부든바람 滿庭桃花 다디거다 아희는 뷔를 들고 쓰로려

ᄒᆞᄂᆞᆫ고나 落花들 곳지 아니라 ᄡᅳ러 무슴 ᄒᆞ리오

一六八
재우희 웃둑 션 소남오 ᄇᆞ람 불 적마다 흔들〃 개울의 셔ᄂᆞᆫ
버드낭은 무슴 일 조ᄎᆞ셔 흔들〃〃〃 ᄒᆞᄂᆞᆫ고 님 그려 우ᄂᆞᆫ 눈물
은 올커니와 입ᄒᆞ고 코ᄒᆞᄂᆞᆫ 무슴 어조ᄎᆞ 후루룩 빗쥭ᄒᆞᄂᆞ니

一六九
洛陽城東 十里野의 울통불통 져 무덤아 萬古英雄이 몃〃치
나 뭇쳐 잇노 우리도 져리 될노다 아니 놀고 무엇ᄒᆞ리

一七〇
細버들 가디 써거 낙근 고기 ᄭᅦ여 들고 술집을 ᄎᆞᄌᆞ리라 斷橋로 건
너가셔 그곳의 杏花 흣날니〃 아모 된 줄 몰ᄂᆞ여라

一七一
松江吟
간밤의 우든 그새 예와 울든 게 갓다 뫼 넘어 님 못 보아 죽어지라 ᄒᆞ엿더

너ᄂᆞᆫ녀어傳튼못ᄒᆞ고주먹〻〻ᄒᆞ도다

一七二

감장새젹다ᄒᆞ고대붕아웃지마라 九萬里長空을너도날고나도
나니두어라 一般 飛鳥니너와나와다르랴

一七三 鄭圃隱

이몸이죽어〻〻 一百番다시죽어白骨이塵土되여魂이야잇고업고
님向ᄒᆞᆫ 一片丹心이야변ᄒᆞᆯ줄이〻시라

一七四

秋山이夕陽을ᄯᅴ고江心에ᄌᆞᆷ겨잇ᄃᆡ 一竿竹 두러메고小艇의안ᄌᆞ시니天
宮이閒暇이너기샤ᄃᆞᆯ을ᄯᆞ라보내시더라

一七五

落葉이ᄆᆞᆯ발의지너닙〻히秋聲이로다風伯이뷔되여다ᄡᅳ러ᄇᆞ리거
나두어라긔구山路니덥허둘가ᄒᆞ노라

一七六 天地廣大ᄒᆞ고日月이光華로다唐虞적禮樂이오五帝의文物
이로다四海로太平酒빗ᄌᆞ萬姓同樂ᄒᆞ리라

一七七 ᄉᆞ랑인들님마다ᄒᆞ며離別인들다셔ᄅᆞ야平生의처음이오
ᄯᅩ다시못볼님이로다明天이ᄂᆞ뜻알ᄋᆞ사비별업게ᄒᆞᆫ소셔

一七八 술먹지마쟈터니술ᄒᆞ여라셰게作定ᄒᆞ데먹ᄂᆞᆫᄂᆡ왼쳐作로ᄂᆞᆫ술이왼
지참고돌려려못ᄒᆞ야놋ᄂᆡ뉘가되ᄂᆞᆫ더라

一七九 남ᄒᆞ여젼ᄒᆞ쳐젼ᄒᆞ쳐말ᄒᆞᆫ말삼아드르시더면남이남의말을고쳐ᄒᆞ
랴마ᄂᆞᆫ남ᄒᆞ여젼ᄒᆞᆫ젼지니날ᄯᅩᆼ말ᄯᅩᆼᄒᆞ예라

一八〇 곳아色을밋고오는나뷔를금치마라春光이倏倏ᄒᆞᆫ줄미ᄂᆞ들

쳔나 모른소냐 綠葉이 成陰子滿枝면 어늬 나뷔 도라 오리

松江 一八一

青驄이 타고 보라미 밧고 白羽長箭 허리의 ᄎᆞ고 山 너머 구름 밧기
꿩산양 ᄒᆞᄂᆞᆫ 져 사람아 우리도 聖恩을 갑ᄒᆞᆫ 후면 너를 좃녀 놀
니라

一八二

夏四月初八日의 觀燈ᄒᆞ랴 臨高臺ᄒᆞ니 夕陽은 빗겨ᄂᆞᆫ듸 魚龍
灯 鳳凰灯 학등 두루미 남샹이 灯 鍾磬灯 북등 션등이며 수박은 마늘
등과 蓮꼿 속의 仙童이며 난봉 우희 天女로다 배등 집등 산듸등 파
영등 알등 병등 활등이며 소지란 쳬과리등 호랑의이 탄 노랑새등 벽
장등 가마등 七星灯 에우 줄이 버려ᄂᆞᆫ듸 東嶺의 月上ᄒᆞ니 一時의 불

울퍼다 於焉恍惚夢의 찰ᄂᆞᆫ도ᄒᆞᆫ 져이고 이웃고 月明 灯明天.
把明ᄒᆞ니 大明 본듯ᄒᆞ여라

一八三 月一片 灯三更 신제 나 맛남을 ᄒᆞ여 보니 青樓酒肆의 새ᄉᆞ랑
여러 두고 不勝蕩情ᄒᆞ야 花間陌上去將晩이오 走馬鬪鷄猶未
返이라 三時出望無消息ᄒᆞ니 盡日欄頭의 空斷腸을 ᄒᆞ노라

一八四 萬頃滄波之中의 둥둥 떠ᄂᆞᆫ 불략금이 게오리 들아 비슬금셩 둥덩
이 너시 두루미 들아 너 떠ᄂᆞᆫ 물 깁히를 알고 둥떠ᄂᆞᆫ 모로고 둥 떠잇ᄂᆞᆫ
다 우리도 남의 거러 두고 깁히를 몰나 ᄒᆞ노라

一八五 諸葛亮은 七縱七擒ᄒᆞ고 張益德은 義釋嚴將軍이라 섬겁다

華容道 좁은길의 曹孟德이 사라가기는 말아 이아도 凜〻ᄒᆞᆫ 丈

夫는 漢壽亭侯가 ᄒᆞᆫ노라

一八六 半麻

술먹어도 病업ᄂᆞᆫ藥과 色ᄒᆞ여도 長生ᄒᆞᆯ 術을 갑주고 살작

시면 아모만이라도 ᄉᆞ셔련마ᄂᆞᆫ 갑주고 못살藥術이니 눈치 알아소

못〻ᄒᆞᆫ에 百年ᄭᆞ지 누리ᄒᆞ라

一八七

靑치마 ᄒᆞᆫ환양의 ᄯᅡᆯ던 紫紫的 ᄌᆞᆼ옷 무여 불린 ᄐᆞ아 엇ᄀᆞ게 ᄇᆞᆯ

숨기고 느ᄅᆞᆯ 모ᄌᆞ 숨이라 ᄒᆞ고 ᄆᆞᄂᆞᆫ 허리를 ᄒᆞᆫ돌〻 ᄒᆞ고가

느니

一八八

清明時節雨紛紛ᄒᆞ니 路上行人欲斷魂이라 뭇노라 牧童

아 술 ᄒᆞᄂᆞᆫ 꽃이 엇ᄃᆡ면 다리 건너 酒旗風 付시니 게 나가 무
러보소셔

一八九 술을 大醉케 먹고 ᄭᅡ다가 空山의 지니 뉘 날을 ᄭᆡ오리 天地卽
衾枕이로다 아마도 醉裏豪情은 나 뿐인가 ᄒᆞ노라

一九〇 丹崖와 翠壁들이 그림 거치 둘넛는듸 銀鱗玉尺은 어드
나 못 어드니 萬頃波 孤舟蓑笠의 興을 계워 ᄒᆞ노라

一九一 池塘의 비 ᄲᅮ리고 楊柳의 내 ᄭᅵ엿다 沙工은 어듸 가고 뷘 배만
ᄆᆡ엿ᄂᆞ니 夕陽의 ᄶᅡᆨ 일흔 갈멱이ᄂᆞᆫ 올낙가락 ᄒᆞ더라

一九二 靑春은 언지 가며 白髮은 언제 왓노 오며 가ᄂᆞᆫ 길을 아드면 ᄯᅡᆨ

을 나ᄒᆞ다 ᄉᆞᆯ도 못ᄒᆞᄂᆞᆯ 말이니 그를 슬허ᄒᆞ노라

一九三 해져 黃昏이 되면 내 몸ᄭᅡ도 저ᄒᆞ더니 제 몸의 病이 들ᄭᅡ 뉘
손의 걸ᄯᅢ ᄂᆞ치 연 아나 鎮長 흘ᄂᆞᆷ에 뫈티 살든이 ᄲᅡᄂᆞ니

一九四 눈섭은 수山 뷔 눈섭 걸ᄂᆞᆫ 나ᄇᆡ 되ᄂᆞᆫ 네 하로다 날 봄 망싀옷
ᄂᆞ향은 三色桃花 未開封이 ᄒᆞ로 밤비 지운의 반 싼 픤 거동이
로다 春風의 蝴蝶이 되여 여기져리 상스리라

一九五 易水寒波 져문 날의 荊卿의 거동 보소 一劍行裝이 괴이ᄒᆞ서
어ᄒᆞᆫ다 至今의 未請劍術을 못내 슬허ᄒᆞ노라

一九六 樵소리 반 닷는 竹牕을 열어두고 보니 細雨長堤의 쇠등의 아희

로다 江湖의 봄이 드러거든 낙시 슈심 ᄒᆞ리라

一九七 간밤의 부든 ᄇᆞ람 눈서리 치단 말가 落〻 長松이 다 기우러지단 말가 ᄒᆞ물며 못다 퓐 꼿이야 닐너 무슴 ᄒᆞ리오

一九八 ᄇᆞ람도 수여 넘는 고ᄀᆡ 구름도 수여 넘는 고ᄀᆡ 산진이 슈진이 海東青 보라매 수여 넘는 고ᄀᆡ 그 너머 님이 왓다 ᄒᆞ면 나는 한숨의 갈가 ᄒᆞ노라

一九九 이 몸 죽거 드란 뭇지 말고 거적의 모라 酒泉 웅덩이예 풍 드릐쳐 둥〻 ᄯᅥ 두면 비록 에 죽기는 죽어시나 長醉不醒 ᄒᆞ리라

二〇〇 물아래 세가랑 모래 아무리 밟다 보존최 나며 님이 아무리
날 괴다 내 아니 괴면 님의 뎡을 狂風의 지부친 배
로 아모란 줄 몰나 하여라

二〇一 文景公 가마귀 검다 하고 白鷺야 웃지 마라 겉치 검은들 속조차 거
믈소냐 아마도 겉 희고 속 검기는 너뿐인가 하노라

二〇二 松江 기러기 울고 다 나라 나니 消息인들 뉘 傳하리 愁心이 疊疊
하니 잠이 와야 님이사 꿈이라 이몸이 져 달이 되여 가 뎌긔 비최리라

二〇三 꿈의 다니는 길이 자최 곳 날작시면 님 지난 窓 밧기 石路라도다
을노라 꿈길이 자최 업스니 그를 슬허하노라

二四 松江 구름이 無心탄 말이 아마도 虛浪하다 中天의 떠이셔 任意로 닷니면서 엇지타 光明ᄒᆞᆫ 날빗출 가릴 줄이 잇시랴

二五 창내고쟈 〃〃 이 내 가슴의 창 내고쟈 고모 장지 세살장지 가로다지 지외다지 ᄌᆞ물쇠 빗목 뷔 걸쇠를 ᄀᆞ족ᄒᆞᆫ 쟝도리로 ᄯᅮᆨ닥 박아 이 내 가슴의 牕 내고쳐 님그려 ᄒᆞᆫ답〃 ᄒᆞᆯ셔든 여다져 볼가 ᄒᆞ노라

二六 琵琶야 너는 어이 無樣의 앙도아나냐 어마 ᄆᆞᆺ흔 손을 목을 안고 배를 믜 양자 바삿거든 아니 앙도하리야 아마도 大珠小珠落玉盤은 네 소릴가 ᄒᆞ노라

二七 百草를 다 심으되 대는 아니 심을거시 살 가고 뎌 가고 울고 그리노니

二〇八

북ᄃᆡ로ᄂᆞ라 넘ᄶᅥ디가 곰곰ᄒᆞᆫ 구리논ᄃᆡ를 시물 졸ᄒᆞᄒᆞ시리오
어이ᄒᆞᆯ 해가ᄅᆞᆫ는고 무ᄉᆞᆷ 일노 가ᄅᆞᆫ는고 무ᄃᆞᆼ이 슈ᄉᆞ셔사 뷔ᄆᆡᆼ을
두어라 산가려 넘아 ᄒᆞᆫ 말ᄉᆞᆷ ᄒᆞ소 ᄉᆞ싱결단ᄒᆞ리라

二〇九 北軒

鎭國名山萬丈峯이 靑天削出金芙蓉이라 巨壁은 屹立ᄒᆞ
여 北朝三角ᄒᆞ고 奇岩은 斗起ᄒᆞ여 南限蚕頭로다 左龍은
駱山 右虎는 仁皇 瑞色은 盤空凝祥闕이오 淑氣鍾英出人傑
시라 美哉라 我國山河之固여 聖代衣冠太平文物이 萬萬世
之金湯이로다 年豊 伹國泰民安ᄒᆞ여 猶遊을 보랴ᄒᆞ고 南岳
登臨ᄒᆞ여 醉飽盤桓ᄒᆞ이면 何感激君恩ᄒᆞ오리라

二〇 셜별ᄯᅳᆫ 죵달ᄯᅳ셔 호ᄆᆡ 主뫼 메고 門을 나셔 긴 숩풀 찬
이슬의 뵈잠방이 다 젓는다 아희야 곡식이 잘될션졍 옷저
즈미 관셔ᄒᆞ랴

二一 太平天地間의 단표을 두러메고 두삼애 누리치고 우즑〻ᄒᆞᄂᆞᆫ
ᄯᅳ즌 人世의 걸니 업ᄉᆞ니 그를 조여ᄒᆞᆫ이라

二三 壽夭長短을 셰아 둘사 죽으며 논 거즛 거시 天皇氏 一萬八
千歲라도 죽으며 논 거즛 거시 두어라 生前에 술醉코 놀ᄆᆡ 놀라

二三 어ᄌᆞᆺ씌 님 니별ᄒᆞ고 碧沙窓을 의지ᄒᆞ니 黃昏의 지난 곳과
楊柳의 걸닌 ᄃᆞᆯ아 아무리 무심이 보아도 ᄭᅦ 슬ᄭᆞ 로스려라

二一四 一定百年살줄알면酒色참다관계ᄒᆞ랴ᄒᆞᆼ혀참다가
付百年을못사여든과앳의드로가人命이在於天定ᄒᆞ니
酒色참아무엇ᄒᆞ리

二一五 ᄃᆞᆯ이두렷ᄒᆞ여碧空에걸녓시니萬古風霜의떠러짐즉ᄒᆞ다마
마ᄂᆞᆫ至今에醉客을위ᄒᆞ여長照金尊ᄒᆞ더라

二一六 滄波낙시너코扁舟에누어시니一色江天의비소리더욱됴
타柳枝의玉尺을써여杏花村을ᄎᆞᄌᆞ리아

二一七 南樓의북이울고雪月이三更인제白馬金鞭을도少年心절
노닷다어듸셔一二豪士ᄂᆞᆫ날못ᄎᆞᄌᆞᄂᆞ뇨

二八 ᄒᆞᆫ들의 님오사다이오베나모불잘 붓ᄉᆞᆸᄂᆞ니ᄲᅢ리나모ᄒᆞᆫ
동의ᄒᆞᆫ말치고검주나모ᄒᆞᆫ동의 닷되치 나ᄉᆞᆷᄒᆞᆫ야혀면말
닷되을 쇠사다여 보ᄉᆞᆸ소불잘붓ᄉᆞᆸᄂᆞ니 마일의 불이잘붓
미되면 미양사다 일사ᄒᆞᆫ노라

二九 어제밤도혼자곱송그려새오잠자고 그제밤도혼자곱송그
려새오잠잣네 어인놈의八字가晝夜長晴곱송그려새오잠자노
언제나그리던님을맛나불을펴보리고 ᄎᆞᆷᄎᆞᆷ히가마잘가ᄒᆞ노라

三〇 靑山아 웃지마라 白雲아 됴롱마라 紅塵十年의 ᄂᆡ 즐겨 다ᄂᆞ냐
아우리도 聖恩을 갑흔후면 너를 좃터 놀니라

二二一 닭이야 우지마라 일우노라 자랑마라 半夜秦關의 孟嘗君 아니로다
오날은 님이 오셧시니 운들 엇지하리

二二二 黃河遠上白雲間하니 一片孤城萬仞山을 春光이 예로부터 玉門關
의 못오거니 엇지타 一聲長笛이 怨楊柳을 하나요

二二三 泰山의 올나 안자 海內를 구버보니 四面八方이 헌출도 하더이고
아마도 浩然氣像을 오날 본가 하노라

二二四 엽엽고 좋을손 새벽 달의 기러기 너 나라 나 날에 세상의 消
息傳하더면 엇지라 落木寒天의 빈소리만 하나니

二二五 내눈의 몽울님이 멀어 안서 잇거마는 노래라 불러 다시 오며 채고아

라혀 벨소냐 이 몸이 춤풀 믜도여 둔고 울가ᄒᆞ노라

二三六 半癡

春風이 건듯 부러 白雪을 다 녹이니 四面青山이 옛얼굴 다시 난다 엇지타 귀밋희 해묵은 서리ᄂᆞᆫ 녹을 줄을 모ᄅᆞ더라

二三五 珍伊

齊도 大國이오 楚도 大國이라 高楚의 승이 古ᄒᆞ에 어늬를 셤길 손니 두어라 何事非君이리오 事齊事楚 ᄒᆞ리라

二三八

뭇노라 저 禪師야 關東風景 엇더ᄒᆞ니 明沙十里의 海棠花 붉은 거ᄂᆞᆫ듸 遠浦의 兩〻白鷗 飛疎雨를 ᄒᆞ더라

二三九

어와 께 뉘숩 보오 거넌 佛堂 동령僧이 내올너니 홀居士 ᄒᆞᆷ자 시는 방 알혜 엿희 내 죵낙 결가 와 숩더니 홋〻야 걸어이 는 거러라

어너와난 훗날 다시 ᄒᆞ리라

二三〇 儀耳霜蹄는 櫪上의 늙고 龍泉雪鍔은 匣裏의 볼니거다 丈夫ㅣ 失머은 傷을 鏡裏衰容이로다 아희야 거문고 청쳐라 悲歌慷慨ᄒᆞ리라

二三一 萬壽山 萬壽峰의 萬壽井이 잇더이다 그물노 술비즈 萬壽酒라 ᄒᆞ더이다 이 ᄒᆞᆫ 盞 잡우시면 萬壽無疆ᄒᆞ리이다

二三二 秦淮의 배를 매고 酒家를 ᄎᆞᄌᆞ가니 隔江 商女는 亡國恨을 모로고서 烟籠水 月籠沙ᄒᆞᆫ듸 後庭花를 부르더라

靑丘永言畢

二三三 青荷의 밥싸고 綠柳에 고기 께여 蘆荻花叢의 배 ᄆᆡ여
더져두니 此中의 一般淸意味를 어ᄂᆡ 분이 알으실고

二三四 王子求仙月滿臺ᄒᆞ니 玉簫淸轉鶴徘徊라 曲調 못ᄎᆞᆫ
후의 간곳들 不知ᄒᆞ되 山下碧桃 만 시ᄉᆞ春 自開를 ᄒᆞᆫ더가

右 嚶ᄉᆞ齋 先生所製

二三五 아츰의 밧츨 갈고 져녁의 글 너무니 向来 城市의 ᄒᆞᆫ옴 업시 늙을 일이 至今에 아무리 뉘으츤들 밋츨 줄이 ᄒᆞ시랴

二三六 쇼친 더운 房의 春睡를 느지 깨여 一竿竹 두러메고 압씨로 느려 가니 아마도 世外閒情은 나뿐인가 ᄒᆞ노라

二三七 白雲은 簷下의 자고 倦鳥는 林中의 잔다 數村 鷄犬이 野人家의 風味로다 人間世를 다 니즈시니 어늬 벗이 ᄎᆞᄌᆞ 오리

二三八 玉簫를 손의 들고 金水亭 올나가니 銀鉤鐵索이 石面의 불리 아ᄯᅡ다 至今에 揚蓬萊 업ᄉᆞ니 놀ᄃᆡ 업ᄉᆞᄒᆞ노라

二三九 蒼玉屏 깁흔 골의 廟門이 嚴肅ᄒᆞ니 三賢同臨이 茶香이 ᄀᆡᆺ

나도라 夕陽의 晩學後生이 不勝景仰ᄒᆞ여라

二四〇

벼슬을 ᄇᆞ리거다 젓나귀로 도라 올나 새ᄆᆞ을 玉水亭의 ᄲᅧ왼고 기ᄉᆞᆯ지도다 아희야 그물 더져라 나ᄂᆞᆫ 보내려 ᄒᆞ노라

二四一

南宮에 술을 부고 三傑을 의논ᄒᆞ니 運籌帷幄之中ᄒᆞ여 決勝千里之外와 鎭國家 撫百姓ᄒᆞ여 給饋餉 不絶糧道와 連百萬之衆ᄒᆞ여 戰必勝 攻必取ᄂᆞᆫ 三傑이라 니르련이와 아마도 陳孺子 六出奇計를 혜면 나ᄂᆞᆫ 반ᄃᆞ시 ᄆᆞ론 四傑이라 ᄒᆞ노라

續漁父詞

漁翁夜傍西岩宿ᄒᆞ니 曉汲淸湘燃楚竹을 비비여라

: : 漁家返宅忘昏曉라 至匊怱 : : 於斯臥ᄒᆞ니 綠蓑裏 青蒻이 何關 : 을 閒垂兩影兵任如鶴ᄒᆞ고 祇把一竿時釣魚라 닷ᄉᆞ드려라 : : 小艇波處便爲家라 至匊怱 : : 於思臥ᄒᆞᄂᆞ니 只在芦花淺水邊을 平湖春暖烟千里오 古岸秋高月一岸을 이어라 : : 斜風細雨不須歸라 至匊 : : 於斯臥ᄒᆞ니 滿蓑風露夜如何오 江烟漠漠月中還ᄒᆞ고 芦葉蕭蕭蓬底眠을 닷디여라 : : 一灣流水護柴門을 至匊 : : 於斯臥ᄒᆞ니 翁自醉眠魚自樂을 蒹葭影裏和烟臥ᄒᆞ고 蓝蓝香中帶雨還을 이괴라 : : 白鳥飛來風滿棹라 至匊

翁〻〻 於斯臥云乎 陽江烟火數家村을 而來尋菜

流舡滑이오 春後鮮魚墮釣肥라 비니여라〻〻 橫笛數

聲江月白을 至釣翁〻〻 於斯臥去乎 芳洲何處竹枝歌오

磯邊綠水春陰薄이오 江上青山暮色多라 비미여라〻〻

生來一舡鎮隨身을 至釣翁〻〻 於斯臥去乎 回首天際

下中流라 占得江湖風雨眠去乎 箇中清興與誰傳고 비부

러라〻〻 彿倚蓬牕釣捲絲라 至釣翁〻〻 於斯臥云니

此翁取適非取魚라

京山翁續漁父詞序

昔黃山谷述玄真子餘意足成漁父詞至今猶見遐想今京山又續陶山遺曲作棹歌八章章四句各兩轉爲弄斷超然塵陌間不襲下里之音正所謂綠萍身世白鷗心者也山翁家秦樓有玉簫必以之爲變徵寄聲於物外從前不遇之歎聊復蕭散而已或曰京山今在山而爲漁父詞不亦謬乎曰否否吾胸中自有滿江烟月扁舟往來於其間恨無與共此心也何幸京山之歌發之也京山雖處於林鳥山花之間意未嘗不在於江湖也安知他日不追玄真子遺蹤乎請爲我待之肥園朴奎淳序

二四二 屛風의 앞니 쟉근동 부러진 괴 그린고 그 괴 앞의 살찐 쥐
도 꼬만 사향쥐를 그려두니 그 괴 아니 소지 샌낭ᄒᆞ에 그림의
쥐를 물을 낭고 좇니는고나 우리도 남의 님 거려두고 좇니
러 볼가 ᄒᆞ노라

二四三 正二三月은 杜辛杏桃李花 됫고 四五六月은 綠芳草好
樓臺라 七八九月은 黃菊丹楓 映酒盃라 十一二月은 含龍東
春光雪中梅가 ᄒᆞ노라

二四四 春水의 비를 띄여 가는 듸로 노흐시니 물 알의 한ᄂᆞᆯ이오 한
ᄂᆞᆯ 우희 물이로다 此中의 老眼의 뵈는 곳은 霧中인가 ᄒᆞ노라

二四五 먼듸ᄃᆞᆰ이우러녀야 품의든님가랴 ᄒᆞ니 이제보내고반밤
이나 남아시니ᄎᆞ라리보내지말고 남은경퇴허라

右二章金弘道製

二四六 淸凉山六〻峯의아ᄂᆞᆫ이 나와白鷗〻〻야 날소기랴 못미즐
손 桃花로다 桃花야 ᄯᅥ흐르지말아 漁子알가ᄒᆞ노라

二四七 太公의ᄭᅩ기낙든 낙대 긴줄미야 압내에가셔 銀鱗玉尺을
버들움의ᄭᅦ여들ᄂᆞᆫ 오ᄂᆞᆫ 酒肆의 모드신벗님은 더듸왓ᄉᆞ
ᄒᆞ더라

二四八 綠水靑山깁흔골의 靑驢緩步들어가니 千峯의白雲이

오 萬壑流水로다 이ᄯᅢ 이경개도 ᄒᆞᆫᄃᆡ 놀고 갈사 ᄒᆞ노라

二四九 모ᄅᆞᆷ아 너ᄂᆞᆫ 어이 이미양의 뎔머 노니 버늘이 ᄂᆞ리 변ᄒᆞᆫ들 현마 뎔물손야 아마도 니 못 ᄒᆞ여 닭ᄒᆞ다가 ᄒᆞ노라

二五〇 華翰秋夜半의 蟋蟀聲도 못 듯거든 무ᄉᆞᆷᄒᆞ리라 夜半의 鴻雁聲고 우리도 千里의 님 니별ᄒᆞ고 잠 못 드러 ᄒᆞ노라

二五一 모ᄅᆞᆷ아 놀나디 말라 ᄎᆡᆨ 잡을 ᄌᆞ비 보니 滿山紅葉을 ᄡᅳ고 물속의 ᄅᆞ를 ᄯᅥ 모ᄅᆞᆷ아 놀나디 마라 이를 보라 ᄒᆞ노라

二五二 南薰殿 ᄃᆞᆯ 발근 밤의 八元八凱 ᄃᆞ리시고 五絃琴 彈一聲의 ᄒᆡ오민지온 ᄒᆡ로다 우리도 聖主 뫼ᄋᆞᆸ고 同樂太平 ᄒᆞ리라

二五三 蒼梧山聖帝魂이 구름조ᄎᆞ 瀟湘의 ᄂᆞ려 夜半의 흘너드러 竹
間雨 되온 ᄯᅳᆺ은 二妃의 千年淚痕을 씻ᄉᆞ 보랴 홈이라

二五四 ᄆᆡ화 봄 불은 꿀의 밤은 어이 ᄒᆞᆺ 듯 ᄂᆞ니 올여 빈 굴 데게 날도
오손 오로ᄂᆞ나 술을 ᄭᆡ 쥐 장ᄉᆞ 도라 갈나리 도훌사 ᄒᆞ노라

二五五 무릉어시 버두이 나 수ᄂᆞ시 오곡이나 漁村 두세 집이 暮烟
의 나락 들속 메우희 비ᄲᅳᆫ 갈멱이 ᄂᆞ 삼ᄋᆞ니 가더라

松江 二五六 鐵嶺 노픈 재에 수여 넘는 뎌 구름아 孤臣寃淚를 비 삼아
가뎌다가 님 계신 九重宮闕의 ᄲᅮ려 볼가 ᄒᆞ노라

二五七 萬里長城엔 담 안에 阿房宮을 높이 짓고 沃野千里 고래논에 數千宮女 압헤 두고 六膝 앓의 健어고 玉璽를 드더질 제 劉唐長頃, 도령시 제 어듸가 셰, 보아 나 보리 이사 三年目之間好

氣心志之流는 呂氏記가 는 年

山不在高有仙則名 水不在深有龍則靈 斯是陋室 惟吾德馨 苔痕上階綠 草色入簾青 談笑有鴻儒 往來無白丁 南陽諸葛廬 西蜀子雲亭 夫子云何陋之有

東山 八十三翁 書 不用眼鏡云

本文索引(數字는 歌番을 表示함)